Julianne Donaldson
Eine Liebe in Blackmoore

Julianne Donaldson ist eine hoffnungslose Romantikerin. Sie hat Englische Literatur studiert, was ihre Leidenschaft fürs Schreiben nur noch verstärkt hat. Heute lebt sie mit ihrem Mann und ihren vier Kindern in Salt Lake City, reist aber bei jeder sich bietenden Gelegenheit nach England.

Julianne Donaldson

Eine Liebe in Blackmoore

Roman

Aus dem Englischen von Heidi Lichtblau

PIPER

Mehr über unsere Autoren und Bücher:
www.piper.de

Wenn Ihnen dieser Roman gefallen hat, schreiben Sie uns unter Nennung des Titels »Eine Liebe in Blackmoore« an empfehlungen@piper.de, und wir empfehlen Ihnen gerne vergleichbare Bücher.

Wir produzieren nachhaltig
www.piper.de

ISBN 978-3-492-50561-1

Titel der amerikanischen Originalausgabe: »Blackmoore« bei Shadow Mountain, Salt Lake City, Utah 2013

Published by arrangement with Rights People, London
Satz auf Grundlage eines CSS-Layouts
von digital publishing competence (München)
mit abavo vlow (Buchloe)
Covergestaltung: Alexa Kim »A&K Buchcover«
Covermotiv: Period Images; shutterstock.com und depositphotos.com (Kavring; scis65; antonel)
Printed in Germany

Für Träumer allüberall

1. Kapitel

Lancashire, England, Juli 1820

Die Waldlerche kündet von Herzeleid. Der melodische Gesang der Misteldrossel zeugt von ihrer Kühnheit. Und das Lied der Amsel gleicht dem fröhlichen Pfeifen eines Heimkehrers.

An diesem Tag war es die Waldlerche, die mich in meinem unsteten Umherwandern innehalten ließ und ans Fenster lockte. Ich lehnte mich hinaus, lauschte ihrer Geschichte von Herzschmerz und Kummer und spürte, wie meine Ruhelosigkeit für einen kurzen Moment nachließ. Das Lied mit seiner abfallenden Tonfolge endete nie glücklich, ganz gleich, wie oft ich die Waldlerche singen hörte.

Kein Vogelgesang gefiel mir so gut wie ihrer, doch heute machte mich die traurige Weise nervös. Ich trat vom Fenster zurück und warf einen weiteren Blick auf die Uhr am Kaminsims. Erst drei! Ich verfluchte das langsame Kriechen der Zeit an diesem Tag, der außer Warten nichts für mich bereitzuhalten schien. Es dauerte noch etliche Stunden, bis die Nacht anbrach und ich mich schlafen legen konnte, um tags darauf endlich nach Blackmoore aufzubrechen. Eigentlich hätte es mir nichts ausmachen dürfen, mich gedulden zu müssen – schließlich wartete ich schon mein Leben lang auf einen Besuch in Blackmoore. Doch an diesem letzten Tag kam es mir unerträglich vor.

Ich öffnete meinen Reisekoffer, nahm die Mozartnoten heraus, die ich dort am Morgen schon verstaut hatte, und verließ mein Gemach. Draußen hörte ich lautes Gejammer. Ich eilte den Gang entlang und hastete die Treppe hinunter, wo ich um ein Haar über Maria gestolpert wäre, die bäuchlings auf einer Stufe lag.

»Was ist denn los? Was ist passiert?« Ich beugte mich über sie und malte mir im Geiste allerhand Katastrophen aus, die meiner jüngeren Schwester zugestoßen sein mochten, während ich in meinem Zimmer ziellos umhergelaufen war.

Sie rollte sich zu mir herum. Das dunkle, wellige Haar klebte ihr an den feuchten Wangen, und sie schluchzte so heftig, dass sich ihre Brust hob und senkte. Ich packte sie am Arm und schüttelte sie leicht. »Erzähl schon, Maria! Was ist passiert?«

»Mr Wilkes ist abgereist und kehrt womöglich nie mehr zurück!«

Ich lehnte mich zurück und betrachtete sie ungläubig. »Ernsthaft? Du weinst wegen Mr Wilkes?«

Sie antwortete mit einem weiteren Schluchzer.

Ich zog mein Taschentuch aus der Tasche und drückte es ihr in die Hand. »Komm, Maria. Kein Mann ist so viele Tränen wert.«

»Mr Wilkes schon!«

Das wagte ich zu bezweifeln. Ich wollte ihr das Gesicht mit dem Taschentuch abtupfen, doch sie stieß meine Hand weg. »Du weißt schon, dass es zum Weinen bequemere Orte gibt als die Treppe?«, bemerkte ich seufzend.

»Mama! Kitty ist wieder garstig zu mir!«, schrie sie und ballte die Hände zu Fäusten.

»Kate!«, erinnerte ich sie. »Und ich bin nicht garstig. Nur praktisch veranlagt. Apropos praktisch …« Wieder näherte ich mich mit dem Taschentuch ihrem Gesicht. »Wie kann man mit so viel Flüssigkeit im Gesicht überhaupt atmen?«

Wimmernd schob sie das Taschentuch weg. »Bleib mir mit deiner praktischen Veranlagung vom Hals. Ich will sie nicht!«

»Natürlich nicht.« Mir riss der Geduldsfaden. »Lieber liegst du auf der Treppe und heulst einem Mann hinterher, dem du nur fünfmal begegnet bist.«

»Mama! Kitty ist wieder unerträglich!«, kreischte sie und funkelte mich an.

Nun wurde es mir endgültig zu bunt. »Ich heiße Kate! Nach Mama kannst du im Übrigen lange rufen, die ist unterwegs und macht Aufwartungen. Und wenn du nicht Vernunft annehmen willst, dann will ich dich auch nicht trösten. So, nun entschuldige mich bitte. Ich muss ein Mozartkonzert üben.«

Maria fixierte mich mit ihrem Blick und rührte sich kein Stück, sodass ich gezwungen war, mich am Geländer festzuhalten und über sie hinwegzuspringen, um den Treppenfuß zu erreichen. Mit einem angewiderten Kopfschütteln betrat ich den Salon und zog die Tür fest hinter mir zu. Im nächsten Moment setzte sich das Klagen meiner Schwester fort, schrill und laut. Meine Katze, die auf dem Pianoforte kauerte, machte einen Buckel und stimmte mit ein. Ich warf ihr einen empörten Blick zu. »O nein, nicht du auch noch!«

Es gibt zahlreiche Möglichkeiten, Mozart falsch zu spielen, hingegen nur eine richtige. Nämlich so präzise, als ginge es um eine mathematische Gleichung, und in regelmäßiger Manier, als sei jeder Ton ein kleiner, gehorsamer Soldat, der nur seine vorgegebene Zeit beanspruchen dürfe. Für den verstörenden Einfluss der Leidenschaft gab es bei Mozart keinen Platz. Ebenso wenig wie für eine Katze namens Cora, die sich in dem

Wunsch, dem Lärm zu entfliehen, an meine Schulter krallte. Und ganz gewiss gab es bei Mozart keinen Platz für Schwestern, die genau dann vor der Salontür greinten, wenn ich zu üben versuchte.

Nachdem ich mich etliche Minuten abgemüht hatte, Marias lautes Gewimmer zu übertönen, spielte ich Mozart eindeutig verkehrt, ja, ich hämmerte mit so viel Leidenschaft auf die Tasten ein, dass mir ein Fingernagel brach.

»Verflixt!«, murmelte ich, und aus der Halle ertönte ein weiterer Schluchzer. Ich legte den Kopf zurück und brüllte: »So sollte man Mozart nicht spielen! Er würde sich im Grabe herumdrehen, wenn er das hören müsste!«

Vor der Tür waren eilige Schritte zu hören, und Marias Schluchzen verwandelte sich in klagendes Gebrabbel. »Kitty war so garstig, Mama! Sie hat kein Mitleid mit meinem Liebeskummer und sagte, ich solle anderswo heulen, wo doch jeder sehen kann, dass ich in diesem Moment einfach weinen *musste* und mich zufällig gerade in der Nähe der Treppe aufhielt, als es mich überkam, und ich mir den Ort also nicht etwa ausgesucht habe …«

»Oh, nicht jetzt, Maria!«

Beim Klang der Stimme meiner Mutter sprang Cora von meiner Schulter zu Boden, schoss wie ein Blitz durch den Raum und versteckte sich unter einem Stuhl. Im nächsten Moment flog die Tür auf, und Mama kam hereingerauscht. Sie hatte sich nicht einmal die Zeit genommen, die Haube abzulegen, und atmete so heftig, dass sich ihre Brust in fast schon ungestümer Manier hob und senkte.

»Ist das wahr?« Sie legte sich die Hand auf den wogenden Busen. »Kann das wirklich wahr sein, Kitty?«

»Kate«, erinnerte ich sie und spielte weiter. Mozart erfordert Konzentration, und ich gedachte den Umstand zu nutzen, dass sich Marias Gejammer mittlerweile zu Wimmern abgeschwächt hatte.

Doch Mama eilte umgehend zum Pianoforte und riss das Notenbuch herunter.

»Mama!« Ich schoss hoch und griff nach den Noten, doch sie wich zurück und hielt sie sich über den Kopf. Als ich ihr ins Gesicht blickte und ihre Miene sah, pochte mein Herz schneller vor Angst.

»Ist es wahr?«, fragte sie erneut mit leiser und bebender Stimme. »Hat dir Mr Cooper einen Heiratsantrag gemacht, und du hast abgelehnt? Ohne mich auch nur zurate zu ziehen?«

Ich schluckte meine Nervosität hinunter und zuckte beiläufig mit den Schultern. »Weshalb hätte ich dich zurate ziehen sollen? Du weißt, was ich von der Ehe halte.« Ich schnappte nach meinen Noten, doch Mama hielt sie nur umso höher, weshalb sie für mich, die ich ein Stück kleiner war als sie, nun unerreichbar waren. »Außerdem sprechen wir von Mr Cooper! Der schon mit einem Bein im Grab steht und vermutlich kein weiteres Jahr mehr erleben wird, wenn überhaupt.«

»Umso besser! Hätten doch alle meine Töchter solch ein Glück! Wie hast du dir diese Gelegenheit nur entgehen lassen können, Kitty?«

Angewidert schürzte ich die Lippen. »Ich habe es dir bereits mehrfach erklärt, Mama. Ich habe nicht die Absicht, irgendjemanden zu heiraten! Und nun gib mir bitte meine Noten zurück. Du möchtest doch gewiss, dass ich in Blackmoore anständig vorspiele!«

Sie kniff die Lippen zusammen, lief rot an und schleuderte meine Noten hinunter. Die Blätter landeten ungünstig auf dem Holzboden und knickten dabei um wie die Flügel eines verwundeten Vogels.

»Mama! Mozart!« Ich bückte mich und beeilte mich, die Seiten einzusammeln.

»Oh, Mama! Mozart!«, imitierte sie mich mit schriller Stimme und wedelte mit den Händen vor ihrem Gesicht herum. »Mama, ich habe keine Lust auf etwas so Vernünftiges wie eine gute Partie! Mama, ich will nur nach Blackmoore reisen, Mozart spielen und mein Leben vergeuden, anstatt die wenigen sich mir bietenden Gelegenheiten zu ergreifen!«

Ich erhob mich mit heißem Gesicht und drückte mir meine Noten an die Brust. »Ich finde nicht, dass man meine Lebensziele, sosehr sie sich von deinen auch unterscheiden mögen, als Vergeudung bezeichnen sollte …«

»Deine Lebensziele! Meine Güte, das ist ja zum Schießen!« Sie schritt vor mir auf und ab, und ihre Schuhe gaben bei jedem Schritt ein Klackern von sich, als würde sie meinen Willen zertrampeln wollen und meine Stimme desgleichen, wenn sie es denn könnte. »Was genau sind denn deine Lebensziele?«

»Du kennst sie«, murmelte ich.

Sie blieb vor mir stehen und stemmte die Hände in die Seiten. »Welche meinst du? Andere Menschen zu enttäuschen? Wertvolle Ressourcen zu verschwenden? Eine alte Jungfer zu werden wie deine Tante Charlotte?« Sie zog die dunklen Augenbrauen zusammen. »Habe ich in dich investiert, um im Gegenzug *nichts* zurückzubekommen – außer einem törichten Mädchen, das sich nur für Blackmoore und Mozart interessiert?«

Ich reckte das Kinn und betete darum, dass es nicht zitterte. »Das stimmt doch gar nicht. Ich interessiere mich für mehr als das. Zum Beispiel für Indien, und mir liegt an Oliver, und ich …«

»Kind, erwähne bitte nicht Indien. Nicht schon wieder!« Sie warf die Arme in die Höhe. Unwillkürlich zuckte ich zusammen. »Unglaublich, dass Charlotte gewagt hat, dich gegen meinen Wunsch einzuladen. Indien! Als wärst du mir nicht ohnehin schon Last genug mit deiner Dickköpfigkeit und deiner …« Sie wirbelte herum und stolzierte wieder auf mich zu. Ich ermahnte mich, nicht vor ihr zurückzuschrecken, drückte Mozart an mich, reckte weiterhin krampfhaft mein Kinn und hielt ihrem Blick stand.

»Jetzt ist Schluss, Kitty.« Sie hob einen Finger und wedelte damit vor meinem Gesicht hin und her. »Mir reicht es mit deinem Eigensinn. Ich werde dir zeigen, dass ich weiß, was das Beste für dich ist, und ich werde unverzüglich damit beginnen. Du wirst nicht nach Indien reisen. Deiner Tante Charlotte werde ich persönlich schreiben und ihr erklären, dass ich endlich eine Entscheidung getroffen habe. Und …« Sie packte mich am Kinn und drückte es nach oben, sodass sich mein Mund schloss, den ich bereits geöffnet hatte, um zu protestieren. Sie kam mir mit dem Gesicht so nahe, dass ich den schalen Tee in ihrem Atem riechen konnte, und flüsterte: »Und du wirst nicht nach Blackmoore fahren. Du wirst hierbleiben und lernen, wo dein Platz ist. Und versuch bloß nicht, mit deinem Vater darüber zu sprechen, oder du wirst in noch größeren Schwierigkeiten stecken als ohnehin schon.«

Mit einer schwungvollen Bewegung entließ sie mich aus ihrem Griff. Ihre dunklen Augen leuchteten triumphierend auf.

Mit heftig klopfendem Herzen schüttelte ich den Kopf. »Nein, Mama. Bitte. Nicht Blackmoore. Bitte nimm mir nicht Blackmoore weg …«

»Ach nein?« Sie brachte mich mit einem kalten Blick zum Schweigen. »Geh in dein Zimmer, und pack deine Sachen wieder aus, Kitty.«

Ich sah ihr in die Augen. Sie besaßen dieselbe Farbe wie die alte, verrostete Falle, die ich mit sieben im Wald entdeckt hatte.

Ein Kaninchen hatte sich zwischen ihren Eisenzähnen verfangen. Als ich das Tier entdeckte, kämpfte es zwar nicht mehr, doch es atmete noch. Ich beugte mich darüber, und da bewegte das kleine Wesen die Augen. Hektisch versuchte ich, es zu befreien, doch das rostige alte Metall widersetzte sich all meinen Bemühungen, es aufzustemmen.

Schließlich war ich in meiner Verzweiflung zum Delafield Manor gerannt und hatte Henry geholt. Beim Anblick des Kaninchens schüttelte er den Kopf. Dann hob er einen großen Stein auf und bat mich, mir die Ohren zuzuhalten und mich umzudrehen. Ich weinte, tat aber wie geheißen.

Wenige Augenblicke später legte er mir die Hand auf die Schulter. Ich öffnete die Augen und senkte die Hände. Er sagte, es sei das Beste gewesen, was wir für das arme Ding hätten tun können. Vermutlich hatte Henry die Falle später fortgeschafft. Jedenfalls sah ich sie nie wieder, wenngleich ich fast jeden Tag im Wald verbrachte. Aber ihren Anblick vergaß ich nie. Die großen Zähne, die rostige Farbe und ihr hartnäckiger Griff gingen mir nicht aus dem Kopf.

Dieselbe kalte Hartnäckigkeit entdeckte ich nun in den Augen meiner Mutter. Sie würde mir Blackmoore genauso wegnehmen wie die Hoffnung auf Indien – und sie würde sich durch nichts abhalten lassen. All meine Versuche, mich gegen ihren Willen aufzulehnen, wären vergebens.

»Ich heiße nicht Kitty, sondern Kate!«, zischte ich, griff nach meiner Katze und verließ den Raum. Ich hatte ganz vergessen, dass Maria noch immer auf der Treppe lag, und stolperte über sie. Dabei fiel ich auf beide Ellbogen, da ich weder Cora noch meine Mozartnoten loslassen wollte.

Ich weinte nicht, obschon mir der Schmerz an beiden Armen hochschoss und mir Cora in dem Versuch, sich aus meinem Griff zu winden, die Wange zerkratzte. Ich weinte nicht, als ich mich wieder aufrappelte, begleitet von Marias Geschrei, ich solle doch aufpassen, wohin ich träte. Und ich weinte nicht, während ich die restlichen Stufen emporlief, den Gang entlang zum letzten Schlafgemach rechter Hand hastete und die Tür hinter mir zusperrte.

Ich setzte Cora auf dem Boden ab und warf meine Noten aufs Bett. Meine Ellbogen und Schienbeine pochten schmerzhaft, doch das war nichts verglichen mit dem Schmerz, den ich angesichts meiner Ohnmacht und Hilflosigkeit verspürte. Ich hielt mir den Kopf, ging auf und ab und kämpfte gegen die Tränen an. Etwas in der Art hätte mir schwanen müssen. Es war so typisch für Mama: Just in dem Augenblick, da ich dachte, mein Herzenswunsch ginge endlich in Erfüllung, kam sie daher und zerstörte alles. Noch mehr als ihr Einschreiten machte mir jedoch meine vollkommene Machtlosigkeit zu schaffen. Mit siebzehn war ich eine Gefangene dieses Hauses aus Stein und Glas, aus verhärteten Gefühlen und Erwartungen, die ich nie erfüllen würde.

Am liebsten hätte ich laut losgeschrien. Blinde Zerstörungswut packte mich, doch dann hielt ich inne. Das letzte Mal, als ich einem derartigen Drang nachgegeben hatte, bereute ich es anschließend. Mein Blick fiel auf das lose Bodenbrett unter dem Fenster. Dann sah ich zur Holztruhe an meinem Bettende. So lange schon war sie verschlossen gewesen. Doch jetzt hatte ich nichts mehr zu verlieren, wenn ich hineinsah.

Mit zitternden Händen zog ich an dem losen Dielenbrett unter dem Fenster, bis es sich mit einem Knarzen aus seinen Nuten löste. Ich schob meine Hand in das Loch und schrammte mit den Fingerspitzen über das alte, zersplitterte Holz, bis sie sich um das glatte Metall des Schlüssels schlossen, der wie immer schwerer war als in meiner Erinnerung. Ich kniete mich damit vor die Holztruhe und betrachtete das Schloss, das ich schon seit ewigen Zeiten nicht mehr geöffnet hatte. Nach einem tiefen Atemzug steckte ich den Schlüssel hinein, drehte ihn und hob den Deckel.

Zederngeruch stieg mir in die Nase. Er erinnerte mich an meine Kindheit, an Geheimnisse. Mit angehaltenem Atem hob ich das Holzmodell aus der Truhe und stellte es auf dem Boden ab. Dann schloss ich die Truhe wieder und platzierte das Modell behutsam auf ihrem Deckel.

Ich kniete mich hin und betrachtete es mit einer Mischung aus Bewunderung und Bedauern. Ich liebte das Holzmodell und bedauerte es zugleich für das, was ich ihm angetan hatte. Vorsichtig fuhr ich mit dem Finger die Kontur des Daches nach und hielt inne, als ich die Stelle erreichte, an der es zersplittert war. Ich hob den Finger und setzte ihn erst da auf, wo das Modell wieder unbeschädigt war. »Das ist Blackmoore«, flüsterte ich. »Es hat fünfunddreißig Räume, zwölf Kamine, drei Etagen, zwei Flügel …«

2. Kapitel

Vier Jahre zuvor

»Es ist für mich so schwer auszuhalten, dass du jeden Sommer nach Blackmoore fährst und ich noch kein einziges Mal dort war. Ich hatte gedacht, du würdest deine Mutter darum bitten, dass ich diesen Sommer mit von der Partie sein darf.«

Von ihrem Fensterplatz aus beobachtete mich meine beste Freundin Sylvia mit gekräuselter Stirn. »Ich weiß«, entgegnete sie und streckte eine tröstende Hand aus, die ich nicht wollte. »Es tut mir leid, Kitty! Ich habe Mama Dutzende Male gefragt. Sie hat aber leider Nein gesagt. Wie letztes Mal.«

»Aber weshalb? Ich weiß, dass es in Blackmoore viele Gästezimmer gibt. Ich esse nicht viel und wäre auch nicht im Weg. Warum hat sie abgelehnt? Hat sie etwas gegen mich? Ist das der Grund, warum ich nicht eingeladen werde?«

Sylvia zuckte die Achseln und schüttelte vage den Kopf. »Das kann ich dir nicht sagen.«

Ich warf mich neben sie auf die Polsterbank, schlug die Hände vors Gesicht und gab einen erstickten Schrei von mir.

Schritte erklangen, dann war Henrys Stimme zu hören. »Was ist das für ein Geschrei?«

»Kitty sehnt sich danach, Blackmoore kennenzulernen. Wieder einmal.« Sylvia sprach, als würde ihre Geduld auf eine Probe gestellt, was mich veranlasste, mich aufrecht hinzusetzen und die Hände zu senken.

»Ihr versteht das nicht. Keiner von euch.« Ich sah von ihr zu Henry und wieder zurück. Beide starrten mich an, als wäre ich nicht ganz bei Sinnen. »Ihr habt immer dort hinreisen können, ich hingegen nie.«

Sie konnten nicht nachempfinden, wie es war, Sommer für Sommer zurückgelassen zu werden. So war es schon gewesen, solange ich mich erinnern konnte. Sie konnten sich das erdrückende Gefühl nicht vorstellen, das mich überkam, wenn ich mir ausmalte, wie sie die Küste, die Heidelandschaft und das große Haus mit seinen Geheimgängen erforschten, während ich auf dieselben Steinwände und dieselben Hecken starren musste wie schon mein Leben lang.

»Es ist doch nur ein Haus, Kitty«, sagte Sylvia.

Ich schüttelte den Kopf. »Das ist es eben nicht.« Denn das war es auch nicht. Nicht für mich.

Für Sylvia war Blackmoore einfach nur das großväterliche Anwesen, der Ort, an dem die Familie die jährliche Sommerfrische verbrachte. Für mich jedoch wäre es eine wenigstens zeitweise Flucht vor der endlosen Monotonie meines häuslichen Lebens gewesen.

»Was denn dann?«, fragte Henry, der mich mit seinen grauen Augen ernster musterte als gewöhnlich. So als wäre ihm meine Antwort wichtig.

»Es ist Abenteuer«, erklärte ich, und das Wort schmeckte wie Freiheit. »Ich habe nicht einmal die Grafschaft verlassen, in der ich geboren wurde, habe noch nie das Meer oder die Moorlandschaft gesehen. Und jeden Sommer brecht ihr zu diesem großartigen Haus auf, das auf einer Klippe mit Blick aufs Meer thront und das Heidemoor im Rücken hat. Und ihr zieht mich auf…« Ich bedachte Henry mit einem spitzen Blick, und er grinste schelmisch zurück. »Ihr zieht

mich mit Gerüchten über Gespenster im Moor, Geheimgängen und Schmugglern auf und weigert euch, mir zu sagen, ob irgendetwas davon wirklich stimmt.« Ich seufzte. »Ich würde alles dafür geben, mit nach Blackmoore zu dürfen.«

»Alles?« Henry sah mich zweifelnd an. »Du übertreibst ja wohl.«

»Keineswegs, Henry! Ich schwöre dir, ich würde alles dafür geben!«

»Was denn zum Beispiel?«

Ich versuchte, mir etwas Passendes zu überlegen, damit sie die ganze Tiefe meiner Gefühle verstehen könnten, und sah an mir herab. Nein, nicht meine Finger. Für das Musizieren am Pianoforte brauchte man sie alle. Einen Zeh? Vielleicht einen kleinen?

»Ich würde einen kleinen Zeh hergeben, um Blackmoore sehen zu können«, erklärte ich.

Sylvia wurde blass, doch Henrys Augen leuchteten interessiert auf.

»Einen kleinen Zeh? Keinen großen?«

Ich kaute auf meiner Unterlippe. »Nein, große Zehen sind fürs Gleichgewicht unentbehrlich, glaube ich.«

Mit spitzbübisch glitzernden Augen lehnte Henry sich vor. »Und wie würdest du vorgehen, um den kleinen Zeh abzutrennen?«

»Henry!«, protestierte Sylvia.

Er hielt eine Hand hoch, um sie zum Schweigen zu bringen, und sah mich herausfordernd an.

Ich schluckte. »Ich würde … Ich würde Cook fragen, ob sie ihn mir abschneidet.«

Sylvia schaute entsetzt. »Blut? In der Küche? Nein, Kitty. Ausgeschlossen.«

Tapfer versuchte ich, mich mit dem Gedanken anzufreunden. »So schlimm wäre es gar nicht«, erklärte ich. »In einer Küche gibt es hie und da gewiss ohnehin Blut, von rohem Fleisch etwa oder …«

Sylvia hielt sich die Ohren zu und schüttelte den Kopf. »Ich bitte dich, kein Wort mehr davon!«

Henry konnte sich das Grinsen kaum verkneifen. »Und was würdest du mit dem kleinen Zeh tun, Kitty? Gibt es irgendwo einen Markt für kleine Zehen im Austausch gegen Fahrten nach Blackmoore?«

Meine maßlose Enttäuschung schlug in Zorn um. Ich packte das Kissen an meiner Seite und schleuderte es in seine Richtung. Zu meinem Verdruss schlug er es mühelos beiseite. »Ich weiß nicht, ob es solch einen Markt gibt, Henry Delafield. Vielleicht kannst du es mir ja sagen, da du Blackmoore eines Tages besitzen wirst. Na, gibt es einen Markt für kleine Zehen?« Ich beugte mich vor und fing an, die Bänder meines Schuhs zu lösen. »Weil ich ihn mir nämlich gleich abschneiden lasse und damit meine Fahrt dorthin bezahle, ganz gleich, ob eure Köchin etwas gegen Blut in der Küche hat oder nicht!«

Wegen meiner zittrigen Finger brachte ich mit den Schnürbändern, die sich irgendwie verknotet hatten, nichts zuwege. Mit glühendem Gesicht und tränenverschleiertem Blick zerrte ich erfolglos an ihnen. Plötzlich kletterte Henry über Sylvia, schob sie zur Seite und setzte sich neben mich. Er ergriff meine Hände und zog sie von meinen Schuhen weg.

»Kitty«, sagte er leise. »Hör auf. Hör damit auf!« Halbherzig versuchte ich, ihm meine Hände zu entziehen.

»Es tut mir leid«, flüsterte er und lehnte den Kopf nahe an meinen. »Ich hätte dich mit Blackmoore nicht aufziehen dürfen. Ich weiß, was du empfindest.«

Seine Worte hatten dieselbe Wirkung auf mich wie Wasser, das man in ein Feuer schüttet. Ich entriss ihm meine Hände, hielt sie mir vors Gesicht und atmete tief durch. Wieder einmal hatte ich überreagiert. Das war eine meiner großen Schwächen. Genauer gesagt: eine der großen Schwächen aller Worthington-Frauen. Und nun, da mein Zorn verraucht war, schämte ich mich, war deshalb jedoch nicht weniger traurig. Und fühlte mich nicht weniger beraubt, nicht weniger enttäuscht. Im nächsten Moment spürte ich, wie Henry die Hand leicht auf meinen Hinterkopf legte.

»Komm, Kitty. Gestalten wir den Tag lieber unblutig.« Sein Ton war locker und schmeichelnd. »Lass uns stattdessen überlegen, was du während unserer Abwesenheit tun könntest. Du solltest ein großes Abenteuer planen, damit du bei unserer Rückkehr etwas Aufregendes zu erzählen hast.«

Ich ließ die Hände fallen und funkelte ihn an. »Du weißt genauso gut wie ich, dass es hier nichts Abenteuerliches gibt. Wenn doch, hätten wir es längst herausbekommen. Aber wie dem auch sei: Ein Abenteuer allein zu bestehen, macht keinen Spaß.« Missmutig und verbittert verschränkte ich die Arme vor der Brust. »Meine Frage lautet jedoch: Warum? Warum hat mir eure Mutter nie gestattet, euch zu begleiten?«

Henry und Sylvia schwiegen, obwohl ich sie eindringlich ansah. Ein hässlicher Verdacht schlich sich in meine Gedanken. Er soufflierte mir eine Frage, die mir so zuwider war, dass sich meine Mundwinkel nach unten verzogen, als hätte ich in etwas Saures gebissen.

»Wird Miss St. Claire in Blackmoore etwa wieder mit von der Partie sein?«

Henrys reservierte Miene beantwortete mir meine Frage. Sylvia warf mir einen mitleidigen Blick zu.

Mein Verdacht – meine Eifersucht – lachte schadenfroh auf und setzte sich bequemer hin, als plane sie einen sehr langen Besuch.

»Eure Mutter hat also nichts dagegen, Gäste einzuladen. Sie hat nur einfach etwas gegen mich!«

»Nimm's nicht persönlich, Kitty. Du weißt doch, dass sie vorhat, Miss St. Claire und Henry …«

»Sylvia!« Henry warf seiner Schwester einen warnenden Blick zu.

»Was denn? Das ist doch kein Geheimnis! Das wissen wir alle schon seit Ewigkeiten.«

Betretene Stille trat ein. Ich betrachtete den gelben Sofabezug und dachte nur daran, wie sehr ich Miss St. Claire hasste, wenngleich ich ihr noch nie begegnet war.

Henry drehte sich so jäh zu mir, dass ich zusammenfuhr und ihn überrascht ansah. Seine grauen Augen wirkten stählern, und unvermittelt entdeckte ich etwas in ihnen, das mir noch nie aufgefallen war – einen eisernen Willen. »Eines Tages werde ich dich nach Blackmoore mitnehmen, Kitty. Versprochen.« Wieder ergriff er meine Hand und drückte sie fest. »Ich gebe dir mein Wort!«

Ich kniff die Lippen zusammen, um meine Zweifel für mich zu behalten. Mrs Delafield bekam ihren Willen. Grundsätzlich. Wenn sie mich in Blackmoore nicht zu sehen wünschte, würde ich auch nie hinkommen. Da Henry jedoch weiterhin meine Hand drückte und das allmählich wehtat, drückte ich im Gegenzug die seine. »Nun gut«, flüsterte ich, gab den Kampf auf und lächelte ihm zuliebe ein wenig.

—

Der folgende Monat verstrich so langsam, dass ich schier verrückt zu werden glaubte. Während dieses langen, faulen Sommermonats voller Müßiggang, Gleichförmigkeit und unaufhörlichem Nichts knirschte ich mit den Zähnen und fluchte in mich hinein, wann immer ich an die Delafields und Miss St. Claire in Blackmoore dachte. Eines Tages vernahm ich von einem Dienstboten, die Delafields seien zurückgekehrt. Ich lief die Treppe hinab, hielt mich am Geländer fest, um die Ecke zu umrunden, und sprang die abschließenden drei Stufen hinunter, bevor ich bemerkte, dass die Eingangstür offen stand.

Jameson, unser Butler, beugte sich vor und versperrte mir die

Sicht auf die Tür. Als ich überrascht stehen blieb, rief jemand: »Wenn du das bist, Kitty, halt dir die Augen zu!«

Beim Klang von Henrys Stimme bekam ich Herzklopfen. Ich lehnte mich vor, um an Jamesons Rücken vorbeisehen zu können.

»Ich meine es ernst. Halt dir die Augen zu, oder ich mache kehrt und gehe auf der Stelle nach Hause. Dann wirst du deine Überraschung nie zu Gesicht bekommen!«

Seufzend hielt ich mir die eine Hand vor die Augen. »Ja gut. Ich halt sie ja schon zu!«

Ich hörte ein Schlurfen, das sich an mir vorbei Richtung Salon bewegte. Wie lang das dauerte! Nur die Angst, Henry könnte seine Drohung wahr machen, ließ mich die Augen weiterhin geschlossen halten, denn Geduld war noch nie meine Stärke gewesen.

»Kann ich jetzt gucken?«, bettelte ich.

Henry ergriff meine Hand. »Nein, halt dir die Augen weiter zu«, sagte er nahe an meinem Ohr. Mein Herz pochte schneller vor Aufregung. »Komm hier entlang.« Er führte mich an der Hand. Ich stieß an eine Wand, dann an einen Türpfosten und schließlich mit dem Knie an ein Möbelstück.

»Autsch! Kannst du mich nicht vorsichtiger führen?«

»Pst. Beschwerden sind nicht gestattet.«

Henry ließ meine Hand los und stellte sich hinter mich, drehte mich ein wenig und sagte dann: »Jetzt. Jetzt darfst du schauen!«

Rasch schlug ich die Augen auf und starrte verständnislos auf den Tisch vor mir. Henry hatte mich ins Esszimmer geführt, und auf dem Tisch stand etwas, das wie das Modell eines Hauses aussah.

Ich drehte den Kopf, um Henry einen fragenden Blick zuzuwerfen. Nur ein Monat war vergangen, doch er hatte sich verändert. Sein Haar war länger und dunkler als sonst. Dabei kam er immer mit hellerem, sonnengebleichtem Haar zurück. Doch dieses Jahr hatte es einen dunklen, goldenen Ton, der fast schon Braun genannt werden konnte. Die Sommersprossen auf seinen Wangenknochen waren verblichen. Nur seine grauen Augen mit dem dunkelgrauen Ring um die Iris waren dieselben geblieben. Und in diesem Augenblick war sein Lächeln so breit, dass es mich schier überwältigte.

Er trat um mich herum und deutete mit einer großartigen Geste auf das Modell. »Miss Katherine Worthington, hiermit stelle ich Ihnen Blackmoore vor.«

Mein Herz schlug so heftig, dass es wehtat. Ich sah von ihm zu dem Modell und wieder zurück, und als er grinsend nickte, fiel ich auf die Knie und brachte das Haus damit auf Augenhöhe. Das Holz war so bemalt, dass es wie Stein aussah. Die Fenster, die Eingangstüren, die Kamine – alles war vorhanden.

»Woher hast du das?«, fragte ich ehrfürchtig.

»Das habe ich gebaut!«

Ich sah ihn verständnislos an. »Das hast du gebaut?«

»Mein Großvater hat mir bei dem Entwurf geholfen«, versetzte er leichthin. »Und Sylvia am Ende beim Bemalen. Doch der Großteil der Handarbeit stammt von mir.«

Noch immer starrte ich ihn mit großen Augen an. »Das muss dich doch jede Tageslichtstunde deiner Ferien gekostet haben!«

Er hob die Schulter, doch sein halb unterdrücktes Lächeln sagte mir, dass ich ins Schwarze getroffen hatte. Was auch sein äußeres Erscheinungsbild erklärte. Ich wusste, dass Henry sich in Blackmoore eigentlich am liebsten im Freien aufhielt. Für gewöhnlich verbrachte er den ganzen Tag im Heidemoor und am Strand. Gern ging er mit dem Gärtner Vögel beobachten, und ich wusste, dass nur der größte aller Anreize ihn den ganzen Monat lang im Haus gehalten hätte.

Ich war überwältigt und hatte plötzlich einen Frosch im Hals. Ich räusperte mich. »Viel Zeit hast du wohl nicht mit Miss St. Claire verbringen können.«

Er kniete sich neben mir hin und verbiss sich ein Lächeln, wobei in seiner Wange eine kleine Kerbe erschien. »Nein. Nicht viel.«

Ich nickte und kaute auf meiner Unterlippe. Die Frage, die mir auf der Zunge lag, wagte ich nicht zu stellen. Ich wollte wissen, nein, ich musste wissen, ob er das Haus für mich gebaut hatte. Ob es etwas zu bedeuten hatte. Ob ich ihm etwas bedeutete.

»Ich schätze, nun stehe ich in deiner Schuld und muss eine Möglichkeit finden, mich zu revanchieren.« Ich hielt den Atem an, und mein Gesicht glühte vor Verlegenheit. »Da du deine Ferien und Miss St. Claire aufgegeben hast …«

Henry warf mir einen Seitenblick zu und sagte dann schmunzelnd: »Ich habe es nicht für dich gebaut, Kitty.«

»Nicht?« Ich war enttäuscht und erleichtert zugleich.

Er schüttelte den Kopf. »Nein, du undankbares Gör, das habe ich nicht.«

Er beugte sich näher zu mir, legte den Kopf schräg und studierte das Modell. Dann ergriff er die winzige Türklinke an der Eingangstür.

»Ich habe es«, murmelte er und öffnete die Miniaturtür, »deinen Zehen zuliebe getan.«

Vor Freude schnappte ich nach Luft, neigte den Kopf und spähte durch die offene Eingangstür des Modells. Ich entdeckte einen schwarz-weißen Schachbrettboden, auf einer Seite einen Kamin und einen Türbogen am hinteren Ende des Raumes, der zu einer Treppe führte.

Ich verkniff mir ein Grinsen und zwinkerte dann heftig, um nicht loszuheulen. Es war einfach zu viel. »Meine Zehen danken dir«, flüsterte ich schließlich.

Obwohl ich Henry nicht ansah, konnte ich sein Lächeln spüren. Es glich einem Sonnenstrahl auf meinem Gesicht, und meine Wangen erglühten. Dann deutete er auf das Modell und sagte: »Es hat fünfunddreißig Räume, zwölf Kamine, zwei Flügel, einen Wintergarten, Ställe und einen erstklassigen Ausblick. Es heißt, es gebe einen Geheimgang, der während der Reformation von Priestern benutzt wurde. Ein Gerücht, das ich weder bestätige noch leugne, da du es zweifellos faszinierender und geheimnisvoller finden wirst, etwas zu haben, worüber du dir den Kopf zerbrechen kannst.«

Ich riss mich von dem Modell los und sah ihn an. Er sprach rasch und erklärte mir etwas von der Bibliothek, die über dreitausend Bücher hätte. Doch ich nahm nichts wahr außer Henrys leuchtenden grauen Augen, den vereinzelten Sommersprossen auf seinen Wangenknochen, dem goldbraunen Haar, das ihm in die Stirn fiel, und den Lippen, die sich auf eine ganz besondere Art wölbten, wenn er lächelte.

»Es steht dem Meer zugewandt und hat das Heidemoor im Rücken«, sagte er. »Nun weißt du es.« Ein triumphierender Unterton schlich sich in seine Stimme. »Nun weißt du genau, wie Blackmoore aussieht. Eines Tages wirst du es selbst sehen, wie ich es dir versprochen habe.« Er begegnete meinem Blick mit einem warmen Lächeln. »Bis dahin darfst du das Modell behalten.«

3. Kapitel

Ein Klopfen an der Tür – ein zweifaches Pochen, eine Pause, dann ein weiteres zweifaches Pochen. Das war Olivers Erkennungszeichen. Aus meinen Tagträumereien aufgeschreckt, riss ich den Kopf hoch. Vorsichtig öffnete ich die Tür, allerdings nur einen Spaltbreit, damit er nicht in mein Zimmer spähen und das zerstörte Modell von Blackmoore entdecken konnte.

Oliver stand gleich neben der Tür, die braunen Haare hingen ihm über die haselnussbraunen Augen. Er brauchte dringend einen Haarschnitt. Ich würde es Cook demnächst einmal sagen.

»Was gibt's?« Ich hoffte, er würde meine niedergedrückte Stimmung nicht bemerken. Ihm zuliebe versuchte ich sogar zu lächeln, was ich für niemanden sonst getan hätte.

Mit einem schmutzigen kleinen Finger winkte er mich zu sich. Ich neigte den Kopf, und er flüsterte mir laut ins Ohr: »Mr Cooper kommt zum Dinner.«

Ich wich zurück. »Nein!«

Er nickte. »Ich habe gehört, wie Mama es zu Cook gesagt hat.«

Dieser abscheuliche Mr Cooper, den ich abgewiesen hatte,

kam wieder? Mama musste ihm weisgemacht haben, ich hätte es mir anders überlegt. Mir blieb nichts anderes übrig, als das Weite zu suchen.

»Ich danke dir, Ollie«, sagte ich und seufzte.

Er streckte die Hand aus. »Hast du einen Penny? Für eine Leckerei? Bitte!« Seinem gewinnenden Lächeln konnte ich beim besten Willen nicht widerstehen. Ich nahm zwei Pennys aus meinem Retikül und legte sie ihm in die Hand. Bevor er diese zurückziehen konnte, schnappte ich sie mir und drehte sie mit einem missbilligenden Schnalzen um. »Geh und säubere deine Fingernägel, kleiner Mann. Die sehen furchtbar aus!«

Seine Augen glitzerten spitzbübisch. »Ich mag sie furchtbar!«, erklärte er lachend. Die beiden Pennys fest umklammert, rannte er den Gang entlang und polterte die Holztreppe hinunter. Unwillkürlich musste ich lächeln. Er war die einzige Person, die ich vermissen würde, wenn ich am nächsten Tag aufbrach, um nach …

Ich hielt inne. Nein. Ich würde morgen nicht nach Blackmoore aufbrechen. Erneut überkam mich Verzweiflung. Kein Blackmoore – und ich würde zum Dinner Mr Coopers Gesellschaft ertragen müssen? Das war eindeutig zu viel.

Just in diesem Augenblick erhob sich ein Pfeifen in der Luft und erfüllte den Raum. Der Gesang einer Amsel. Ich eilte ans Fenster, stützte mich auf die Fensterbank, lehnte mich hinaus und sah hinunter. Henry stand unter dem Fenster und hatte seine Hände beim Pfeifen wie einen Trichter um den Mund gelegt.

»Ich habe die Zielscheibe aufgestellt. Komm, wir üben Bogenschießen!«

Ich legte warnend einen Finger an die Lippen und wandte mich wieder dem Zimmer zu. Eilig verstaute ich das Modell in der Truhe, schloss sie zu und legte den Schlüssel in sein Versteck zurück, bevor ich zum Fenster zurückkehrte. Ich schwang ein Bein über die Fensterbank.

»Was tust du?«, rief Henry von unten zu mir herauf.

»Könntest du bitte die Stimme senken?«, zischte ich und schwang auch das andere Bein über die Fensterbank. »Wonach sieht es denn wohl aus? Ich verlasse das Haus!«

»Nein, Kate. Nicht durchs Fenster. Nimm doch einfach die Tür wie alle anderen auch!«

»Gott bewahre! Mama könnte mich bemerken.« Ich drehte mich um und hielt mich dabei an der Innenkante der Fensterbank fest, sodass mein Bauch am Holz ruhte. »Es ist nur ein bisschen schwieriger, seitdem das Spalier im letzten Sommer kaputtgegangen ist.« In diesem Augenblick beschloss Cora, meiner Notlage auf den Grund zu gehen, und sprang auf meinen Kopf.

»O nein. Nicht jetzt«, schimpfte ich. »Runter da!«

Doch nach einem Blick über meinen Kopf hinweg machte sie sich daran, bedächtig und elegant an meinem Rücken hinunterzusteigen. Henry lachte.

Die Neigung war offenbar zu steil für Coras Geschmack, und sie grub ihre Krallen in mein Hinterteil und meine Beine. Vor Schmerz zuckte ich zusammen, und sie verlor ihr Gleichgewicht. Unter kläglichem Miauen bemühte sie sich noch, sich wieder irgendwo festzukrallen, doch vergebens. Ich sah über meine Schulter und beobachtete, wie sie sich im Sturz drehte. Zum Glück konnte Henry sie auffangen, bevor sie auf dem Boden aufkam.

»Gut gemacht«, lobte ich ihn. Er stellte sie ab und streckte die Arme zu mir hoch.

»Lass dich einfach fallen, ich fange dich auch auf«, sagte er, während ich weiter mit dem Fuß nach meinem üblichen Halt tastete.

»Danke, nicht nötig. Lass mich nur diesen Spalt finden, dann kannst du mir deine Hand reichen …«

»Ist es wirklich so wichtig, wie viel Hilfe ich dir gebe? Ich helfe dir so oder so. Lass mich dich auffangen.«

»Eine Hand wird reichen.«

Er murmelte etwas. Ich entdeckte besagten Spalt, schob die Spitze meiner Stiefelette hinein und ließ die Hände an die Außenkante der Fensterbank gleiten. »Was murmelst du da?«

»Ach, nur etwas über eine dickköpfige junge Lady, die ich kenne.«

Aus dem Fenster über mir war das Geräusch von Schritten zu hören. Offenbar kam Mama, um mit mir zu reden, und nach den energischen Schritten zu urteilen, war sie noch immer aufgebracht. Ein lautes Klopfen erklang an der Tür meines Zimmers. In diesem Augenblick ging mir auf, dass ich vergessen hatte, die Tür wieder abzusperren, nachdem ich sie für Oliver geöffnet hatte. Ich stieß mich von der Wand ab und ließ mich fallen. Henry würde mich auffangen, ohne Zweifel. Aus dem Augenwinkel sah ich, wie er einen Satz vorwärts machte. Gerade zur rechten Zeit packte er mich an der Taille, um meinen Sturz abzumildern. Beim Landen stolperte ich, doch er zog mich auf die Füße und rannte mit mir um die Ecke des Hauses. Ich drückte mich an die Steinwand und versuchte, möglichst leise zu atmen.

»Kitty? Kitty!«, erschallte Mamas Stimme aus dem offenen Fenster.

Henry sah auf mich herab, und die Belustigung in meiner Miene wich jäh Besorgnis.

»Dich bedrückt etwas«, stellte er fest.

Ich kniff die Lippen zusammen und weigerte mich, sowohl seine Feststellung zu bestätigen als auch sie zu leugnen. Seine Augen verengten sich. »Was ist der Grund?«

»Kitty!«, schrie Mama wieder, diesmal lauter. »Katherine Worthington! Antworte mir auf der Stelle! Wenn du wieder aus deinem Fenster geklettert bist …«

Im nächsten Moment ließ Henry mich auch schon stehen und stapfte um die Hausecke. Ich wollte ihn bremsen und streckte die Hand nach ihm aus, bekam ihn aber nicht mehr zu fassen. Daher konnte ich nur mucksmäuschenstill dastehen und atemlos abwarten. Cora wand sich miauend um meine Fußknöchel, und ich hob sie hoch, um sie zum Schweigen zu bringen.

»Oh, Henry!« In Mamas Stimme schwang Entzücken mit. Ich sah es förmlich vor mir, wie sie sich das Haar glättete und sich weiter aus dem Fenster lehnte. »Ich habe gerade nach Kitty geschaut. Du hast sie nicht gesehen, oder?«

»Heute noch nicht. Vielleicht ist sie in die Stadt gegangen?«

»Hm. Vermutlich hast du recht. Ich werde sofort einen der Dienstboten nach ihr schicken. Danke, Henry. Du bist ein lieber Junge.« Nach kurzem Schweigen senkte sie die Stimme und verlieh ihr einen kehligen Klang. »Oje, du bist ja gar kein Junge mehr, nicht wahr? Und du wirst fraglos mit jedem Tag hübscher. Du musst heute Abend zum Dinner kommen. Ich weiß nicht, wie oft ich Kitty schon gebeten habe, dich einzuladen, seitdem deine Mutter und Sylvia nach London abgereist sind, doch sie hat mich ein ums andere Mal enttäuscht. Dabei habe ich dich so gern hier, lieber Henry«, gurrte sie. »So, so gern!«

Erst als Cora miaute und sich in meinen Armen wand, begriff ich, dass ich sie fest drückte – ja, fast schon erdrosselte. Ich lockerte meinen Griff, ließ sie aber nicht gehen, und vergrub das Gesicht in ihrem Fell. Noch lieber wäre ich vor Scham im Erdboden versunken, irgendwo weit, weit weg von meiner peinlichen Mutter.

»Vielen Dank für die Einladung, Mrs Worthington, aber ich muss leider ablehnen. George hat heute die Farnsworth' zum Dinner eingeladen, und meine Anwesenheit wird ebenfalls erwartet.«

»Oh.« Ihre Stimme nahm einen vorwurfsvollen Ton an. »Bestimmt kommen dein Bruder und seine Gattin aber doch einen Abend auch mal ganz gut ohne dich aus?«

»Es tut mir leid. Vielleicht ein andermal. Wenn Sie mich jetzt bitte entschuldigen …«

»Nun gut. Aber ich lasse nicht locker. An einem dieser Abende, Henry, werde ich dich an meiner Seite haben.«

Einen Augenblick später bog Henry wieder um die Ecke, und ich sah ihm bang entgegen. Seine Wangen hatten sich gerötet, und er presste die Lippen zusammen, als könnte er sich nur mit größter Mühe eine Bemerkung verkneifen. Doch als er mich ansah, entdeckte ich in seinem Blick nichts als Freundlichkeit, und seine zusammengekniffenen Lippen verzogen sich zu einem raschen Lächeln.

»Wie schon gesagt, die Zielscheibe ist aufgestellt, und ich glaube, ich habe deine Mutter auf die falsche Fährte gelockt. Kommst du?«

Ich bebte vor Zorn und Beschämung und wünschte, ich könnte mich für meine Mutter entschuldigen. Damit hätte ich Mutters unziemliches Verhalten jedoch bestätigt, und das ging nicht an. Ich stellte Cora auf den Boden. »Das ist genau das, was ich jetzt brauche!«

Ich vergewisserte mich, dass uns aus den nächstliegenden Fenstern niemand beobachtete, und spurtete dann mit Henry zum Wald, mit Cora auf den Fersen. Die Lichtung befand sich fast genau auf halbem Weg zwischen unseren beiden Elternhäusern. Dort angekommen, zog Henry seinen Rock aus und hängte ihn über einen Ast. Die Zielscheibe hatte er bereits neben dem hohen Ahornbaum aufgestellt. Auf einem großen Baumstumpf lagen zwei Bögen und zwei Köcher mit Pfeilen bereit.

Alles sah genau so aus, wie an jedem anderen Tag, an dem wir auf dieser Lichtung Bogenschießen geübt hatten. Doch meine Wut auf Mama war so groß, dass ich bezweifelte, auch nur einen Treffer erzielen zu können. Henry stand neben mir und beobachtete mich schweigend. Noch immer zitterten meine Hände vor Zorn. Nach einem tiefen Atemzug legte ich den Pfeil auf, hob den Bogen, spannte die Sehne, zielte und ließ die Sehne schnellen. Der Pfeil flog weit daneben. Keine Überraschung, dennoch funkelte ich die unverschämte Zielscheibe böse an.

Nun legte Henry einen Pfeil auf, zog ihn zurück und visierte die Zielscheibe mit zusammengekniffenen Augen an. Sein Haar reflektierte das Sonnenlicht. Er schoss den Pfeil ab, der sich mit einem dumpfen Geräusch in die Zielscheibe bohrte. Henry verfehlte nie.

»Bist du jetzt bereit zu reden?«, fragte er.

Ich nahm mir einen weiteren Pfeil, spannte die Sehne und ließ mir seine Frage unterdessen durch den Kopf gehen. Während ich die Zielscheibe fixierte, stellte ich mir Mamas kalte Augen vor. »Es geht um meine Mutter.« Ich löste den Pfeil, der die äußere Kante der Scheibe traf. Armselig!

»Um wen auch sonst«, sagte Henry. »Aber was hat sie diesmal getan?«

Sein zweiter Pfeil traf genauso ins Schwarze wie der erste.

»Sie ist die gefühlloseste Mutter auf Erden!« Ich griff nach einem weiteren Pfeil. »Weder versteht sie meine Träume noch hat sie Sinn für meine Sehnsüchte. Sie möchte nur, dass ich heirate! Und du weißt, wie ich *dazu* stehe.« Ich schoss den Pfeil ab. Diesmal bohrte er sich ins Gras.

»In der Tat.«

»In der Tat!« Ich schnappte mir noch einen Pfeil und ärgerte mich, dass meine Pfeile ihr Ziel nicht erreichten und dass Henry so ruhig blieb, wenn ich wütend war. Vor allem aber ärgerte ich mich über Mama, die so überhaupt kein Verständnis für mich hatte. »Sag mir bitte: Wie oft hast du mich schwören hören, dass ich niemals heiraten werde?«

Er lächelte. »Wie oft? Ich habe nicht mitgezählt, Kate.«

»Dann schätz einfach mal.«

Er seufzte. »Nun gut. Ich schätze, seit letztem Weihnachten mindestens zwei Dutzend Male. Letztes Jahr vielleicht fünfzigmal. Insgesamt so um die hundert?«

Wenn das keine Leistung war! »Und glaubst du, dass ich es mit meiner Absicht ernst meine?«

»Ja, allerdings.« Mit verhärteter Miene starrte Henry auf den Pfeil in der Zielscheibe.

»Siehst du? Wenigstens du verstehst mich in dieser Angelegenheit, und dabei bist du nur ein Freund. Aber mein eigen Fleisch und Blut …!«

Er zuckte zusammen und riss den Kopf zu mir herum, wobei ihm der Pfeil aus dem Bogen fiel. Er senkte ihn und musterte mich durchdringend, und seine grauen Augen glitzerten wie Stahl. Dann hob er den Bogen wieder und richtete seinen Blick auf das Ziel. »*Nur* ein Freund?« Er kniff die Augen zusammen und presste die Lippen aufeinander, sodass sich in seiner Wange eine Kerbe bildete. »Ich habe weiß Gott einen besseren Titel verdient, finde ich.«

»Welchen denn zum Beispiel?« Ich sah ihn fragend an.

»Oh, ich weiß nicht.« Er löste seinen Pfeil. Ein weiterer Treffer. »Vielleicht ›Erfüller meines Herzenswunsches‹?«

Ich brach in entrüstetes Gelächter aus. »Erfüller meines Herzenswunsches? So werde ich dich nie nennen.« Ich nahm mir einen neuen Pfeil.

»Warum nicht? Ich habe mir diesen Titel redlich verdient. Ich finde, jedes Mal, wenn wir uns sehen, solltest du mich damit ansprechen!«

»Wie kommst du eigentlich darauf?«

»Ich habe dir die Katze geschenkt, die du über alles auf der Welt liebst.« Er deutete auf Cora, die neben uns im Gras lümmelte. »Deshalb habe ich dir deinen Herzenswunsch erfüllt.«

Ich sah ihn spöttisch an, spannte die Sehne und schoss den Pfeil ab. Er traf die Zielscheibe. Endlich. Ich lächelte voller Genugtuung. »Ich werde dich doch nicht Erfüller meines Herzenswunsches nennen. Das wäre zu lächerlich!«

Henry sah mich mit einem befriedigten Lächeln an. »Na bitte. Deine Augenbrauen haben wieder ihre normale Stellung.«

»Du sollst mich doch nicht wegen meiner Augenbrauen aufziehen, weißt du nicht mehr? Diesen Pakt haben wir vor fünf Jahren geschlossen.«

»Das war ein einmaliges Abkommen, nachdem du versucht hast, sie dir mit dem Rasiermesser deines Vaters wegzurasieren.« Er zog die Sehne seines Bogens zurück und konzentrierte sich auf die Zielscheibe. Henrys Gestalt hatte ich schon immer bewundert. Mit seinen zwanzig Jahren war sein Rücken breiter denn je. Seine Armmuskeln wölbten sich, und wieder war da diese Kerbe in seiner Wange – diese Kerbe, die mehr Falte war als Grübchen, und ich musste wegsehen. Als ich mich bückte und den letzten Pfeil aus meinem Köcher zog, hörte ich, wie sein Pfeil ins Ziel traf.

Mein letzter Pfeil war ebenfalls ein Treffer, und ich stieß einen Seufzer der Erleichterung aus. Schon besser. Anscheinend war ich wieder auf der Spur. Ich legte meinen Bogen weg und begab mich mit Henry zur Zielscheibe. Nachdem ich meine Pfeile herausgezogen und die verirrten aufgesammelt hatte, schlenderte ich zu dem Ahornbaum, der an einer Seite der Lichtung stand. Er war so hoch, dass sich selbst seine untersten Äste weit über meinem Kopf befanden. Ich lehnte mich an seine vertraute Rinde und seufzte tief auf. Meine Empörung hatte sich einigermaßen gelegt, doch Kummer und Groll brannten noch immer in mir.

Henry gesellte sich zu mir und lehnte sich ebenfalls an den Baum. Ich musterte die Federn der Pfeile in meinen Händen und wünschte mir nicht zum ersten Mal, ich könnte einfach wegfliegen. Ich spürte Henrys Blick auf meinem Gesicht.

»Was bereitet dir denn wirklich Kummer, Kate?«, fragte er leise. »Dieses Problem mit deiner Mutter ist doch nichts Neues. Was ist heute geschehen, das dich so mitnimmt?«

Ich ließ die Pfeilfedern zwischen meinen Fingern hindurchgleiten und kämpfte gegen neue Tränen an. Um meine Gefühle in den Griff zu bekommen, holte ich tief Luft.

»Sie hat gesagt, ich dürfe nicht nach Blackmoore reisen«, sagte ich schließlich.

»Was?« Unglaube vermischte sich mit Wut. »Warum denn nicht?«

Ich legte den Kopf zurück und beschirmte mit der Hand meine Augen, damit Henry meinen Kampf mit den Tränen nicht mitbekam. »Sie ist wütend auf mich, weil ich Mr Coopers Heiratsantrag abgelehnt habe.«

»Mr Cooper?« Henry klang entsetzt. »Der Mann ist krank!«

Ich lachte ein wenig, und aus dem einen Auge stahl sich eine Träne. »Ich weiß!« Bei der Erinnerung an seinen letzten Besuch revoltierte mein Magen. »Bei unserer vorigen Begegnung war sein Ohr verbunden. Wie kommt es, dass jedes Mal ein anderer Körperteil bandagiert ist?«

»Das kann ich dir nicht sagen«, erwiderte Henry in ernstem

Ton. Ich sah ihn an und entdeckte in seinem Gesicht eine solche Abscheu, dass ich in Gelächter ausbrach.

»Der Verband war noch dazu voller Flecken«, fuhr ich fort und keuchte dabei vor Lachen. »Von grünlicher Farbe!«

Henry schüttelte den Kopf. »Halt. Sag nichts mehr!«

Ich lachte so heftig, dass mir die Tränen hinunterliefen. Doch dann erinnerten sie mich daran, worüber ich wirklich zu weinen hatte, und der Gedanke ernüchterte mich wieder.

»Es ist unfair«, sagte ich, »dass meine Mutter dem Ganzen jetzt, da wir deine endlich davon überzeugt haben, dass ich zu Besuch kommen darf, einen Riegel vorschiebt.«

»Wie recht du hast.« Er seufzte. »Wenn ich es also richtig verstehe, hat deine Mutter immer noch nicht akzeptiert, dass du einfach ziemlich dickköpfig bist. Sie meint noch immer, sie könne dich zu einer Heirat überreden, nicht wahr? Und dich in eine sittsame, gehorsame Tochter verwandeln? Wenn sie schon dabei ist, wird sie dann auch gleich die Ordnung des Universums umgestalten?«

Traurig lächelte ich. »Irgendetwas in der Art.«

»Du weißt, dass du mir nie erklärt hast, was dich zu deinem Entschluss bewogen hat, nie zu heiraten.«

Ich schüttelte den Kopf. Jedes Mal, wenn er mich in den vergangenen anderthalb Jahren danach gefragt hatte, verwehrte ich ihm eine Antwort. »Nicht heute, Henry. Wir haben wichtigere Schlachten zu schlagen.« Ich suchte seinen Blick. »Ich muss nach Blackmoore fahren. Ich *muss*! Ich glaube, wenn sie mich hier behält, hasse ich sie für den Rest meines Lebens.«

Er nickte mit grimmigem Blick, als wäre er sich über den Ernst der Lage vollkommen im Klaren. Wenn überhaupt jemand mich verstand, dann er. Schließlich hatte er mir das Modell gebaut. Ich wischte eine weitere Träne fort, und diesmal war ich mir gewiss, dass Henry sie gesehen hatte.

Er stupste mich mit dem Ellbogen an. »Ach komm. Zum Verzweifeln gibt es keinen Grund. Wir sind zwei intelligente Menschen und imstande, eine Mutter zu überlisten.« Er löste sich von dem Baum und ging davor auf und ab. »Was wünscht sich deine Mutter mehr als alles andere?«

»Dass ich heirate«, antwortete ich prompt.

»Und doch bist du wild entschlossen, es nicht zu tun.«

»Richtig.«

»Hm.« Er ging weiter auf und ab. Dann hielt er plötzlich inne und drehte sich zu mir. »Kannst du nicht vorgeben, du würdest heiraten *wollen*? Erzähl ihr doch, dass du in Blackmoore vielen heiratswürdigen Gentlemen begegnen und vielleicht den passenden Kandidaten finden wirst.«

Ich warf ihm einen ungläubigen Blick zu. »Nein. Es ergibt keinen Sinn, die Schlacht zu gewinnen, wenn das bedeutet, den Krieg zu verlieren.« Ich tippte mit meinen Pfeilen gegen den Baum und überlegte krampfhaft, wie sich das Problem lösen ließe. »Aber was sonst will meine Mutter im Leben?« Ich dachte gründlich nach und zuckte mit den Schultern. »Nichts. Meine Mutter kennt nur ein Ziel: ihre Töchter unter die Haube zu bringen.« Und mit so vielen Männern zu flirten, wie sie nur kann, setzte ich im Stillen hinzu.

Henry sah mich scharf an. »Ihre Töchter«, sagte er bedächtig. »Im Plural.«

»Ja. Uns alle vier. Drei, wenn man Eleanor nicht mitzählt.«

Er lächelte. »Maria.«

Ich sah ihn fragend an.

»Erzähl ihr, dass Maria ebenfalls mitkommen kann und in Blackmoore unter Umständen einen geeigneten Heiratskandidaten findet.«

Zweifelnd ließ ich mir seinen Vorschlag durch den Kopf gehen. »Aber was wäre ihr Ansporn?«

»Na, Maria vom Hals zu haben. Maria die Chance zu geben, eine gute Partie zu machen.« Er hielt inne, und seine Augen leuchteten schelmisch auf. »Meine Mutter in Harnisch zu bringen.«

Ich lächelte schief. Meine Mutter und Mrs Delafield hatten sich vor vier Jahren überworfen, wenngleich unsere Familien weiterhin Umgang pflegten. Ich fragte mich, ob Henry den Grund für ihre gegenseitige Abneigung kannte. Seitdem ich ihn herausgefunden hatte, achtete ich darauf, das Thema in seiner Gegenwart tunlichst zu vermeiden. Und darüber aufklären würde ich ihn schon gleich gar nicht.

»Es könnte klappen«, beharrte er.

»Ich weiß nicht, ob ich sie dazu überreden kann«, erwiderte ich. »Sie brennt förmlich darauf, mich zu bestrafen …«

»Und Maria dabeizuhaben ist keine Strafe?«

Ich lachte. »Du hast recht. Das wäre allerdings eine Strafe.« Nachdenklich kaute ich auf der Unterlippe und musste mir schließlich eingestehen, dass mir auch nichts Besseres einfiel. »Wird deine Mutter etwas dagegen haben? Oder Sylvia?« Mrs Delafield und Sylvia waren in den vergangenen vier Monaten in London gewesen, wo sie Sylvias erste Saison genossen hatten. Von dort wollten sie direkt nach Blackmoore aufbrechen.

Henry schüttelte den Kopf. »Nicht im Geringsten. Es ist genügend Platz für einen weiteren Gast.«

»Einen Versuch ist es jedenfalls wert.« Ich zuckte mit den Achseln. »Mehr als meinen liebsten Traum kann sie mir nicht wegnehmen.« Ich reichte ihm die Pfeile. »Ich werde es sofort ausprobieren, damit wir noch Zeit für einen weiteren Versuch haben, falls dieser scheitert.«

Ich machte ein paar Schritte in Richtung meines Elternhauses, blieb dann jedoch noch einmal stehen. »Henry?«

Er war zu unserem Schießplatz zurückgegangen, drehte sich nun aber zu mir um.

»Du bist ein guter Freund«, sagte ich.

Er schüttelte den Kopf, spannte einen Pfeil ein und hob den Bogen. »Versuch's noch mal, Kate. Sag: ›Du bist der Erfüller …‹« Er spannte die Sehne und warf mir dann einen Blick zu, als würde er darauf warten, dass ich fortfuhr.

Ich lachte. »Niemals. Niemals werde ich dich so nennen!«

Er grinste von einem Ohr zum anderen, wandte sich wieder um und schoss seinen Pfeil mühelos ins Zentrum der Zielscheibe. Er traf wirklich nie daneben.

—

Ich entdeckte Mama, schon fürs Dinner gekleidet, in ihrem Schlafgemach. Sie stand an ihrem Frisiertisch, auf dem sie ihre Schminkbehälter verteilt hatte. Als ich hereinkam, warf sie mir einen Blick zu und sprach schon, bevor ich auch nur den Mund aufmachen konnte.

»Wo hast du gesteckt?« Sie beugte sich vor und betrachtete ihr Spiegelbild. »Ich habe John auf die Suche nach dir geschickt. Wenn du wieder aus deinem Fenster geklettert bist, habe ich keine andere Wahl, als es zunageln zu lassen. Und warum hast du Henry Delafield während der Abwesenheit seiner Mutter nicht zum Dinner eingeladen? Er hätte hier mindestens zweimal pro Woche speisen können, und nun reist er nach Blackmoore ab, sodass sich uns keine weitere Möglichkeit mehr für seine Gesellschaft bietet. Inzwischen sieht er viel zu gut aus, als dass man sich so eine Gelegenheit entgehen lassen dürfte, und wenn du es schon nicht deinen Schwestern zuliebe tust, so musst du es eben mir zuliebe tun …«

»Mama, wegen ebendieser Schwestern bin ich hier. Genauer

gesagt möchte ich dir etwas anbieten, worüber du dich freuen wirst.« Ich holte Luft und wartete, ob ich sie in ihrer Tirade erfolgreich gebremst hatte. Sie hob eine Augenbraue, schwieg aber, was ich als gutes Zeichen wertete. Ich wog meine Worte sorgfältig ab, bevor ich fortfuhr: »Ich denke, du wirst mir zustimmen, dass Maria seit Mr Wilkes' Abreise unerträglich ist. Gewiss wirst du angesichts ihrer ständigen Heulerei des Lebens nicht mehr froh, und solange sie hier herumschluchzt, wird sie keinen weiteren heiratswürdigen Gentleman kennenlernen.«

Ich hielt inne. Mama lehnte sich noch näher zum Spiegel und rieb sich Rouge auf die Wangen. Ich zuckte zusammen. Sie trug grundsätzlich zu viel Rouge auf, wenn zum Dinner Gesellschaft erwartet wurde.

»Fahre fort«, murmelte sie.

»Nun.« Ich atmete tief durch. »Ich hätte einen Vorschlag, wie du dir Maria vom Hals schaffen und ihr gleichzeitig die Gelegenheit bieten könntest, einige neue Gentlemen kennenzulernen … in Blackmoore.«

Mama hielt beim Auftragen des Rouges inne, und ich sah, wie sie interessiert eine Augenbraue hochzog. »Wer gibt dir die Befugnis, deine Schwester nach Blackmoore einzuladen?«

»Henry. Die Idee stammt von ihm.«

»Hm.« Auch in ihrem Ton schwang Interesse mit. »Du hast dich also mit Henry getroffen.«

»Ja«, gab ich leise zu und wünschte, ich hätte den Ausdruck in ihrem Gesicht nicht gesehen – wünschte, ich hätte das Hochziehen ihrer Braue nicht gesehen, das Zucken ihres Mundes. Betretene Stille trat ein, und ich trat von einem Fuß auf den anderen, während sie sich höchst konzentriert einen Schönheitsfleck auf die Wange malte.

Sie lehnte sich zurück, um sich von einem neuen Winkel

betrachten zu können. »Ich bin davon überzeugt, dass Mrs Delafield viele ihrer Bekannten einladen wird, um ihnen den neuen Flügel des Anwesens zu zeigen, den sie hat umgestalten lassen. Es wäre in der Tat eine nette Gelegenheit, neue Gentlemen kennenzulernen.«

Weiteres Rouge wurde auf ihre Wangen getupft, dann meinte sie leichthin: »Gegebenenfalls erlaube ich dir den Aufenthalt dort doch, wenn du Maria mitnimmst.«

Ich blieb ganz ruhig und war erstaunt, dass ich so einfach gewonnen hatte. »Ist das dein Ernst?«

Sie lachte. »Aber natürlich meine ich es ernst, du törichtes Ding! Warum sollte ich dich dieser Gelegenheit berauben?«

Sie schien in solch ruhiger, vernünftiger Verfassung zu sein, dass ich beschloss, mein Glück zu versuchen. »Und darf ich auch Tante Charlotte schreiben und ihre Einladung annehmen, sie nach Indien zu begleiten?«

Sie schlug mit der offenen Hand auf die Frisierkommode. »Nein! Du sollst heiraten! Nicht jede Frau hat das Glück, so auszusehen wie wir, Kitty. Es wäre eine Sünde wider die Natur, eine derartige Schönheit wegzuwerfen.«

Vor Zorn lief ich rot an. Ich hasste es, wenn sie mein Aussehen mit ihrem verglich. So ähnlich sahen wir uns gar nicht. Nun ja, wir hatten beide dunkles, welliges Haar und dunkle Augen. Mama hatte sich gut gehalten. Noch waren ihre Haare nicht ergraut, und ihre Augenbrauen glichen jenen dunklen, dramatischen Schrägstrichen ihrer Jugend. Meinen Augenbrauen. Denen, die ich versucht hatte wegzurasieren. Sie waren es, die uns am stärksten verbanden. Doch in vielerlei Hinsicht ähnelte ich ihr nicht. Und in den wichtigsten Hinsichten überhaupt nicht.

»Ich werde nicht heiraten, Mama. Wann glaubst du mir endlich?«

Sie drehte sich auf ihrem Hocker zu mir um, und ihr Lächeln passte so gar nicht zu ihrem stählernen Blick. »Solch einen Mumpitz werde ich nie glauben, Kitty. Wenn ich es nämlich täte, würde ich mir eingestehen, dass alles, was ich für dich getan habe, Vergeudung war. Vergeudung meiner Zeit, meiner Aufmerksamkeit und meiner Ressourcen. Du wärst als Mensch vergeudet. Willst du das?«

Mein Gesicht brannte, und meine Wut glich einem wilden, angriffslustigen Tier. Verzweifelt bemüht, die Fassung zu wahren, rang ich die Hände. Nach einem tiefen Atemzug sagte ich leise: »Ja, Mama. Ich möchte als Mensch vergeudet sein. Ich möchte, dass du die Hoffnung aufgibst, dass ich je heirate.«

»Du bist zu drollig, Kitty!«, meinte sie und lachte spöttisch.

»Kate. Ich möchte Kate genannt werden.« Am liebsten hätte ich vor Ärger laut geschrien. Obwohl ich alles daransetzte, sie unter Kontrolle zu halten, wurde meine Stimme lauter. »Wie oft habe ich dir das schon gesagt? Und wie oft habe ich dir gesagt, dass es mich nicht danach verlangt, so zu sein wie du? Oder wie Eleanor? Eine großartige Partie zu machen – oder überhaupt eine? Seit bald zwei Jahren halte ich an meinem Entschluss fest. Ich werde jeden Mann abweisen, der einfältig genug ist, um meine Hand anzuhalten. Wie viele Anträge muss ich noch ablehnen, ehe du meinen Wunsch, unverheiratet zu bleiben, endlich akzeptierst?«

Sie legte den Kopf schräg und betrachtete mich über längere Zeit mit zusammengekniffenen Augen, während meine Hände vor Zorn zitterten und mein Gesicht erglühte.

»Drei«, meinte sie schließlich leichthin und wandte sich wieder ihrem Spiegel zu.

»Was?«, fragte ich ungläubig.

»Wenn du während deines Aufenthaltes in Blackmoore drei Heiratsanträge ablehnst, akzeptiere ich, dass du ein hoffnungsloser Fall bist.« Sie nahm eine Haarbürste und strich sich damit durch das dunkle Haar.

Ich schnappte nach Luft. »Willst du damit sagen, ich darf nach Indien reisen, wenn ich drei Heiratsanträge ablehne?«

Sie lächelte kurz. »O ja. Genau das will ich damit sagen.«

Warum und wie war ich plötzlich zu diesem Zugeständnis gekommen? Verunsichert taumelte ich einen Schritt zurück. »Danke …«, setzte ich an, doch sie hob einen Finger.

»Und im Gegenzug …«

Mir sank der Mut, und sie lachte hell auf. »Richtig, Schatz, im *Gegenzug*. Denn jedes Abkommen beruht auf Gegenseitigkeit. Jede Interaktion mit einer anderen Person ist eine potenzielle Transaktion, eine Gewinnmöglichkeit. Für alles, was du gewinnst, musst du zahlen. Die weiseste Transaktion ist dergestalt, dass du weit mehr gewinnst, als du bezahlst.«

Ich hasste es, wenn sie von geschäftlichen Transaktionen sprach. Ich hasste ihre Kälte und Gefühllosigkeit im Umgang mit mir. Ich hasste das Gefühl, für sie weiter nichts als einen möglichen Gewinn darzustellen.

»Nun lass uns diese Transaktion besprechen. Wenn du Erfolg hast, wirst du in dieses gottvergessene Land aufbrechen, wo du möglicherweise ums Leben kommst, wenn du nicht schon auf hoher See verloren gehst oder durch irgendeine andere Katastrophe dahingerafft wirst. Dann werde ich vielleicht eine Tochter verlieren, die ansonsten eine gute Partie gewesen wäre und im Alter für mich hätte sorgen können.«

Angewidert kniff ich den Mund zusammen.

»Ich bin zu einem großen Opfer für dich bereit, Kitty. Weshalb du deinerseits bereit sein musst, auch für mich ein Opfer zu bringen. Wenn es dir misslingt, in Blackmoore drei Heiratsanträge zu erhalten, dann musst du dich einverstanden erklären, worum auch immer ich dich bitte.« Sie hob die eine Augenbraue. »Ganz gleich, worum ich dich bitte, Kitty – und zwar, ohne zu murren, ohne fortzulaufen, ohne dagegen anzugehen.«

In meinem Kopf ratterte es, ich wog den Reiz Indiens gegen die äußerst reale Möglichkeit ab, meiner Mutter vollkommen ausgeliefert zu sein, sollte mir der Erfolg versagt bleiben.

»Mich einverstanden erklären, worum auch immer du mich bittest … Das klingt nach einer höchst ergebnisoffenen Abmachung.«

»Ja und?«

»Was, wenn du mich darum bitten würdest, etwas Gesetzeswidriges zu tun? Dem könnte ich nicht zustimmen.«

Mit grämlicher Miene wandte sie sich wieder dem Spiegel zu. »Eigentlich solltest du mich besser kennen. Um etwas Gesetzeswidriges würde ich dich nie bitten. Aber wenn diese Sorge dich innehalten ließe, dann möchtest du ja vielleicht gar nicht so sehnlich nach Indien, wie du behauptest.«

»Das möchte ich sehr wohl!« Meine Hand schoss vor, als wollte ich die Hoffnung erhaschen, die sie mir in Aussicht stellte. »Ich wünsche mir, nach Indien zu reisen, und gehe auf deine Bedingungen ein, Mama. Ohne Wenn und Aber.«

Ihre Lippen verzogen sich zu einem kleinen Lächeln, und eine bange Ahnung überkam mich. Was gab es da zu lächeln? In welche Falle war ich gerade geraten? Ich wich vor ihr zurück und wünschte mir, ich würde mich nicht so unwohl fühlen. Ich würde es schaffen. Ich würde meine Heiratsanträge schon zusammenbekommen. Ich würde nach Indien reisen, weit fort vom Zugriff meiner Mutter. Nur keine Angst!

»Ich werde in Blackmoore drei Heiratsanträge erhalten, und sobald ich sie habe, breche ich direkt zu Tante Charlotte auf«, verkündete ich in zuversichtlichem Ton. »Ohne zuvor noch einmal heimzukehren.« Ich stand schon fast an der Tür und langte nach dem Griff.

Gleichgültig zuckte sie die Achseln. »Es macht für mich keinen Unterschied, wann du abreist, Kind. Bis dahin bin ich nicht mehr für dich verantwortlich.«

Ich öffnete die Tür.

»Ach ja, Kitty, noch etwas.«

Schon halb zur Tür hinaus, hielt ich inne. Sie fuhr fort, sich ihr Haar zu bürsten, und betrachtete ihr Spiegelbild mit diesem winzigen Lächeln, das immer noch ihre Lippen umspielte. »Kein Umbesinnen mehr. Wir haben eine Abmachung!«

Spöttisch zog ich eine Augenbraue hoch. »Eigentlich solltest du mich besser kennen, Mama. Ich habe es mir noch nie anders überlegt.«

Wie ich sie so beim Haarebürsten beobachtete, befreite sich der heiße Zorn, den ich bislang in Schach gehalten hatte, aus seinen Fesseln und machte einen heftigen Satz. In gewisser Weise hatte sie gewonnen. Gut, ich hatte zwar erreicht, worum ich sie hatte bitten wollen, doch irgendwie hatte sie dennoch gewonnen, dessen war ich mir gewiss. Ich war in irgendeine Falle getappt, wovon das Kältegefühl tief in meinem Herzen Zeugnis ablegte. Nun sah sie mir nicht einmal dabei zu, wie ich den Raum verließ.

Während ich an der Tür verweilte, schwoll mein Zorn immer mehr an, bis ich schließlich sagte: »Übrigens werde ich heute Abend nicht mit der Familie dinieren, Mama. Du wirst mich also bei Mr Cooper entschuldigen müssen.« Und nach einer kleinen Kunstpause gab ich hoch erhobenen Hauptes meinen Schlusssatz von mir: »Ach ja, Mama, noch etwas. Du trägst zu viel Rouge auf.«

Rasch schloss ich die Tür, gerade noch rechtzeitig, um der Haarbürste zu entgehen, die quer durch den Raum auf meinen Kopf zugeflogen kam. Ich hörte, wie sie mit einem lauten Knall gegen die Holztür schlug. Ich wandte mich um und schlenderte mit einem kleinen Lächeln davon. Ehe ich den Wald erreicht hatte, rannte ich schon.

—

Henry wartete auf meine Rückkehr. Sobald ich auf die Lichtung trat, drehte er sich um. »Nun?«

»Nun …« Um ihn ein wenig zu necken, verkniff ich mir mein Lachen. »Ich fürchte, ich muss sagen …«

Doch ich hielt es nicht durch und begann unvermittelt zu grinsen. Henry lächelte breit.

»Erfolgreich?«, fragte er.

»Erfolgreich.« Mit einem glücklichen Seufzer nahm ich meinen Bogen auf und bemerkte, dass Cora noch immer zusammengerollt neben Henrys Füßen im Gras lag. An Henry hatte diese Katze schon immer einen Narren gefressen.

»Dann hatte ich also recht.« Er grinste triumphierend. »Sprich: Ich bin ein Genie!«

Ich lachte. »Deine Bescheidenheit ist bemerkenswert, Henry.«

»Ich bin ein muttermanipulierendes Genie, das dir erneut deinen Herzenswunsch erfüllt hat, weshalb ich verdientermaßen den Titel …« In seinen Augen blitzte der Schalk.

Ich warf ihm einen Blick zu, der besagen sollte, dass er verrückt sei, wenn er dachte, ich würde ihn je den Erfüller meines Herzenswunsches nennen. Als ich diesmal die Scheibe anvisierte, traf mein Pfeil direkt neben Henrys Pfeil ins Ziel.

Er warf einen Blick auf die Katze, die es sich im Gras gemütlich gemacht hatte. »Was machst du mit Cora, während du fort bist?«

»Ich bitte Oliver, sich um sie zu kümmern.«

Er nickte. »Es hätte wenig Sinn, sie mit nach Blackmoore zu nehmen.«

»Ich weiß. Dennoch lasse ich sie nur höchst ungern zurück.«

Er spannte die Sehne seines Bogens und fixierte mit zusammengekniffenen Augen die Zielscheibe in der späten Nachmittagssonne. »Vergiss nur nicht, dein Herz mit nach Blackmoore zu nehmen. Es wäre zu schade, wenn du es hier zurücklassen würdest.«

4. Kapitel

Ich blieb bis zur Dinnerzeit im Freien und schlich mich dann durch die Terrassentüren hinein, die den Garten vom Damenzimmer trennten. Vor der nur einen Spaltbreit offen stehenden Esszimmertür hielt ich inne, lugte hinein und beobachtete die Szene, der ich lieber nicht hatte beiwohnen wollen.

Mama lehnte sich gerade zu Mr Cooper und lächelte ihn auf eine groteske und verzweifelte Weise an. Maria saß neben ihm. Ihrem verlorenen Gesichtsausdruck und der Tatsache, dass sie nichts aß, nach zu urteilen, hatte Mama ihr wohl noch nichts von der Einladung nach Blackmoore erzählt. Neben ihr saß Lily mit ihren unschuldigen zwölf Jahren. Oliver durfte gewiss bei Cook in der Küche essen, was mich für ihn freute.

Schließlich blieb mein Blick an Papa hängen, dessen Platz am Kopfende war. Er saß krumm auf seinem Stuhl, umklammerte mit einer Hand sein Weinglas und beobachtete, wie Mama sich der Lächerlichkeit preisgab. Selbst aus der Ferne fiel mir die Verachtung in seiner Miene auf. Sie war so abgrundtief und unverhohlen, dass ich mir bei ihrem Anblick so vorkam, als wäre ich geschlagen worden. Ich erinnerte mich daran, warum ich eigentlich schon vor Jahren aufgehört hatte, ihn zu beobachten, und schlich mich auf leisen Sohlen den Gang entlang und die Treppe hinauf zu meinem Zimmer.

Henrys Äußerung, ich solle mein Herz mitnehmen, gemahnte mich an etwas Wichtigeres als mein Herz. Erneut öffnete ich die verschlossene Truhe am Fußende meines Bettes und entnahm ihr diesmal das kleine Kästchen mit Elfenbeinintarsien. Dafür konnte ich in meinem Reisekoffer mit ein paar Handgriffen noch Platz schaffen. Mehr als meine Kleidungsstücke, meine Mozartnoten und dieses Kästchen brauchte ich nicht. Die Hoffnung war ein unerlässlicher Reisebegleiter – sogar noch mehr als das Herz.

—

In dieser Nacht fand ich kaum Schlaf, und die Ungeduld zog mich aus dem Bett, sobald das Sonnenlicht über meine Fensterbank kroch. Nach dem Ankleiden schaute ich noch einmal meinen Reisekoffer durch und begab mich dann zum Frühstück nach unten. Mama eilte mit besorgter Miene auf mich zu.

»Oh, Kitty, du wirst es nie erraten!«

Durch ihr panisches Verhalten erschreckt, zuckte ich zusammen und ließ meinen Löffel fallen.

»Maria hat heute Nacht Fieber bekommen! Sie ist zu krank für eine Reise!«

Ich starrte auf ihre gefurchte Stirn und bekam es mit der Angst zu tun. »Du meinst doch nicht etwa … du meinst doch nicht etwa, ich solle auch zu Hause bleiben?«

Sie winkte ab. »Ach was, nein. Du musst fahren. Die Delafields erwarten dich doch.«

Sprachlos vor Überraschung sah ich sie mit großen Augen an. Doch bevor ich mich weiter über ihre liebenswürdige Stimmung wundern konnte, eilte sie davon, um nach »Marias Befinden zu sehen«. Ich sah ihr nach und versuchte mich zu erinnern, ob ich aus ihrem Munde schon je einen solchen Satz gehört hatte.

Mir wurde mulmig zumute, doch ich schüttelte das Gefühl ab und konzentrierte mich auf diesen einen Gedanken: Maria würde doch nicht nach Blackmoore mitkommen! Ein breites Lächeln legte sich auf mein Gesicht, bis mir einfiel, dass ich mich doch eigentlich um Marias Gesundheit hätte sorgen müssen. Allerdings war dieses Fieber wahrscheinlich nur eine Folge ihres gestrigen Fastens und ihrer Heulerei an sonderbaren Orten. Etwas Ernstes steckte mit Sicherheit nicht dahinter.

Ich schätzte mich also glücklich und machte mich daran, vor meiner Abreise noch meinen letzten morgendlichen Pflichten nachzugehen. Ich entdeckte Oliver in der Küche. Er saß auf einem Hocker neben Cook, die gerade einen Teig ausrollte.

»Ollie, ich hätte eine Bitte.«

Cook drehte sich zur Seite, um sich etwas Mehl zu nehmen, und flugs stibitzte sich Ollie währenddessen ein Stück Teig.

»Welche denn?« Rasch ließ der Junge die süße Masse im Mund verschwinden. Mit seinen sieben Jahren fehlten ihm etliche Zähne, und Wange wie Nase waren übersät von Sommersprossen. Mitunter beobachtete ich ihn, wenn er es nicht merkte, und schätzte mich glücklich, dass man mir nach so vielen Schwestern endlich einen Bruder gegönnt hatte.

»Du müsstest dich während meiner Abwesenheit bitte um Cora kümmern.«

»Was muss ich da machen?«

»Nicht viel. Hab einfach nur ein Auge auf sie. Sorge dafür, dass die Hunde sie nicht terrorisieren und Cook ihr nicht wehtut, wenn sie sich in die Küche schleicht. Und pass auf, dass Mama sie nicht loszuwerden versucht.«

Bei der Erwähnung ihrer Person gab Cook, deren kräftige Arme mit Mehl bedeckt waren, ein geräuschvolles Räuspern von sich, rollte jedoch weiter den Teig aus, zu dem Olivers Blick schon wieder sehnsuchtsvoll wanderte.

Ich räusperte mich, um seine Aufmerksamkeit zurückzugewinnen. »Wenn du einverstanden bist, biete ich dir etwas ganz Besonderes als Bezahlung an.«

Sofort riss er den Blick zu mir herum. »Was denn?«

»Etwas aus Blackmoore. Etwas Besonderes, das sonst keiner hat.«

Seine Augen weiteten sich. »Sag schon, was ist es?«

Ich stützte die Hände auf den Tisch, beugte mich vor und lächelte ihn an. »Eine Muschel.«

Er runzelte die Stirn. »Das ist aber nichts Besonderes!«

Mein Lächeln erlosch.

Cook schnalzte mit der Zunge. »Na, na, na, Oliver, deine Schwester hat recht. Eine Muschel ist etwas sehr Besonderes!«

»Wirklich?« Oliver warf Cook einen fragenden Blick zu. Die nickte und wendete den Teig, wobei eine kleine Mehlwolke aufstob.

»Aber ja! Vor allem eine, die im Mondlicht gefunden wurde. Manche sagen, das würde dem Besitzer großes Glück bringen.«

Olivers Augen wurden noch größer, und er verzog den Mund zu einem zahnlückigen Lächeln. »Großes Glück?«

Cook nickte und zwinkerte mir verschmitzt zu, als Oliver nicht hinsah.

Im Gegenzug grinste ich. »Würdest du dich darüber freuen, Oliver? Über eine Glücksmuschel?«

»O ja, das würde ich. Sehr sogar!« Wieder hatte er den Teig im Auge, den Cook inzwischen in Streifen schnitt. Er streckte seine kleine Hand aus, während Cook mit Absicht wegsah.

»Du wirst dich also um Cora kümmern? Und aufpassen, dass sie nicht zu Schaden kommt?«

Oliver nickte, riss sich ein Stückchen Teig ab und schob es sich geschwind in den Mund. Auch wenn Cook so tat, als bemerke sie nichts, sah ich doch das Lächeln auf ihrem mehligen Gesicht. Ich langte über den Tisch, umfasste Ollies Gesicht und drückte auf jede seiner sommersprossigen Wangen einen Kuss. Er wand sich und protestierte halbherzig.

»Ade, Ollie.« Ich sah ihm in die Augen. »Ich werde dich vermissen.«

»Ade, Kate.« Er schenkte mir noch ein Lächeln, bevor er seine Aufmerksamkeit wieder dem Teig widmete.

Ich fing Cooks Blick auf und freute mich, dass sie zu meinem kleinen Bruder so freundlich und mütterlich war und ihn so in ihr Herz geschlossen hatte. »Er braucht einen Haarschnitt, und bitte kümmern Sie sich um seine Fingernägel. Die sehen furchtbar aus.«

Ollie kicherte. »Ich mag die so aber lieber!«

Ich warf einen liebevollen Blick auf ihn und flüsterte Cook zu: »Sie werden ... sich um ihn kümmern ... ein Auge auf ihn haben ...?«

Mit einem finsteren Blick, der einem liebenswürdigen Tadel gleichkam, brachte sie mich zum Schweigen. »Selbstverständlich, Miss Katherine. Machen Sie sich um Master Oliver keine Gedanken. Er und ich werden während Ihrer Abwesenheit so manches Abenteuer bestehen. Stimmt's?«

Oliver hatte nur Augen für den Teig, doch er nickte. Ich verließ ihn, zwar nicht leichten Herzens, doch immerhin sorgenfrei, was ihn betraf.

Eines gab es nun noch zu tun. Vor der Bibliothekstür blieb ich stehen und klopfte leise, fast schon in der Hoffnung, er würde es nicht hören. Doch er tat es und rief mir zu, doch einzutreten. Ich öffnete die schwere Tür und streckte Kopf und Schultern in den Raum. »Papa, ich bin gekommen, um mich zu verabschieden.«

Er saß mit übereinandergeschlagenen Beinen in seinem Sessel am Kamin. Staubpartikel tanzten im Sonnenlicht, und der süße Duft von Pfeifentabak vermischte sich mit dem alter, lederner Büchereinbände. Ein Geruch, der mich berauschte und in mir jäh eine nostalgische Sehnsucht nach Dingen auslöste, die ich vermisste.

Er hob den Kopf. »Hm? Wo soll's denn hingehen?«

»Nach Blackmoore, mit den Delafields. Und danach hoffentlich zu Tante Charlotte. Sie wird mich mit nach Indien nehmen.«

»Ah so?« Er nahm die Pfeife aus dem Mund, und sein Blick ruhte einen kurzen Augenblick auf mir. Der Rauch waberte zwischen uns, verschleierte uns voreinander, machte uns zu Fremden. »Nun …« Zu bald schon richtete sich sein Blick wieder auf sein Buch. »Gute Reise!« Mit diesen Worten steckte er sich die Pfeife wieder zwischen die Zähne.

Ich nickte, denn nichts anderes hatte ich erwartet, und schloss leise die Tür zwischen uns.

Dann machte ich mich auf den Weg zur Haustür und der Kutsche, die bereits auf mich wartete, um mich, zum ersten Mal in meinem Leben, an einen neuen Ort zu bringen.

5. Kapitel

Das alte Kindermädchen der Delafields, Mrs Pettigrew, saß mir gegenüber in der Kutsche, summte leise vor sich hin und strickte mit atemberaubender Geschwindigkeit, wobei die Nadeln im Rhythmus der stampfenden Pferdehufe klapperten. Sehnsüchtig sah ich durchs Fenster auf Henrys Rücken. Er ritt natürlich. Mir war es eigentlich schon vorher klar gewesen – er ritt immer nach Blackmoore, das wusste ich. Und insgeheim musste ich zugeben, froh darüber zu sein, dass das alte Kindermädchen mitgekommen war und sich bereit erklärt hatte, die Rolle der Anstandsdame zu übernehmen. Doch nach zwei vollen Tagen in dieser schwankenden Kutsche, mit ihrem Summen und diesen klappernden Nadeln, hatte ich das Gefühl, als müsse mein Kopf jeden Augenblick bersten.

Gestern hatten wir uns die langen Stunden des Sommertageslichts zunutze gemacht, um ein gutes Stück des Wegs hinter uns zu bringen. Nach zwölf Stunden in der Kutsche mit Mrs Pettigrews Geklapper und Gesumme, jedoch ohne jegliche Unterhaltung, die mir die Zeit hätte vertreiben können, hatte ich mich auf ein Gespräch mit Henry gefreut. Doch als wir am gestrigen Abend schließlich bei einem Gasthof anhielten, war er nicht vom Pferd gestiegen. Er hatte lediglich gesagt, dass ich dort mit dem Kutscher und Mrs Pettigrew übernachten würde und er selbst in einem Gasthaus ein Stück entfernt Quartier beziehen werde.

Ich hatte ihm einen finsteren Blick zugeworfen und war in das Gasthaus gestapft, in dem ich weder meine Mahlzeit noch das Zimmer genoss, das ich mir mit Mrs Pettigrew teilte. Nach dem heutigen Frühstück hatte Henry bereits zu Pferde vor dem Gasthof auf uns gewartet. Nach lediglich einem kleinen Wortwechsel waren wir auch schon wieder unterwegs.

Nie hätte ich erholsame Stille oder eine intelligente Unterhaltung so zu schätzen gewusst wie heute. Seufzend lehnte ich die Stirn ans Fenster und wünschte, das Rattern der Kutschenräder könnte die von Mrs Pettigrew erzeugte Geräuschkulisse übertönen. Wenn ich doch nur jemanden zum Reden hätte! Und wenn doch die lange Fahrt endlich vorbei wäre! Ich setzte mich um, versuchte, meine Beine auszustrecken, doch ohne Erfolg. Mrs Pettigrew sah von ihrer Strickerei kurz zu mir auf.

»Diese Warterei stellt die Geduld ganz schön auf die Probe, nicht wahr? Aber es lohnt sich.«

Mrs Pettigrew hatte die Delafields früher jeden Sommer nach Blackmoore begleitet. Sie war derart Teil der Familie, dass George sie für seine eigenen Kinder behalten hatte, als er Delafield Manor erbte. Henry musste große Überzeugungskraft aufgewendet haben, wenn er seinen Bruder dazu hatte überreden können, sie mitfahren zu lassen. Mrs Pettigrew beugte sich vor und spähte aus dem Fenster.

»Ah. Es scheint, als hätte Master Henry die landschaftlich reizvollere Route gewählt, eigens für Sie.«

»Welches ist denn die landschaftlich reizvollere Route?«

Nach zwei Tagen Summen und Klappern war ich bereit, mich über alles und jedes auszulassen.

»Das sehen Sie schon bald.« Sie setzte sich zurück, und schon klapperten wieder die Stricknadeln im Verein mit dem leisen Summen.

Sie konnte nicht wissen, dass mir »schon bald« wie eine halbe Ewigkeit vorkam. Geduld befand sich ebenso wenig unter meinen Tugenden wie Durchhaltevermögen.

Das Summen schwoll immer mehr an und hallte nicht nur in der Kutsche, sondern sogar in meinem Schädel wider. Es war zum Verrücktwerden! Als die Pferde langsamer wurden, sah ich aus dem Fenster und entdeckte, dass es gerade einen steilen Hang hinaufging.

»Wissen Sie, die Pferde müssen sich gerade mühselig diesen Hang hinaufkämpfen«, sagte ich und rutschte zur Tür. »Ich werde aussteigen und mir ein wenig die Füße vertreten.«

Als ich den Schlag öffnete, sah Mrs Pettigrew erschrocken auf. »O nein! Sie brechen sich noch ein Bein! Bitten Sie den Kutscher doch anzuhalten.«

Die Kutsche bewegte sich nicht schneller, als ich es zu Fuß getan hätte. »Ich breche mir schon kein Bein, seien Sie versichert.« Ich sprang leichtfüßig hinaus, schlug den Schlag hinter mir zu und stieß einen Seufzer der Erleichterung darüber aus, endlich dieses unmelodische Gebrumm los zu sein.

Henry war uns vorausgeritten, blickte nun jedoch zurück und drehte sein Pferd zu mir.

»Stimmt etwas nicht?«, fragte er und ritt näher.

Ich warf ihm einen vorwurfsvollen Blick zu. »Mrs Pettigrew summt die ganze Zeit vor sich hin!«

Er stieg vom Pferd und lächelte so strahlend wie der Sonnenschein. »Das Summen! Das hatte ich ja ganz vergessen!«

»Wie konntest du es vergessen? Ich werde es vermutlich nie

mehr aus dem Kopf bekommen!« Ich imitierte das hohe, unmelodische Geräusch, das ich die vergangenen anderthalb Tage ertragen hatte.

Er grinste mich einfach nur spitzbübisch an, und ich fragte mich, ob er sich wirklich nicht mehr an das Gesumm erinnert hatte. Als ich begriff, dass meine Kopfschmerzen dadurch nur noch ärger wurden, hörte ich auf zu summen und rieb mir die Stirn. Henry, der sein Pferd nun am Zügel führte, gesellte sich zu mir.

»Du … du hast dich gestern also in einem anderen Gasthaus einquartiert?«, erkundigte ich mich.

Er nickte.

Ich sah zu ihm hoch. »War das wirklich notwendig?«

Er zuckte die Achseln und machte ein verlegenes Gesicht. »Ich wollte deinen … Ruf nicht aufs Spiel setzen.«

»Aha.« Mit glühendem Gesicht sah ich weg. Die Erinnerung an meine Schwester Eleanor lastete in der Stille zwischen uns. Ich hatte allerdings nicht vor, sie zu erwähnen, und atmete erleichtert auf, als mir klar wurde, dass auch Henry das nicht vorhatte.

Er deutete auf das Land vor uns und meinte: »Es gibt da etwas, das du bestimmt von der Anhöhe aus sehen willst.«

»Was denn?«

»Das Heidemoor.« Er sprach es aus, als wäre allein das Wort schon ein Geschenk, so wie er immer vom Heidemoor gesprochen hatte – als sei es nicht minder bedeutend als das Haus oder die Einkünfte.

In neue Hochstimmung versetzt, strahlte ich ihn an und eilte auf die Anhöhe. Henry kam mit seinem Pferd gemächlich hinterher. Oben angekommen, erfasste ein Windstoß meine Röcke und wickelte sie mir um die Beine. Ich blieb stehen und betrachtete das düstere Tal aus Ödland.

Wie ein Bluterguss bedeckte dunkles Heidekraut den Grund. Auch durch die lorbeergrünen und goldgelben Gräser und eine gelbe Blume hie und da gewann die Landschaft nicht an Liebreiz. Weit und breit war kein Baum in Sicht – allenfalls ein verkrümmter, verkrüppelter Vetter eines Baums, nicht größer als ein Pferd. Insgesamt war es ein düsterer, trostloser Schauplatz, in dem ich keine Schönheit erkennen konnte.

»Das ist also das Heidemoor«, stellte ich ungläubig fest.

Henry trat neben mich und beobachtete mich beim Betrachten der Landschaft. Kein einziger grüner Grashalm beruhigte das Auge. Nichts in dieser Wildnis erinnerte auch nur entfernt an Zivilisation.

»Ja, das ist das Heidemoor«, sagte Henry.

»Aber ... es ist hässlich!« Selbst für die eigenen Ohren klang meine Stimme verzweifelt. »So ungemein hässlich, Henry!«

Er lachte.

»Nein, das stimmt. Dabei sagtest du mir, es sei so schön!«

»Es ist schön. In meinen Augen.«

Ich sah ihn verständnislos an.

Er deutete auf die Szenerie vor uns. »Kannst du hier denn keinen einzigen Funken Schönheit entdecken?«

Ich betrachtete die Landschaft und fragte mich kurz, ob er mich die vergangenen zehn Jahre durchwegs angelogen oder auf den Arm genommen hatte. Doch in seinen Augen entdeckte ich keine Unehrlichkeit, sondern nur Zärtlichkeit und eine freudige Erregung, die ich nicht nachvollziehen konnte. Ihm zuliebe würde ich es jedoch versuchen. Ich entfernte mich ein paar Schritte, bückte mich und befühlte die Pflanzen auf dem Erdboden. Ich wollte es Henry gleichtun und diese Landschaft schön finden. Das Heidekraut hatte eine unansehnliche braunlila Farbe. Doch die gelben Blumen strahlten, und ihr sattes Gelborange glich einem Sonnentropfen. Ich wollte eine

Blüte pflücken, stach mich jedoch an einem langen, scharfen Dorn gleich neben ihren Blütenblättern.

»Au!« Ich lutschte den Blutstropfen von meinem Finger.

»Ich hätte dich warnen sollen. Im Heidemoor gibt es nichts Liebliches. Lass dich von den Blumen nicht täuschen. Sie sind dazu ersonnen, allem zu widerstehen – selbst einer blumenpflückenden jungen Lady.«

Mein Finger pochte vor Schmerz. »Ich schätze, es ist bewundernswert – so widerstandsfähig zu sein«, murmelte ich. Jedes Argument war mir recht, um dieses Land zu bewundern. Jäh fuhr eine Windböe über das Heidemoor, riss mir die Haube vom Kopf und wirbelte sie empor.

Henry fing sie auf, als sei sie ihm zugeworfen worden, stellte sich vor mich und setzte sie mir wieder auf den Kopf. Er hielt sie an ihren Bändern fest und beugte sich hinunter. In seinen granitfarbenen Augen entdeckte ich den Funken von etwas Neuem. Ein gewisses Leuchten, Lebenslust? Das Heidemoor hatte etwas in ihm erweckt, das ich noch nie zuvor gesehen hatte. Er band die Haube unter meinem Kinn zu und streifte dabei meinen Hals, meine Schlüsselbeine. Hitze schoss in meine Wangen, und ich erstarrte.

Er hob den Blick von den Bändern zu meinem Gesicht und sagte leise: »Mich dünkt, nichts empfindet man als so schön wie das, was das eigene Herz liebt. Und ich liebe dies, Kate, mehr als alles andere. Es ist für mich unfassbar schön. Es ist mein Zuhause. Es ist …« Er hielt inne und blinzelte ein wenig, als würde er in die Sonne schauen, doch er löste seinen Blick nicht von mir. »Es ist der Anblick, den ich für den Rest meines Lebens sehen möchte.«

Ich war sprachlos. Dass Henry Blackmoore liebte, war mir bewusst gewesen. Ich hatte schon immer gewusst, dass er dieses Land erben würde, dieses Anwesen, dieses Leben. Doch ihn hier zu erleben, zu sehen, wie er sich dazu bekannte und kundtat, es sei sein Zuhause, beeindruckte mich zutiefst.

Eine Erinnerung blitzte in mir auf, in der ich mich in einem trüb beleuchteten Raum im Delafield Manor befand und mir der süße Duft von Pfingstrosen so intensiv entgegenschlug, dass ich ihn förmlich schmecken konnte. Und wieder einmal fühlte ich mich traurig und sehr verloren zugleich, genau wie damals.

Ich wirbelte herum, entriss Henry die Bänder meiner Haube und gab vor, den Ausblick zu studieren. Doch – mit dem Rücken zu ihm – rieb ich mir fest die Nase, atmete scharf ein und ermahnte mich, meiner Gefühle Herr zu werden. Ich spürte, wie Henry hinter mir stand und schweigend darauf wartete, dass ich diesen Ort so liebte wie er.

»Ich glaube, das Heidemoor könnte mir ans Herz wachsen«, sagte ich und kämpfte um einen normalen Tonfall. Wieder atmete ich tief ein und mahnte mein Herz, langsamer zu schlagen.

Graue Schleierwolken zogen über den Himmel, vom unerbittlichen Wind zu uns hergetrieben. Der Schicklichkeit halber band ich mir die Bänder meiner Haube noch etwas fester zu. Ich würde der Faszination dieser Wildnis nicht nachgeben. Ein Blick zur Straße sagte mir, dass die Kutsche angehalten hatte und auf uns wartete.

»Komm«, sagte ich. »Jetzt schauen wir uns dein Blackmoore doch mal an.« Ich freute mich, wieder in die kleine, muffige Kutsche steigen zu können. Ich freute mich sogar, wieder das stumpfsinnige Gesumm von Mrs Pettigrew zu hören. Das war schicklich. Hier hatte alles seine Richtigkeit. Im Gegensatz zu der wilden Szene draußen, zu diesem wilden Land oder jenem dunkelhaarigen jungen Mann mit den grauen Augen, der es mehr liebte als irgendetwas sonst.

6. Kapitel

Ich lehnte mich zurück und beobachtete, wie das Heidemoor uns ganz und gar verschluckte, bis wirklich kein einziger grüner Fleck mehr diese Ödnis unterbrach. Und dann nahm die Kutsche unversehens Kurs Richtung Süden, und das Meer kam in Sicht.

Mrs Pettigrew warf einen Blick aus dem Fenster. »Nun befinden wir uns auf der Whitby Road. Es wird nicht mehr lang dauern.« Ich rutschte zum Fenster linker Hand und betrachtete das Auf und Ab des Küstenstrichs. Im Nachmittagslicht sah das Wasser graublau aus und war so weitläufig, dass es alles, was ich über das Leben wusste, verschlang. Vögel stießen auf die Wasseroberfläche hinab, schwangen sich wieder empor und schossen erneut hinab. Ich wusste nichts über Vögel, die nahe dem Meer lebten. Etwas Neues also, worüber ich mich bei Henry erkundigen musste.

Ich sah zwischen beiden Fenstern hin und her, mit dem Meer auf der einen und dem Heidemoor auf der anderen Seite, wobei beide Aussichten mich durch ihre Weite und Fremdheit überwältigten. Die Sonne schickte sich an, hinter dem Horizont zu versinken, und es dämmerte, als wir einen Ort erreichten – das berühmte Robin Hood's Bay, von dem mir schon ebenso lang erzählt wurde wie von Blackmoore.

Mit großem Interesse betrachtete ich die steilen, mit Kopfstein gepflasterten Straßen und die mit roten Dächern versehenen Häuser, die sich hügelabwärts bis zum Meer erstreckten.

»Hat Robin Hood hier früher wirklich einmal gelebt?«, wollte ich wissen.

»Der Legende nach sehr wohl«, lautete Mrs Pettigrews Antwort. Doch Legende und Wahrheit waren nicht dasselbe.

»Wissen Sie es nicht? Mit Sicherheit?«

Sie blickte kurz von ihrer Strickerei auf. »Niemand weiß es mit Sicherheit, meine Liebe.«

Ich erinnerte mich an eine Andeutung Henrys – etwas über Schmuggelei. »Aber finden hier immer noch heimliche Aktivitäten statt? Wie Schmuggelei etwa?«

Sie schnalzte missbilligend mit der Zunge. »Natürlich nicht! Was für eine blühende Fantasie Sie doch haben!«

Ich gab einen enttäuschten Seufzer von mir, beugte mich vor, schob das Fenster hinunter und atmete die kühle Salzluft ein, die mir entgegenschlug. Wäre ich ein Bandit gewesen, hätte ich mir diesen Ort als meinen Stützpunkt ausgesucht. Die Straßen waren eng, die Häuser drängten sich aneinander wie bunt zusammengewürfelte Rebellen, die Schultern aneinandergedrückt, die Ellbogen verschränkt. Die verwinkelten roten Dächer berührten einander oder gingen ineinander über.

Einen Augenblick darauf hielt die Kutsche an, der Schlag wurde geöffnet, und Henry kletterte herein. Seine Schultern schienen den kleinen Raum auszufüllen, und er roch wie der salzige Wind und das Heidemoor. Angesichts meines überraschten Gesichts grinste er und setzte sich neben mich. »Das möchte ich nicht verpassen«, meinte er und klopfte ans Dach der Kutsche, die sich daraufhin wieder in Bewegung setzte.

Die erregte Vorfreude in seinem Blick ließ mein Herz höherschlagen. Weit konnte Blackmoore nicht mehr sein. Konnte es nicht schneller gehen, konnten wir nicht fliegen, damit wir endlich da waren?

Henry beugte sich vor, sah aus dem Fenster und deutete auf etwas. »Dort, ganz oben auf den Klippen.«

Ich beugte mich erwartungsvoll vor, und er lehnte sich zurück, damit ich die Fensteraussicht für meinen ersten Blick auf Blackmoore ganz für mich hatte. Ich sah hin, und dann sah ich noch einmal hin. Inzwischen war es fast dunkel, und der Himmel hatte eine marineblaue Färbung. Zwischen dem Meer und dem Himmel zeichnete sich rabenschwarz ein Gebäude ab. Es war missgestaltet, genau so, wie Henry es in seinem Modell dargestellt hatte, mit einem Flügel, der wesentlich länger war als der andere. Es hockte an der Kante der Klippe wie eine entstellte Kreatur, und die in den Fenstern entzündeten Kerzen ließen es aussehen, als hätte es ein Dutzend Augen, die allesamt dem Meer zugewandt waren. Ich zwinkerte. Mochte es nun an meiner Fantasie liegen oder spielte mir das Dämmerlicht einen Streich – jedenfalls wirkte das Haus für einen Moment wie ein riesiger Raubvogel mit ausgebreiteten Schwingen, der kurz davorstand, vom Rande des Abgrunds in den leeren Himmel hinabzustürzen.

Wieder blinzelte ich, um diese sonderbare Sicht loszuwerden, und mein Herz schlug schneller. Doch war es eher erregte Vorfreude denn Angst, die mich erfasst hatte. Schon mein ganzes Leben hatte ich es mir gewünscht. Nun war es so weit. Ich besuchte Blackmoore, und, mochte da kommen, was wolle, es fühlte sich an, als ob alles in meinem Leben mich zu diesem Zeitpunkt an diesen Ort geführt hätte.

Atemlos setzte ich mich zurück und spürte, dass Henrys Blick auf mir ruhte.

»Nun?«, fragte er.

Ich stellte fest, dass ich sprachlos war, weshalb ich nur lächeln konnte. Ihm schien es zu reichen, denn er lehnte sich mit einem zufriedenen Lächeln ebenfalls zurück und sah mir weiterhin zu, wie ich aus dem Fenster schaute, während wir uns seinem künftigen Heim näherten.

Als die Kutsche schließlich auf den von lodernden Fackeln erhellten Hof des Anwesens rollte, war auch das letzte Tageslicht verschwunden. Ein Lakai trat vor, öffnete den Kutschenschlag und streckte mir seine behandschuhte Hand entgegen. Ich ergriff sie und stieg aus. Sobald ich mich ein Stück von der Kutsche entfernt hatte, legte ich den Kopf zurück und betrachtete das Haus in seinem ganzen Ausmaß. Es war ein großer, wuchtiger Bau, errichtet am Rande der Welt zwischen dem Ozean und dem Moorland, ein Fixpunkt aus dunklem Stein und hoch aufragenden Mauern.

Auch vor diesem Tag hatte ich mir das Gebäude schon vorgestellt – die dunklen Steine, das spitze Dach, seine Kaminlandschaft –, allerdings immer ohne Umgebung. Nun sah ich es aufragen zwischen einem dunklen Himmel und einem kargen Kliff, an dem sich in endloser Folge die Wellen brachen. Der Schauer, der mir am Rücken hinunterlief, war nicht nur eine Folge des kalten Winds und der feinen Salzwassergischt. Dieses Gebäude war in einer herben und kargen Atmosphäre entstanden. Eine Art steinerner Spuk.

Der Ozean befeuchtete die Luft und würzte jeden Atemzug mit Salz, Freiheit und Fremdheit. Hinter der Silhouette des Hauses, die sich dunkel gegen den Himmel abzeichnete, erstreckte sich das Heidemoor – eine undurchdringliche Wildnis, die dieses Gebäude zu umsäumen, beschützen und aufs Meer zuzuschieben schien. Es war wild, finster, großartig, gewaltig, grimmig und eindringlich zugleich. Und es begeisterte mich bis ins Mark. Zugleich machte es mir Angst, denn es peitschte gegen mein sorgsam verschlossenes Herz, ganz ähnlich, wie der Wind gegen meine Haare und Kleidung gepeitscht und mir die Haube vom Kopf gerissen hatte.

In einem Umfeld wie diesem konnten so starke Gefühle entfesselt werden, dass mir ganz bang ums Herz wurde. Ich roch das Meer und den Torf. Schmeckte das Salz in der Luft und hörte die aufrüttelnden Schreie der Vögel. Noch immer zerrte der kalte Wind an mir. Dies war ein Ort, an dem sich Dinge auflösen konnten. Diese Klippe konnte durch anrollende Wellen erodiert werden. Und diese Steine durch den Wind. Welche Macht hätte er über mich? Was konnte sich hier in mir auflösen? So viele Dinge konnten entfesselt werden, konnten in den Wind und die Wellen geworfen werden an diesem urweltlichen Ort der Wildnis und der Naturgewalten.

Henry marschierte mit großen Schritten auf die offenen Türen zu und warf mir dabei einen aufgeregten Blick zu. Ich folgte ihm genauso rasch, denn ich wollte endlich über die Schwelle von Blackmoore treten.

An der Tür wartete Henry auf mich und sah zu, wie ich die große Eingangshalle betrat, die ich zum ersten Mal durch eine winzige Holztür im Miniaturformat erblickt hatte. Die Details waren hier dieselben wie beim Modell – der schwarz-weiße Schachbrettboden, der reich verzierte Kamin zur Linken, der bogenförmige Durchgang auf der gegenüberliegenden Seite –, doch durch den anderen Maßstab kam mir alles neu und fremd vor. Eher spürte ich die Höhe der Decke, als dass ich sie sah, da der Raum trotz des lodernden Feuers im Kamin und der brennenden Kerzen ringsum in Dunkelheit getaucht war. Der kalte Meereswind folgte uns durch die Tür, jagte uns hinterher, brachte die Kerzenflammen zum Flackern und warf sonderbare Schatten an die Steinwände und auf die Böden.

Ein älterer Dienstbote mit dem majestätischen Gebaren eines Butlers kam auf Henry zu, verbeugte sich und sagte: »Willkommen daheim, Mr Delafield. Ich hoffe, Sie hatten eine Reise ohne Zwischenfälle?«

Beim Wort »daheim« merkte ich auf. Ich sah Henry ins Gesicht und erkannte es sofort: die freudige Erregung, hier zu sein, der Ausdruck des Glücks, der Zufriedenheit und des tiefen Friedens in seinen Gesichtszügen – das hier war Henrys Zuhause.

»Ich danke Ihnen, Dawson. Ja, die Reise verlief problemlos. Und es ist immer gut, wieder zurück zu sein.« Dawson half Henry aus seinem Umhang, nahm ihm Handschuhe und Hut ab, während ich einem wartenden Diener meine Haube und meinen Mantel reichte.

Energische Schritte waren zu hören, und dann erklang hinter uns eine vertraute Stimme: »Bist du das, Henry? Bist du endlich eingetroffen?«

Ich wandte mich um und verzog den Mund zu einem höflichen Lächeln. Mrs Delafield sah eleganter aus denn je. Das Werk Londoner Schneider vermutlich. Doch bevor ich sie grüßen konnte, bevor ich ihr danken konnte, mich schließlich nach Blackmoore eingeladen zu haben, erstarrte sie mitten im Schritt und sah mich mit großen Augen an. Selbst in dem trüben Licht waren die Überraschung und das Missfallen in ihrer Miene nicht zu übersehen.

»Katherine.« Mrs Delafields Stimme war so kühl wie der Meereswind. »Was machst du denn hier?«

Ich sah verwirrt von ihr zu Henry, der neben mich trat.

»Ja, Mutter, wir sind früher gekommen als erwartet. Ich

dachte mir, Katherine würde sicher gern einen Tag mit Sylvia genießen, bevor die anderen Gäste eintreffen.«

Henrys Mutter stand die Abneigung im Gesicht geschrieben, und noch bevor sie antworten konnte, erschienen Sylvia und eine mir unbekannte junge Dame an ihrer Seite, fast so, als hätten sie sich im Dunkeln materialisiert. Im selben Moment rüttelte ein Windstoß an den Türen, und wieder flackerten die Kerzen und warfen ihre launischen Schatten. Mein Herz setzte kurz aus.

»Kitty?«, fragte Sylvia und sah mich an, als würde sie mich nicht erkennen. Ihr verdutzter Blick verunsicherte mich, und ich strich mir die Haare glatt. Nach einer betretenen Pause von der Dauer eines Herzschlags trat sie vor und nahm mich in den Arm. »Ich freue mich so, dass du hier bist!« Sie drückte mich fest.

Ich atmete erleichtert auf und entspannte mich. Alles war in bester Ordnung. Mrs Delafield hatte noch nie etwas für mich übriggehabt. Das war nichts Neues. Es gab nichts, worüber ich mir Sorgen zu machen brauchte.

»Und, sind Sie überrascht, mich zu sehen, Mr Delafield?«, sagte eine mir unbekannte Stimme, und es folgte ein Lachen.

Ich löste mich aus Sylvias Umarmung und warf einen schnellen Blick auf die junge Lady, die mit Sylvia den Raum betreten hatte. Sie hatte die Hände verschränkt, und ihr Blick ruhte unverwandt und liebevoll auf Henrys Gesicht.

»Miss St. Claire«, versetzte Henry mit warmer Stimme. »Ich wusste gar nicht, dass Sie bereits eingetroffen sind.«

»Ihre Mutter war so freundlich, mich persönlich herzubringen. Aus London.«

Ich kniff die Augen zusammen. Das also war Miss St. Claire. Die Frau, die Henry zu heiraten gedachte.

Mrs Delafield bewegte sich in mein Blickfeld, und als ich zu ihr sah, lächelte sie mich an. Wenn sie und Mama irgendetwas gemeinsam hatten, dann war es ihr Waffenarsenal. Beide setzten ihr Lächeln ein, um zu täuschen und zu verletzen. Das Lächeln, das Mrs Delafield in diesem Augenblick gegen mich zum Einsatz brachte, war scharf und grausam. Es setzte mir zu wie ein scharfes Messer.

»Miss St. Claire, das hier ist Miss Katherine Worthington. Eine alte Freundin der Familie. Katherine, das ist Miss Juliet St. Claire.«

Zum ersten Mal richtete Miss St. Claire ihren Blick auf mich, und mir wurde das ganze Ausmaß ihrer Schönheit bewusst. Sie hatte goldbraunes Haar, und die großen grünen Augen lagen ein winziges bisschen weiter auseinander als beim Durchschnitt. Ihr Gesicht war herzförmig, ihr Mund klein, die Nase gerade und lang. Ich spürte, wie sich mein Herz zusammenzog. Ihre Gesichtszüge waren einfach atemberaubend, ja, geradezu überirdisch. Als hätte es sie aus irgendeinem Elfenreich hierher verschlagen. Ich schüttelte mich und fragte mich, wie ich auf diese wunderliche Idee gekommen war. Das musste wohl an den Schatten um mich herum, an der Moorlandschaft und dem wilden Meereswind draußen liegen.

»Miss Worthington, willkommen in Blackmoore«, sagte die Elfenkönigin mit klarer und selbstsicherer Stimme. »Wir freuen uns so, Sie hier zu haben.«

Einen schockierten Augenblick lang starrte ich sie an, bevor ich meinen Mund wieder zuklappte und meine Überraschung hinunterschluckte. *Sie* freute sich, mich hier zu haben? *Sie* hieß mich in Blackmoore willkommen? Das war die Pflicht einer Gastgeberin! Rasch sah ich von ihr zu Mrs Delafield, die das Ganze beifällig verfolgte, und dann zu Henry, der eine undurchdringliche Miene machte, sodass ich seine Gedanken nicht erraten konnte. War zwischen den beiden also schon alles besiegelt? Hatte Henry Miss St. Claire bereits einen Heiratsantrag gemacht? War schon entschieden, dass sie die Herrin von Blackmoore würde?

Schließlich vermochte ich zu nicken und schwach zu lächeln. »Vielen Dank. Ich freue mich, *endlich* hier zu sein.« Miss St. Claire sollte ruhig wissen, dass sie zwar als Erste eingetroffen war, dass mein Herz jedoch schon länger hierher gehörte als ihres. Ich war zehn, als Henry und sie sich zum ersten Mal begegnet waren. Zu diesem Zeitpunkt kannte ich ihn schon viele Jahre, noch dazu besser. Ich hatte Blackmoore schon geliebt, lange bevor sie überhaupt davon gehört hatte.

»Dawson, bitte lassen Sie Miss Worthingtons Sachen auf ihr Zimmer bringen«, übernahm Mrs Delafield das Kommando. Sie sah sich im Raum um. »Mrs Pettigrew! Was machen Sie denn hier?«

Das alte Kindermädchen hatte ihr Strickzeug schließlich beiseitegelegt und stand nun ein paar Schritte von unserem Grüppchen entfernt.

»Master Henry hat mich eingeladen, doch mitzukommen. Als Anstandsdame«, erklärte sie.

Mrs Delafield warf Henry einen scharfen Blick zu. »Mir scheint, Henry steckt heute Abend voller Überraschungen.«

Henry erwiderte den Blick seiner Mutter mit stählernen Augen und zusammengebissenen Zähnen. Es sah aus, als würden die beiden einen stummen Krieg miteinander ausfechten, den Henry wohl gewann, denn Mrs Delafield sah schließlich seufzend beiseite und schaute sich im Raum um, als würde sie etwas suchen, das sie verlegt hatte.

»Katherine.« Wieder seufzte sie. »Wo ist deine Zofe?«

»Ich … ich habe keine mitgenommen.« Meine Mutter hatte eine Zofe, und meine Schwestern und ich teilten uns untereinander eine zweite, auf deren Dienste Mama dieser Reise wegen jedoch nicht hatte verzichten wollen.

Mrs Delafield zog die eine Augenbraue überheblich nach oben und musterte mich, als wäre ich ein fremdes Insekt, auf das sie versehentlich getreten war. Mit einem derartigen Blick bedachte sie mich nicht zum ersten Mal. Doch dieses Mal war ich mir des wachsamen Blicks von Miss St. Claire und Henry, der gleich hinter mir stand, nur zu bewusst. Mein Gesicht glühte.

Nach einem weiteren tiefen Seufzen erklärte sie mit gelangweilter Stimme: »Dawson, machen Sie im Ort jemanden ausfindig, der gleich morgen früh hier erscheinen kann, um als Miss Worthingtons Zofe zu fungieren. Wir dürfen ihr nicht gestatten, hier wie ein Wildfang herumzustromern. Insbesondere nicht jetzt, da Gäste ins Haus stehen.«

»Sehr wohl, Mrs Delafield.« Dawson verbeugte sich.

»Sylvia, auf ein Wort.« Mrs Delafield entfernte sich ein paar Schritte und zog ihre Tochter mit sich. Sie unterhielten sich in gesenktem Ton, doch ich vernahm ihre Worte dennoch. Aufs Belauschen verstand ich mich schließlich.

»Keine zusätzlichen Räume im Ostflügel. Sie wird im Westflügel unterkommen müssen.«

»Kann sich denn nicht jemand ein Zimmer teilen …«

»Nein, ihretwegen werde ich keinem meiner Gäste Unannehmlichkeiten bereiten. Das habe ich dir bereits gesagt, als du …« Ihre Stimme senkte sich zu einem Murmeln, und ich strengte mich an, den weiteren Gesprächsverlauf zu verfolgen, ohne so auszusehen, als ob ich lauschte.

Ein weiterer Augenblick verstrich, und dann kehrte Sylvia an meine Seite zurück und hakte sich bei mir ein.

»Komm. Ich zeig dir dein Zimmer.« Sie nahm eine Kerze von einem Beistelltisch und führte mich zum Durchgang am anderen Ende des Raumes. Henry hatte mich scheinbar völlig vergessen. Inzwischen stand er mit Miss St. Claire am Kamin und war völlig davon beansprucht, was auch immer diese in leisem Ton zu ihm sagte.

Beim Verlassen des Raumes konnte ich es mir nicht verkneifen, noch mal einen Blick zurückzuwerfen. Miss St. Claire war näher an Henry herangetreten, und das Licht des flackernden Feuers verlieh ihrem Haar einen Kupferton. Anmutig legte sie ihm eine Hand auf den Arm und blickte zu ihm auf. Das Letzte, was ich sah, war, dass Henry auf sie hinablächelte.

7. Kapitel

»Mama sagte, ich solle dich im Westflügel unterbringen.« Sylvia warf mir einen nervösen Blick zu. »Die anderen Gäste kommen im Ostflügel unter. Weißt du, Mama hat viel Zeit darauf verwandt, ihn einzurichten, und sie hat all ihre Freunde eingeladen, um ihnen nun stolz ihr Werk zu zeigen. Mit dir hat Mama jedoch nicht gerechnet, und zusätzliche Schlafgemächer gibt es dort nicht. Du wirst also ganz allein im Westflügel wohnen. Das macht dir doch nichts aus, oder?«

»Aber …« Ich stolperte über die oberste Stufe und hielt mich am Geländer fest. »Aber wie meinst du das? Deine Mutter hat mich doch wohl erwartet?«

»Hm?« Sylvia sah rasch zu mir und richtete den Blick dann wieder auf den Gang vor uns.

Um uns herum war es dunkel, denn die Kerze trug nur wenig zur Erhellung des Ganges bei, der sich vor uns erstreckte. Ein Schauder lief mir über den Rücken. Mit einem Mal war ich froh darüber, dass sich Sylvia bei mir untergehakt hatte.

»Was meintest du damit, als du gerade eben gesagt hast, dass deine Mutter nicht mit mir gerechnet habe? Sie hat mich doch eingeladen, oder nicht? Das hat Henry jedenfalls behauptet. Und dabei hielt er einen Brief von ihr aus London in der Hand. Sie hat mich eingeladen, Sylvia!«

Mit bangem Herzen betrachtete ich ihr Profil, während sie neben mir einherging und ihr goldenes Haar im Kerzenlicht schimmerte. Sylvia ähnelte ihrer Mutter wirklich sehr. Sie war hochgewachsen wie alle Delafields, hatte goldenes Haar, das sich vor dem Ergrauen in aschblondes verwandeln würde. Und sie besaß diese kalten, blauen Augen, die an einen frostigen Himmel erinnerten.

»Oh, so habe ich das nicht gemeint. Ich meinte nur, dass sie nicht richtig gerechnet hatte – sprich, sich in der Anzahl ihrer Gäste geirrt hat. Dich hat sie nicht mitgezählt. Und als sie ihre Pläne für diese Gesellschaft geschmiedet hat …« Sie machte eine wegwerfende Handbewegung. »Na, du wirst im Westflügel wohnen müssen. Nur das habe ich gemeint.«

Unbehagen gesellte sich zu dem Fröstelgefühl, das von mir Besitz ergriffen hatte, doch ich versuchte, es abzuschütteln. Schließlich würde mich Sylvia doch wohl kaum anlügen und Henry ebenso wenig. Wenn sie sagten, ich sei eingeladen, dann nahm ich sie beim Wort. Ich lächelte ein wenig. Schließlich war ich jetzt hier, in Blackmoore. Nur das zählte. Zu guter Letzt war ich eingeladen worden. Endlich würde ich sehen, wo Henry den Rest seines Lebens verbringen würde. Hier hielt ich inne, bevor ich in Gedanken »mit Miss Juliet St. Claire« hinzufügen konnte.

Mir fiel ein, dass ich eigentlich froh sein konnte, im Westflügel zu wohnen, wo es Sylvia zufolge spuken sollte, und mein Lächeln wurde breiter. Perfekt! Hätte ich die Wahl gehabt, hätte ich Blackmoore genau so erleben wollen.

Wir erklommen zwei Treppen und wandten uns nach rechts.

Sylvia fröstelte. In diesem Flügel war es kälter. Ich konnte spüren, wie der Wind durch undichte Ritzen in den Steinwänden drang. Hören konnte ich es auch – ein hohes, unstetes, launenhaftes Stöhnen, das böenartig kam und ging. Wo immer ich meinen Fuß auf den Boden setzte, erklang ein Ächzen. Sylvia klammerte sich noch fester an mich und beschleunigte ihre Schritte. Ich sah sie lächelnd an.

»Erzähl mir nicht, dass du dich immer noch vor dem Westflügel fürchtest.«

»Unsinn. Ich bin achtzehn! Natürlich fürchte ich mich nicht«, versicherte sie und hätte mich beinahe umgestoßen, als sie eilig eine Tür öffnete. »Hier. Das ist dein Zimmer.«

Die Tür bestand aus schwerem, aufwendig verziertem Holz und knarzte, als Sylvia sie aufschob. »Ich werde gleich eine Zofe herschicken, die ein Feuer entfachen soll.« Sie betrat den Raum und zündete auf dem Nachttisch und dem Kamin je eine Kerze an. Dann zog sie an einem Seil am Bett, das unten bei den Dienstboten eine Klingel läuten ließ.

Sie sah sich nervös um. »Ich muss zugeben, ich hasse den Westflügel doch. Du wirst ihn allerdings ohne Zweifel lieben. Schließlich hat es dich schon immer fasziniert, dass es hier spukt.«

Nachdem ich mich im Raum umgesehen hatte, entschied ich, dass er mir in der Tat gefiel. Es war dunkel und kühl und passte perfekt zur Stimmung des Hauses.

»Es ist perfekt.«

Ich setzte mich aufs Bett. Nachdem sie auch die anderen Kerzen angezündet hatte, stellte Sylvia ihre eigene auf dem Nachttisch ab. Nun, da wir hier waren, begriff ich, wie sehr ich sie während ihres London-Aufenthalts in den vergangenen vier Monaten vermisst hatte.

»Und jetzt erzähl mir alles über London, sofern du es mir in deinen Briefen nicht schon berichtet hast!«

Sie ließ sich aufs Bett fallen und erklärte mit einem gequälten Seufzen: »Es war anstrengend. Jeder Tag. So anstrengend!«

»Abenteuer sind nichts für dich, Sylvia! Viel lieber würdest du es dir vor einem Feuer gemütlich machen, als irgendwohin zu reisen und dir etwas anzuschauen, oder?«

Sie lächelte gutmütig. »Wohl wahr. In der Tat werden Verehrer fortan zu mir kommen müssen. London ist zu ermüdend, als dass es mich noch einmal hinzöge.«

»Apropos Verehrer …« Ich hob die Augenbrauen. »Gab es in der Stadt denn irgendwelche vielversprechenden Kandidaten?«

Wieder seufzte sie, doch diesmal entwischte ihr ein seliges Lächeln, und ihre Augen nahmen einen verträumten Ausdruck an. Sie ließ die Hand in die Tasche ihres Gewands gleiten, zog ein kleines Stück Papier hervor und reichte es mir. In eleganter Schrift stand darauf zu lesen: *Welch Licht ist Licht, wenn ich nicht Sylvia sehe? Ist Lust noch Lust, wo Sylvia nicht zugegen?*

Mit erregt glänzenden Augen beobachtete sie mich. »Nun?«, fragte sie in begeistertem Tonfall. »Ist er nicht wunderbar poetisch?«

»Shakespeare? O ja, sehr sogar.« Ich gab ihr den Zettel zurück.

Sie runzelte die Stirn. »Nein. Doch nicht Shakespeare!« Sie beugte sich zu mir, und auch wenn die Tür geschlossen war und niemand in der Nähe, der uns hätte hören können, flüsterte sie: »Den hat mir Mr Brandon gegeben. Er hat ihn geschrieben. Nur für mich.«

»Oh!« Ich räusperte mich und deutete auf den Zettel. »Aber diese Zeilen stammen von Shakespeare, Sylvia.« Den Gedanken, der sich aufdrängte, sprach ich nicht aus – dass sie, wenn sie auch nur halb so viel studiert hätte, wie sie mit meiner Katze gespielt hatte, möglicherweise selbst darauf gekommen wäre.

Angesichts ihrer geknickten Miene bereute ich meine Worte

sofort. Sie strich mit einem Finger behutsam über das Papier. »Ich dachte, er hätte sie selbst verfasst.«

»Jedenfalls ist es überaus romantisch von ihm«, beeilte ich mich zu sagen. »Er muss dich sehr bewundern. Und es ist der Gedanke selbst, der zählt, und nicht notwendigerweise die Originalität des Gedankens.«

Ihr Gesicht erhellte sich ein wenig. »Ja. Das ist wahr. Was zählt, ist der Gedanke.«

Ich hatte ein schlechtes Gewissen, dass ich ihre Hoffnung zerstört hatte. »Nun, dann erzähl mir mehr über diesen gedankenvollen Mr Brandon.«

Ihr Lächeln wuchs zu einem Grinsen. »Du wirst ihn persönlich kennenlernen. Er trifft morgen hier ein.«

»Dann freue ich mich ja gleich doppelt, hier zu sein.«

»Ja, ich freue mich auch, ganz gleich, was Mama darüber sagen mag …« Mit einem bestürzten Blick hielt sie inne.

Ich sah sie durchdringend an. »Ganz gleich, was Mama sagen mag?«

Ihre Wangen färbten sich rosig, und sie schüttelte den Kopf, als würde sie mir raten, die Angelegenheit lieber auf sich beruhen zu lassen. Aber so leicht ließ ich nicht locker.

»Was würde deine Mutter über meinen Besuch denn zu sagen haben? Wusste sie wirklich nichts davon?«

Sylvia senkte den Blick und fuhr mit dem Finger die Linien auf dem Quilt nach. Eine Weile schwieg sie, dann sprach sie zögernd, bedächtig: »Sie macht sich Gedanken, Henry könnte durch deine Anwesenheit … abgelenkt werden. Von seinem Plan.«

Verwirrt kräuselte ich die Stirn. »Von welchem Plan?«

Sie holte Luft und stieß sie mit einem Seufzer wieder aus. »Er beabsichtigt, die Dinge … endgültig zu klären. Mit Miss St. Claire.«

Mit klopfendem Herzen starrte ich auf ihr goldenes Haar. »Du meinst, er hat vor, ihr einen Heiratsantrag zu machen?«

Sie sah auf und schien mich um Verzeihung bitten zu wollen. »Du wusstest, dass es eines Tages so weit sein würde«, flüsterte sie. »Du weißt es so lange wie wir. Du hattest Jahre Zeit, dich dareinzufinden, Kitty. Ebenso wie Henry. Und du hast ihn heute Abend gesehen. Unten. Du musst gesehen haben, dass er diese Partie inzwischen begrüßt.«

Mein Stolz meldete sich, und ich setzte eine spöttische Miene auf. »Ich habe keine Schwierigkeiten mit der Verbindung zwischen Henry und Miss St. Claire. Du brauchst mich also gar nicht so mitleidig anzusehen, Sylvia!«

»Ich wollte nicht …«

»Und lass uns eines klarstellen. Habe ich es in den vergangenen anderthalb Jahre nicht deutlich genug gemacht, dass ich nicht die Absicht habe zu heiraten?« Ich funkelte sie an, bis sie nickte.

»Doch, das hast du sehr deutlich zu verstehen gegeben.«

»Wenn du mir also glaubst, dann besteht keine Notwendigkeit, mich so anzusehen, sich zu entschuldigen oder für mich Mitleid zu empfinden. Ganz im Gegenteil, du solltest dich für mich freuen, denn ich habe Mama endlich dazu gebracht, mich mit meiner Tante Charlotte nach Indien reisen zu lassen.«

Sie riss die Augen auf. »Wirklich?«

»Aber ja!« Ich reckte mein Kinn. »Ich reise direkt von Blackmoore aus ab. Das betrachte ich als großen Erfolg, weißt du?«

»Ich weiß. Und ich kann es kaum glauben. Ich hätte nicht gedacht, dass sie sich mit deinem Vorhaben je einverstanden erklären würde.«

»Doch. Sie hat sich damit einverstanden erklärt. Und schon

bald werde ich meine eigenen Pläne verfolgen und meine eigenen Träume wahr werden lassen. Es gibt also keinen Grund, sich meinetwegen zu sorgen, Sylvia. Ich war nie glücklicher!«

Die Sorgenfalten, die auf ihrem Gesicht erschienen waren, verschwanden. Sie legte ihre Hand auf meine und drückte sie sanft. »Ich bin so glücklich, das zu hören, meine Liebe. So glücklich. Und ich freue mich, dass wir darüber gesprochen haben, ich muss dich nämlich um etwas bitten, und ich wusste nicht, wie.«

»Worum geht es denn?«

»Mama hat mich gebeten, dich zu fragen … ob du vielleicht bereit bist … heute Abend auf deinem Zimmer zu bleiben.« Sie biss sich auf die Unterlippe.

Ich sah sie mit großen Augen an.

»Du bist vermutlich ohnehin erschöpft von der Reise«, beeilte sie sich zu sagen. »Und es wäre einfacher für uns alle, wenn Henry und Juliet diesen Abend für sich hätten, ohne andere Ablenkungen. Deswegen sind wir zusammen mit ihr schon früher als die anderen Gäste aus London angereist.«

Mein Lächeln fühlte sich sehr steif an, aber ich versuchte dennoch, es aufrechtzuerhalten. »Verstehe.«

»Selbstredend lasse ich dir das Abendessen hochbringen. Du wirst also keinen Hunger leiden müssen.« Sie lachte gezwungen.

Mein Gesicht glühte vor Beschämung, und als ich spürte, wie in meinen Augen Tränen brannten, wusste ich, dass ich Sylvia schleunigst loswerden musste.

»Ich bleibe gerne hier. Wie du ganz richtig sagtest, bin ich müde und fände es schön, einfach entspannen zu können. Insofern entspricht das genau meinen Wünschen.« Ich erhob mich, ging zur Tür und öffnete sie. Auf dem Korridor kam mir ein Dienstbote mit meinem Reisekoffer entgegen. »Oh, wie gut.

Da kommt auch schon mein Koffer. Den packe ich jetzt aus, und du kannst hinuntergehen.«

Sylvia trat neben mich, sie schien sich unbehaglich zu fühlen und nach den passenden Worten zu suchen. Doch ehe sie noch etwas sagen konnte, umarmte ich sie rasch. »Ich bin so froh, dich wiederzusehen.« Mit diesen Worten schob ich sie sanft zur Tür hinaus, während der Diener mit dem Gepäck hereinkam.

»Vielen Dank, stellen Sie den Reisekoffer einfach ans Bettende.« Dann scheuchte ich ihn aus dem Zimmer.

»Ich werde dir das Dinner hochschicken lassen«, erklärte Sylvia, die immer noch an der Tür verweilte. Doch meine Beschämung drohte mich zu überwältigen, und ich wollte nicht, dass sie das sah.

Ich nickte und schloss die Tür zwischen uns mit einem tapferen Lächeln.

8. Kapitel

Die Dienstboten in Blackmoore waren sehr tüchtig. Seit Sylvias Verschwinden waren keine zehn Minuten vergangen, da erschien auch schon ein Dienstmädchen in meinem Zimmer und entfachte ein Feuer im Kamin. Nun, da es heller war, konnte ich sehen, dass alle Wände mit dunklem Holz vertäfelt waren. Die Farbe der Vorhänge erinnerte mich stark an die der Gräser und der verkrüppelten Bäume im Heidemoor, und der tiefe Pflaumenton der Bettwäsche glich dem des Heidekrauts. Ich ging im Raum umher, berührte den Samt, fuhr mit der Hand über die glatten Holzpaneele und zog die Vorhänge beiseite, um hinaussehen zu können.

Das Fenster war in viele bleigefasste, rautenförmige Felder unterteilt. Ich kämpfte mit seiner Verriegelung, bis es sich schließlich mit einem jämmerlichen Quietschen aufschieben ließ. Ich lehnte mich aus dem Fenster und blickte mich um. Zu meiner Rechten, hinter der Hausecke, schimmerte das dunkle Meer im Mondlicht. Zu meiner Linken, jenseits des Hauses, war nichts als raue Finsternis zu erkennen – das Heidemoor. Und unter meinem Fenster, zwei Geschosse tiefer, ließ eine glatte, gleichmäßige Fläche darauf schließen, dass sich dort eine Rasenfläche befand.

Ein kühler Windstoß fuhr in den Raum und brachte die Kerzen in ihren Haltern zum Flackern. Ich trat zurück, schloss das Fenster und sah zu, dass ich es anständig verriegelte. Dann zog ich die Samtvorhänge zu und wandte mich wieder dem kleinen Bereich zu, den man mir in diesem großen Haus zugedacht hatte. Auch wenn ich mich ablenkte, so gut es ging, nagte Sylvias Mitteilung an mir. Ich wollte mich nicht weggesperrt fühlen!

An Mrs Delafields Abneigung gegen mich hatte ich mich gewöhnt. Und daran, ausgeschlossen zu werden, auch. Aber mich an meinem ersten Abend in Blackmoore in mein Zimmer zu verweisen, nur weil ich Henry nicht von Miss St. Claire ablenken sollte ... Diese unerwartete Kränkung war die schlimmste. Ich rieb mir fest die Nase und versuchte, das Gefühl zu verdrängen, das in mir aufstieg. Ich durfte ihm nicht nachgeben. Es würde mich zu einer geringeren Person machen, wenn ich es tat. Es durfte mir nichts ausmachen, unerwünscht zu sein.

Noch war mein Abendessen nicht gebracht worden, und so machte ich mich ans Auspacken des Reisekoffers. Meine Mozartnoten, meine Kleidungsstücke und das Kästchen mit den Elfenbeinintarsien, in dem ich den Brief meiner Tante verwahrte. Alles also, was für mich einen ideellen Wert besaß. Ich fuhr die Form des Elefanten oben auf dem Kästchen nach, bevor ich es aufklappte und erneut den Brief studierte, den ich vor einem halben Jahr zum ersten Mal gelesen hatte:

Liebe Katherine,

dieses Kästchen entdeckte ich in einem Regal eines Londoner Ladens. Es winkte mir von der anderen Seite des Ladens zu und rief mir zu, ich solle doch näher kommen und seine Geheimnisse erkunden. Ich tat es und entdeckte ein ganz eigenes Geheimnis: einen Traum, der ohne mein Wissen in mir gesteckt hatte, bis ich dieses Kästchen in den Händen hielt.

Katherine, ich weiß, dass Du und vielleicht nur Du imstande sein wirst wertzuschätzen, was dieses Kästchen verkörpert: Abenteuer! Ich lade Dich ein, Dich einen Augenblick mit mir auf eine Reise zu begeben – auf eine Reise der Fantasie!

Stell Dir vor, Du stehst an Bord eines Segelschiffs mit nichts als dem Meer und dem Himmel um Dich herum. Stell Dir vor, Du wirst über Monate hinweg vom Wind vorwärtsgetrieben. Von einer Kraft also, die ursprünglich, aber auch beherrschbar ist. Einer Naturgewalt, die daran arbeitet, Dich im Handumdrehen von einem Leben zu einem anderen zu bringen. Stell Dir vor, die afrikanische Küste entlangzusegeln! Stell Dir den Dschungel vor, die Strände, die Wüste. Stell Dir vor, weit in den Süden vorzudringen, das Kap der Guten Hoffnung zu umfahren und Dich dann gen Nordosten zu wenden. Richtung Indien! Stell Dir ein Territorium vor, wo alles neu und unbekannt ist und jeder Tag eine Entdeckung sein kann. Stell Dir ein Land vor, wo man sein kann, was immer man sich wünscht. Ein Land endloser Neuanfänge, wo man wie eine sich häutende Schlange das Alte abwerfen kann. Stell Dir einen heißen Wind vor, satte, kräftige Farben und eigentümliche neue Düfte. Stell Dir, Katherine, die Möglichkeit vor, wiedergeboren und neu erschaffen zu werden. Stell Dir die Macht vor, Deine Zukunft in den eigenen Händen zu halten, weit fort von den Einschränkungen der Erwartungen unserer Kultur.

Wäre das nicht die Reise Deines Lebens? Würde Dich das nicht für immer verändern?

Nun, Katherine, wenn diese Reise der Fantasie Dich auch nur im Geringsten in ihren Bann gezogen hat, so höre! Die Erbschaft von Onkel Stafford habe ich seinerzeit so gut investiert, dass ich inzwischen ein hübsches Sümmchen beisammenhabe und auch weiß, was ich damit anfangen möchte. Mich auf das Abenteuer meines Lebens einlassen nämlich, sprich: Ich möchte nach Indien reisen. Und Du sollst mich begleiten!

Ich kann es kaum erwarten, Deine Antwort zu erhalten. Ich erwarte sie also gespannt und wie immer mit aufrichtiger Zuneigung.

Alles Liebe
Tante Charlotte

Ich faltete den Brief zusammen und schöpfte neue Hoffnung. Tante Charlotte wollte mich bei sich haben. Sie war mir ein Vorbild in puncto Lebensplanung. Sie war unverheiratet und unabhängig, und sie war es gern. Ich würde meine Abmachung mit Mama erfüllen und dann mit meiner Tante auf Abenteuerreise gehen. Ich würde lernen, das Leben allein zu genießen. Ja, dergestalt war mein Plan! Und ich war hier, an diesem Ort, um meine künftigen Träume zu verwirklichen.

Ich steckte den Brief in das Kästchen zurück, setzte mich und sah mich nach etwas um, das meine Stimmung heben könnte. Schlagartig ging mir auf, dass ich genau das vor wenigen Tagen auch schon getan hatte. Ich hatte zu Hause in einem Zimmer ausharren müssen und von Flucht geträumt – mit Blackmoore als Ziel. Doch nun saß ich in diesem Raum aus Stein und Glas genauso in der Falle, wie ich es zu Hause getan hatte.

Nachdem ich eine halbe Stunde lang mit wachsender Ungeduld gewartet hatte, brachte mir dasselbe Hausmädchen, das mir auch schon den Kamin angezündet hatte, das Abendessen. In aller Stille nahm ich es zu mir, und die Uhr auf dem Kaminsims wies mit ihrem Ticken auf die langen, drückenden Minuten meiner Isolation hin. Ich versuchte, nicht an Miss St. Claire mit ihrem goldbraunen Haar zu denken. Und auch nicht daran, wie Henry sie angelächelt hatte und die beiden miteinander getuschelt hatten. Und dann hielt ich es mit einem Mal nicht mehr aus. Ich schob das Essen weg, stand auf und ergriff eine Kerze. Ich mochte nicht in den Salon eingeladen worden sein, aber gewiss war ich nicht dazu verdammt, den ganzen Abend in diesem Raum zu verbringen, ganz gleich, was Mrs Delafield und Sylvia sagten.

Ich schlüpfte aus dem Zimmer, schloss die Tür leise hinter mir und wartete, bis sich meine Augen an das trübe Licht im Gang gewöhnt hatten. Nach einem Blick nach links, in die Richtung also, aus der wir zuvor gekommen waren, entschloss ich mich für die andere. Die Kerze richtete hier nur wenig gegen die Dunkelheit aus und erhellte lediglich einen kleinen Umkreis. Der Boden knarzte unter meinen Füßen, und es zog so stark, dass die Kerze flackerte und tanzende Schatten an die Wände warf. Schaudernd wandte ich mich dem Unbekannten zu, das meiner harren mochte.

Um mich herum herrschte Grabesstille. Bedächtig bewegte ich mich voran, setzte meine Schritte sorgfältig auf den unebenen und sich leicht neigenden Fußboden. Ich drückte meine Hand an die rechte Korridorwand und hob meine Kerze, um sie genauer zu betrachten. Das Problem war, dass ich nicht wusste, wonach ich eigentlich suchte. Bei einem Porträt blieb ich stehen, hob den Rahmen von der Wand weg, spähte dahinter und sah zu, dass ich mir nicht währenddessen mit der Kerze die Augenbrauen ansengte. Ich schob die Hand hinter den Rahmen und betastete die Wand. Doch sie fühlte sich genauso glatt an wie die Wandabschnitte, die ich bereits berührt hatte.

Schließlich gelangte ich zu einer geschlossenen Tür. Ich legte die Hand auf ihren Griff und erwog, den Raum zu betreten, entschied mich jedoch dagegen. Im Gang war es zwar dunkel und kühl, doch immerhin war es ein offener Raum. Den Mut, mich in ein finsteres, geschlossenes Zimmer zu begeben, brachte ich nicht auf.

Ich ging weiter, untersuchte jede Wand hinter jedem Gemälde, an dem ich vorbeikam, bis ich schließlich am Ende des Korridors ein deckenhohes Fenster erreichte. Ich sah hinaus, konnte in der Dunkelheit jedoch nichts erkennen. Also machte ich kehrt, wandte mich der anderen Korridorseite zu und betastete auch hier die Wand. Wann immer ich etwas bemerkte, das den Eingang zu einem Geheimgang verbergen mochte, hielt ich inne. Ich kam an meiner Zimmertür vorbei, dann an einem weiteren Fenster. Direkt danach erreichte ich einen großen Wandteppich, der wie geschaffen dafür war, eine Geheimtür zu verbergen.

Ich hielt die Kerze hoch. Bei dem Gedanken, endlich gefunden zu haben, wovon ich seit so vielen Jahre träumte, schlug mir das Herz bis zum Hals. Ich hob den Saum des Wandteppichs, steckte die Finger darunter und tastete nach einer Öffnung, einem Riegel oder einer Spalte, die mir anzeigte, dass ich das Gesuchte tatsächlich entdeckt hatte. Mit klopfendem Herzen schob ich die Hand weiter darunter und strich über die Fläche. Der Wandteppich war groß. Ich schlüpfte ganz dahinter, hielt die Kerze dabei nahe an die Wand und blickte mich suchend um.

Ein Geräusch ließ mich aufhorchen. Zunächst dachte ich, es stamme vom Wind. Doch dafür war es zu schwach. Mal war es zu hören, dann wieder nicht, und ich neigte lauschend den Kopf. Schließlich begriff ich, dass es sich um Stimmen handelte, und mir stellten sich die Nackenhaare auf.

Ich blies die Kerzenflamme aus und verhielt mich mucksmäuschenstill. Mein Herz raste. Doch obgleich ich mich anstrengte, die geflüsterten Worte zu verstehen, konnte ich weder ausmachen, was gesagt wurde, noch, woher das Flüstern kam – aus dem Korridor, jenseits des Wandteppichs, hinter dem ich mich versteckte, oder aus dem Geheimgang auf der anderen Seite der Mauer.

Noch immer versuchte ich vergebens, aus dem Geflüster schlau zu werden, als leise, scharrende Schritte zu hören waren. Sylvias Geschichten von Gespenstern, die diesen Flügel heimsuchten, kamen mir in den Sinn, und mich fröstelte.

Ohne Vorwarnung machte sich Panik in mir breit. Ich ließ die Kerze fallen und stieß in meinem verzweifelten Versuch, mich zu befreien, gegen den schweren Wandteppich. Sobald ich aus meinem Versteck herausgestolpert war, lehnte ich mich schwer atmend und zitternd an die Wand. Im Korridor war es noch genauso dunkel wie zuvor. Das Flüstern, das meine Panik ausgelöst hatte, war verstummt. Tatsächlich fragte ich mich nun, ob ich es wirklich vernommen hatte oder ob die Geräusche meiner blühenden Fantasie entstammten.

Ich drückte eine Hand auf meine Brust und ermahnte mich, langsam zu atmen, mich zu beruhigen, nicht zuzulassen, dass meine Fantasie die Oberhand über meinen Verstand gewann. Ich wandte mich zum Fenster und sah hinaus. Von hier war das Meer in seiner ganzen Ausdehnung zu sehen. Der zu drei Vierteln volle Mond ließ es silbern schimmern – ein Anblick, bei dem meine Seele Ruhe fand. Nach ein paar Minuten konnte ich wieder normal atmen und klar denken.

Mit meiner Suche nach einem Geheimgang hatte ich mir

nur selbst Bange gemacht. Das Flüstern und die Schritte entsprangen lediglich meiner Einbildung. Es gab keine Gespenster. So etwas wie Spuk genauso wenig. Doch in diesem Moment hörte ich sie erneut: die Schritte. Ich wirbelte herum und drückte mich mit dem Rücken an die Wand.

Diesmal war Licht mit im Spiel – eine einzelne Kerze, die hochgehalten wurde und ein vertrautes Gesicht erhellte. Henry! Die Panik ließ nach, und meine zusammengepressten Lippen verzogen sich zu einem Lächeln. Er blieb an der Tür meines Zimmers stehen und klopfte daran.

»Kate? Bist du noch wach?«, rief er nach kurzem Warten und klopfte erneut.

Meine Kehle war von den jähen Gefühlen wie zugeschnürt. Ich atmete heftig ein, woraufhin er sich umdrehte und mich direkt ansah.

»Da bist du!« Der Mondschein tauchte mich in sein silbrig weißes Licht, während die Kerzenflamme Henry golden anleuchtete. Als er zu mir kam, brachte er sein goldenes Licht mit, das sich mit dem Mondlicht vermischte.

»Warum stehst du hier im Dunkeln herum?«

»Ich hatte eine Kerze dabei«, erwiderte ich, als würde das alles erklären. Noch hatte meine Nervosität mich im festen Griff und ließ meine Hände zittern. »Und was tust du hier? Warum bist du nicht unten und genießt Miss St. Claires Gesellschaft?«

In meiner Stimme schwang ein Stachel mit, den ich bereute, sobald ich ihn vernommen hatte.

Henry lehnte sich mit einer Schulter an die Wand, drehte sich zu mir und stellte seine Kerze zwischen uns auf die Fensterbank.

»Ich bin gekommen, um nach dir zu sehen. So ganz allein hier im Westflügel? Sylvia hätte sich an deiner statt inzwischen sicher schon eingeredet, Gespenster zu sehen.«

»Ich bin aber nicht wie Sylvia.«

»Ich weiß.« Ein Anflug von Zärtlichkeit – ein Lächeln – schwang in seiner Stimme mit.

»Aber etwas an diesem Haus … an diesem Flügel hier stimmt wirklich nicht, Henry«, fuhr ich fort. »Gerade eben noch, als ich mich hinter dem Wandteppich befand, meinte ich, Geflüster zu hören.«

»Geflüster? Hinter dem Wandteppich?« Seine Stimme hatte einen scharfen Ton angenommen.

»Ja. Ich habe nach dem Geheimgang gesucht. Und du brauchst gar nicht so zu grinsen. Du musst doch gewusst haben, dass ich danach als Erstes suchen würde. Und während ich hinter den Wandteppich schaute, meinte ich, leise Schritte und Geflüster zu hören. Verrückt, oder?«

Sein Blick verriet nichts, sein Gesicht schien lauter Geheimnisse zu verbergen. »Vielleicht war es ja nur der Wind.«

»Ja. Vielleicht.«

»Weißt du, einen Geheimgang bei Tageslicht zu entdecken, ist um einiges einfacher.«

»Ich weiß.« Ich lächelte schwach. »Ich habe mir nur … die Zeit vertrieben.«

Er runzelte die Stirn. »Die Zeit vertrieben? Wieso bist du denn nicht heruntergekommen?«

Ich biss mir auf die Lippe und grübelte darüber nach, wie ich ihm antworten sollte. Statt seine Frage zu beantworten, stellte ich ihm selbst eine.

»Warum bin ich hier? In Blackmoore? Und erzähl mir nicht, deine Mutter hätte mich eingeladen, denn sie möchte mich ja ganz offensichtlich gar nicht hier haben. Ich möchte die Wahrheit hören. Bitte!«

Er sah mich eine ganze Weile an, und mein Herz pochte heftig. Stumm flehte ich ihn an, mir die Wahrheit zu sagen.

»Du bist hier«, sagte er schließlich, »weil ich ein Versprechen halten musste.«

»Und weil es deine letzte Gelegenheit ist, es einzulösen?«

Er sah mich scharf an. »Warum sagst du das?«

»Sylvia hat es mir erzählt. Sie hat mir erzählt, dass du beabsichtigst, Miss St. Claire während dieses Besuches einen Heiratsantrag zu machen.«

Henry schwieg.

Ich räusperte mich und trat von einem Fuß auf den anderen. »Stimmt es also? Wirst du sie um ihre Hand bitten?«

»Es ist eine Möglichkeit«, antwortete er schließlich, nachdem er mich lange gemustert hatte.

Ich atmete ein. Und dann noch einmal. »Ich verstehe.«

»Nun bist du an der Reihe. Erzähl mir, warum du heute Abend nicht hinuntergekommen bist! Warum hast du dich nicht zu uns gesellt?«

Ich holte tief Luft. »Deine Mutter hat meine Anwesenheit dort nicht gewünscht. Sylvia hat mir erklärt, ich solle in meinem Zimmer bleiben, um dich nicht von Miss St. Claire abzulenken. Natürlich weißt du, wie ich über derlei Dinge denke … darüber, in meinem Zimmer zu bleiben.« All meiner Bemühungen zum Trotz bebte meine Stimme am Ende.

Henry neigte gerade so viel den Kopf, dass das Mondlicht den Zorn in seinen Augen sichtbar machte.

Ich rieb mir die Nase und wandte den Blick ab. »Keine Bange, ich breche deswegen jetzt nicht in Tränen aus. Tatsächlich schätze ich das Alleinsein ja, und wie gesagt, habe ich mich eben auf einen Erkundungsgang begeben …«

»Kate.« Seine Stimme war sanft und zupfte an den Saiten, die meine Gefühle zusammenhielten.

Ich rieb mir meine Nase noch fester und drehte mich von ihm weg. Dabei stieß mein Fuß gegen etwas Hartes, und als ich mich bückte, entdeckte ich zu meinen Füßen meine Kerze. Ich räusperte mich. »Ich sollte dich nicht länger von deinen Gästen abhalten!« Ich durchquerte den Gang und öffnete die Tür zu meinem Zimmer, aus dem sich das Licht des Kaminfeuers und des Kerzenlichts in den dunklen Korridor ergoss. Ich wandte mich um, um Henry dafür zu danken, dass er nach mir gesehen hatte, und entdeckte, dass er sehr nahe an mich herangetreten war.

»Hör zu«, meinte er mit gesenkter, angespannter Stimme. »Du bist mein Gast, und zwar genauso wie Miss St. Claire oder einer der anderen noch anstehenden Besucher. Du bist *mein* Gast, Katherine Worthington. Blackmoore wird mir gehören, nicht meiner Mutter. Genau genommen hat meine Mutter hier gar nichts zu sagen.«

Meine Mutter hat hier gar nichts zu sagen. Das war Musik in meinen Ohren! Doch Henry irrte sich. Wenn jemand hier das Sagen hatte, dann seine Mutter.

»Hör zu. Du darfst hinunterkommen, wann immer du magst. Und du darfst nach Herzenslust nach Geheimgängen forschen.« Er hob eine Hand, strich mir mit dem Daumen sanft über die Wange und wischte dabei eine verirrte Träne weg, die mir unbemerkt entwichen war. Überrascht schnappte ich nach Luft. »Aber es würde mich grämen, wenn du auch nur eine Minute deines Besuchs wegen irgendeiner Maßnahme oder Bemerkung meiner Mutter weinend in deinem Zimmer säßest. Ignorier sie einfach, so gut es geht.«

Ich lächelte schwach. »Danke. Aber fairerweise sei gesagt, dass ich nicht dagesessen und geweint habe. Ich habe den Westflügel erforscht und ganz entschieden *nicht geweint*!«

Seine Augen leuchteten vor inniger Zuneigung auf. »Natürlich, natürlich. Nie würde ich von etwas anderem ausgehen.«

Mein Herz streckte sich ihm entgegen, und ich musste es

flugs wieder unter meine Kontrolle bringen. Um meine Gefühlslage zu verbergen, senkte ich den Blick. Für gewöhnlich verstand ich mich überaus gut darauf, meine sanfteren Empfindungen vor Henry zu verbergen. Doch an diesem Abend, in diesem finsteren Haus am Rande der Welt, fühlte ich mich Meilen von der Normalität entfernt.

»Nun, Miss Kate, kommst du noch herunter? Und gesellst dich zu einer Partie Whist zu uns?«

Ich schüttelte den Kopf. »Nein. Das ganze Erforschen und Nichtweinen hat an mir gezehrt.«

»Gar nicht zu reden von den zwei Tagen Gesumm!«

»Genau!«, gluckste ich. »Ich könnte wetten, du hast die ganze Zeit von dem Summen gewusst. Richtig?«

Er grinste. »Ich weigere mich, dir diese Frage zu beantworten.« Er sah in den Raum hinter mich. »Du wirst allein im Westflügel wohnen. Bist du dir sicher, dass du hierbleiben möchtest? Ich könnte dir auch ein anderes Zimmer suchen …«

»Nein. Ich liebe dieses Zimmer.« Und das stimmte sogar. Ich liebte die dunkle Holzvertäfelung, die Samtvorhänge und die Farben des Heidemoors. Ich ahnte schon, dass ich es richtiggehend ins Herz schließen würde. »Ich werde mich hier wohlfühlen. Mach dir um mich keine Sorgen.«

Er schüttelte den Kopf. »Um dich werde ich mir immer Sorgen machen, glaube ich«, murmelte er. Er holte Luft und sah mich an, als würde er noch etwas sagen wollen. Doch stattdessen wandte er sich abrupt zum Gehen. Ich beobachtete, wie er den Gang überquerte und seine Kerze nahm, die er auf der Fensterbank abgestellt hatte.

»Henry!«

Er sah zurück, kam aber nicht näher.

»Ich wollte dir nur dafür danken, dass du dein Versprechen gehalten hast. Danke, dass du mich hergebracht hast.«

Er lächelte, entfernte sich aber weiter von mir. »Die Versprechen, die ich dir gebe, werde ich immer halten.« Mit diesen Worten drehte er sich um und entfernte sich so schnell, wie ihn seine Beine trugen, bis es beinahe so aussah, als würde er rennen. Die Flamme seiner Kerze flackerte, und dann war er verschwunden.

Ich schloss die Tür meines Zimmers, wechselte in mein Nachtgewand und schlüpfte ins Bett. Um der Kühle im Raum zu entgehen, zog ich mir die Bettdecke bis ans Kinn und kuschelte mich so richtig schön hinein. Ein leises klagendes Geräusch kroch durchs Gemäuer, und die Vorhänge bewegten sich, nur ein wenig – eine samtene Welle, eine Falte. Ich fragte mich, ob der Wind vom Heidemoor kam oder vom Meer. Welcher Wind verursachte die klagenden Laute und welcher das Geheul? Als etwas vor der Tür knarzte, fragte ich mich, ob jemand davor stand oder ob es nur das alte Haus war, das durch den heftigen Wind bewegt wurde.

Das Feuer warf Schatten an die Wände, und die Vorhänge bewegten sich weiter, so träge, als würde eine kleine Hand an ihnen zupfen. Ich schloss fest die Augen, während um mich herum der Wind klagte und das alte Haus knarzte. Und schließlich, nach einer langen Zeit, glitt ich in den Schlaf.

9. Kapitel

Im Verlauf der Nacht weckte mich der Wind mit seinem Geheul und seinem Klagen wiederholte Male auf. Dann öffnete ich die Augen einen Spalt, schloss sie wieder und glitt in seltsame Träume hinüber – von heulenden Vögeln, dunklen Korridoren und einem Jungen, der von mir wegrannte und sich nicht mehr zu mir umdrehen wollte, sosehr ich auch nach ihm rief. Schließlich riss mich ein Klopfen an meiner Tür aus meinen düsteren Träumen. Ich rollte mich herum und zwinkerte angesichts meiner Umgebung verwirrt. Wieder klopfte es.

»Miss Worthington?«, rief eine Stimme auf der anderen Türseite.

»Ja?«, antwortete ich schlaftrunken und bemühte mich, die schattenhaften Überbleibsel meiner Träume abzuschütteln.

Die Tür öffnete sich einen Spalt, und ein junges Gesicht erschien, eingerahmt von der weißen Haube eines Dienstmädchens. »Ich bin Ihre Zofe. Darf ich reinkommen?«

»Oh.« Ich setzte mich auf und schob mein Haar zurück. »Ja, bitte!«

Sie betrat den Raum und machte einen Knicks. Ihre rosigen

Wangen waren mit Sommersprossen übersät, und sie nestelte verlegen an ihrer weißen Schürze herum.

Um ihr die augenscheinliche Nervosität zu nehmen, lächelte ich. »Wie heißt du?«

»Alice, Miss.« Wieder knickste sie.

»Und du kommst aus Robin Hood's Bay, Alice?«, fragte ich und erinnerte mich an Mrs Delafields Anweisungen an Dawson vom Abend zuvor.

»Ja, Miss.«

»Nun, ich freue mich sehr, deine Dienste in Anspruch nehmen zu dürfen.«

Sie lächelte verschämt, deutete auf meinen Reisekoffer und erkundigte sich, ob sie meine Sachen fertig auspacken solle. Ich nickte, doch als sie als Erstes die Vorhänge aufzog, stöhnte ich enttäuscht auf, denn ich hatte entschieden zu lange geschlafen. Nachdem ich ans Fenster getreten war, sah ich, dass die Sonne bereits aufgegangen war. Das Heidemoor war schon hell erleuchtet, wenn auch nebelverhangen. Wie hatte ich an meinem ersten Morgen in Blackmoore den Sonnenaufgang verschlafen können? Ich war mit der festen Absicht zu Bett gegangen, noch vor Sonnenaufgang draußen zu sein, um die Vögel zu hören.

Mit nichts als dem kalten Boden unter den Füßen fröstelte mich am Fenster. Am nächsten Tag würde ich nicht wieder verschlafen und mir vom nächtlichen Spuk meine Morgenvögel stehlen lassen!

Mit Alice' Hilfe kleidete ich mich an und ging zum Frühstück hinunter. Im Esszimmer entdeckte ich Sylvia und Miss St. Claire. Ich blieb auf der Türschwelle stehen und versuchte, mich zu sammeln und gute Vorsätze zu fassen. Bestimmt war ich nach der langen Reise am Vorabend müde gewesen. Nur aus diesem Grund hatte ich Miss St. Claire eine Spur enervierend und ein wenig überheblich gefunden. Vielleicht war an ihr als

Mensch ja überhaupt nichts auszusetzen. Vielleicht würde sie für Henry eine gute Frau abgeben.

»Guten Morgen, Miss Worthington!«, rief Miss St. Claire, als ich zur Anrichte ging, wo man sich ein Frühstück zusammenstellen konnte. »Ich hoffe, Sie haben gut geschlafen?«

»Ja, das habe ich, vielen Dank.« Ich musste mir eine andere, weniger höfliche Antwort verbeißen wie etwa, ich sei Henrys Gast, nicht ihrer und dass sie bei meinem ersten und einzigen Besuch in Blackmoore eigentlich nicht hätte anwesend sein sollen. Es hätten nur Henry, Sylvia und ich mit von der Partie sein sollen, das Trüppchen also, das zusammen aufgewachsen war. Und wenn überhaupt sich jemand nach meinem Schlaf hätte erkundigen dürfen, dann Sylvia. Doch diese harschen Worte verkniff ich mir, obwohl sie mir auf der Zunge lagen. Stattdessen bemühte ich mich verzweifelt, etwas Freundliches an diesem Eindringling zu finden, an dieser jungen Frau, die hergekommen war, um mich des verdienten Besuchs zu berauben. Während ich den Teller belud, überlegte ich angestrengt, und als ich schließlich am Tisch der beiden stand, war mir immerhin eines eingefallen: Miss St. Claire war ein rücksichtsvoller Eindringling. Das konnte ich ihr zugutehalten.

»Wie ich höre, interessieren Sie sich sehr für Indien«, bemerkte Miss St. Claire. Im Morgenlicht sah sie wunderhübsch aus. Ihre Haare waren wirklich von einem tiefen, prächtigen Goldbraun, das bei einem bestimmten Sonneneinfall einen zarten Kupferschimmer annahm. Und diese weit auseinanderstehenden grünen Augen waren eine Macht, mit der man rechnen musste.

»Oh? Wer hat Ihnen das denn erzählt?«

»Das war ich«, meldete sich Sylvia zu Wort. »Juliet und ich haben in London viel Zeit miteinander verbracht.«

Ich versuchte, mich bei dem Gedanken daran nicht zu ärgern. Mir war klar gewesen, dass Sylvia in London neue Freundschaften schließen würde. Doch dass diese Fremde Dinge über mich wusste, gefiel mir nicht. Miss St. Claire beobachtete mich mit hochgezogenen Augenbrauen, und ich begriff, dass sie auf eine Antwort wartete.

»Ja, an Indien hege ich in der Tat ein großes Interesse. Ich hoffe sogar, bald zusammen mit meiner Tante selbst dorthin reisen zu können.«

Die Elfenkönigin schüttelte den Kopf und gab einen leisen missbilligenden Laut von sich. »Wie man sich wünschen kann, Englands Küsten zu verlassen, geht mir nicht ein. Es kommt mir so gefährlich vor!«

»Das kann es durchaus sein.«

»Wie lange dauert die Reise?«

»Je nach Jahreszeit zwischen vier und sechs Monate.«

Sie riss ihre grünen Augen auf und stellte bedächtig ihre Tasse ab. »Dann wäre es ja unmöglich, in weniger … als einem Jahr hin- und wieder zurückzureisen!«

Ich nickte.

Mit mitleidigem Blick schüttelte sie den Kopf. »Sie armes Ding!« Sie langte über den Tisch und berührte meine Hand, mit der ich gerade meine Gabel zum Mund hatte führen wollen. »Wie ich höre, ist Ihre häusliche Situation nicht so … ideal wie die, mit der einige von uns gesegnet sind. Und ich fühle mit Ihnen, das tue ich wirklich, dass die Dinge so unbehaglich zu sein scheinen, dass Sie solch eine Entfernung zwischen sich und Ihre Lieben bringen wollen.« Sie senkte ihre Stimme zu einem Flüstern. »Wie ich höre, sind Ihre Eltern nicht so fürsorglich wie meine. Sie armes, armes Ding!« Ihr Mund verzog sich zu der hübschesten Schnute, die ich je zu Gesicht bekommen hatte.

Ich ließ meine Gabel fallen und feuerte einen vernichtenden Blick an Sylvia ab, die aussah, als würde sie am liebsten im Erdboden versinken. Wie konnte sie Miss St. Claire derart persönliche Dinge über mich erzählen?

Sylvia versuchte, mich anzulächeln, doch in ihren Augen stand die blanke Angst. »Sei nicht wütend auf mich, Kitty. Du weißt doch, dass Juliet im Grunde zur Familie gehört.«

Um Miss St. Claires unwillkommener Berührung ein Ende zu machen, tupfte ich den Mund mit der Serviette ab.

»Kate«, sagte ich leise. »Ich möchte bitte Kate genannt werden.«

»Ach du liebes bisschen, es macht Ihnen doch wohl nichts aus, dass ich solche Einzelheiten aus Ihrem Leben kenne!« Miss St. Claire hielt sich beide Hände an die Brust. »Ich bin die Verschwiegenheit in Person! Und verurteile Sie nicht im Geringsten! Meine liebe Miss Worthington, ich habe fürwahr das Gefühl, als wären Sie und ich alte Freudinnen, so viel habe ich im Laufe der Jahre schon von den Delafields über Sie gehört. Nein, nein, Sie dürfen sich nicht grämen. Sie müssen Sylvia dankbar sein, weil sie Ihnen eine so gute Freundin ist, dass sie mich zu Ihrer Unterstützung gewonnen hat.«

Reglos sah ich von ihr zu Sylvia, die auf ihrem Stuhl herumrutschte. »Ihre Unterstützung?« Ich räusperte mich. »Welcher Art sollte diese Unterstützung sein, wenn ich fragen darf?«

Miss St. Claire sah zu Sylvia, als wolle sie sich ihre Erlaubnis einholen, doch Sylvia zuckte nur die Achseln, als sei ihr nun ohnehin schon alles egal.

»Nun, meine Unterstützung, Sie herzuholen, selbstredend!«, erwiderte die Elfenkönigin mit einem sanftmütigen Lächeln in meine Richtung.

Auf einmal war ich mir meines Herzschlags und der Hitze, die mir in die Wangen fuhr, ausgesprochen bewusst. »Ach ja?« Ich versuchte zu lächeln. »Und wie genau gestaltete sich Ihre Unterstützung dabei, Miss St. Claire?«

Meiner Gefühle gar nicht bewusst, lächelte sie. »Ich habe Mrs Delafield versichert, dass ich gegen Ihre Gesellschaft nichts einzuwenden habe, da ich wusste, wie *verzweifelt* Sie ein paar positive Einflüsse in Ihrem Leben benötigen.«

Ungläubig sah ich von ihr zu Sylvia, die mit einer nie gekannten Beharrlichkeit auf ihren Teller starrte.

»Nun …« Ich war völlig ratlos, wie ich auf ein solch herablassendes Mitleid reagieren sollte. »Ich danke Ihnen für Ihre Großzügigkeit, Miss St. Claire«, sagte ich schließlich mit einem knappen Lächeln und versuchte, die erstaunliche Anzahl unhöflicher Gedanken zurückzudrängen, die mir in den Kopf schossen.

»Ich habe doch gern geholfen.« Anmutig ergriff sie ihre Gabel und setzte ihr Frühstück fort.

Mein Appetit war mir gründlich vergangen, und ich glaubte, nicht mehr viel Zeit in Miss St. Claires Gesellschaft verbringen zu können, ohne dass ich die Beherrschung verlor. Doch vielleicht half es ja, die Unterhaltung auf ein sichereres Terrain zu lenken. Ich holte tief Luft.

»Sylvia, ich hoffe, du wirst mich heute Vormittag deinem Großvater vorstellen!«

»Ich fürchte, Großpapa ist nicht wohlauf, Kitty«, versetzte diese mit einem bedauernden Blick. »Ich bezweifle, dass du während deines Aufenthaltes hier überhaupt die Gelegenheit bekommen wirst, ihn kennenzulernen.«

Was für eine Enttäuschung! Ich hatte mich so darauf gefreut, jenen Mann kennenzulernen, der in Henrys Leben eine so bedeutsame Rolle gespielt hatte.

»Es tut mir leid, das zu hören«, murmelte ich.

Miss St. Claire schüttelte traurig den Kopf. »Es wird in der Tat für unsere ganze Familie ein großer Kummer sein, Großvater zu verlieren.«

Ich warf einen fassungslosen Blick in Miss St. Claires Richtung. Das ging ja wohl zu weit, wenn sie diese Familie schon als die ihre beanspruchte! Ich hielt es in ihrer Gesellschaft keine Minute länger aus, schob meinen Teller fort und erhob mich. »Sylvia, komm, zeig mir das Haus.«

Sie sah mich an, als hätte ich sie gerade gebeten, sich einen zweiten Kopf wachsen zu lassen. »Kitty, dieses Haus ist riesig!«

»Ja, und ich möchte es in seiner Ganzheit sehen!« Ich lächelte sie aufmunternd an.

Stöhnend lehnte sie sich auf ihrem Stuhl zurück. »Allein der Gedanke erschöpft mich schon!«

»Ach komm. Ein wenig Bewegung wird dir guttun.«

Sie winkte ab. »Ich habe keine Lust, mich durchs ganze Haus zu schleppen. Sieh zu, dass du Henry findest, und bitte ihn um eine Führung.«

Nach diesen Worten ließ Miss St. Claire ihre Gabel fallen, stand abrupt auf und stieß dabei gegen den Tisch, sodass alles ein wenig klirrte. »Ich gebe Ihnen eine Führung, Miss Worthington! Es wird eine gute Ertüchtigung für mich sein.«

Ich blickte von ihr zu Sylvia und gab Letzterer das Ausmaß meines Missfallens deutlich zu verstehen. »Wie freundlich. Doch ich bestehe darauf, dass Sylvia uns begleitet.«

»Nein, Juliet kennt das Haus genauso gut wie …«

Ich warf ihr einen finsteren Blick zu. Wenn ich in Miss St. Claires Gesellschaft leiden müsste, dann sollte Sylvia mitleiden. »Natürlich würde ich mich gern anschließen«, erklärte sie schließlich widerstrebend, nachdem wir uns einen Augenblick mit Blicken gemessen hatten.

»Wir beginnen mit der großen Halle«, flötete Miss St. Claire und ging uns voran aus dem Esszimmer und den Gang entlang in Richtung des Eingangsbereiches. Direkt unter der Gewölbedecke in der Mitte des Raumes blieb sie stehen. Ich sah mich neugierig um und freute mich, dass das Tageslicht nun erhellte, was am Abend zuvor verborgen geblieben war.

»Hier befinden wir uns im ursprünglichen Teil des Hauses.« Miss St. Claire deutete auf den runden Raum, in dem wir standen. »Er wurde 1504 fertiggestellt. Später wurden andere Teile des Hauses angebaut. Das wichtigste Merkmal hier ist natürlich die Gewölbedecke mit einer Darstellung der Sage von Ikarus.«

Ich legte den Kopf zurück und studierte das Gemälde an der gewölbten Decke, die sich zwei Geschosse über uns befand. »Das ist aber nicht Ikarus!«

»O doch!« Miss St. Claire klang energisch und ungläubig zugleich – als könnte sie nicht fassen, dass jemand eine ihrer Behauptungen infrage stellte. »Selbstverständlich ist das Ikarus.«

Sie sah zu Sylvia, die ratlos die Schultern zuckte.

Ich deutete auf das Gewölbe. »Das ist Phaethon, nicht Ikarus. Phaethon lenkte den Sonnenwagen über den Himmel, verlor die Kontrolle über die Pferde, setzte die Erde in Flammen und starb schließlich durch einen Blitz, den Zeus ihm entgegenschleuderte. Auch Ikarus kam ums Leben, nachdem er zu fliegen versucht hatte«, fuhr ich fort, »doch er flog mit Flügeln, die ihm sein Vater Dädalus gebaut hatte, um damit nach Kreta zu entfliehen. Als er der Sonne zu nahe kam und das Wachs in seinen Flügeln zu schmelzen begann, stürzte er in den Tod.«

Mit gekräuselter Stirn sah Miss St. Claire zur Decke empor. »Hm, Sie könnten recht haben, aber Sie klingen doch sehr nach einem Blaustrumpf, Miss Worthington, und wenn Sie meine Meinung dazu hören wollen …« Sie trat näher zu mir, neigte den Kopf zu meinem und fuhr fort: »Ich persönlich würde nicht allzu gern als ein Blaustrumpf betrachtet werden. Es wird Ihre Chancen mindern, wissen Sie?«

Mühsam rang ich mir ein Lächeln ab. »Meine Chancen worauf?«

»Auf die Ehe natürlich«, entgegnete sie lachend. »Wie ulkig Sie doch sind! Sylvia hat mir schon erzählt, dass Sie recht wissbegierig sind, doch ich habe es nicht glauben wollen. Stimmt doch, Sylvia, nicht wahr? Ich habe es dir nicht abnehmen wollen, als du sagtest, wie belesen deine Freundin sei.« Sylvia war in einen Sessel am Kamin gesunken, als würde sie das Stehen überanstrengen. »Doch nun sehe ich, dass du ganz recht hattest! Aber wie fade muss Ihre Jugend doch gewesen sein, wenn Sie so lang in einer muffigen Bibliothek über alten Büchern gebrütet haben! Ich muss schon sagen, je mehr ich über Sie erfahre, desto mehr bemitleide ich Sie, Miss Worthington.«

Ich war fassungslos. Noch nie war mir jemand begegnet, der so rücksichtsvoll und so beleidigend zugleich war. Doch ich hatte ein Geheimnis, von dem sie nichts zu wissen schien, und aus diesem Grunde musste ich mir ein Lächeln verkneifen. Was sie nicht wusste, war, dass die Tage, die ich in der alten Bibliothek im Delafield Manor verbracht hatte, alles andere als fade gewesen waren. Was sie nicht wusste, war, dass ich Henry jahrelang als meinen Studiengenossen zur Seite gehabt hatte.

»Was sehen wir uns als Nächstes an, Miss St. Claire?«, fragte ich.

Sie machte auf dem Absatz kehrt. »Hier entlang, bitte!«

Ich zog Sylvia aus dem Sessel, hakte mich bei ihr unter und zog sie mit mir. Sie stöhnte auf. »Meine Beine sind jetzt schon müde, Kitty. Du kannst das Haus auch selbst erforschen, auf eigene Faust.«

»Keine Bange, auf dieses Angebot komme ich zurück, sobald ich kann«, murmelte ich.

Die Gelegenheit dazu bot sich etliche Räume darauf. Miss

St. Claire hatte mir das Esszimmer, den Salon, die Bibliothek, das Musikzimmer und die lange Galerie gezeigt und wollte nun kehrtmachen und mich über die große Eingangshalle in die oberen Stockwerke führen. Doch am Ende eines Ganges fiel mir eine Tür auf, die halb verborgen in einer Nische lag.

»Wohin führt diese Tür?«, erkundigte ich mich.

Miss St. Claire machte eine wegwerfende Handbewegung. »Dahinter befindet sich lediglich ein zweites kleines Musikzimmer.«

Ich überhörte Sylvias Proteste über schmerzende Füße und näherte mich der Tür. Im Unterschied zu den anderen war diese mit kunstvollen Schnitzereien geschmückt. Ich fuhr mit der Hand über ihre Oberfläche, entdeckte Schlingpflanzen, Blätter und einen Schwarm kleiner Vögel. Dann drehte ich an dem Knauf, öffnete die schwere Tür und trat in den Raum, den schwere Vorhänge in Dunkelheit tauchten. Doch irgendetwas rührte sich dort drinnen, und auch in meinem Herzen regte sich etwas. Geschwind durchquerte ich den Raum und zog die Vorhänge der drei großen, deckenhohen Fenster auf. Sonnenlicht strömte herein, und ich drehte mich um meine eigene Achse.

Es war ein kleiner Raum mit einer hohen Decke. Ich registrierte das Pianoforte in der Raummitte, die Polstersessel, die Gobelins an den Wänden, die Gemälde und hielt Ausschau nach dem Ding, das ich wahrgenommen hatte – das sich regende Ding. Und dann blieb mein Blick an einem reich verzierten, vergoldeten Vogelkäfig hängen, der, fast verborgen von den Vorhängen, in einer Ecke stand.

Plötzlich verstand ich, warum ich gedacht hatte, in diesem Raum würde sich etwas regen. Ein dunkler Vogel flatterte wild in dem Käfig herum und stieß dabei mit den Federn immer wieder an die Käfigstangen. Mit angehaltenem Atem beobachtete ich ihn und verspürte eine unerklärliche Verbindung zu diesem dunklen, wilden Vogel.

»Ich sagte doch, es sei Zeitverschwendung«, sagte Sylvia hinter mir.

Miss St. Claire stand auf der Türschwelle und zog angewidert die Stirn kraus. »Ich hasse den Geruch von Vögeln«, erklärte sie und beäugte den Vogel misstrauisch. »Das wird der erste Raum sein, der neu eingerichtet wird, wenn ich …«

Sie bremste sich im letzten Moment, doch mir war klar, was sie hatte hinzufügen wollen: wenn sie erst die Hausherrin war. In mir gärte es, eine brennende Abneigung erfasste mich, und ich verspürte den überwältigenden Drang, sie aus diesem Raum zu stoßen – die Tür hinter ihr zu verriegeln und in diesem Raum Wache zu halten, um ihn vor ihrer Zerstörungswut zu schützen.

Das hier ist mein Raum!

Dieser Gedanke schoss mir unwillkürlich durch den Kopf. Ungeplant. Dabei stellte ich lediglich die Wahrheit fest, nichts weiter. Das hier *war* mein Zimmer. Ich spürte es bis ins Mark. Dieses Zimmer würde es immer geben. Diese Gobelins, diese Gemälde, diese hohen Fenster und vor allem dieser dunkle Vogel sollten gehegt und gepflegt werden, sollten Wertschätzung erfahren.

»Ich hoffe, dieser Raum wird sich nie verändern.« Ich sah Miss St. Claire offen an. »Ich liebe ihn, und ich hoffe, er wird immer so bleiben.«

Ihr Lächeln blieb sanft und unschuldig. »Alles wird sich ändern, Miss Worthington. So ist das nun mal, wenn ein Haus an neue Besitzer übergeht.«

Ich stand da und fühlte mich hilflos und zornig zugleich.

»Bereit für den Rest der Führung?« Sie deutete zur Tür.

»Nein!«, entfuhr es mir. Keinen Augenblick länger ertrug ich ihre Gesellschaft. »Nein, ich würde gern noch ein wenig hierbleiben. Ich werde den Weg durchs Haus später auf eigene Faust fortsetzen.«

Als müsse sie sich entscheiden, sah Sylvia unentschlossen von mir zu Miss St. Claire. Doch es dauerte nur einen Moment, da hatte sie ihre Wahl auch schon getroffen. Sie ergriff Miss St. Claires Arm und sagte: »Komm, setzen wir uns doch an den Kamin im Salon. Von dort können wir nach ankommenden Gästen Ausschau halten.«

Sobald die beiden verschwunden waren, kniete ich mich vor den Vogelkäfig und betrachtete den dunklen Vogel genauer. Seine Federn waren von einem glänzenden, satten Schwarz, das im Sonnenlicht fast schon blau wirkte. Sein Schwanz war gegabelt und zuckte, immer und immer wieder. Solch einen Vogel hatte ich noch nie zu Gesicht bekommen – weder in Büchern noch im wirklichen Leben. Und obgleich ich ihn eine lange Zeit beobachtete, sang er kein einziges Mal.

10. Kapitel

Alice bewährte sich. Nachdem sie mir beim Ankleiden geholfen hatte, frisierte sie mein dunkles, gewelltes Haar mit einer Geschicklichkeit, wie sie unsere Zofe daheim nicht an den Tag legte. Dabei schwieg sie und überließ mich meinen Gedanken.

Es war an der Zeit, dass ich einen Plan schmiedete, eine Strategie entwickelte. Nachdem ich ein paar Stunden allein durchs Haus gestreift war, hatte ich den Nachmittag in Gesellschaft von Sylvia und Miss St. Claire damit verbracht, zum Fenster hinauszusehen und die im Hof eintreffenden Kutschen zu beobachten. Den ganzen Tag lang strömten Gäste herbei. Sie waren jung und alt, gut aussehend oder auch nicht. An diesem Abend würden wir alle gemeinsam dinieren. Und ich würde mich daranmachen, meinen Plan umzusetzen, um mir meine Indienreise zu verdienen.

Bei dem Gedanken schlug mein Herz schneller. Meine Abmachung mit Mama schien mir plötzlich das Hanebüchenste zu sein, worauf ich mich je eingelassen hatte. Ich sollte drei Gentlemen davon überzeugen, mir einen Heiratsantrag zu machen? War ich von Sinnen gewesen, dass ich das für machbar gehalten hatte? Bislang hatte nur ein einziger Mann um meine Hand angehalten, und zwar Mr Cooper, ein seniler alter Mann, den es lediglich nach einem warmen Körper verlangte, nach jemandem, der sich auf dem Totenbett um ihn kümmerte. Er hätte jedem weiblichen Wesen mit einem schlagenden Puls einen Antrag gemacht. Doch diese Freunde der Delafields – sie waren nicht vom selben Schlag wie Mr Cooper. Es handelte sich um elegante, vermögende Leute, die längst nicht so verzweifelt waren wie er. Und ich sollte gleich drei von ihnen dazu bringen, sich nach mir zu verzehren?

Mir wurde übel. Diese Vereinbarung würde ich niemals einhalten können. Ich wusste ja nicht das Mindeste vom Männerfang! Und im Fall eines Scheiterns würde ich einen viel zu hohen Preis bezahlen. Was immer Mama mit mir vorhatte – es würde mir sicherlich nicht gefallen. Doch dann gab ich meinem Herzen einen Ruck und redete mir gut zu, dass ich es schon schaffen würde. Scheitern kam nicht infrage. Schließlich kannte ich meine Mutter und wusste, welche Ziele, Träume und Pläne sie verfolgte. Sie nahm, was ihr nicht gehörte, und betrog ahnungslose Toren um ihre Zukunft. Warum war ich so närrisch gewesen, auf diese Abmachung einzugehen? Warum hatte ich nicht eingeschränkt, was ich ihr im Falle eines Scheiterns schuldete?

Panik erfasste mich, und meine Gedanken überschlugen sich. Im Spiegel beobachtete ich Alice, die meine Haare arrangierte, und auf einmal blickte ich in einen anderen Spiegel, vor vielen Jahren, und sah meiner Schwester Eleanor dabei zu, wie sie für einen Ball zurechtgemacht wurde.

»Du bist wirklich hübsch«, sagte ich, während ich vom Bett aus mitverfolgte, wie unsere Zofe Mary die Haare von Eleanor mit Haarnadeln hochsteckte. Ich lag auf dem Bauch, das Kinn auf die Hand

gestützt. Eleanor und ich sahen einander und auch unserer Mutter sehr ähnlich – dasselbe dunkle Haar, dieselben haselnussbraunen Augen. Wenn ich Eleanors Schönheit hervorstrich, war damit der Wunsch verbunden, mich darin einst auch hervorzutun. Ich war vierzehn, sie sechzehn. Für einen Ballbesuch war ich also noch zu jung, hoffte jedoch, in zwei Jahren mindestens so schön zu sein wie sie.

»Mit wem, glaubst du, wirst du heute Abend tanzen?«

Eleanor betrachtete Marys Werk im Spiegel. »Auf wen auch immer meine Wahl fällt, natürlich!«

Stirnrunzelnd sah ich sie an. »Du kannst nicht wählen. Du musst mit dem vorliebnehmen, der dich erwählt!«

Lachend verdrehte sie die Augen. »Du bist zu jung, um das zu verstehen.«

Ich hasste ihre herablassende Art, doch bevor ich etwas entgegnen konnte, trat Mary zurück und fragte: »Gefällt es Ihnen, Miss Eleanor?«

Eleanor begutachtete ihre Frisur, drehte ihren Kopf schier endlos in die eine und in die andere Richtung, bis sie nickte und Mary dankte, die daraufhin den Raum verließ.

Erst dann sagte ich: »Weißt du, ich bin nicht so viel jünger als du. Du könntest doch mit mir üben, damit ich weiß, was zu tun ist, wenn ich so alt bin wie du.«

Eleanor lächelte mich freundlich an. »Natürlich werde ich mit dir üben, Kitty. Doch heute Abend habe ich leider keine Zeit. Ich sage dir nur so viel: Du gibst die Kontrolle nicht aus der Hand. Ein Mann mag denken, er hätte dich auserwählt, doch zuvor hast du ihm den Kopf verdreht!«

»Was sagen Sie dazu, Miss?« Alice' Stimme holte mich aus meinem Tagtraum. Ich drehte meinen Kopf hin und her, genau wie ich es bei Eleanor gesehen hatte, und dann lächelte ich. »Die Frisur ist sehr hübsch, vielen Dank.«

Alice stieß etwas aus, das nach einem Seufzer der Erleichterung klang, und zog sich zurück. Es war also an der Zeit. Auf meinem Weg nach unten dachte ich an Eleanors Worte. Sie hatte mir nie mehr beigebracht als das, denn als ich ihrer Meinung nach alt genug gewesen war, um mehr über derlei Dinge zu erfahren, hatte ich auf ihren Rat keinen Wert mehr gelegt. Doch wenn es überhaupt jemanden auf der Welt gab, der mein Vorhaben hätte umsetzen können, dann war es Eleanor. Wenn ich mich also einfach nur so benahm, wie ich es bei ihr gesehen hatte, musste ich richtigliegen. Ich atmete tief durch und sagte mir, alles werde gut, doch mein Herzschlag wollte sich einfach nicht beruhigen, und meine Hände wollten nicht aufhören zu zittern.

Als ich den Salon betrat, drängten sich dort bereits die Gäste. Sylvia entdeckte mich sogleich und ergriff meinen Arm.

»Komm, lass mich dich vorstellen.« Sie zog mich in den Raum.

Das Kaminfeuer verbreitete zu viel Wärme, der Raum war zu voll und die Luft viel zu stickig. Meine langen Handschuhe waren viel zu warm, und ich sehnte mich nach einem Fächer. Um mich herum waren so viele Gewänder, so viele Schultern und so viel Federschmuck! Auf die neuen Londoner Modestile war ich nicht vorbereitet. Gehört davon hatte ich zwar, sie aber noch nie zu sehen bekommen. Die Wirkung war verwirrend. Ich fühlte mich wie ein Vogel, der sich einem fremden Schwarm angeschlossen hatte und nun von einer anderen Spezies umgeben war.

Und es gab so viele Gentlemen zur Auswahl! Wie konnte ich mich da für drei entscheiden? Und wie sollte ich herausbekommen, welche drei am ehesten um meine Hand anhalten würden? Wieder begriff ich, wie unrealistisch meine Abmachung war, und ich bedauerte, mich je auf diesen Handel mit meiner Mutter eingelassen zu haben. Ich fühlte mich heillos überfordert.

Meine Reue ließ meinen Schritt stocken, und ich wandte mich hierhin und dorthin, suchte panisch nach etwas anderem als Schultern, Rückenansichten und Federn und rang in diesem heißen, stickigen Raum nach Luft. Dann blieben meine Augen an einem vertrauten Anblick hängen. Zunächst fielen mir die dunklen Haare auf, dann die grauen Augen und die kleine Kerbe neben dem Mund, der nach unten geneigte Kopf, das Lächeln, das sich gerade bildete. Und ich sah die Person, der dieses Lächeln galt: Miss St. Claire, die zu nahe bei ihm stand und mit ihm sprach, sich zu ihm lehnte. In diesem Licht schienen ihre Augen zu funkeln.

Dieser Anblick brannte sich durch meine Reue, meine Unentschlossenheit und meine Zweifel – und er stärkte meinen Entschluss. Ich würde drei Heiratsanträge ergattern, und ich würde nach Indien aufbrechen, je schneller, desto besser. Wenn ich gewusst hätte, dass sich Miss St. Claire hier aufhalten würde, dass ich die beiden zusammen erleben müsste und Zeugin ihres Werbens würde – ich wäre nicht gekommen.

Sylvia blieb stehen und lenkte meine Aufmerksamkeit auf die zwei Gentlemen vor ihr. »Mr Brandon und sein Sohn, Mr Thomas Brandon.«

Ah, Sylvias Mr Brandon! Ich merkte auf, schob meine Sorgen beiseite und richtete meine volle Aufmerksamkeit auf den gut aussehenden jungen Mann vor mir. Er hatte braunes Haar, freundliche Augen und ein breites, ansteckendes Lächeln. Ich warf Sylvia einen Seitenblick zu und dachte im Stillen: *Gut gemacht, meine Liebe!* Ein fröhlich wirkender Mann, der Shakespeare zu schätzen wusste und meiner besten Freundin zugetan war? Ich hätte nicht erfreuter sein können. Sylvia zuliebe bemühte ich mich, nicht zu grinsen.

Sein Vater, der ältere Mr Brandon, schien hingegen wenig begeistert darüber, hier zu sein. Er sah aus, als würde er sich – ganz wie mein Vater – in einem Arbeitszimmer wohler fühlen. Dies war eindeutig ein Mann ruhiger Gewohnheiten.

Sein Sohn hingegen rieb sich die Hände und meinte: »Ich kann es gar nicht erwarten, morgen die Küste zu erkunden. War das eigentlich eine Klosterruine, an der wir ein Stück südlich von hier vorbeigekommen sind?«

Sylvia nickte, und er schaute gleich noch fröhlicher drein.

»Wir sollten dort ein Picknick veranstalten! Gleich morgen!« Er sah von Sylvia zu mir und wieder zurück. »Was sagen Sie dazu?«

Seine Begeisterungsfähigkeit gefiel mir. »Nichts würde ich lieber tun.«

Der jüngere Mr Brandon wandte sich an seinen Vater: »Und du, Vater, bist du mit von der Partie?«

»Die Luft ist so kühl hier«, erwiderte der ältere Mr Brandon nach kurzem Zögern.

»Aber davon werden wir uns doch nicht abhalten lassen, Vater. Nicht mit diesem Abenteuer vor Augen!«

Ich musste grinsen. Hier war ein Mann, in dem ich mich wiederfinden konnte. Hier war ein Gleichgesinnter. Ich blickte verstohlen zu Sylvia und strahlte auf, als ich ihr liebestrunkenes Lächeln bemerkte. Ich fühlte mich geschmeichelt, wirklich. Sie hatte einen Mann erwählt, der mir bezüglich meines Temperaments überaus ähnelte. Zweifelsohne eine Erfolg versprechende Partie! Sylvia und ich waren zusammen aufgewachsen, und wir waren die besten aller Freundinnen. Wir glichen einander aus, ergänzten uns. Daher war dieser Mr Brandon fraglos wie geschaffen für sie.

»Dann ist es also abgemacht«, sagte Mr Brandon junior.

»Morgen gibt es ein Picknick! Hoffen wir auf einen klaren Himmel.«

»Fürwahr!« Sylvia zog mich am Arm. »Entschuldigen Sie uns. Ich muss noch weitere Gäste begrüßen.«

Die Männer nickten und verbeugten sich, und im Weggehen bemerkte ich, dass der Blick des älteren Mr Brandon auf uns verweilte, ja, uns folgte. Mir kam ein Gedanke – eine Idee. »Wo steckt Mrs Brandon?«, fragte ich Sylvia leise.

»Mr Brandon ist Witwer.«

Ich lächelte in mich hinein. Ein Witwer war immer auf der Jagd nach einer Ehefrau. Und es hieß, dass ältere Gentlemen viel schneller einen Heiratsantrag stellten als jüngere. Möglicherweise war der ältere Mr Brandon der ideale Kandidat, was meine Abmachung betraf. Und Sylvia wäre damit auch geholfen, da ich ihn beschäftigt hielte und sie dadurch die volle Aufmerksamkeit des Sohnes genießen könnte, ihres Verehrers. Vielleicht war meine Lage ja gar nicht so ausweglos wie gedacht.

Bis Sylvia mich allen Gästen vorgestellt hatte, hatte ich zwei weitere mögliche Kandidaten im Visier. Neben dem älteren Mr Brandon hatte ich mir einen jüngeren, nervös wirkenden Gentleman namens Mr Dyer und einen gewissen Mr Pritchard ausgeguckt, der kürzlich aus Indien zurückgekehrt war. Erst als Sylvia mich Herrn und Frau Spohr vorstellte, einem Musikerehepaar aus Deutschland, schlugen meine Gedanken wieder eine andere Richtung ein.

»Herr Spohr ist Komponist«, erklärte sie nach der Vorstellung. »Und wir haben uns in London ein ganz bezauberndes Duett der beiden angehört, das er und seine Frau auf der Violine und der Harfe vorgetragen haben. Großzügigerweise haben sie ihren Aufenthalt in unserem Land verlängert, um hierherzukommen und uns mit ihrer Musik zu erfreuen.«

Herr Spohr war ein Mann mittleren Alters mit widerspenstiger Mähne. Seine Gattin war jünger als er, mit vollem braunem Haar und leisem, aber elegantem Auftreten.

»Es ist mir eine Freude, Sie kennenzulernen, Herr und Frau Spohr«, sagte ich. »Ich freue mich schon, Sie musizieren zu hören.«

»Miss Worthington ist selbst Musikerin«, bemerkte Sylvia, und ich spürte, wie ich errötete.

»Ach? Was spielen Sie denn für ein Instrument?«, fragte Herr Spohr interessiert.

»Nur das Pianoforte.«

»Sagen Sie nie: *Nur* das Pianoforte.« In seinem Blick lag sanfter Tadel. »Setzen Sie niemals Ihr Instrument herab, Miss Worthington.«

»Es war nicht das Instrument, das ich herabzusetzen gedachte, Herr Spohr, sondern vielmehr meine eigene Fertigkeit«, versicherte ich. »Ganz im Gegenteil, ich halte sehr viel vom Pianoforte. Und ich bin eine große Bewunderin Mozarts.«

Ich hätte noch mehr über den großen Musiker gesagt, der mich in seinen Bann geschlagen hatte, doch das Dinner sollte beginnen, und es wurde Zeit, sich mit der Gästeschar in das Esszimmer zu begeben. Wieder fiel mein Blick auf Henry und Miss St. Claire, die mit ihren Kupferhaaren in der Menschenmenge nur schwer zu übersehen war.

Doch zu meiner Genugtuung war ich auch nicht ganz unsichtbar, denn Henry entdeckte mich und sah gleich noch einmal her. Ich dachte an Alice' Frisierkünste und musste an mich halten, um mein Haar nicht verunsichert zu berühren. Er warf mir einen fragenden Blick zu, als wolle er sich erkundigen, ob es mir gut gehe, und ich lächelte als Antwort zurück. Nun, da ich einen Plan hatte, war ich wieder guten Mutes.

11. Kapitel

Da man mich zwischen zwei verheiratete Männer gesetzt hatte, konnte ich meinen Plan während des Dinners noch nicht in die Tat umsetzen. Doch sobald die Gentlemen anschließend zu uns in den Salon stießen, schlug ich zu. Der kürzlich aus Indien zurückgekehrte Herr ließ sich als Erster auf einem der Sofas vor dem Kaminfeuer nieder, und ich gesellte mich eilends zu ihm, damit mir ja niemand zuvorkam.

»Mr Pritchard«, begann ich. »Ich bin äußerst interessiert daran, mich mit Ihnen über Indien zu unterhalten.«

Vermutlich war er zwanzig Jahre älter als ich, aber Sylvia hatte mir bestätigt, dass er unverheiratet war. Er hatte sandblondes Haar und war stark gebräunt. Meine Wahl war auf ihn gefallen, da ich von unseren gemeinsamen Interessen wusste.

Seelenruhig zog er seine Schnupftabakdose aus der Tasche, tippte mit einem Fingernagel darauf und klappte sie auf. Mit Blick zu mir klopfte er sich sodann eine Prise Schnupftabak auf die Daumenwurzel. »So? Worüber denn genau?« Er hielt sich die Prise unters Nasenloch, zog das braune Pulver tief ein und wiederholte das Ganze dann am anderen Nasenloch. Hierauf wischte er sich die Finger ab und verstaute seine Schnupftabakdose wieder. Erst dann sah er wieder zu mir.

Nun, da ich den Plan in Gang gesetzt hatte, war meine Nervosität mit voller Wucht zurückgekehrt. Was tat ich da? Und wie wollte ich vorgehen, um diesen Mann für mich einzunehmen?

Ich dachte an Eleanor und an all die Male, die ich sie beim Flirten beobachtet hatte. Ich dachte an ihr Lächeln, die Neigung ihres Kopfes und wie sie sich hinstellte und hinsetzte und was sie dabei mit den Händen tat.

Also rutschte ich auf dem Sofa näher zu ihm und wurde mir plötzlich der Leute um uns herum bewusst. Ich legte den Kopf schräg, wie ich es bei Eleanor gesehen hatte, und lächelte ihn an. »Ich würde zu gern hören, wie Indien so ist.«

Er verzog keine Miene, ja, er zwinkerte nicht mal! »Heiß«, erwiderte er lakonisch.

Ich zwinkerte so heftig, dass es für uns beide gereicht hätte. »Heiß?«

»Ja. Heiß.«

Angesichts der Belustigung in den Gesichtern der Leute um uns herum, die offenbar unserem Gespräch gelauscht hatten, verging mir das Lächeln.

»Nun, dass dort ein wärmeres Klima herrscht als hier, habe ich schon gehört, Mr Pritchard. Ich hatte allerdings gehofft, von Ihnen noch etwas mehr zu erfahren. Wissen Sie, ich plane selbst, schon bald dorthin zu reisen.« Ich erinnerte mich daran, wie Eleanor sich zu einem Mann gelehnt hatte, an dem sie interessiert war. Also lehnte ich mich zu Mr Pritchard.

Im Augenwinkel nahm ich eine Bewegung wahr. Gar nicht weit von uns stand Henry und beobachtete uns, ohne eine Miene zu verziehen. Seine grauen Augen glänzten wie Stahl, und er hatte seinen Kiefer zusammengepresst.

»Sie planen eine Indienreise?« Zu meinem Erstaunen zeigte Mr Pritchard tatsächlich so etwas wie Mimik in seinem Gesicht. »Mit wem, wenn ich fragen darf?«

»Mit meiner Tante.«

»Nur Sie beide? Allein?«

Ich nickte.

Er sah von mir zu den Gästen, die uns beobachteten, und gluckste, als wäre das Ganze ein großartiger Scherz, was die Zuhörer mit einem Lächeln quittierten. Miss St. Claire lächelte, Sylvia auch, und ein älteres Paar, an dessen Namen ich mich nicht erinnern konnte, ebenfalls. Mein Gesicht errötete. Ich war mir sicher, dass ich das Amüsement der anderen hervorgerufen hatte, die Frage war nur, womit? Der nervös wirkende Mr Dyer grinste am breitesten von allen. Ich verkniff mir, zu Henry hinüberzuschauen.

»Warum belustigt Sie das so, Sir?« Ich vergaß ganz, wieder zu lächeln und mich zu ihm zu neigen.

»Nun, zwei unverheiratete Ladys, die allein nach Indien reisen.« Er schüttelte den Kopf. »Das ist das Törichteste, was mir je zu Ohren gekommen ist!« Er wandte sich von mir ab, als wollte er mich entlassen. Doch ich war zu stolz, um klein beizugeben.

»Ich halte das nicht für töricht«, sagte ich laut vernehmbar, »sondern für abenteuerlich.«

Mit hochgezogener Augenbraue drehte Mr Pritchard sich wieder zu mir und musterte mich abschätzig. Dann beugte er sich näher zu mir, sah mich eindringlich an und sagte unverblümt: »Indien ist kein Ort für abenteuerlustige Mädchen! Es ist ein feindseliges Land. Allein auf dem Hinweg haben Sie schon gute Chancen, ums Leben zu kommen. Und wenn Sie nicht dem Meer zum Opfer fallen, rafft Sie vermutlich eine Krankheit dahin, wenn Sie erst einmal dort sind.« Er ließ den

Blick träge über meine Figur wandern. »Sie sind doch nicht unansehnlich. Da böte es sich doch an, zu heiraten und die Abenteuer jenen zu überlassen, die besser dafür geeignet sind.«

Er stand auf, strich sich das Jackett glatt und ging davon. Mein Gesicht brannte. Ich wagte nicht, jemanden anzusehen, doch ich spürte die Blicke auf mir. Auch Henrys Blick spürte ich, glaubte in meiner Schmach aber nicht, ihn jemals erwidern zu können. Nachdem ich einen langen Augenblick reichlich geknickt dagesessen hatte, erhob ich mich und entfernte mich so gefasst, wie es mir unter den gegebenen Umständen nur möglich war.

Ich wusste nicht, wohin ich sehen oder gehen sollte, sondern nur, dass ich das Grüppchen verlassen musste, das mitbekommen hatte, wie mich Mr Pritchard abgekanzelt hatte. Während ich den Raum durchquerte, hatte ich noch keinen sicheren Zufluchtsort im Kopf. Doch dann, gleich einem Sonnenstrahl, bemerkte ich den Blick des älteren Mr Brandon. Er beobachtete mich von seinem Sitzplatz in einer Ecke aus, weit genug entfernt von den anderen, dass er meine Unterhaltung nicht aufgeschnappt haben konnte.

Ich nahm all meinen Mut zusammen und ging auf ihn zu. Auf einen Versuch würde ich es noch ankommen lassen. Mr Pritchard war grausam gewesen. Doch Mr Brandon war gütig. Das konnte ich in seinen Augen lesen.

Bei meinem Näherkommen stand er auf, verbeugte sich vor mir und bot mir mit ausgestrecktem Arm den Stuhl neben seinem an. Erleichtert lächelte ich. Ich hatte mich nicht getäuscht. Er war ein gütiger Mensch.

»Miss Worthington, Sie wirken reichlich erhitzt. Womöglich war das Kaminfeuer zu warm für Sie?«

Ich drückte eine Hand auf meine heiße Wange und dachte

im Stillen, dass mein Gesicht vor Beschämung brannte, nicht aufgrund der Wärme.

»Vielleicht.« Tapfer dachte ich an meine Vereinbarung mit Mama, meine Flucht nach Indien und Eleanors Vorbild. Ich würde es noch einmal versuchen. Ich musste es noch einmal versuchen. Nur der Grobheit eines Mannes wegen konnte ich nicht alles hinwerfen. Also nahm ich neben ihm Platz, lächelte so, wie Eleanor gelächelt hatte, beugte mich zu ihm und bat ihn, mir von sich zu erzählen.

—

»Ich muss mit dir reden, Kitty.« Sylvia stand vor mir. Ihre behandschuhten Hände waren zu Fäusten geballt, und aus ihren kühlen, blauen Augen loderte eine Warnung.

Gerade hatte ich mich nach einem einstündigen Gespräch von dem älteren Mr Brandon entfernt. Eleanors Verhalten nachzuahmen, hatte mich erschöpft, und in dem Raum war es viel zu warm. Auf dem Weg in die kühle Halle hatte mich Sylvia an der Tür abgefangen.

»Natürlich, Sylvia.«

Was hatte sie nur? Ich folgte ihr aus dem Salon und durch den Korridor ins Esszimmer, in dem nach dem Dinner abgeräumt worden war und in dem sich nun niemand mehr aufhielt. Sylvia schloss die Türen sorgfältig hinter uns und wirbelte zu mir herum.

»Wie *konntest* du, Kitty?«

Erschrocken wich ich einen Schritt zurück. »Wie konnte ich was?«

»Wie konntest du mir das antun? Nach allem, was ich für dich getan habe?« Ihr Gesicht war rotfleckig, und in ihren Augen glitzerten Tränen.

Überaus verblüfft schüttelte ich den Kopf. »Was habe ich dir denn angetan?«

Sie trat auf mich zu, deutete mit einem Finger auf meine Brust und schluchzte: »Du hast die vergangene Stunde damit verbracht, mir Mr Brandon abspenstig zu machen! Und das, nachdem ich dir erzählt habe, dass ich ihn mag! Nachdem ich dir das … das Zitat gezeigt habe, das er mir gegeben hat!« Ihre Lippen bebten. »Das Zitat über mich. Vielleicht hast du es ja nicht für bedeutsam gehalten, da er es nicht selbst verfasst hat, aber ich liebe es! Es ist das Süßeste, das je ein Mann für mich getan hat, und ich könnte mich mit Leichtigkeit in ihn verlieben, und du wusstest das, und du hast einfach dagesessen und … und … mit ihm *geflirtet*, und zwar auf schamloseste Art!«

Bei ihrem ersten Satz fiel mir die Kinnlade herunter, und ich starrte sie fassungslos an. »Du meinst, dieser Zettel war von dem *älteren* Mr Brandon?«

»Natürlich!« Sie wischte sich ihre Wangen ab. »Von wem denn sonst?«

»Na, von dem Sohn natürlich!«, rief ich. So entsetzt ich über mein Tun war, so schockiert war ich, dass Sylvia sich gar nicht hatte vorstellen können, es könnte meinerseits etwas Verwirrung geben. »Der Mann, der dir vom Alter her nähersteht. Der gut aussehende!«

Ungläubig riss sie die Augen auf. »Er ist ein *jüngerer* Sohn, Kitty. Meine Kinder hätten nie die Möglichkeit, irgendetwas zu erben. Der Vater hat zumindest einen Titel, wenngleich nur den eines Barons. Zudem wäre ich an dem Sohn nie interessiert. Er würde mich durch die Landschaft schleifen und über Abenteuer reden, und er würde mich dazu zwingen, Orte zu besuchen, die mich überhaupt nicht interessieren! Das wäre ja … das wäre, als würde ich mit dir verheiratet sein! Ich würde meines Lebens nicht mehr froh!«

Als hätte man mir einen Schlag versetzt, wich ich zurück. »Ich … ich habe es als Kompliment betrachtet, dass du den Sohn mochtest. Ich dachte, wir …« Ich holte Luft und stieß sie ermattet wieder aus. »Ich dachte, wir wären die besten aller Freundinnen.«

Geraume Zeit schwieg sie. »Ich glaube, wir waren gute Kindheitsfreundinnen, Kitty. Doch nun sind wir uns schon eine ganze Weile fremd geworden.«

Seufzend rieb ich mir die Stirn und fühlte mich unvermittelt viel zu müde für dieses Gespräch. »Kate. Bitte nenne mich Kate, einmal nur!«

Ihre Miene verhärtete sich wieder, und sie sah mich mit zusammengekniffenen Lippen an.

Auf einmal ging mir ein Licht auf. »Dir hat die Person, zu der ich herangewachsen bin, nie gefallen, stimmt's? Deshalb weigerst du dich, mich Kate zu nennen.«

Sylvia zuckte halbherzig mit den Schultern. Sie brauchte es nicht zu bestätigen. Ich hatte recht, das wusste ich. Und mit diesem Wissen ging ein unglaubliches Verlustgefühl einher.

»Lass gut sein«, sagte ich. »Es spielt keine Rolle, wie du mich nennst. Es tut mir so leid, dass ich mit deinem Mr Brandon geschäkert habe. Ich hatte ja keine Ahnung. Aber falls es dir hilft: Abspenstig gemacht habe ich ihn dir wohl kaum. Er hat immer wieder verstohlen in deine Richtung geschaut.«

»Wirklich?« Auf ihrem Gesicht erschien ein kleines Lächeln.

»Ja, wirklich. Hoffentlich ist kein dauerhafter Schaden entstanden.«

Niedergeschlagen zog ich einen Stuhl heraus und sank darauf. So viel zu zweien meiner Kandidaten! Sowohl Mr Pritchard als auch Mr Brandon konnte ich von meiner Liste streichen. Übrig blieb also nur der nervöse Mr Dyer, in den ich keinerlei Hoffnung setzte. Ich legte das Kinn auf meine Hand. Sylvia zog sich neben mir ebenfalls einen Stuhl heraus, nahm darauf Platz und drehte sich zu mir. Ich spürte ihren Blick, war aber zu verlegen, um ihn zu erwidern.

»Ein derartiges Benehmen habe ich bei dir noch nie erlebt«, bemerkte sie leise. »Ich habe dich überhaupt noch nie mit einem Mann flirten sehen und mit gleich zweien an einem Abend erst recht nicht. Aber dein Verhalten hat mich sehr an jemanden erinnert.«

Voller Furcht vor ihren nächsten Worten hielt ich mir die Hand vor die Augen. »Sag es nicht!«

»Ich musste an Eleanor denken«, fuhr Sylvia unbarmherzig fort. »Zuerst bei Mr Pritchard. Und dann bei Mr Brandon.«

Ich kniff die Augen zu und kämpfte mit den Tränen.

»Ich muss wissen, warum du dich so verhalten hast, Kitty. Wenn du hierbleiben möchtest, dann muss ich das verstehen.«

»Nun gut. Ich werde dir erklären, warum ich heute Abend geflirtet habe, wenngleich Flirten an sich kein großes Verbrechen ist.« Ich atmete tief ein. »Ich habe mit meiner Mutter eine Vereinbarung getroffen. Sie gibt mir meine Freiheit – meine Unabhängigkeit –, um nach Indien zu gehen, sofern ich drei Heiratsanträge bekomme und ablehne.«

Sylvia sah mich mit großen Augen an, dann lachte sie auf, aber es war ein kurzes, freudloses Lachen. »Du dachtest also, du könntest mit irgendwelchen Gentlemen flirten, und dann würden sie um deine *Hand anhalten*?«

»Anderen jungen Ladys ist das auch schon widerfahren«, erwiderte ich verlegen.

Sie schüttelte den Kopf, und ihre Ungläubigkeit verwandelte sich in etwas, das ich noch mehr hasste: Mitleid.

»Ich muss dir etwas sagen, Kit…, äh, Kate. Und ich sage dir das nicht, weil ich mich über dich aufrege, sondern weil du meine Freundin bist und es verdienst, die Wahrheit zu hören.«

Mir wurde flau im Magen, und mein Herz schlug vor Nervosität schneller. Ziemlich sicher wollte ich nicht hören, was sie zu sagen hatte.

Sylvia beugte sich zu mir und sah mir in die Augen. »Hier wird kein Mann um deine Hand anhalten.«

Ich zuckte zusammen. Mein Stolz bäumte sich auf. »Du klingst so, als wärst du dir deiner sicher, Sylvia. Wie kannst du so etwas sagen?«

»Weil alle Gäste hier Freunde meiner Mutter sind. Und alle von ihnen wissen über Eleanor Bescheid.«

Ich erblasste. »Aber das ist doch Schnee von gestern. Inzwischen ist sie verheiratet. Sie kann mir nicht mehr schaden.«

Sylvia schüttelte den Kopf, und ihre kühlen blauen Augen waren voller Mitleid. »In London machen neue Gerüchte die Runde. Ich wollte es dir nicht erzählen, aber jeder in unseren Kreisen, alles, was Rang und Namen hat, tuschelt über sie.«

»Aber sie ist verheiratet!«, wiederholte ich, nicht imstande, an diesem Gedanken vorbeizudenken.

»Verheiratete Frauen können genauso viele Skandale verursachen wie unverheiratete«, versetzte Sylvia mit müdem Blick.

Ich ließ den Kopf in die Hände fallen und spürte, wie all meine Hoffnungen schwanden.

»Mama hat an Henry geschrieben, dass du nicht mehr nach Blackmoore kommen könntest, nachdem sie von den Gerüchten erfahren hatte. Doch Henry hielt dagegen, und auch ich trat für dich ein, Kitty. Ich erklärte ihr, du hättest dich noch nie wie Eleanor benommen und würdest es auch nie. Ich sagte ihr, unsere Gäste hätten vor deiner Gesellschaft nichts zu befürchten … dein Besuch würde von keinem Skandal überschattet werden.«

Um bloß nicht loszuheulen, atmete ich tief ein und aus. »Ich möchte doch nur nach Indien! Nur aus diesem einen Grund habe ich mich so benommen!«

Sie schwieg so lange, dass ich den Kopf hob und sie ansah. Verachtung stand ihr im Gesicht geschrieben – Verurteilung, Vorwurf und Abweisung.

»Selbst wenn die Chance bestünde, dass du damit Erfolg hast, kann ich nicht glauben, dass du einen nichtsahnenden Mann so für deine Ziele benutzt«, sagte sie. »Hast du gar nicht an die moralische Fragwürdigkeit deines Plans gedacht? Diese Männer auszunutzen – mit ihrem Herzen zu spielen –, sie dazu zu verleiten, sich in dich zu verlieben, wiewohl du die ganze Zeit über weißt, dass du sie zurückweisen wirst! Das ist durch und durch herzlos. Und eigensüchtig und … und …« Sie hielt die Luft an. »Das klingt ganz nach deiner Mutter, um ehrlich zu sein. Genau so etwas würde sie auch tun!«

Ich fuhr zusammen. »Das ist nicht wahr!«, erwiderte ich ungestüm. Ich schob meinen Stuhl zurück und erhob mich mit zu Fäusten geballten Händen. »Ich bin nicht meine Mutter. Und ich werde auch nie so sein wie sie. Ich kann nicht fassen, dass du so etwas behauptest. Dabei weißt du seit vielen Jahren, wie ich ihretwegen empfinde und wie zuwider mir das wäre! Wie kannst du so etwas sagen?«

Sie sah mich mit schmerzerfülltem Blick an, kniff jedoch den Mund zusammen. Eine Entschuldigung würde ihr nicht über die Lippen kommen, schien sie sagen zu wollen. Dabei sah sie mich an wie jemanden, den sie zwar bedauerte, an dem ihr aber nichts lag.

Die Wahrheit ihrer Worte pochte an meine Seele, doch ich ließ sie nicht ein, und Sylvia brachte im Gegenzug keine Entschuldigung heraus. Die Kluft zwischen uns war unüberbrückbar, und nachdem wir dickköpfig geraume Zeit wortlos ausgeharrt hatten, blickte Sylvia über ihre Schulter zur Tür, die sie zurück in die Welt führte, in die sie gehörte.

»Ich sollte zu den Gästen zurückkehren. Mama wird sich schon fragen, wo ich abgeblieben bin.«

Sie wartete, trat von einem Fuß auf den anderen, und ich spürte einen Riss in meinem Schutzwall – eine Schwachstelle. Ich ertrug es nicht, dass Sylvia Zeugin meiner Verletzlichkeit wurde. Deshalb rauschte ich an ihr vorbei und öffnete selbst die Tür. Mit energischem Schritt, emporgerecktem Kinn und dem verletzten Stolz einer Person, die die eigenen Fehler nicht zugibt, marschierte ich davon.

Doch sobald ich die Tür zum zweiten Musikzimmer aufschlug – zu jenem Raum, den ich für mich beansprucht hatte, der, in dem sich der stumme Vogel befand –, bröckelte mein Schutzwall. Nun konnte sich die Wahrheit Zutritt verschaffen, und die plötzliche Erkenntnis blendete mich schmerzvoll. In den letzten Jahren hatte ich mich auf der Flucht davor befunden, so zu werden wie meine Mutter. Doch in meinem Bestreben, meinem Schicksal zu entgehen, war ich genauso rücksichtslos gewesen wie meine Mutter. Ich war bereit, andere zu meinem eigenen Vorteil zu benutzen. Bereit, die Schwäche anderer ins Visier zu nehmen – ihre Hoffnungen und Träume und die empfindlichsten Partien ihres Herzens – und sie zu manipulieren, in eine Falle zu locken und dann auszuweiden. Alles für meinen Traum von Indien. Und in diesem Augenblick der Erkenntnis hasste ich mich.

12. Kapitel

Nur eines konnte eine so zutiefst unglückliche Seele wie die meine beruhigen. Ich trat aus dem zweiten Musikzimmer – dem Vogelzimmer, wie ich es nun nannte – und schlich zur Hintertreppe, die ich während meines Erkundungsganges entdeckt hatte. Dass mich einer der Gäste in diesem Zustand sah, konnte ich nicht riskieren. Ich weinte zwar nicht, doch es fehlte nur wenig, und ich wollte meinem Herzen auf keinen Fall gestatten, in diesem verletzlichen Zustand zu verharren.

Der Wind drang durch das alte Gemäuer und ließ mich frösteln, während ich zwei Stockwerke hinauf und durch das Labyrinth an Gängen in den Westflügel eilte. Dort blieb ich gerade lang genug, um die Mozartnoten aus meinem Zimmer zu holen. Sodann lief ich die Treppe wieder hinunter und spürte, wie mein verschlossenes Herz von der Last all meiner Entdeckungen an diesem Abend Risse bekam.

Unbemerkt wieder im Vogelzimmer angekommen, nahm ich mir einen Augenblick Zeit, um die zusätzlichen Kerzen im Zimmer anzuzünden. Hierauf brachte ich eine davon mit ans Pianoforte und warf einen Blick zu dem Vogel in seinem Käfig.

Er betrachtete mich mit feierlich glänzenden Augen, drehte den Kopf und flatterte mit den Flügeln. Doch singen tat er nicht.

Dann breitete ich meine Noten oben auf dem Instrument aus und nahm Platz. Ich schloss die Augen und versuchte mein schmerzendes Herz zum Verstummen zu bringen und die Demütigung zu verbannen, die in mir brannte. Ich würde nicht mehr darüber nachdenken, was ich verloren hatte, indem ich den Handel mit Mama eingegangen war, und wie ich wie sie hatte werden können. Ich würde mich angesichts der Wahrheit nicht der Verzweiflung hingeben. Mozart würde all das in Ordnung bringen. Ich schlug die Augen auf und atmete tief ein, legte die Hände auf die Tasten und begann zu spielen.

Der erste Satz von Mozarts 21. Klavierkonzert erinnerte mich an einen Marsch, und indem ich die Noten marschieren ließ, kontrollierte ich auch mein Herz. Genau so hatte die Schulung eines Herzens zu erfolgen. Mit Disziplin, Ordnung und Vernunft. Der Essenz der Klassik.

Doch an diesem Abend wollten die kleinen Soldaten nicht marschieren. Sobald ich mich ans Pianoforte gesetzt hatte, kamen mir wieder Sylvias Worte in den Sinn. Die Demütigung, die ich durch Mr Pritchard hatte erfahren müssen, setzte mir von Neuem zu. Und die Erkenntnis, dass es schier unmöglich war, die Bedingungen meiner Mutter zu erfüllen, verdunkelte meine Seele mit tiefster Verzweiflung.

Ich sehnte mich danach, dass Mozart all das in Ordnung brachte. Sehnte mich nach Abstand und Klarheit. Ich spielte das Konzert einmal ganz durch und begann dann von vorn. Doch in meiner Brust regte sich mein Herz vor heftiger Verzweiflung und Demütigung. Es rief mir zu, keine Musik könne das alles wieder in Ordnung bringen und keine Philosophie könne wiedergutmachen, dass ich bei dieser Vereinbarung mit

Mama den Kürzeren gezogen hatte. Meine Bemühungen waren nicht nur vergeblich gewesen, nein, ich war dabei auch noch so geworden wie sie. Und was ich angerichtet hatte, ließ sich nicht mehr ungeschehen machen.

Ich kämpfte selbst dann noch mit der Musik, als mir die Tränen hinunterliefen. Ich kämpfte mit jenen kleinen Soldaten und mit meinem Herzen, doch irgendwann begannen die Soldaten zu galoppieren, sie stießen zusammen, fielen seitwärts, sprich: Sie widersetzten sich mir in jeglicher Form.

»Aufhören!«

Erschrocken riss ich den Kopf herum und sah einen Mann, der gestikulierend auf mich zueilte.

»Stopp! Hören Sie sofort damit auf!«

Es war Herr Spohr mit seiner wilden Mähne und dem starken deutschen Akzent. »Sie müssen damit aufhören, was tun Sie denn da? Das ist nicht recht!«

Ich sah ihn verdutzt an. Schwer atmend fuhr er sich mit der Hand über den Kopf, als sei er gerade den ganzen Weg vom Salon bis hierher gelaufen. »Was machen Sie da bloß, Fräulein?«, fragte er dann mit sanfter Stimme.

»Ich … ich … spiele. Ich spiele Mozart.«

»Nein. Spielen kann man das nicht nennen.« Er schüttelte den Kopf und wedelte mit den Händen, als würde er das soeben Gehörte wegwischen wollen. »Kämpfen müsste es heißen. Sie kämpfen mit dieser Musik!«

Er beugte sich über mich und sah mich mit seinen klaren blauen Augen durchdringend an. Einen Augenblick lang geriet ich in Panik. Hier war jemand, der mir in die Seele sehen konnte, stellte ich fest. Dabei gab es so vieles, das niemand sehen sollte.

»Dort drinnen herrscht irgendein Krieg, ein innerer Kampf.« Mit zwei Fingern tippte er mir gleich unterhalb meiner Schlüsselbeine auf den Brustkorb. »Der Dämon, gegen den Sie ankämpfen, hält Sie davon ab, ausgezeichnete Musik zu spielen. Sie müssen für Ihren Kampf die richtige Musik finden – für Ihren Dämon.«

Sein Englisch verstand ich, doch seine Worte ergaben für meinen klassisch ausgebildeten Verstand keinen Sinn. Deshalb starrte ich ihn nur verwirrt an.

Wieder tippte er auf meinen Brustkorb. »Finden Sie die Musik, die dieses Biest freisetzt. Das Biest, das in Ihnen kämpft und ringt. Bändigen können Sie es nicht. Darunter würde die Musik leiden. Sie würden leiden. Verstehen Sie?«

Ich verstand überhaupt nichts. Vielleicht merkte er mir meine Verwirrung an, denn er fuhr sich seufzend mit der Hand durchs Haar. »Für Sie ist Mozart nicht das Richtige. Mozart schadet Ihnen.« Er beugte sich vor, schnappte sich meine Noten und drückte sie an seine Brust. »Es tut mir leid, aber die muss ich Ihnen wegnehmen.«

Mit diesen Worten eilte er zur Tür hinaus. Fassungslos sah ich ihm nach und wartete darauf, dass er zurückkehrte und erklärte, es habe sich um einen Scherz gehandelt. Doch er kam nicht zurück. Benommen glitt ich von der Klavierbank und ging zu dem Vogelkäfig, vor den ich mich hinkniete. Ich betrachtete den dunklen, stummen Vogel, berührte behutsam die vergoldeten Käfigstäbe und fuhr mit den Fingern daran auf und ab. Mir brach das Herz entzwei. Und nichts konnte es wieder heilen.

Ich schlang die Finger um die Käfigstangen und spürte, dass dieser Käfig so massiv wie dekorativ war. Und plötzlich hasste ich ihn. Ich hasste alles an dem Käfig und alles an dem Käfig meines eigenen Lebens. Wut stieg in mir hoch, und ich rüttelte, ohne nachzudenken, an den Stangen. Daraufhin flatterte der Vogel so wild herum, dass sein Gefieder nur noch einem verwischten schwarzen Farbklecks glich. Erschrocken und mit rasendem Herzen wich ich zurück. Die Tränen strömten über meine Wangen, und ich lehnte die Stirn an den Käfig. »Es tut mir leid. Es tut mir leid. Es tut mir leid!«

—

Der Boden war hart und kalt unter meinen Knien, doch ich hielt weiter Nachtwache vor dem Vogelkäfig. Für mich war er Grabstätte und Altar zugleich – ein Symbol dafür, wozu mein Leben sich entwickelt hatte, und ein Ort, an dem ich um Befreiung betete und den ich erst verlassen würde, wenn ich für meine Zukunft etwas Hoffnung wiedergewonnen hatte.

Als ich hörte, wie die Tür aufging, wandte ich mich nicht um. Auch nicht, als jemand meinen Namen sagte und in seiner Stimme eine Frage mitschwang. Ich drehte mich nicht um, als sich leise Schritte näherten und direkt neben mir innehielten. Ich hielt meinen Blick fest auf den Vogel gerichtet, der sich inzwischen wieder auf seiner Sitzstange niedergelassen hatte, doch aus dem Augenwinkel sah ich, wie sich Henry neben mir auf dem Boden niederließ.

»Was hat dir Sylvia erzählt?« Meine Stimme war rau, meine Nase von all dem Weinen verstopft.

»Sylvia? Gar nichts.«

Ich warf ihm einen kurzen Blick zu. »Warum bist du dann hier?«

Ich hätte ihn nicht ansehen dürfen. Sein Blick war zu sanft, zu besorgt. Sofort füllten sich meine Augen erneut mit Tränen. Dabei konnte ich so ja schon kaum atmen. An weiteren Tränen würde ich ersticken.

»Ich habe mitbekommen, was Mr Pritchard zu dir gesagt hat. Als du verschwunden und nicht zurückgekehrt bist, dachte ich, er könnte dich aus der Fassung gebracht haben. Daher habe ich mich auf die Suche nach dir gemacht.« Henry betrachtete den Vogel. »Ich hätte mir denken können, dass du hier bist. Warum bin ich nicht gleich darauf gekommen?«

Ich fuhr mit dem Finger eine vergoldete Käfigstange nach und beobachtete den Vogel, der wiederum mich beobachtete. »Er singt nicht«, sagte ich fast zu mir selbst.

»Ich weiß.« Ich hörte die Traurigkeit, das Mitleid in Henrys Stimme. »Deshalb habe ich meinem Großvater vorgeschlagen, den Käfig hierherzustellen, wo der Vogel zumindest Musik hören kann, selbst wenn er keine eigene hervorbringt.«

Mein Blick wanderte zu seinem Gesicht. Henry betrachtete inzwischen mich, nicht den Vogel. In dem trüben Licht waren seine Augen dunkel, und ich las darin Schmerz, Sorge und noch etwas, das ich nicht benennen konnte.

»Er hätte nicht so mit dir reden dürfen.« In seiner Stimme schwang Wut mit. »Ich befürworte zwar nicht deinen Traum, nach Indien zu reisen, doch niemand sollte dich mit solch einem Spott, solch einer … Ablehnung behandeln.«

Bei der Erinnerung an diesen beschämenden Moment lief ich rot an.

»Soll ich ihn zum Duell fordern?«, fragte er.

Ich gluckste und zwinkerte dabei einige Tränen weg.

»Ich meine es ernst.« Er rieb sich das Kinn und kniff die Augen zusammen. »Wir werden uns im Morgengrauen im Heidemoor duellieren. Um uns herum jede Menge Nebel. Es wird recht dramatisch, könnte ich mir vorstellen. Und ich werde ihn erschießen, um deine Ehre zu rächen, jawohl!«

Wieder lachte ich, und auch seine Lippen verzogen sich.

»Nein?« Er hob eine Augenbraue.

»Nein. Aber vielen Dank.« Zittrig holte ich Luft. »Außerdem war es nicht Mr Pritchard, der mich aus der Fassung gebracht hat. Nicht wirklich.«

»Wer war es dann?«

Ich wünschte, ich könnte meinen letzten Satz zurückrufen, denn ich war nicht bereit, meine eigene beschämende Erkenntnis zu beichten, was für ein Mensch ich geworden war. Und ich war auch nicht gewillt, ihm von meiner demütigenden Unterhaltung mit Sylvia zu erzählen. Hätte er mich hier doch nur nie entdeckt! Meine Nase lief, und ich wischte sie mir in Ermangelung eines Taschentuches am Ärmel ab.

Gütiger Himmel! Ich benahm mich ja genau wie Maria! Ich saß an einem seltsamen Platz und heulte mit laufender Nase und herabströmenden Tränen. Angewidert von mir selbst, schüttelte ich den Kopf. Wie hatte ich in den letzten Tagen so tief sinken können?

Ich schob meine Haare aus dem Gesicht. »Ach, niemand. Nicht der Rede wert.«

»Kate, noch nie habe ich dich so weinen sehen. Sicherlich ist es *doch* der Rede wert!«

Ich schüttelte den Kopf. »Ich kann … Ich kann es dir nicht erzählen, Henry.« Ich beobachtete den kleinen, dunklen Vogel und war mir dabei Henrys durchdringenden Blickes nur zu bewusst.

Nach langem Schweigen sagte er noch immer mit gesenkter, ruhiger Stimme: »Erinnerst du dich an den Tag im Wald? An den, als mein Vater starb?«

Mein Blick flog zu seinem Gesicht, und mir stockte der Atem. Ich konnte nicht glauben, dass er nach all den Jahren des Stillschweigens darauf zu sprechen kam. Seit jenem Tag hatten wir das Thema nie wieder erwähnt. Auch mit niemandem sonst hatte ich darüber gesprochen, und ich bezweifelte, dass Henry es getan hatte. Und nun, nach all der Zeit …

»Natürlich«, flüsterte ich.

Sein Blick fing meinen auf, und zwischen uns baute sich etwas auf – eine gefühlsgeladene Stimmung, die die Entfernung zwischen uns in Bewegungen messbar machte: eine Gewichtsverlagerung, ein ausgestreckter Arm, ein gebeugter Kopf. Doch wir saßen vollkommen regungslos da, und nur die Erinnerung verband uns.

Bis er sich vorlehnte und mich am Armgelenk berührte, die Hand dann sanft an meinem Arm hochschob und damit schließlich meine Schulter umfasste. Und erst dann sagte er: »Ich vermochte nie die rechten Worte zu finden, um dir zu sagen, was mir das bedeutet hat.« Seine Stimme war weich und heiser, glich einer Liebkosung. Etwas in mir erschauerte. »Selbst jetzt, nach all den Jahren, tue ich mich noch schwer damit. Doch an jenem Tag habe ich mir geschworen, alles in meiner Macht Stehende zu tun, um dir zu helfen, wenn du dich je in einer Notlage befinden solltest.«

Eine Träne rollte an meiner Wange hinab und blieb an meinem Kinn hängen. Henry nahm seine Hand von meiner Schulter und wischte den Tropfen weg. Dann lehnte er sich seufzend zurück. »Doch du hast kein Vertrauen zu mir.« Er hob eine Augenbraue. »Vielleicht habe ich dein Vertrauen nicht verdient?«

»Doch, das hast du«, erwiderte ich mit bebender Stimme.

Er saß da und wartete, und es sah aus, als würde er das notfalls die ganze Nacht lang tun.

Und plötzlich musste ich es ihm sagen. Nicht das, was zwischen Sylvia und mir vorgefallen war, sondern warum ich hier weinend vor dem Käfig hockte. Wieder schlang ich die Finger um die Käfigstangen, ohne diesmal jedoch an ihnen zu rütteln. Ich wollte dem Vogel nicht wieder Angst einjagen. Der Vogel geriet allerdings dennoch in Panik.

»Ich fühle mich eingesperrt«, brach es unvermittelt aus mir heraus. »Ich fühle mich wie dieser Vogel, in die Enge getrieben, unterdrückt und eingesperrt, und ich sehe mich unentwegt nach Fluchtmöglichkeiten um, doch werden mir ständig Steine in den Weg gelegt!« Ich sah Henrys verwirrte Miene. »Vielleicht kannst du das nicht verstehen – du bist ein Mann. Dein Leben unterscheidet sich in so vieler Hinsicht von meinem. Aber hast du je …« Ich holte tief Luft und spürte, wie mein Herz schmerzte. »Hast du dir je etwas so sehr gewünscht, dass es wehtat? Dass die Sehnsucht danach dir tatsächlich körperliche Schmerzen bereitete?«

Vollkommen reglos beobachtete er mich mit seinen dunklen Augen. »Ja«, sagte er mit leiser, feierlicher Stimme.

»Siehst du, und so geht es mir mit Indien. Meine Sehnsucht ist so groß, dass sie mir Schmerzen verursacht. Doch habe ich die Befürchtung, dass ich niemals hinkommen werde, dass ich diesen Traum also nie in die Tat umsetzen werde, und wenn ich *diesen* Traum nicht in die Tat umsetze, dann setze ich möglicherweise überhaupt keinen Traum in die Tat um. Und ich werde einfach nur ein trostloses, traumloses Leben führen, ohne Abenteuer oder Freude oder Entscheidungsmöglichkeiten. Ein Leben, das es nicht wert ist, Leben genannt zu werden.« Mir stockte der Atem. »Wenn ich darüber nachdenke, wie ich festsitze und was von mir erwartet wird und was mir gestattet ist und was nicht und wie wenig Einfluss ich habe oder je haben werde, schlicht und ergreifend deshalb, weil ich als Mädchen auf die Welt kam – dann spüre ich eine Million Flügel in mir, die so fest schlagen, dass es wehtut.«

Wieder traten mir Tränen in die Augen. »Ich kann ja nicht einmal Mozart spielen, ohne dass mir Herr Spohr erklärt, dass dieser Komponist nichts für mich ist, und wenn ich weder Indien noch Mozart haben kann, was bleibt mir dann noch? Wie soll ich in diesem Käfig leben, der mein Leben symbolisiert?« Ich schüttelte heftig den Kopf, und die Tränen strömten nur so herunter. »Ich kann an nichts anderes denken als daran, dass ich wie dieser arme Vogel enden werde. Ich werde bis zur völligen Erschöpfung gegen meine Käfigstangen anfliegen, dann werde ich schließlich aufgeben und mein restliches Leben ohne Gesang in einem vergessenen Raum fristen.«

Meine Stimme brach, und ich presste die Lippen zusammen, damit mir nicht noch mehr entschlüpfte. Während ich mich um Fassung bemühte, konnte ich Henry nicht in die Augen sehen. Es war ja im Grunde albern, meinen Kummer über den Verlust meines Indientraums mit Henrys Verlust des Vaters zu vergleichen. Es war albern von mir, mich da so hineinzusteigern. Vermutlich ging Henry auch genau das gerade im Kopf herum. Meinen Wunsch, nach Indien zu reisen, hatte er nie verstanden. Und plötzlich bekam ich eine Heidenangst, er könnte meine Gefühle nicht nachvollziehen oder meinen Traum als etwas Triviales abtun.

»Du bist also dieser Vogel«, sagte er stattdessen in vorsichtigem Ton. »In diesem Käfig.«

Ich nickte.

»Und du siehst nur eine Möglichkeit für dich selbst: gegen die Stangen zu fliegen, bis du erschöpft bist und all deine Träume aufgibst.«

Wieder nickte ich und wagte erst jetzt, ihn anzusehen. Er betrachtete mich voller Mitleid und Zuneigung zugleich. Schließlich sah er zu dem dunklen Vogel in seinem Käfig zurück. Dann tat er etwas mit dem Käfig – eine winzige Bewegung, die die Tür aufschwingen ließ. Er griff hinein, und ich beobachtete mit angehaltenem Atem, wie er den Vogel einfing. Ganz sanft und behutsam umfasste er ihn und holte ihn aus dem Käfig.

Mit ausgestreckten Händen drehte sich Henry zu mir.

Ich starrte erst ihn an und dann den Vogel, der sich flatternd zu befreien versuchte.

»Hier. Nimm ihn.« Er hielt mir den Vogel entgegen, der sich in seinen schönen, sanften Händen befand.

Zögernd griff ich danach. Ich glitt mit den Händen in Henrys, bis sich meine Finger um den kleinen Vogel schmiegten. Die glänzenden schwarzen Federn fühlten sich wie Seide an, und ich spürte die zerbrechlichen Knochen darunter und den Kampf des Vogels, sich zu befreien.

»Hast du ihn?«, fragte Henry.

Ich nickte atemlos. Dann entfernte Henry seine Hände, und ich hielt den Vogel allein. Ich spürte seine Begierde zu fliegen, seine schnellen Bewegungen, seinen heftig pochenden Herzschlag. Ich öffnete meine Hände. Und er flog.

Mit hektischen Flügelschlägen und rasender Geschwindigkeit ergriff der Vogel die Flucht. Ich beobachtete, wie er über unseren Köpfen kreiste, und fühlte mich plötzlich quicklebendig. Unerklärlicherweise lachte ich. Henry beobachtete mich lächelnd.

»Es muss im Leben mehr als eine Option geben, Kate«, sagte er.

Ich lehnte mich an die Wand, beobachtete, wie der dunkle Vogel sich hochschwang, und ließ mir Henrys Worte gründlich durch den Kopf gehen.

Er lehnte sich so nahe neben mich an die Wand, dass sich unsere Arme berührten.

»Wir werden ihn einfangen müssen«, sagte ich, »und wieder in den Käfig stecken.« Ich sah zu der hohen Decke und fragte mich, wie wir das anstellen sollten. »Keine einfache Aufgabe, denke ich.«

»Nein. Aber sie lohnt sich.«

»Ich danke dir. Für den Vogel«, sagte ich nach langem Schweigen.

Ich ertappte mich dabei, wie ich mich vorsichtig an Henry lehnte – zu dieser späten Stunde war ich vollkommen erschöpft –, bis mein Kopf an seiner Schulter ruhte. Keiner von uns beiden rührte sich. Wir sahen unserem kleinen dunklen Vogel in einvernehmlichem Schweigen dabei zu, wie er flog und flog und flog.

Als die Uhr zwölf schlug, streckte ich mich und gähnte. »Wie sollen wir ihn einfangen? Ich nehme an, deinem Großvater liegt an ihm.«

»Gönnen wir ihm doch eine Nacht in Freiheit. Morgen früh komme ich her und kümmere mich um ihn.«

Schläfrig sah ich zu, wie Henry im Raum herumging und alle Kerzen ausblies bis auf eine, die er ergriff und mitnahm, als wir den Raum verließen. Sorgfältig schloss er die Tür hinter uns.

Im Haus war es dunkel, und bis auf das Knarzen der Treppenstufen unter unseren Füßen herrschte vollkommene Stille.

Schweigend gingen wir zum Westflügel, und als wir uns meinem Zimmer näherten, war mir plötzlich, als wäre die Lösung meines Problems zum Greifen nahe und ich könnte sie nur nicht sehen. Doch je mehr ich mich bemühte, ihrer gewahr zu werden, umso mehr verschwamm sie.

Vor meiner Tür blieb Henry stehen und öffnete sie sacht. »Gute Nacht, mein kleiner Vogel«, murmelte er so leise, dass ich mich fragte, ob ich mir den Teil mit dem Vogel und den zärtlichen Ton in seiner Stimme nur eingebildet hatte.

Ich stand in meiner offenen Tür und beobachtete, wie er entschwand. Diesmal hatte er keine Eile. Und ich rührte mich nicht, bis das Licht, das er trug, um die Ecke glitt und mich in der Dunkelheit zurückließ. Erst dann wandte ich mich meinem stillen Raum und meinen Ängsten zu.

Es war eine Sache, einen Vogel freizulassen. Doch wie in aller Welt sollte ich mich selbst freisetzen? Ich lag da, lauschte dem Stöhnen und Knarzen und dem Wind, der vom Meer her über das Heidemoor blies. Ich dachte an meine Übereinkunft mit Mama und wurde von Hoffnungslosigkeit übermannt. Immer und immer wieder schwankte ich zwischen den Bildern des Kaninchens in der Falle und dem frei herumfliegenden dunklen Vogel, verspürte Verzweiflung, dann wieder einen Hoffnungsschimmer, bis ich in meiner Gefühls- und Gedankenwelt nicht mehr ein noch aus wusste. Schließlich fiel ich – völlig erschöpft – in einen unruhigen Schlaf.

13. Kapitel

Vogelgesang weckte mich. Mein Raum war in Dunkelheit gehüllt. Während meines unruhigen Schlafes hatte sich meine Bettdecke um meine Beine geschlungen und mich in einen dunklen Pflaumenton eingemummelt. Ich schob die Decke von mir und eilte dann fröstelnd über den kalten Holzboden, um die Vorhänge beiseitezuziehen und die Fenster aufzureißen.

Links wie rechts nahm Nebel mir die Sicht und bedeckte auch die Erde. Noch war die Sonne nicht aufgegangen, doch es gab erste Anzeichen, dass sie sich auf den Weg machte – der heller werdende Himmel im Osten und das Vogelgezwitscher. Ich stützte die Ellbogen auf die Fensterbank, lehnte mich hinaus und atmete die feuchte, kalte Luft ein. Dann lauschte ich mit geschlossenen Augen bekannten Gesängen – dem der Amsel, der Schwalbe und der Waldlerche, dem des Spatzes, der Misteldrossel und des Stieglitzes. Doch ich befand mich weit entfernt von meinem Zuhause, und die Vögel hier am Rande der Welt sangen für mich völlig unbekannte Lieder.

Ich schloss das Fenster wieder und kleidete mich geschwind an. Schließlich musste ich fertig sein, bevor die Sonne aufging und einige dieser Vögel zum Verstummen brachte. Ich warf meinen wärmsten Mantel über, kümmerte mich nicht um meine Frisur und schlüpfte in meine Stiefeletten, während ich schon den Gang entlanglief, hüpfte ich auf einem Bein, bückte mich dabei und zog sie hoch. Dann rannte ich die Treppe hinunter und machte mir nicht die Mühe, nach einer Hintertür Ausschau zu halten. Nein, ich rannte durch die große Halle und die hohen Eingangstüren hinaus.

Der Nebel hüllte mich in seine Kühle, feuchte Finger griffen nach mir. Ich marschierte stur westwärts, denn ich wusste, auf diesem Weg gelangte ich zum Heidemoor, da das Meer an die Ostseite des Hauses grenzte. Das Land war weiß verschleiert, doch als ich das trockene Knirschen der Heide unter meinen Füßen spürte, wusste ich, dass ich am rechten Ort war.

Aus dem Dunst erhob sich ein großes Felsgebilde, und ich lenkte meine Schritte in seine Richtung. Der dunkelblaue Himmel verblasste unterwegs zu einem klaren, lichten Blau. Farn und Heidekraut, nass von Tau und Nebel, streiften meine Röcke. Von weit entfernten Weiden vernahm ich Pferdegewieher. Eigentlich aber lauschte ich den Vögeln.

Als ich den Felsen erreicht hatte, hielt ich kurz inne, um mir einen Weg nach oben zu suchen. Die Gesteinsformation war höher, als es aus der Ferne gewirkt hatte, und erhob sich wie eine vom Wind zerklüftete Burg. Ich musste meinen Kopf zurücklegen, um den Gipfel zu sehen. Zweimal glitt ich an seiner feuchten Oberfläche aus, doch ich suchte mit den Händen Halt und zog mich schließlich auf die Spitze. Als ich oben saß, faltete ich die Hände in meinem Schoß, atmete die kühle Luft ein und beobachtete, wie sich der Nebel allmählich auflöste, während ringsum Vogelgesang erklang: Zwitschern und Zirpen, Gackern und Gurren und ein hohes, durchdringendes Pfeifen. Nichts davon erkannte ich.

Wie ich so auf dieser Felsnase inmitten des Heidemoors saß, umgeben von unbekannter Landschaft und unbekannten Vögeln, kam ich mir ganz klein vor. Oder besser: Ich spürte die Unermesslichkeit dessen, was ich nicht kannte, nicht erlebt oder gesehen hatte. Die Erkenntnis, wie wenig ich von der Welt wusste, erschreckte mich, denn ich hatte keine Ahnung, wie ich meine Vereinbarung mit Mama erfüllen sollte und wie ich mir meine Freiheit verdienen konnte. Und wenn ich mir meine Freiheit nicht verdienen konnte, dann würde meine Welt immer exakt so klein bleiben wie jetzt.

Inzwischen war der Himmel leicht rosig und orange angehaucht, bald schon würde sich die Sonne zeigen. Sie würde den Nebel verscheuchen, und alles läge klar vor mir. Doch wie ließen sich die Unsicherheiten bezüglich meiner Zukunft verscheuchen – wie konnte ich meinen Weg zu einem neuen Leben in Indien mit Tante Charlotte klar vor mir sehen?

Henry hatte gesagt, es müsse im Leben mehr als eine Option geben. Tatsache war jedoch, dass ich eine Verpflichtung mit Mama eingegangen war. Einen Pakt, den ich nicht gewinnen konnte. Weder in praktischer Hinsicht noch in ethischer. Es würden sich hier keine drei Gentlemen finden, die um meine Hand anhielten. Ich schloss die Augen und wünschte mir, ich könnte die Vereinbarung mit meiner Mutter rückgängig machen. Warum hatte ich ihr nur so viel Spielraum gewährt, was ihre Bedingungen anging? Weil ich einen Misserfolg gar nicht in Erwägung gezogen hatte. Nun jedoch zuckte ich bei dem Gedanken zusammen, was sie tun mochte, sobald sie von meinem Scheitern erfuhr.

Mir fielen ein paar Ideen ein, die wahrscheinlich waren. Sie könnte mich zwingen, Mr Cooper zu heiraten. Oder zu Eleanor nach London zu ziehen und mich um deren drei Kinder zu kümmern. Sie konnte sogar eine Intrige spinnen, wie sie es bei

Eleanor in Brighton getan hatte. Mich schauderte bei dem Gedanken, was sie sich alles einfallen lassen könnte. Ihr Opportunismus war ebenso grenzenlos wie ihre Skrupellosigkeit.

Ein vertrautes Pfeifen ließ mich aufhorchen. Ich neigte den Kopf, hörte genau hin und lauschte erneut. Es war eine Amsel, die ihr Lied von der Heimkehr sang. Ein Lächeln schlich über mein Gesicht. Mit den Händen formte ich einen Trichter um den Mund und pfiff zurück. Einen Augenblick darauf ertönte der Ruf erneut. Wir riefen uns hin und her, und ich versuchte, im Nebel Henrys Gestalt auszumachen. Allerdings kam der Ruf nicht näher, und erst nach einer ganzen Weile begriff ich zu meinem Verdruss, dass ich eine echte Amsel gehört haben musste.

Seufzend lehnte ich mich zurück und reckte das Gesicht dem aufhellenden Himmel entgegen. Ein Gedanke streifte mein Bewusstsein. Oder eher der Hauch eines Gedankens. Irgendein Gefühl, es gebe für mein Problem eine Lösung, die ich finden würde, wenn ich nur lang und fest genug darüber nachdachte.

Also ließ ich im Geiste noch mal die Unterhaltung Revue passieren, die ich mit Mama in ihrem Schlafgemach geführt hatte. Es war ihr Wunsch gewesen, dass ich mich zum Heiraten verpflichtete – ich hingegen hatte darauf beharrt, dergleichen nie zu tun. Ich hatte sie angebrüllt, erinnerte ich mich. Und ich hatte sie gefragt, wie viele Heiratsanträge ich ablehnen müsse, bevor sie mir glaubte, dass ich es ernst damit meine, niemals heiraten zu wollen. Drei, hatte sie geantwortet.

Ich setzte mich aufrecht hin. War es wirklich dieser Wortlaut gewesen? Ich dachte scharf nach. Es fühlte sich an, als hätte sich die Unterhaltung in mein Gedächtnis gebrannt. Sie war zu bedeutsam, als dass ich mich darin täuschte. Ja. Ich war mir sicher. Ich hatte mich nach Heiratsanträgen erkundigt, und sie hatte mir die Zahl drei genannt. Ich musste nicht drei Gentlemen dazu bringen, um meine Hand anzuhalten. Ich musste lediglich drei *Heiratsanträge* erhalten.

Hoffnung und Erleichterung machten sich in mir breit, und ich fühlte mich unvermittelt so leicht und frei wie der dunkle Vogel, der sich außerhalb seines Käfigs emporgeschwungen hatte. Ich musste lediglich einen Mann finden, der bereit war, mir dreimal einen Antrag zu machen, einen Mann, der mir ein so guter Freund war, dass er mir diesen Gefallen erwies. Ein Lächeln huschte über mein Gesicht.

Im nächsten Moment meldeten sich Bedenken. Mein Herz zog sich zusammen. Konnte ich so etwas tun? Konnte ich Henry wirklich bitten, um meine Hand anzuhalten? Und wenn er sich zu diesem Plan bereit erklärte, konnte ich ertragen, aus seinem Mund diese Worte zu hören, nach denen ich mich in dem Bewusstsein, dass ich mich ihm ohnehin verweigern müsste, so lange gesehnt hatte?

Der Gedanke versetzte mich in Furcht und Schrecken, zupfte an den Stellen meines Herzens, die ich fest verschlossen hatte. Ich schob mein windzerzaustes Haar aus dem Gesicht und stützte meine Stirn in meine Hände. Dieser Plan barg Gefahren. Nicht für Henry – sein Weg war ja ohnehin vorgezeichnet. Er hatte seine Miss St. Claire, sein Blackmoore und seine Vermögen, das ihm ein Leben lang Komfort und Ansehen sicherte. Er würde nicht leiden müssen, wenn er mir einen derartigen Gefallen erwies. Aber, ach, ich höchstwahrscheinlich schon.

Ich hob den Kopf und schob den Gedanken beiseite, ganz geschwind, bevor er Zeit hatte, sich einzunisten. Es würde schon alles gut gehen. Das war meine Fluchtmöglichkeit! Die Antwort auf all meine Probleme, ohne dass sich mein Herz in Gefahr befand. Ich hatte es vor anderthalb Jahren fest weggeschlossen. Es war in Sicherheit und würde genau das tun, was ich von ihm verlangte. Schließlich hatte ich Henry in den vergangenen achtzehn Monaten nahezu jeden Tag gesehen und war doch in meinem Entschluss nie ins Wanken geraten. Nicht einmal hatte ich meine Entscheidungen infrage gestellt oder irgendetwas getan, um sie zu umschiffen – weder durch eine Berührung, ein Wort oder eine Tat. Ja, ich konnte Henry um drei Heiratsanträge bitten. Er würde sich bestimmt bereit erklären. Und dann würde mein Traum von Indien wahr.

Ich geriet in eine derartige Hochstimmung, dass nicht viel fehlte und ich wäre zum Flug abgehoben. Stattdessen rappelte ich mich auf meinem Ausguck auf und machte mich an den Abstieg. Auf dem glitschigen Fels rutschte ich aus und schürfte mir die Hände auf. Ich schlitterte und glitt, und der Boden näherte sich mir viel zu schnell.

Ich vernahm ein Geräusch, das an ein schnelles Stampfen erinnerte, während ich endlich etwas fand, woran ich mich festhalten konnte. Mit den Beinen hing ich nun allerdings frei in der Luft. Ich blickte über meine Schulter zum Boden hinunter. Zum Glück war er in Reichweite, weshalb ich mich hinunterfallen ließ, meine Hände abstaubte und mich mit einem Lächeln umdrehte.

Mr Brandon – der jüngere Mr Brandon – stand keinen Meter von mir entfernt und zog eine ausgesprochen überraschte Miene.

»Oh!«, rief ich erschrocken und wusste nicht, was ich sagen sollte.

»Das war brillant!« Er verzog die Lippen langsam zu einem Lächeln, und in seinen Augen leuchtete etwas wie Bewunderung auf. »Ich bin rasch hergelaufen, um Sie zu retten, doch diese Mühe hätte ich mir offenkundig sparen können.«

Bei dem dumpfen Geräusch, das ich gehört hatte, während

ich den Felsen hinabgerutscht war, musste es sich um seine Schritte gehandelt haben.

»Ja. Nun …« Ich fühlte mich unbehaglich und rieb mir die Stirn. Würde es arg unhöflich wirken, wenn ich ihn nun einfach verließ? Doch er sah aus, als erwarte er eine Erklärung. Daher zuckte ich mit den Achseln. »Ich klettere oft aus Fenstern.«

Sein Lächeln war mehr als ansteckend, es war atemberaubend, zumal das Sonnenlicht nun endlich durch den Nebel brach und seinem Haar einen Goldschimmer verlieh.

»Wirklich?« Er trat näher.

Ich schob meine zerzausten Locken zurück und musste jäh daran denken, dass ich mich direkt aus dem Bett ins Heidemoor aufgemacht hatte. Der Wind hatte mir die Haare um die Ohren gepeitscht, und ich sah wohl bestenfalls verwahrlost, wenn nicht schlimmer aus.

Doch das bewundernde Glitzern verschwand nicht aus Mr Brandons Augen, die, wie ich bemerkte, nahezu dieselbe lorbeergrüne Farbe besaßen wie die Vegetation um uns herum. Sein Lächeln kam mir vor wie eine zusätzliche Portion Sonnenschein.

»Und warum klettern Sie *oft* aus Fenstern, Miss Worthington?«

Ich spürte, wie mir das Blut in den Kopf stieg. Unvermittelt erinnerte ich mich daran, was mir Sylvia am Vorabend gesagt hatte – dass aufgrund des Rufs meiner Familie alle so wenig von mir halten würden. Ich erinnerte mich, wie sie bei dem Gedanken, dass einer der Männer hier um meine Hand anhalten könnte, in Gelächter ausgebrochen war. Und wiewohl ich mich grundsätzlich nicht skandalös verhielt, hatte ich an diesem Morgen sicherlich keine große Anstrengung unternommen, sittsames Benehmen an den Tag zu legen.

Doch noch während ich mich angesichts dieser Erkenntnisse innerlich vor Beschämung wand, kam mir ein erlösender Gedanke. Ich hatte eine zweite Option entdeckt. Mit Henrys Unterstützung würde ich von hier fliehen und nach Indien reisen und Mr Brandons oder seines Vaters nie mehr ansichtig werden müssen. Niemals mehr würde ich mich schämen müssen, eine Worthington zu sein. In Indien hätten die Skandale meiner Schwestern keine Bedeutung, und Tante Charlotte hätte Verständnis für mich. Nie wieder würde ich mich um die Aufmerksamkeit eines Mannes bemühen müssen.

Vor Erleichterung lächelte ich – vor reiner, uneingeschränkter Freude bei dem Gedanken an die in greifbare Nähe gerückte Freiheit und Unabhängigkeit. Und ich entschied, dass es mich keinen Deut interessierte, was dieser Mr Brandon von mir hielt, und antwortete ihm aufrichtig.

»Ich verspüre häufig das Bedürfnis zu fliehen.«

Seine Augenbrauen schnellten in die Höhe. »Und das Fenster ist der Fluchtweg Ihrer Wahl? Eine Tür reicht nicht?«

Ich verzog die Lippen zu einem wehmütigen Lächeln. »Für eine junge Lady ist ein Fenster mitunter die einzige Möglichkeit, ein Abenteuer zu erleben, Mr Brandon.«

Er trat sogar noch näher, sodass ich seine feinen Bartstoppeln am Kinn erkennen konnte. Zugegeben, er sah gut aus. Sehr gut sogar!

»Sie erscheinen mir von Augenblick zu Augenblick interessanter, Miss Worthington.« Seine Augen sagten dasselbe, denn er musterte mich derart intensiv, dass ich rot anlief und mir einmal mehr um mein zerzaustes Äußeres Gedanken machte. »Sind Sie dann also eine große Abenteurerin? Hat es Sie aus diesem Grund schon zu so früher Stunde aus dem Haus gezogen?«

»Der Grund ist wenig interessant, fürchte ich«, entgegnete ich lächelnd. »Ich bin lediglich hergekommen, um den Vögeln zu lauschen. Hier gibt es ganz andere als bei uns in Lancashire.« Er starrte mich an, als wäre ich das sonderbarste Geschöpf, das ihm je begegnet war. Wie sah mein Haar denn bloß aus? Ich schob es aus meinem Gesicht, doch der Wind blies es wieder zurück, peitschte auch an meinen Röcken, brachte das Heidekraut in Schwingung und die langen Gräser zum Wogen. Ich wich vor Mr Brandon zurück, deutete über meine Schulter in die Richtung, wo ich das Haus vermutete, und sagte: »Ich sollte ins Haus zurückkehren. Wenn Sie mich entschuldigen …«

»Nein, das tue ich nicht.«

Ich blieb stehen und starrte ihn an. »Wie bitte?«

Er schüttelte den Kopf. »Nein, Sie können mir doch nicht erzählen, Sie seien hierhergekommen, um den Vögeln zu lauschen, und lassen mich dann einfach neugierig hier stehen!«

Ich lachte unsicher. »Es ist nicht so ungewöhnlich, Vögel zu mögen, da bin ich mir gewiss.«

»O nein, das ist es sicherlich nicht. Wer mag schließlich keine Vögel?« Er senkte die Stimme und sagte in vertraulicherem Ton: »Sie allerdings hat es noch vor Sonnenaufgang ins Freie gezogen, um den Vögeln zu lauschen. Und das, Miss Worthington, macht Sie faszinierend.«

Seine Worte, sein Lächeln und der Ausdruck in seinen Augen – all das überraschte mich und beraubte mich der Sprache. Ich vermochte ihn nur anzustarren, während er mich anlächelte und ich langsam errötete.

»Sie wirken überrascht«, sagte er mit sanfter Stimme.

Ich lachte, denn ich wusste nicht, was ich sonst hätte tun sollen. »Es tut mir leid. Ich bin es nicht gewöhnt, dass andere mein Interesse an Vögeln faszinierend finden.«

Sein Lächeln wurde breiter. »Umso besser für mich!«

»Und was machen Sie hier draußen, Mr Brandon, zu so früher Stunde?«

Er atmete tief ein und hob sein Gesicht zum Himmel, wo sich die Sonne soeben in all ihrer goldenen Pracht erhoben hatte. »Ich bin herausgekommen, um zu forschen. Ich bin zum ersten Mal hier, verstehen Sie? Und dieser Standort inmitten von Meer und Heidemoor ist ziemlich …« Sein Blick ruhte nun auf mir. »Der ist ziemlich ideal, nicht wahr?«

Ich nickte zustimmend. Das Sonnenlicht wurde kräftiger, die Lichtverhältnisse änderten sich, und ich änderte meine Meinung über seine Augenfarbe. Sie besaßen nicht den Grünton des Moorlandes, sondern den der Bäume daheim in Lancashire. Im Licht des Sonnenaufgangs sah Mr Brandon golden aus – goldenes Haar, goldene Haut, ein goldener Bartschatten. Und er war hochgewachsen, fiel mir auf, vermutlich genauso groß wie Henry.

Und plötzlich fragte ich mich, wie Sylvia den Sohn übersehen und stattdessen Gefallen am Vater finden konnte.

Er deutete nach links. »Sollen wir gemeinsam zurückgehen? Nach all dem Forschen habe ich einen Bärenhunger, und ich könnte mir vorstellen, Ihnen geht es nach Ihrem eigenen Abenteuer ebenso.«

Ich ging neben ihm einher. Nach einem Augenblick räusperte ich mich. »Apropos Abenteuer, würde es Ihnen etwas ausmachen, den anderen nichts davon zu erzählen? Ich fürchte, es würde nicht allgemein gutgeheißen.«

Er sah mich mit gerunzelter Stirn an, dann lächelte er. »Mit Ihnen teile ich nur zu gern ein Geheimnis, Miss Worthington.« Und dann fuhr er fort: »Nun erzählen Sie mir bitte von den Vögeln.«

»Was denn genau?«

»Alles. Etwas. Was interessiert Sie denn an ihnen?«

»Ihre Lieder. Ihr Wesen.« Ich blickte verstohlen zu ihm auf und fragte mich, ob er wirklich so interessiert war, wie er vorgab.

Doch sein Blick ruhte weiterhin auf meinem Gesicht, und seine Miene war nichts weniger als fasziniert. Nur wenige Menschen luden mich tatsächlich dazu ein, mich über mein Interesse an Vögeln auszulassen, und ich verspürte jäh das Bedürfnis zu reden. »Auf den ersten Blick könnte man fälschlicherweise meinen, alle Vögel wären sich ähnlich, dabei ist jede einzelne Gattung einzigartig.«

Er nickte, und so fuhr ich fort.

»Jeder Vogelgesang lässt sich identifizieren. Ihre Rufe sind weitaus komplexer als Zwitschern und Tschilpen. Die Amsel beispielsweise klingt so.« Ich ließ das Pfeifen erklingen, das Henry und ich an einem regnerischen Tag vor einigen Jahren über Stunden perfektioniert hatten.

Seine Augenbrauen hoben sich. »Das waren Sie vorhin, nicht wahr? Ich habe dieses Pfeifen draußen im Heidemoor gehört.«

Ich nickte. »Nun, der eine Pfeifer war ich. Und das andere war ein echter Vogel, nehme ich an.« Wieder dachte ich daran, wie enttäuscht ich gewesen war, als Henry nicht aus dem Nebel aufgetaucht war.

»Welches ist Ihr liebster Vogel?«, fragte Mr Brandon.

Ich winkte ab. »Das lässt sich unmöglich beantworten.«

Er ließ ein Lächeln aufblitzen. »Nun gut. Dann erzählen Sie mir von *einem* Ihrer Lieblingsvögel.«

Ich überlegte einen Augenblick. Ich hätte ihm von der Waldlerche erzählt, wenn es mir nicht wie ein Verrat an Henry vorgekommen wäre.

Das trockene Heidekraut wich dem grünen Rasen, der Blackmoore umgab. Die Sonne verscheuchte mit ihrem goldenen Licht und ihrer Wärme nach und nach den Nebel. Mr Brandon blieb stehen und sah mich erwartungsvoll an.

Ich blieb ebenfalls stehen und dachte an die Vögel, die ich liebte. »Die Misteldrossel«, antwortete ich schließlich.

»Was macht diese Drossel zu einem Ihrer Lieblingsvögel?«

Er erkundigte sich, als wäre er an meinen Ansichten über Vögel aufrichtig interessiert. Wie sonderbar!

»Äh … nun … Wenn Sie es wirklich wissen wollen …«

»Fürwahr!«

»Nun, zum einen verhält es sich so, dass sie von oben aussieht, als trüge sie einen glatten grauen Rock. Brust und Bauch hingegen sind gesprenkelt. Weiß mit dunkelgrauen Sprenkeln, was recht feierlich wirkt. Als würde sie auf ein Fest gehen. Man könnte sie für ein gesittetes und langweiliges Geschöpf halten, bis man jene kecken Sprenkel sieht, und dann weiß man, dass man sie anfangs falsch eingeschätzt hat. Unterschätzt.« Ich holte Luft. »Aber ich glaube, am meisten an der Misteldrossel gefällt mir, wie … wie kühn sie ist. Sie lässt sich auf dem Wipfel hoher Bäume nieder und singt im Angesicht des Sturms. Als solle er ja nicht wagen, ihr Angst einzujagen. Als wollte sie den Beweis antreten, dass sie erfolgreich gegen einen Sturm ansingen kann. Sie ist so ungemein tapfer.« Achselzuckend lächelte ich. »Ich bewundere sie.«

Er musterte mich mit einer Miene, die ich nicht zu deuten vermochte. Fast schien er mich auf dieselbe Weise anzusehen, wie ich meine Vögel betrachtete. Plötzlich fühlte ich mich durchschaubar und verschränkte die Hände vor der Brust. »Halten Sie das für sonderbar? Dass ich Vögel bewundere?«

»Aber keineswegs!«, erwiderte er hastig. »Tatsächlich ist in mir selbst jählings auch ein Interesse an Vögeln erwacht.«

Der landeinwärts wehende Wind wirbelte mir die Haare in die Augen. Ich schob sie zurück, hielt sie fest und drehte mich dann so, dass sie mir aus dem Gesicht geweht wurden. »Apropos Wind …«

»Ja, gehen wir ins Haus«, sagte Mr Brandon und überquerte mit mir den Rasen und den Hof von Blackmoore. Sobald wir im Haus waren, durchschritt ich die große Eingangshalle, da ich möglichst schnell in mein Zimmer gelangen und mich ordentlich herrichten wollte, bevor mich noch jemand in diesem Zustand sah. Vom Treppenabsatz aus konnte man das Phaethon-Gemälde an der Gewölbedecke gut erkennen. Ich entschied mich jedoch dafür, in die Eingangshalle hinunterzuschauen, und entdeckte Mr Brandon, der noch immer dort stand und mit diesem ansteckenden Lächeln im Gesicht zu mir hinaufsah. Ich konnte nicht umhin, sein Lächeln zu erwidern.

Eindeutig registrierte er das. Aus einem Grund, den ich nicht benennen konnte, erglühte mein Gesicht, und ich wandte mich eilig ab, um es vor ihm zu verbergen. Im nächsten Moment stieß ich mit jemandem zusammen, der direkt hinter mir stand.

»Oh! Verzeihen Sie bitte!« Halt suchend griff ich nach dem Geländer.

Mrs Delafield wich zurück. »Pass doch bitte auf, wo du hintrittst, Kitty!«

»Es tut mir so leid. Ich habe Sie nicht gesehen.«

Mrs Delafield musterte mit ihren frostigen, blauen Augen mein Gesicht, dann wanderte ihr Blick hinauf und blieb an meinen Haaren hängen.

»Warst du etwa *draußen*, Kitty?«

»Kate«, erinnerte ich sie und kämpfte gegen den Drang an, mir glättend übers Haar zu streichen. »Ja, ich war draußen.«

Seufzend hob sie den Blick, als würde sie um göttliche Hilfe bitten. »Ich muss mich wirklich einmal mit dir über geziemendes Benehmen unterhalten, während du hier bist.«

Ich warf einen Blick über meine Schulter. Mir war klar, dass mir eine Strafpredigt bevorstand, und ich wollte auf keinen Fall, dass Mr Brandon davon Zeuge wurde. Doch der stand noch immer unten und sah empor, und durch die Gewölbedecke war Mrs Delafields Stimme klar und deutlich zu vernehmen.

Mrs Delafield trat vor, sah über das Geländer und umklammerte das hölzerne Geländer unvermittelt so fest, dass die Adern auf ihren Handrücken hervortraten.

»Mr Brandon.« Ihre Stimme war der Inbegriff angespannter Höflichkeit. »Guten Morgen. Sie haben wohl geruht, hoffe ich?«

»In der Tat.« Sein ansteckendes, breites Lächeln, das ich gerade noch bewundert hatte, verwandelte sich in eine gemäßigtere, höfliche Miene.

Ich trat von dem Geländer zurück. »Wenn Sie mich bitte entschuldigen, Mrs Delafield …«

»Kitty, ich hätte gern ein Wörtchen mit dir geredet!«

Ich hielt inne und beobachtete angstvoll, wie sie ganz nahe an mich herantrat. »Warst du mit Mr Brandon draußen?«, flüsterte sie. »Allein? Hattet ihr eine Art … *Verabredung*?«

»Natürlich nicht«, flüsterte ich entsetzt zurück. »Vielmehr sind wir uns draußen zufällig über den Weg gelaufen, aber geplant war das mitnichten!«

Ihre Augen wurden schmal und enthielten in ihren blauen Tiefen eine Warnung. »Kitty, einen Skandal wie in Brighton lasse ich hier nicht zu.«

Ihre Anspielung ließ mich bis zu den Haarwurzeln erröten. »Ich bin nicht Eleanor, Mrs Delafield. Und bin es nie gewesen!«

Ich wandte mich um und erklomm die Stufen mit einer äußerlichen Ruhe, die ich keineswegs empfand. Als ich um die Ecke bog, erlag ich der Versuchung, über das Geländer hinunterzublicken. Mrs Delafield war die Treppe hinabgestiegen, hatte das Foyer durchschritten und Mr Brandon nun beinahe erreicht. Mit einem Stirnrunzeln warf er einen Blick zu mir hoch und drehte sich dann zu ihr. Sie ergriff seinen Arm und sagte ihm leise etwas ins Ohr.

Mein Gesicht brannte bei der Vorstellung, was sie ihm über

mich erzählte. Doch ich schob die Gedanken daran beiseite und lenkte meine Schritte in Richtung Westflügel. Es spielte keine Rolle, was Mr Brandon von mir dachte. Ich würde mich auf die Suche nach Henry machen, meine drei Heiratsanträge erhalten und dann unverzüglich nach Indien aufbrechen. Niemand dort würde auf mich herabsehen. Niemand dort würde mich ausschließen oder versuchen, mich zu beherrschen. Indien würde alle Probleme lösen.

14. Kapitel

Ich musste dringend mit Henry sprechen. Die Hoffnung auf eine Fluchtmöglichkeit – die offene Tür zu meinem Käfig – setzte eine derartig nervöse Energie in mir frei, dass ich keine Ruhe mehr fand. Ich musste mit ihm reden! Musste ihn fragen, ob er mir diesen Gefallen erweisen werde, ob er mich aus meinem Käfig befreien könne. Doch als ich ihn beim Frühstück im Esszimmer entdeckte, war ein Gespräch unter vier Augen nicht möglich. Und ich hatte ganz sicher nicht vor, ihn zu bitten, um meine Hand anzuhalten, wenn weitere Personen anwesend waren.

Mindestens die halbe Gesellschaft war im Esszimmer versammelt, in dem es durch reges Geplauder und Besteckgeklapper geräuschvoll zuging. Ich blieb an der Tür stehen und ließ auf der Suche nach einem Platz den Blick über die Gesellschaft schweifen. Henry sah mich fragend an, und ich erinnerte mich, wie er mich am Vorabend nach meinem Verzweiflungsausbruch verlassen hatte. Ich lächelte, um ihn wissen zu lassen, dass ich mein Tief inzwischen überwunden hatte. Er machte eine zufriedene Miene und wandte sich ab, bevor ich ihm signalisieren konnte, dass ich zwar nicht mehr den Tränen nahe war, ihn aber unbedingt allein sprechen musste.

Frustriert stocherte ich in meinem Frühstück herum und beobachtete mit wachsender Ungeduld, wie sich Henry mit Herrn Spohr unterhielt. Sylvia betrat den Raum, und ich fing ihren Blick auf, als sie mir gegenüber am Tisch Platz nahm.

Meine Wangen wurden heiß, als ich mich an unsere Unterhaltung vom Vorabend erinnerte. Sie erwiderte meinen Blick nur zögerlich und flüchtig. Ich war mir unsicher, wie ich mich verhalten sollte. Ihre Unverblümtheit hatte schon fast an Grausamkeit gegrenzt, und es überraschte mich doch ein wenig, dass sie nicht schon vor dem Frühstück zu mir gekommen war, um sich zu entschuldigen. Miss St. Claire saß neben ihr und beugte sich über Herrn Spohr, um Henry einen guten Morgen zu wünschen.

Henry lächelte sie an, und ich sah angewidert fort.

Und dann kam Mr Brandon herein. Sein Blick fiel auf mich. Ich begegnete ihm kurz und sah dann weg. Ich war mir sicher, er hatte vor, mich zu brüskieren – schließlich hatte Mrs Delafield ihn gewiss gegen mich aufgebracht. Doch als ich wieder aufsah, durchquerte er gerade den Raum mit langen, lockeren Schritten. Neben meinem Stuhl blieb er stehen und deutete auf den Platz an meiner Seite.

»Darf ich mich zu Ihnen gesellen, Miss Worthington?«

Ich lehnte mich zurück und sah ihn überrascht an. »Natürlich dürfen Sie das!«

Er setzte sich, zog seinen Stuhl näher zu meinem, ignorierte alle anderen im Raum und drehte sich zu mir.

»Sie haben sich Ihr Haar hochfrisiert«, sagte er so leise, dass es fast schon ein Flüstern war.

Verlegen berührte ich meinen Hals und dachte daran, wie verstrubbelt ich morgens im Heidemoor ausgesehen hatte. Sein

Blick wanderte über mein Gesicht, und dann sagte er, noch immer leise, aber in aller Seelenruhe: »Sie sind sehr schön. Doch nie mehr als heute Morgen im Moor.«

Ich errötete. Verstohlen warf ich einen Blick in die Runde. Henry starrte mich an, Sylvia desgleichen.

Ich räusperte mich und sah zu Mr Brandon zurück, der mit seinen klaren, grünen Augen direkt in meine sah. »Sie haben mich der Sprache beraubt, Mr Brandon.«

»Es wäre eine Schande, wenn dem wirklich so wäre, Miss Worthington.« Er ließ ein strahlendes Lächeln aufblitzen und sah dann zur anderen Tischseite hinüber. »Guten Morgen, Miss Delafield, Mr Delafield, Miss St. Claire!«

Dafür erntete er gemurmelte Antworten und überraschte Blicke.

»Ich glaube, gestern Abend haben wir für heute ein Picknick bei der Klosterruine ausgemacht, und wie es aussieht, ist der heutige Tag wie geschaffen dafür.« Mr Brandon sah mit vor Begeisterung leuchtenden Augen von den anderen zu mir. »Alle sollten mit von der Partie sein!«

Tja. Was immer Mrs Delafield ihm erzählt haben mochte, es hatte ihn nicht dazu animiert, mir plötzlich die kalte Schulter zu zeigen. Unwillkürlich verzogen sich meine Lippen zu einem kleinen Lächeln, und ich senkte den Blick, damit Mr Brandon nicht sah, wie glücklich mich seine Einladung machte.

»Es sieht nach Regen aus«, erwiderte Henry schroff.

Ich wandte mich zum Fenster und sah hinaus. Inzwischen hatte die Sonne den Nebel vollständig verdrängt, und der Himmel zeigte sich in seinem schönsten Blau.

»Ach ja?« Ich wandte mich um und sah Henry mit gerunzelter Stirn an. Er runzelte ebenfalls die Stirn, sah auf seinen Teller, stach mit seiner Gabel in ein Stück Schinken und attackierte es mit seinem Messer.

»Was für eine entzückende Idee!« Miss St. Claire lächelte Henry an und versuchte, ihren Kopf in solch einen Winkel zu legen, dass sie seinen Blick auffangen konnte. Doch Henry funkelte nur böse seinen Teller an.

»Wird Ihr Vater sich zu uns gesellen?«, wollte Sylvia wissen.

»Aber freilich! Je mehr, umso besser, sage ich nur.« Mr Brandons Begeisterung für seinen Plan schien grenzenlos. »Wie steht's, Henry? Kannst du dein exzellentes Küchenpersonal anweisen, uns alles für ein Picknick zurechtzumachen?«

Henry schob seinen Teller weg. »Natürlich kann ich das.« Mit Augen, so hart wie Granitsplitter, blickte er zu mir, und in seiner Miene meinte ich so etwas wie einen Vorwurf zu lesen. »Wenn alle so erpicht darauf sind, diesen Plan umzusetzen.«

Ich hob die eine Augenbraue. »Warum denn auch nicht? Es klingt nach einem famosen Abenteuer.«

Er zuckte die Achseln, schob seinen Stuhl vom Tisch weg und erhob sich. »Dann treffen wir uns alle um zwölf Uhr in der Eingangshalle.« Er nickte kurz in die Runde und entschwand sodann ohne ein weiteres Wort.

Ich sah ihm nach und fragte mich, was ihm an Mr Brandons Plan nicht passen mochte. Hatte er in seinen Erzählungen eigentlich je eine Klosterruine erwähnt? Schließlich hatte er Stunden damit verbracht, mir Geschichten von Blackmoore zu erzählen. Oder, besser gesagt, er hatte Stunden damit zugebracht, mir meine Fragen über Blackmoore zu beantworten. Doch ich konnte mich nicht entsinnen, ihn je von einer Klosterruine erzählen zu hören. Ich fragte mich, warum.

—

Der Marsch über das Heidemoor zu der Klosterruine glich einem Spießrutenlauf. Seit unserem Gespräch vom Vorabend hatte Sylvia kein Wort mit mir gewechselt. Sie hielt den ganzen Weg über Abstand zu mir und suchte die Nähe des älteren Mr Brandon. Miss St. Claire umklammerte fest Henrys Arm und schien entschlossen, nicht von seiner Seite zu weichen. Henry lachte kein einziges Mal, er lächelte nicht einmal und schien der Unternehmung keinerlei Spaß abgewinnen zu können. Auch er hatte noch nicht wieder mit mir geredet. Die einzige Person, die tatsächlich geneigt zu sein schien, sich mit mir zu unterhalten, war der jüngere Mr Brandon, der voller Entzücken für alles war, was diesen Tag anging: das Wetter, die Wanderung, das Essen, das wir zu uns nehmen würden, den Himmel, das Meer und alles andere, was seine Aufmerksamkeit erregte.

Wir wanderten in der Mitte des Grüppchens, das von Henry und Miss St. Claire angeführt wurde und dessen Schlusslicht Sylvia und der ältere Mr Brandon bildeten. Bedienstete führten zwei Ponys, die die Zutaten für unser Picknick trugen. Zwar schien die Sonne von einem klaren, blauen Himmel auf uns herab, doch der Wind peitschte an unseren Hauben, Hüten und Röcken. Wir folgten einem holprigen Pfad durch Heide und Farnkraut, und plötzlich fiel mir auf, dass keiner meiner beiden besten Freunde mit mir sprach.

So hatte ich mir diesen Besuch eigentlich nicht vorgestellt. Endlich sollten wir gemeinsam hier in Blackmoore sein und jeden Augenblick genießen, betretenes Schweigen hätte es nicht geben dürfen, Fremde, die zwischen uns traten, genauso wenig. Wut und Enttäuschung stiegen in mir hoch, bis ich den Anblick von Henrys Rücken und Miss St. Claire, die sich bei ihm untergehakt hatte, regelrecht hasste. Und Sylvias Schweigen hasste ich auch.

Wir erreichten eine Anhöhe, von der aus man die Klosterruine sah, die sich unter uns erstreckte, und mir stockte der Atem. Ich verlangsamte meinen Schritt und blieb schließlich stehen, um mich ganz diesem Anblick hinzugeben. Die verstreut stehenden Türme, verfallenen Mauern und bogenförmigen, geschwärzten Fensteröffnungen erhoben sich aus einem Meer aus Gras. Wiewohl verwildert und zerstört, sah die Klosterruine überaus bezaubernd aus!

Als ich meinen Blick davon losriss, merkte ich, dass Henry mich mit erwartungsvollem Blick beobachtete.

»Da ist sie!«, rief Mr Brandon neben mir. »Die Klosterruine! Kommen Sie, Miss Worthington! Lassen Sie uns die Ersten sein, die sie erforschen!« Er packte mich an der Hand, grinste mich vergnügt an und zog mich mit sich. Seine Hand um meine fühlte sich stark und warm an. Und mich störte dieses Gefühl kein bisschen.

—

Saatkrähen kreisten am Himmel und reklamierten den höchsten Turm für sich. Ihre Rufe waren rau und verletzlich zugleich, ihre schwarzen Formen hatten etwas Unheilverkündendes. Der Eindruck der Abtei war überwältigend. Das Gebäude musste einst bombastisch ausgesehen haben, doch seine Ruine wirkte mindestens ebenso großartig. Mich zog es zu dem bröckelnden Gestein, dem dachlosen Gemäuer und den leeren, geschwärzten Fenstern.

Nachdem wir es eine halbe Stunde erforscht hatten, setzten wir uns in den Schatten von einem der Türme. Unser Picknick wurde vor uns auf der Decke ausgebreitet, auf der wir saßen. Die Sonne verschwand hinter einer Wolke, und der Wind ließ uns frösteln. Doch es war nicht nur der Wind, der mir ein Kältegefühl verursachte. Es waren Henrys Schweigen und seine anklagenden Augen, wann immer ich seinem Blick begegnete. Nichts wollte ich lieber, als ihn beiseitezunehmen und ihn zu fragen, was er mir vorzuwerfen habe. Und dann wollte ich meinen Freund Henry zurück, damit ich ihn bitten konnte, meinem Wunsch nachzukommen und mir meine Indienreise zu ermöglichen.

Ich knabberte an einem Gurkensandwich und lauschte Mr Brandons Ausrufen über die Pracht der Ruine nur mit halbem Ohr. Während des gesamten Ausflugs war er nicht von meiner Seite gewichen. Miss St. Claire von Henrys ebenso wenig. Nun saß sie neben ihm, und ich beobachtete, wie eifrig sie sich um ihn kümmerte. Ich sah, wie sie das Essen auf seinem Teller musterte und ihm dann weitere Erdbeeren anbot, ja, ihm Limonade nachgoss, bevor der Dienstbote die Chance dazu bekam. Ich beobachtete, wie ihr Blick liebevoll auf seinem Gesicht ruhte, wenn er sprach. Ich beobachtete ihre eleganten Gebärden, hörte das Trällern in ihrem Lachen und stellte fest, dass anscheinend selbst das Erdreich ihrem weißen Gewand nichts anhaben konnte.

Sie war ein zu guter Mensch. Ich wollte sie verabscheuen, hätte ich es jedoch getan, hätte ich damit meine eigenen Unzulänglichkeiten nur mehr verurteilt als ihre.

Irgendwann wollte ich Miss St. Claire und Henry nicht länger beobachten. Ich streifte mir die Krümel von den Händen und setzte mich auf. »Henry, erzähl uns doch von den Schmugglern hier.«

Er sah mich an. »Was ist mit ihnen?«

»Aha! Du gibst also zu, dass es welche gibt? Endlich habe ich dich so weit!«

Er lächelte mich an. Es war das erste Lächeln, das er mir an diesem Tag schenkte, und seine Wirkung war atemberaubend. »Du liest zu viel in meine Antwort hinein.«

»Gibt es in dieser Gegend wirklich Schmuggler?«, fragte der jüngere Mr Brandon.

Ein Anflug von Gereiztheit huschte über Henrys Gesicht, und sein Lächeln erlosch schlagartig. Er sah aus, als wolle er Mr Brandon etwas Schroffes erwidern, doch Sylvia kam ihm mit ihrer Antwort zuvor.

»Wir hören immer von Gerüchten über Schmuggelei, vor allem in Robin Hood's Bay. Doch keine Sorge: Mutter würde nie dulden, dass in Blackmoore etwas Unangemessenes vor sich geht.«

»Das will ich doch hoffen.« Miss St. Claires ohnehin große Augen weiteten sich noch mehr.

Der ältere Mr Brandon nickte und bot Sylvia ein weiteres Sandwich an, das sie mit einem scheuen Lächeln entgegennahm. Henry schwieg, fuhr jedoch fort, den jüngeren Mr Brandon finster anzublicken, der mich soeben gefragt hatte, ob ich Lust hätte, die Ruine noch etwas weiter zu erkunden.

Ich beobachtete Henry aus dem Augenwinkel. Mit zusammengepresstem Kiefer starrte er düster zu den über uns kreisenden Saatkrähen empor. Was ihn an diesem herrlichen Tag wohl in solch eine miesepetrige Laune versetzt haben mochte? Ich stand auf und streifte das Gras von meinem Rock.

»Das würde ich sehr gern, Mr Brandon«, erklärte ich. Doch das war gelogen. Viel lieber wäre mir gewesen, alle anderen wären verschwunden und ich wäre allein mit Henry, der Ruine und den Vögeln zurückgeblieben.

—

Die Wanderung zur Klosterruine, die Erforschung ihrer verfallenen Gemäuer, das Picknick und die Rückkehr nach Blackmoore nahmen den größeren Teil des Nachmittags ein. So angenehm Mr Brandons Gesellschaft auch war, sehnte ich mich doch die ganze Zeit nach der von Henry und Sylvia. Freilich nicht nach der Anwesenheit der beiden, wie sie sich heute zeigten: wütend beziehungsweise kühl. Ich wollte den Henry und die Sylvia zurück, die mein ganzes Leben meine besten Freunde gewesen waren. Was war mit uns geschehen, und das in derart kurzer Zeit?

Zudem musste ich noch immer dringend ein Gespräch unter vier Augen mit Henry führen, bei dem ich ihn um die Heiratsanträge bitten würde. Dieser Tag hatte mich in meinem Entschluss bestärkt, aus England fortzugehen. Ein glückliches Leben würde mir hier nicht beschieden sein. Sylvia würde heiraten und fortziehen. Henry würde sich mit Miss St. Claire vermählen, sie würden zusammen in Blackmoore leben, und ich würde ihn höchstwahrscheinlich nie mehr zu Gesicht bekommen. Ich allein würde zu Hause zurückbleiben, ohne jegliche Aussichten und ohne jegliche Unabhängigkeit. Nein. Es hieß: Indien oder ein Leben im Käfig.

Doch es war unmöglich, mit Henry allein zu sprechen. Jede Gelegenheit dazu vereitelte Miss St. Claire, die stets an seiner Seite weilte und irgendeinen Grund fand, um ihn am Arm zu berühren oder ihn anzulächeln, während ein versprengter Sonnenstrahl das Kupferne in ihrem Haar zum Leuchten brachte. Sie war viel zu hübsch und, schlimmer noch, sie schien es zu wissen.

Bei unserer Rückkehr nach Blackmoore war es dann auch schon an der Zeit, sich fürs Abendessen umzukleiden. Das Dinner war eine beeindruckende Angelegenheit und wurde mit allen vierzig Gästen im Großen Speisesaal abgehalten. Mein Platz befand sich neben dem von Herrn Spohr, weit entfernt von Henrys und Sylvias Plätzen am Tischende. Das störte mich allerdings nicht, denn ich wollte Herrn Spohr ohnehin etwas Wichtiges fragen.

»Herr Spohr, ich glaube, zwischen uns kam es gestern zu einem kleinen Missverständnis. Als Sie mir meine Noten wegnahmen.«

Ich schaute zu, wie er eine halbe Ewigkeit an einem Stück Gänsebraten kaute. Ganz bestimmt hatte ich seine Absichten am Vorabend in den falschen Hals bekommen. Schließlich marschierten Gentlemen nicht einfach herum und konfiszierten die Besitztümer junger Ladys. Sein Benehmen war überaus ungebührlich. Gewiss gab es eine Erklärung dafür.

Schließlich schluckte er, warf mir einen kurzen Blick zu und schüttelte den Kopf. »Nein. Mozart tut Ihnen nicht gut.«

»Aber die Mozartnoten gehören mir. Die können Sie mir doch nicht einfach wegnehmen!«

Er spießte ein weiteres Stück Gans auf. »Das ist zu Ihrem eigenen Besten, *mein kleiner Vogel*. Vertrauen Sie mir.«

Verdattert schüttelte ich den Kopf und hätte mich wohl über seine taktlose Art geärgert, wäre da nicht diese charmante Kombination aus seiner wirren Mähne, seinem deutschen Akzent und dem Namen gewesen, mit dem er mich bedacht hatte. Kleiner Vogel. Außerdem hatte ich ziemliche Ehrfurcht vor ihm – einem echten Komponisten. Einem professionellen Musiker. Ich respektierte ihn trotz seiner unorthodoxen Methoden, junge Musikerinnen von ihrem musikalischen Genie zu trennen.

»Kennen Sie Faust, Miss Worthington?«

Ich setzte mich aufrecht. »Wie bitte?«

»Faust.« Er betrachtete mich unverwandt mit seinen tiefblauen Augen.

Mein Herz setzte einen Schlag aus, und mein Blick huschte quer durch den Raum ans Kopfende, wo Henry mit Miss St. Claire zu seiner Rechten saß. Er hielt den Blick gesenkt, sein dunkles Haar schimmerte im Kerzenlicht, und mit einer lässigen Anmut, die man nicht erlernen, sondern sich nur verdienen konnte, führte er den Vorsitz bei Tisch. Ich wandte den Blick ab und versuchte, nicht an den Morgen zu denken, an dem ich zum ersten Mal von Faust gehört hatte.

Ich nickte. »Ja. Ein wenig.«

»Was genau wissen Sie darüber?« Herr Spohr hatte seine Gabel niedergelegt und betrachtete mich mit der unerschütterlichen Aufmerksamkeit eines Lehrers für seine Schülerin.

»Faust war ein Mann von scharfem Verstand, den es nach mehr verlangte, als er schon besaß. Er ging einen Pakt mit dem Teufel ein – mit Mephistopheles. Er verkaufte seine Seele, um mehr Weisheit, Erfüllung und Lebensglück zu erlangen.«

»Und am Ende?«

Ich schluckte. »Am Ende verlor er seine Seele.«

Herr Spohr nickte, was seinen Schopf in Bewegung brachte. »Ja, Fräulein. Sehr gut. Die wichtigen Dinge kennen Sie. Den Ehrgeiz. Die Unruhe. Die Gier. Den großen Kampf um mehr.« Er fuhr sich über sein Haupt. »Ich habe eine Oper über ihn geschrieben, wissen Sie? Über Faust.« Er nahm seine Gabel und spießte ein weiteres Stück Fleisch damit auf. Ich beobachtete ihn und wartete darauf, dass er fortfuhr, während er gründlich kaute, dann sein Glas ergriff und einen tiefen Schluck daraus trank.

»Aber was hat Faust mit Mozart zu tun?«, fragte ich schließlich ungeduldig.

Er schüttelte den Kopf. »Nein, nein, Faust hat mit Mozart gar nichts zu tun.« Sein bedeutungsschwerer Blick ruhte auf mir. »Genauso wenig, wie Sie mit Mozart zu tun haben.«

Er wandte sich wieder seinem Mahl zu, das Thema war für ihn eindeutig vom Tisch, und er ließ mich vollkommen verwirrt zurück.

—

Die vielen Gäste um uns herum machten mich schier wahnsinnig. Wie sollte ich mit Henry da je ein privates Gespräch führen können? Nach dem Dinner saßen wir alle im Salon und genossen ein kurzes Konzert von Herrn und Frau Spohr, die ein Violinen- und Harfenduett zum Besten gaben – eine Originalkomposition von Herrn Spohr. Danach kam Mr Brandon zu mir und bat mich, mit ihm bei einem Whist-Spiel gegen Sylvia und seinen Vater anzutreten. Während des Spiels konnte ich dann allerdings an nichts anderes denken, als dass ich unbedingt nach Indien fliehen und daher unbedingt mit Henry reden musste. Der jedoch war jedes Mal, wenn ich zu ihm sah, mit einem anderen Gast beschäftigt.

Die Hälfte der Zeit befand sich obendrein Miss St. Claire an seiner Seite. Und mehr als einmal merkte ich, wie Mrs Delafield mir einen warnenden Blick zuwarf, als befürchte sie, ich könne meinen Fehler vom Vorabend wiederholen und erneut wild flirten. Ich fühlte mich unter Beobachtung, unglücklich und frustriert. Schließlich konnte ich Henry überhaupt nicht mehr entdecken. Mein Plan, von ihm Hilfe zu bekommen, schien zum Scheitern verurteilt, und ich konnte es nicht ertragen, auch nur noch eine Minute länger in diesem Salon zu verweilen.

Als sich die Gäste zur Nachtruhe begaben, ging ich, begleitet von Enttäuschung, die Treppen hinauf. Ich hatte mich den ganzen Tag vergebens darum bemüht, allein mit Henry reden zu können. Nun wurde es Nacht, und wieder war ein Tag ins Land gegangen, ohne dass ich meinem Traum von Indien auch nur einen Schritt näher gekommen wäre.

In meinem Gemach wartete Alice auf mich, doch ich hatte nicht vor, schon zu Bett zu gehen. Irgendetwas musste ich an diesem Tag doch noch zuwege bringen!

»Wenn man nachts unbemerkt nach draußen gehen möchte, wie stellt man das am besten an?«, fragte ich sie.

Sie sah mich erschrocken an. »Sie denken doch nicht etwa daran rauszugehen? Doch nicht nachts!« Es war eher eine Feststellung als eine Frage.

»Doch, möglicherweise schon. Warum auch nicht?«

Ein Anflug von Angst schlich sich in ihren Blick. »O nein, Miss, das dürfen Sie nicht. Keine Menschenseele traut sich in dieser Gegend nachts nach draußen. Jedermann weiß, dass man sich vor Lingers' Ghost in Acht nehmen muss!« Sie sah mich eindringlich an. »Miss, Sie müssen doch von Lingers' Ghost gehört haben!«

Ich schüttelte den Kopf. Ich glaubte nicht an Gespenstergeschichten und hätte eigentlich gedacht, Alice wäre aus diesem Alter inzwischen auch schon heraus.

»Er reitet bei Nacht durch das Moor, Miss, vor allem bei Vollmond. Wenn man ihn sieht, muss man sich eilends verstecken, und wenn man sich im Heidemoor befindet, wo man sich nirgends verstecken kann …« Sie schüttelte den Kopf, griff sich mit der Hand an die Kehle und drückte zu, als wollte sie den Gedanken an ein übernatürliches Treffen im Moor abwürgen.

Mir lief es eiskalt über den Rücken, und ich machte einen Schritt auf sie zu. »Ich glaube nicht an Gespenster.«

Sie drohte mir mit dem Finger und sagte in leisem Ton: »Man muss nicht an etwas glauben, damit es das gibt, Miss.«

Einen langen Augenblick starrten wir einander an, ohne dass eine von uns bereit gewesen wäre nachzugeben. »Ich möchte doch nur an den Strand gehen«, seufzte ich schließlich. »Ich habe meinem Bruder eine bei Mondschein gesammelte Muschel versprochen. Das Heidemoor interessiert mich gar nicht.«

Ihre Augen weiteten sich. »An den Strand? Nachts?« Ihre Stimme kippte. Sie kniff die Lippen fest zusammen und schüttelte den Kopf. »Nein. Das wäre fahrlässig. Sie sollten das lassen, Miss. Sie sollten nachts überhaupt nie an den Strand gehen.«

Ich ballte die Hände zu Fäusten und spürte, wie sich mein Ärger in Zorn verwandelte. »Ich will aber an den Strand gehen und für meinen Bruder eine Muschel suchen! Das ist doch wohl nicht zu viel verlangt.«

»Ich kann Ihnen dabei nicht helfen, Miss. Tut mir leid.« Sie senkte den Kopf und stand derart demutsvoll vor mir, dass ich ihr nicht böse sein konnte.

Ergeben ließ ich mich auf mein Bett sinken. »Du kannst gehen, Alice.«

»Brauchen Sie denn meine Hilfe beim Auskleiden nicht?«

Ich schüttelte den Kopf. »Nein danke.«

Sie öffnete die Tür und schlüpfte hinaus, bevor ich noch etwas sagen konnte. Ich blickte von der geschlossenen Tür zu dem geschlossenen Fenster und spürte, wie ich immer unruhiger wurde. Ich musste unbedingt hier raus!

15. Kapitel

Ich wartete, bis sich der Minutenzeiger auf der Uhr zehn Minuten weiterbewegt hatte. Dann warf ich mir meinen Umhang über, schnappte mir eine Kerze, öffnete die Zimmertür und wagte mich in die Flure von Blackmoore.

Es zeigte sich, dass ich gar nicht auf Alice' Hilfe angewiesen war, um unbemerkt aus dem Haus zu schleichen, auch wenn ich sie zu schätzen gewusst hätte. Ich bediente mich einfach wieder der Hintertreppe, die ich bei einem meiner Erkundungsgänge entdeckt hatte und auf der mir zum Glück auch niemand entgegenkam. Ein Fenster, das sich öffnen ließ, war auch bald gefunden – für diese Art der Flucht wäre eine Tür viel zu banal gewesen! Lediglich mit den Rosensträuchern, die direkt unterhalb des Fensters meiner Wahl standen, hatte ich nicht gerechnet. Und so handelte ich mir, als ich von der Fensterbank sprang, einen Dornenkratzer ein.

Ich ignorierte den Schmerz und schlich um die Hausecke, bis ich das Meer sehen konnte. Mit einem tiefen Atemzug schloss ich die Augen und ließ den Klang der Wellen und die kühle Luft über mich hinwegströmen. Nach und nach wich die Ruhelosigkeit, die mich im Haus geplagt hatte, und ich machte mich auf die Suche nach einem Weg hinunter zum Strand.

Das Haus thronte auf einem Felsvorsprung mit Blick auf das Meer, doch es musste einen Zugang zum Wasser geben. Ich war dem Mond dankbar, dass er mir den Weg erhellte. Als ich die steilen Steinstufen entdeckte, die vorn an der Klippe hinunterführten, machte ich mich unverzüglich an den Abstieg. Genau darum ging es ja bei Abenteuern – um das rauschhafte Gefühl beim Sprung, das Hochgefühl bei der Landung! Und nach diesem Abend der Enttäuschungen und in einen Käfig gesperrter Träume brauchte ich genau das.

Bis ich unten ankam und meine Füße den Sand berührten, zählte ich zweihundertsechsundsiebzig Steinstufen. Nach dem steilen Abstieg zitterten meine Beine, und ich schöpfte erst einmal Luft und sah mich gründlich um.

Das Mondlicht warf ein silbernes Band auf das Wasser. Es wehte ein kühler Wind, und ich schlang meinen Umhang fester um mich. Rund eine Meile entfernt entdeckte ich Robin Hood's Bay. Was mochte Alice gegen einen nächtlichen Strandspaziergang einzuwenden haben, und warum meinte sie, mich davor warnen zu müssen? Ich ging zum schäumend anbrandenden Wasser und hielt die Finger hinein. Es war eiskalt! Ich fuhr mit den Fingern durch den nassen Sand, bis ich eine Handvoll kleiner Muscheln gesammelt hatte. Dann tauchte ich die geschlossene Hand ins Meer und spülte den Sand von ihnen ab. Schon bald war meine Hand fast taub, und ich richtete mich wieder auf, steckte die Muscheln in meine Umhangtasche und trocknete meine Hand ab.

Dann legte ich den Kopf zurück und betrachtete den Mond, die Sterne und den Ozean, der sich bis ins Unendliche erstreckte. Ebendieses Wasser konnte mich nach Indien tragen und von all meinen Problemen hier fortbringen. Wäre ich nicht diese Vereinbarung mit meiner Mutter eingegangen, dann könnte ich …

Wassergeplätscher ließ mich aufhorchen. Leicht panisch trat ich erst vor, dann zurück. Etwas befand sich da im Meer. Direkt vor mir. Und kam sogar auf mich zu! Etwas, das groß genug war, um dieses plätschernde Geräusch zu verursachen. Es war eindeutig zu groß, um ein Fisch zu sein, und ich zermarterte mir das Hirn nach einer plausiblen Erklärung. Ein Delfin? Ein Hai? Was kam noch infrage?

Alice' Bedenken kamen mir in den Sinn, und einen Moment fragte ich mich, ob ich ihre Warnung nicht doch hätte ernst nehmen sollen. Womöglich befand sich da im Meer wirklich etwas Gefährliches. Vielleicht gab es hier etwas, wovor man wahrhaft Angst haben musste. Möglicherweise …

Das Wesen hörte auf zu plätschern und erschien direkt in dem Lichtstreifen, den der Mond aufs Meer warf.

Lingers' Ghost!

Das Herz schlug mir bis zum Hals. Die blasse Gestalt kam auf mich zu. Ich wich einen Schritt zurück, dann zwei und wollte schon losschreien, als mir unvermittelt ein sonderbarer Gedanke kam.

Ich spähte zu der Gestalt im Mondlicht hinüber und rief mit nervöser Stimme: »Guten Abend!« Ich hatte keine Ahnung, wie ich den Mann im Wasser, denn es war ganz gewiss einer, anders hätte ansprechen sollen und kam mir unendlich töricht vor.

Der Mann hielt inne und spähte in meine Richtung. »Kate? Bist du es?«

Mir fiel die Kinnlade herunter. »Henry?«

»Ja!« Er setzte seinen Weg fort.

»Äh … bist du … nun ja … bekleidet?«

Kurzes Schweigen, dann ein leises Lachen. »Nein!«

Mit glühendem Gesicht drehte ich dem Meer den Rücken zu. »Ich muss mit dir sprechen. Kannst du … aus dem Wasser kommen? Und dir etwas anziehen?«

Mit hochrotem Kopf vernahm ich ein weiteres leises Lachen. Dann hörte ich wieder Geplätscher und stellte mir vor, wie Henry dem Meer entstieg. Besser gesagt, ich versuchte, mir *nicht* vorzustellen, wie er dem Meer ohne einen Faden am Leib entstieg. Die Sekunden dehnten sich derart in die Länge, dass ich vor Verlegenheit zu sterben meinte. Allmählich verlor ich den Mut und bekam Zweifel an der Klugheit meiner Idee.

Dann näherten sich hinter mir leise Schritte, und ich hörte Henry sagen: »Nun darfst du dich umdrehen.«

Ich tat es, war auf den Anblick vor mir jedoch nicht zur Gänze gefasst gewesen. Henry hatte sich zwar seine Kniehose angezogen – die ihm tief um die Hüften saß –, allerdings nichts sonst. Das Mondlicht schimmerte auf seinem nackten Oberkörper, an dem noch Wassertropfen hingen. Seine Haut war glatt und muskulöser, als ich es mir vorzustellen gewagt hatte. Wohin man auch schaute, befanden sich Muskeln, schlank und markant, und doch gab er sich völlig unbefangen, als wäre seine Ähnlichkeit mit einer griechischen Gottheit nichts Besonderes.

»Worum geht es denn?« Er strich sich mit der Hand durchs nasse Haar.

Jeglicher vernünftige Gedanke hatte sich verflüchtigt, und ich konnte meinen Blick einfach nicht lösen von seinen Schultern, seinem Brustkorb, seinem …

»Kate?«

Ich riss mich zusammen und sah ihm ins Gesicht, doch das war auch nicht besser, denn seine Augen waren so dunkel wie die Nacht, und seine Lippen …

»Hast du … hast du ein Hemd dabei?« Ich erspähte ein weißes Bündel in seiner Hand. »Ist es das? Du solltest es anziehen.« Ich sprach viel zu schnell, noch dazu kippte meine Stimme.

Henry gab ein Glucksen von sich, ein tiefes, sinnliches Geräusch. »Warum denn? Bereitet dir mein Anblick Probleme?« Er grinste spitzbübisch. Meine Wangen wurden nur noch heißer.

»I wo! Ich dachte nur, du sähest verfroren aus. Ist das Wasser denn nicht kalt?« Noch immer redete ich zu hastig, konnte mich aber einfach nicht bremsen.

»Sei unbesorgt«, meinte er und machte keinerlei Anstalten, meiner Bitte nachzukommen. Stattdessen stemmte er die Hände in die Hüften, was meine Aufmerksamkeit nur darauf lenkte, wie tief seine Kniehose saß. »Was machst du eigentlich hier?«, fragte er.

Ich richtete meinen Blick wieder auf sein Gesicht und verfluchte mich stumm, dass ich mich so hatte ablenken lassen. »Ich habe nach einer Muschel gesucht. Für Oliver. Aber ich freue mich, dich hier anzutreffen. Ich hatte den ganzen Tag gehofft, dich sprechen zu können. Allein.«

Er runzelte die Stirn. »Warum denn?«

»Ich brauche dich.«

Kaum hatte ich es gesagt, kamen mir die Worte allzu forsch vor. Und man konnte viel zu viel hineinlesen! So, wie Henry stutzte, schien er dasselbe zu denken.

Ich beeilte mich, meinen Fehler wiedergutzumachen. »Vielmehr brauche ich deine Hilfe.«

Er verschränkte die Arme vor der Brust, doch das machte das Ganze für mich nur noch schlimmer, da nun seine schwellenden Armmuskeln meinen Blick magisch an sich zogen. Ich musste wirklich aufhören, ständig über seine Muskeln nachzudenken!

»Weiß jemand, dass du hier draußen bist?«

Ich schüttelte den Kopf. »Ich habe mich heimlich hinausgeschlichen.« Ich rechnete damit, dass er lächeln würde, doch er schaute, wenn möglich, noch strenger als zuvor.

Er schüttelte den Kopf, stieß entnervt Luft aus und fuhr sich durch das nasse Haar. Ich erwartete eine Strafpredigt über meine Angewohnheit, mich heimlich hinauszuschleichen, doch die kam nicht.

»Und was ist mit Mr Brandon?«, fragte er stattdessen.

Ich sah ihn verdutzt an. Ich verstand seine Ernsthaftigkeit nicht, seine Strenge. Nein, es war mehr als Strenge. Es war Zorn.

»Was meinst du?«, erwiderte ich.

»Was weiß er?«

Noch verwunderter als zuvor, schüttelte ich den Kopf. »Ich verstehe nicht, was du meinst.«

Er trat näher – so nahe, dass ich das Meersalz auf ihm riechen konnte.

Mein Herz schlug schneller. Das silberne Mondlicht tauchte Henry in ein Licht- und Schattenspiel, das ihn dunkel und stark wirken ließ.

»Hast du ihm erzählt, was du mir schon hundert Male erzählt hast?« Aus seiner tiefen Stimme sprach eine Empfindung, die ich nicht genauer bestimmen konnte. War es Zorn? »Hast du ihm gesagt, dass du niemals zu heiraten gedenkst?«

Überrascht zwinkerte ich, rang nach Worten und merkte, dass ich vollkommen sprachlos war. Irgendein starkes Gefühl ging von Henry aus. Ich fühlte mich von seiner Wucht überwältigt und trat einen Schritt zurück.

»Ich glaube nicht, dass das etwas ist, was ich ihm erzählen muss.« Tatsächlich kam mir allein der Gedanke schon vollkommen vermessen vor.

»Warum nicht?«

Ratlos hob ich die Hände. »Ich habe nichts getan, um ihn zu ermutigen, mehr für mich zu empfinden.«

Henry presste den Kiefer zusammen und schüttelte den Kopf. »Ein Mann braucht keine Ermutigung, um sein Herz zu verlieren.« Er blickte mich tadelnd an.

Mein Herz pochte heftig. Zittrig holte ich Luft. Das lief ja alles in eine völlig falsche Richtung! »Ich bin nicht hergekommen, um mich mit dir über Mr Brandon zu unterhalten.«

Er kniff die Lippen zusammen und wandte den Blick ab.

Ich versuchte zu lächeln. »Dann ... schwimmst du also gern im Meer«, sagte ich im Bemühen, die Stimmung aufzulockern. »Bei Nacht. Allein.« Stirnrunzelnd sah ich zu den Wellen hinter ihm. »Mir kommt das recht gefährlich vor. Ist das eine Angewohnheit von dir, wenn du hier bist?«

Er hob den einen Mundwinkel zu einem halben Lächeln. »Eigentlich nicht.« Nachdem er das Hemd ausgeschüttelt hatte, zog er es sich über den Kopf. Ich schaute lieber nicht zu, wie sich dabei seine Muskeln anspannten.

Nun, zumindest bemühte ich mich mit aller Kraft, es nicht zu tun.

»Warum dann heute Abend?«

Ein weiteres halbes Lächeln. »Ich hatte das Bedürfnis, etwas Wagemutiges zu tun, das ist alles.«

Etwas stand zwischen uns. Geheimnisse, die wir voreinander bewahrten. Ich war genauso schuldig wie Henry, weshalb ich auf seine kryptische Antwort nichts zu erwidern wusste. Doch ich fragte mich, ob mein Plan angesichts dieses plötzlich so angespannten Verhältnisses überhaupt durchführbar war.

»Nun, Miss Kate. Was brauchst du von mir?« Sein Ton war lockerer, spielerischer. Sein Zorn schien verraucht – oder glomm wenigstens im Verborgenen weiter –, und mein alter Freund Henry war zurückgekehrt.

Ich schöpfte Hoffnung und sagte hastig, bevor ich den Mut verlor: »Du musst mir bitte einen Heiratsantrag machen.«

16. Kapitel

Henry schien es die Sprache verschlagen zu haben. Völlig reglos starrte er mich an, und ich kam mir wie der größte Tölpel auf Erden vor.

»Das klang jetzt missverständlich!«, beeilte ich mich, mit schamrotem Gesicht zu sagen. »Weißt du, vor meiner Abreise bin ich mit Mama einen Pakt eingegangen: Sie sagte, wenn ich drei Heiratsanträge erhalte und ablehne, dann gibt sie die Hoffnung auf, mich je unter die Haube zu bringen, und erlaubt mir, nach Indien zu reisen. Ich brauche dir wohl kaum zu erklären, wie verrückt diese Abmachung ist, aber als ich mich darauf eingelassen habe, war ich verzweifelt. Weiß der Himmel, was ich mir dabei gedacht habe. Doch Sylvia hat mir gestern Abend gesagt … Sie hat mir gesagt, wie dumm ich doch sei zu denken, dass sich hier drei Männer finden ließen, die um meine Hand anhalten.«

So etwas wie Zorn blitzte in Henrys Miene auf, und er öffnete den Mund, um etwas zu erwidern, doch ich hielt die Hand hoch. »Lass mich bitte zu Ende reden. Gestern Abend hast du mir erklärt, es müsse mehr als nur eine Option geben. Und heute Morgen ist mir eine zweite Option für mich eingefallen! Ich erinnerte mich, dass Mama und ich uns nicht auf drei Gentlemen, sondern vielmehr drei Heiratsanträge verständigt hatten, und du sagtest, wenn ich je Hilfe benötigte, wärst du …« Ich schluckte und fügte leise hinzu: »… wärst du zur Stelle.«

Henrys Gesichtsausdruck machte meine neu geschöpfte Hoffnung zunichte. Er war streng und düster, und auch der Zorn war zurückgekehrt. »Du möchtest, dass ich um deine Hand anhalte. Dreimal.«

Ich nickte.

»Meine Situation ist dir aber gegenwärtig, nicht wahr? Ich bin hier, weil ich um Miss St. Claire werbe und ihr einen Heiratsantrag machen werde. Da darf es nicht so scheinen, als würde ich auch dir den Hof machen.«

Unwillkürlich errötete ich. Meine Verlegenheit war fast zu groß, um noch einen weiteren Vorstoß zu machen. Dass ich es dennoch tat, zeigte, wie sehr es mich nach dieser Indienreise verlangte. »Ich bitte dich ja nicht, mir den Hof zu machen, Henry.«

Er trat näher und sah mir in die Augen. »Worum bittest du mich dann?«

Nach einem schnellen Atemzug fuhr ich fort und ignorierte meine Verlegenheit: »Ich brauche bloß drei Heiratsanträge. Und ich verspreche, ich werde sie ablehnen. Umgehend. Unmissverständlich.«

»Nie hätte ich etwas anderes erwartet.« Er lächelte sardonisch.

»Machst du es also?«

Er holte tief Luft und wandte den Blick ab. Er schien derart mit sich zu ringen, dass ich fast Mitleid mit ihm bekam. Doch welchen Kampf er auch immer ausfocht, ich konnte mir nicht vorstellen, dass seine Abneigung gegen meine Indienreise ihn so heftig und unnachgiebig umtrieb wie mich meine Sehnsucht, dort hinzugelangen.

»Deine Bitte hat es in sich«, sagte er schließlich und drehte sich wieder zu mir. »Aber wenn das dein Herzenswunsch ist …«

»Das ist es. Wahrhaftig, Henry.« Ich verschränkte meine Arme und fühlte mich gleichzeitig so ungeduldig, hoffnungsvoll und ängstlich, dass es regelrecht wehtat. »Bitte. Bitte tu das für mich!« Er blickte gequält, und spontan ergriff ich seinen Arm. »Du bekommst auch was dafür.«

Er stutzte. »Was denn?«

Hier stand ich, verzweifelt, klammerte mich an seinen Ärmel und bot ihm an, ihn für einen Heiratsantrag zu bezahlen. Genauer gesagt, für drei. Und hätte es jemand miterlebt, so wäre es ihm gewiss vorgekommen, als würde ich genau das tun, was ich mir geschworen hatte, nie zu tun – im Namen der Ehe zu betteln, zu schachern und zu stehlen.

Doch es gab einen grundlegenden Unterschied – die Angelegenheit würde nicht mit einer Verlobung enden. Und es handelte sich um Henry. Wenn ich überhaupt jemanden auf der Welt um so etwas bitten konnte, dann ihn. Er würde meine Absichten nicht in den falschen Hals bekommen. Doch als mir Eleanor in den Sinn kam und das, was Henry von ihr wusste, stiegen unvermittelt Zweifel in mir auf.

»Henry.« Ich zupfte an seinem Ärmel. »Es ist kein Trick mit im Spiel, das verspreche ich dir. Ich werde den Antrag ablehnen, und niemand wird je von unserer Vereinbarung erfahren. Das Ganze wird keinerlei Auswirkungen auf dich haben. Ehrenwort. Ich stelle dir keine Falle. Du wirst darunter nicht zu leiden haben. Dessen kannst du dir gewiss sein.«

Ihm entfuhr ein leises, freudloses Lachen. »Du versprichst mir, mich zurückzuweisen. Versprichst, dass ich darunter nicht zu leiden habe. Das sicherst du mir zu.«

»Ja.« Meine Stimme, die meine Verzweiflung widerspiegelte, klang leise und rau.

Er trat sogar noch näher. »Und was bekomme ich im Gegenzug?« Seine Stimme hatte unvermittelt einen anderen Ton angenommen, und er näherte sich mir auf eine Art, als würde er jetzt die Führung übernehmen.

Mein Puls beschleunigte sich. Ich ließ seinen Ärmel los. Was wäre meine Gegenleistung? Ich hatte es spontan dahingesagt, doch Geld hatte ich keines, ja, ich hatte nichts, was er nach meinem Dafürhalten gerne hätte. Doch ich musste ihm antworten, ehe er sich umbesann. »Was immer du willst«, stieß ich schließlich ratlos hervor.

Unverzüglich wünschte ich mir, ich könnte die Worte rückgängig machen. Doch bevor ich wieder sprechen konnte, sagte Henry: »Einverstanden.«

Seine Antwort überraschte mich, und ich schwankte einen Augenblick zwischen Erleichterung, dass er mir helfen würde, und Besorgnis, was er als Bezahlung fordern würde. Doch dann erinnerte ich mich daran, dass ich Henry vor mir hatte, einen so herzensguten Menschen, wie man ihn in England nicht noch einmal fand. Er würde mich um nichts bitten, das ich ihm nicht geben wollte. Mit Sicherheit nicht.

Ich streckte ihm meine rechte Hand entgegen, was Henry mit einem belustigten Blick quittierte. »So schließt man einen Handel ab«, erklärte ich ihm. »Mit einem Handschlag, dann ist die Sache bindend.«

Henry nahm meine Hand in seine, hielt sie, als wäre das etwas ganz Neues, obgleich er in den vergangenen Jahren doch so viele Gründe gehabt hatte, sie zu halten.

Doch nun blickte er auf meine Hand in seiner und fuhr sacht mit seinem Daumen über meinen Handrücken. Genauso gut hätte er mein Herz streicheln können, nach der Art zu urteilen, wie es bei seiner Berührung wummerte. Ich musste an mich halten, dass ich ihm meine Hand nicht entzog und mir nicht anmerken ließ, wie schnell mein Herz pochte. Ich hatte Angst, er könnte meinen rasenden Puls selbst fühlen.

Mit der Daumenkuppe fuhr er den Kratzer nahe meinem Armgelenk nach. »Der ist neu«, sagte er sanft. »Woher kommt der?«

»Von den, äh, Rosensträuchern. Unterhalb des Fensters, aus dem ich geklettert bin.«

Belustigt hob sich sein Blick. »Das hätte ich mir denken können.« Dann umschloss er meine Hand fest und schüttelte sie einmal. »So. Hiermit ist die Sache besiegelt.«

Er sah mich nur an, lächelte nachsichtig, doch in seinem Lächeln lag noch etwas – als würde etwas an diesem Augenblick ihn traurig machen.

»Nun?«, sagte ich und deutete auf den leeren Raum vor mir. »Tust du es?«

Er riss die Augen auf. »Was? Jetzt gleich?«

»Nun, ja, natürlich.«

Er schüttelte den Kopf. »Es ist spät. Komm. Gehen wir wieder hinein.«

Widerstrebend folgte ich ihm den Strand hinauf zu den Stufen, die ich zuvor schon benutzt hatte. »Aber es wäre ganz leicht«, gab ich zu bedenken. »Und im Nu vorbei. Sag einfach nur die entsprechenden Worte.«

Er blieb stehen, wandte sich um und kam zu mir zurück. Dann blieb er so nahe vor mir stehen, dass ich seine Wärme spüren konnte, und sah mir in die Augen. Der Mond schien auf uns beide, und die Meereswellen schwappten an den Sand hinter mir. Sein Blick brachte meinen Protest zum Verstummen, und als er sprach, war seine Stimme leise, aber fest. »Nein. Du wirst mir nicht vorschreiben, wie, wo und wann ich um deine Hand anhalte. Das muss Teil unserer Abmachung sein.«

Er beobachtete mich. Seine Lippen waren zu einem Strich zusammengekniffen, sein Kinn bildete einen starken Winkel aus Schatten und Licht. Sprachlos blickte ich zu ihm auf und fragte mich, wo diese Seite von Henry auf einmal herkam – von diesem Henry, der nachts im Ozean schwamm, plötzlich so entschieden wirkte und mich auf diese Art und Weise ansah.

Ich atmete tief durch und überlegte, was da gerade zwischen uns vorgefallen war, welche Grenze wir gerade überschritten hatten. »Nun gut«, sagte ich und folgte ihm die Steinstufen zur Klippe hinauf. Er reichte mir seine Hand, und ich ergriff sie und ließ mich, als meine Beine zu zittern begannen, von ihm hochziehen.

17. Kapitel

Als ich am nächsten Morgen nach Alice klingelte, erschien sie wenig später und machte dann ihrem Missfallen lautstark Luft. Es war schwer zu sagen, was sie mehr missbilligte: Dass ich nachts zum Strand hinuntergegangen war oder dass ich es versäumt hatte, nach meiner Rückkehr nach ihr zu klingeln. Obendrein gab es so einiges Gemurmel über meine sandigen Stiefel und Rocksäume. Als sie die Handvoll Muscheln aus meiner Umhangtasche fischte, erklärte sie mit finsterem Blick: »Das hat hiermit allerdings ein Ende, Miss. Schluss damit. Und bei Vollmond erst recht.«

Ich blieb auf meinem Platz auf der Fensterbank sitzen, wo ich den Vögeln gelauscht hatte, und wandte mich zu ihr. »Warum erst recht bei Vollmond?«

Völlig außer sich schüttelte sie den Kopf. »Weil sich an den Stränden Schmuggler herumtreiben, Miss! Vor allem bei Vollmond.«

Ich kletterte hinunter und wäre dabei vor Aufregung beinahe gestürzt. »Wird in der Gegend hier wirklich immer noch geschmuggelt?«

Bestürzung trat in ihren Blick. Mit meinen Stiefeletten in den Händen wich sie zurück und murmelte, sie müsse sie von dem Sand säubern. Dann rannte sie zur Tür hinaus. Verflixt, wäre ich doch nur nicht so neugierig gewesen! Dann hätte sie mir vielleicht etwas von den Geheimnissen am Robin Hood's Bay erzählt. Hoffentlich würde sich mit etwas Geduld noch eine weitere Chance ergeben.

Doch Geduld war nicht meine Stärke, was sich deutlicher denn je zeigte, als ich auf ein Zeichen wartete, dass sich Henry mir erklären würde. Ich sollte ihn nicht drängen und tat es auch nicht. Doch jedes Mal, wenn Mrs Delafield in meine Richtung sah, funkelte sie mich an, und Sylvia hatte seit dem Abend, an dem ich mit ihrem Mr Brandon geflirtet hatte, noch immer nicht wieder mit mir gesprochen. Es kam hinzu, dass es mich regelrecht krank machte, Miss St. Claire dabei zu beobachten, wie sie an Henrys Arm hing. Ich musste fort von hier. So bald wie möglich!

Ich beobachtete ihn beim Frühstück, während ihm Miss St. Claire erklärte, welche Schande dieser graue und regnerische Tag sei, wo sie doch so gern Robin Hood's Bay erkunden wolle. Mr Brandon erzählte mir von den Vögeln, die er an diesem Morgen im Heidemoor hatte singen hören, ein Thema, über das ich mich mit ihm eigentlich gar nicht austauschen wollte.

Nicht ein Mal sah Henry während des Frühstücks direkt zu mir, und kurz überfiel mich Panik. Hatte ich mir die Geschehnisse des gestrigen Abends etwa nur eingebildet? Oder hatte er es sich anders überlegt und wollte mir nun doch nicht helfen? Doch als ich mich erhob, um den Raum zu verlassen, und mich bei Mr Brandon entschuldigte, sah ich plötzlich, dass Henry ebenfalls aufstand, und als ich zur Tür ging, rief er leise meinen Namen. Ich stutzte, wandte mich um und überlegte, worum es gehen könne.

»Du hast etwas fallen lassen.« Er reichte mir ein Taschentuch, das ganz gewiss nicht von mir stammte.

Dennoch nahm ich es dankend, und er machte kehrt und ging an den Tisch zurück. Miss St. Claire warf mir einen neugierigen Blick zu. Ich steckte das Taschentuch in meine Tasche, eilte aus dem Raum und bog um zwei Ecken, bevor ich in das erste sich mir bietende leere Zimmer schlüpfte. Es handelte sich um die Bibliothek, die um diese frühe Stunde völlig leer war. Ich drehte mich mit dem Rücken zur Tür, faltete das Taschentuch behutsam auseinander und entdeckte darin ein kleines, ebenfalls zusammengefaltetes Stück Papier. Darauf erkannte ich Henrys elegante Handschrift.

Triff mich heute um Mitternacht am Beginn des Geheimgangs!

—

Ich verbrachte den ganzen Tag damit, in den Räumen und Korridoren Blackmoores umherzustreifen und nach einem Hinweis auf einen Geheimgang Ausschau zu halten. Doch das Haus war einfach unermesslich groß! Am Nachmittag lief mir Henry einmal im Ostflügel über den Weg, und er hielt kurz inne. »Hast du ihn schon gefunden?«, fragte er lächelnd.

»Nein!«, flüsterte ich. »Kannst du es mir nicht einfach verraten?«

Stur wie immer schüttelte er den Kopf und grinste mich dabei verschmitzt an. »Kate, du hast mir deswegen so viele Jahre in den Ohren gelegen. Nun wirst du ihn selbst finden müssen.« Er wandte sich zum Gehen.

»Gib mir doch zumindest einen kleinen Tipp!«

Er sah zurück, und auch wenn ich mir sicher war, von ihm keine Hilfestellung erwarten zu können, sagte er im letzten

Augenblick, bevor er um die Ecke bog: »Er befindet sich hinter einem Gemälde.«

Gemälde gab es in Blackmoore zu Hunderten. Ich durchforstete jeden Raum und jeden Korridor in den beiden oberen Stockwerken des Ost- und des Westflügels. Die anderen Räume im Westflügel waren eindeutig schon eine Zeit lang nicht mehr benutzt worden. Das Mobiliar war mit Laken bedeckt, und in der Luft tanzten Staubkörnchen. In die Gemächer des Ostflügels wagte ich mich nicht hinein. Gewiss hätte Henry mich nicht auf eine Suche geschickt, bei der ich die Privatsphäre anderer verletzen müsste. Nach stundenlangem Forschen kam ich zu dem Schluss, dass die oberen Stockwerke des Hauses keinen Geheimgang verbargen.

Dann war es Zeit für das Dinner, und ich musste mich rasch umkleiden und mir von Alice das Haar so frisieren lassen, dass ich vorzeigbar war. Das Essen zog sich viel zu lang hin, und dank Mrs Delafields Tischordnung saß ich auch neben niemand Interessantem. Als die Ladys das Esszimmer verließen, bemühte ich mich, das Schlusslicht zu bilden, und als alle nach rechts zum Salon abbogen, wandte ich mich nach links und verbarg mich in der Bibliothek gleich hinter der Tür. Hier gab es Gemälde in Hülle und Fülle, zudem hatte ich auch noch nicht die Möglichkeit gehabt, in alle Räume des Erdgeschosses zu sehen.

Die Bibliothek erwies sich jedoch als Enttäuschung wie auch die große Eingangshalle und die Flure, die beiderseits davon abgingen. Schließlich blieb nur noch ein Raum übrig: der zweite Musikraum. Das Vogelzimmer.

Ich blieb vor einem Bild stehen, das an einer mit dunklen Holzpaneelen ausgekleideten Wand hing. Seltsam, dass es mir zuvor noch nicht aufgefallen war. Offensichtlich hatten der Vogel und das Pianoforte, die meine Aufmerksamkeit als Erstes beansprucht hatten, mich davon abgelenkt.

Es war Ikarus. Eindeutig. Sein Vater band ihm gerade die Flügel um, die er für seinen Sohn gebaut hatte, und deutete mit einem missbilligenden Blick gen Himmel, als würde er Ikarus davor warnen, zu hoch emporzufliegen. Es war eine wunderschöne Darstellung – ein Original, wie es schien, der Signatur in der Ecke zufolge von Anthonis van Dyck.

Als ich den Rahmen berührte, kam zum ersten Mal an diesem Tag Ruhe über mich. Auf einmal bewegte sich das Bild, die Wand öffnete sich und gab den Blick auf den Beginn des geheimen Gangs frei.

18. Kapitel

Zehn Minuten vor Mitternacht stahl ich mich mitsamt einer Kerze aus meinem Gemach. Bei meinem Betreten war es dunkel im Vogelzimmer, und der Vogel in dem Käfig machte keinen Mucks. Ich setzte mich auf die Bank vor dem Pianoforte und horchte mit klopfendem Herzen und zunehmender Nervosität auf Schritte. Als ich schließlich schon befürchtete, Henry würde mich versetzen, schwang die Tür lautlos auf, und er kam herein.

»Du hast ihn gefunden«, sagte er mit gesenkter Stimme in die Stille hinein.

»Natürlich.« Unwillkürlich schwang Stolz in meiner Stimme mit. Ich erhob mich und sah zu Henry auf. Das Kerzenlicht reichte, um sein dunkles Haar, sein aufblitzendes Lächeln und eine Spur von Belustigung in seinen Augen auszumachen.

Er hielt eine Signallaterne hoch. »Die Kerze werden wir nicht brauchen.« Ich folgte ihm zu dem Ikarus-Gemälde und beobachtete, wie er seine Hand hinter den Rahmen schob und auf den Schalter drückte, den ich vorhin zufällig ausgelöst hatte.

Die Wand schwang auf und enthüllte eine dunkle Leere. Henry hob die Laterne und öffnete eine ihrer Klappen, sodass sie einen Lichtstrahl hinauswarf, und mit einem erregten Glitzern in den Augen ging er voran in die Dunkelheit.

Den Geheimgang hatte ich zuvor noch gar nicht erkundet, da ich befürchtet hatte, ich könnte mich dabei schmutzig machen und müsste das einem anderen Gast oder – Gott bewahre! – Mrs Delafield dann erklären. Nun jedoch folgte ich Henry und seinem Licht, zog den Kopf ein, wann immer er es mir riet, schlängelte mich um eine schmale Ecke und spürte, wie Wände aus Stein in solche aus Erde übergingen, während wir eine scheinbare Ewigkeit eine schmale Wendeltreppe hinabstiegen. Ich vergaß, die Stufen zu zählen, doch kam es mir vor, als wäre der Weg ungleich kürzer, als es der Abstieg zum Strand gewesen war.

Der Geheimgang hatte uns durchs Haus geführt, und nun befanden wir uns in einem unterirdischen Tunnel mit Wänden aus Erde, die durch Stützbalken gesichert wurden und in Abständen mit Halterungen für Fackeln versehen waren. Ich berührte ein paar der Fackeln und dachte dabei an Alice' Warnung vor Schmugglern. Doch die Fackeln fühlten sich alle so kalt an wie die Wände um uns herum. Sie waren also nicht in Gebrauch, zumindest in letzter Zeit nicht.

Wir mussten ungefähr eine halbe Meile unter Tage zurückgelegt haben, als wir eine weitere Steintreppe erreichten, die Henry mit der Laterne beleuchtete. Die Stufen führten uns hoch und immer höher. »Wir sind fast da!«, flüsterte er schließlich. Inzwischen schnaufte ich, und meine Beinmuskeln schmerzten von dem Anstieg.

Auf einmal blieb Henry auf der Treppe stehen, und ich vernahm ein staubiges, protestierendes Knarzen und spürte einen kalten Luftzug. Inzwischen sah ich nur noch Henrys Füße, die sich weiterbewegten, bis sie in einem Viereck aus Sternenlicht verschwanden. Ich folgte ihm und streckte schließlich den Kopf durch eine Art Luke. Über mir wölbte sich der Sternenhimmel. Ich hielt mich an beiden Seiten der Öffnung fest und spürte zu meiner Verwunderung Gras unter den Fingern. Dabei befanden wir uns doch gewiss weit über Bodenniveau! Henry streckte mir die Hand entgegen und zog mich die restlichen Stufen hinauf. Mit großen Augen sah ich mich um. Wahrhaftig, unter unseren Füßen befand sich Gras! Allerdings umgab uns eine verfallene Steinmauer, hinter der nichts als Himmel zu sehen war. Keine Bäume. Kein Meer. Kein Heidemoor.

Verdutzt sah ich zu Henry und entdeckte in seinem von der Laterne halb angeleuchteten Gesicht einen seltsamen Ausdruck. Er wirkte freudig erregt und nervös zugleich. Dabei hatte ich Henry bislang kaum jemals nervös erlebt. »Wo sind wir hier?« Vorsichtig bewegte ich mich vor, unsicher, ob der Boden mich tragen würde, da dieser Ort allen Regeln der Natur zu trotzen schien.

»Komm und sieh selbst.« Er ging zu der Steinmauer, und ich folgte ihm. Auf Brusthöhe fand die Mauer ihren bröckelnden Abschluss. Ich spähte hinunter und krallte mich rasch am Gemäuer fest, da mir schwindelig wurde. Wir befanden uns in großer Höhe. Ich kannte jene Bäume und wusste, wie hoch sie wuchsen. Und nun konnte ich unter uns ihre Wipfel sehen. Ich wandte mich um und sah zu meiner Rechten das Meer aus Bäumen, das sich unter uns in der Brise wiegte. Zu meiner Linken hörte ich das Krachen ferner Wellen, die schaumig weiß in der Dunkelheit leuchteten. Das Meer.

Ich blickte auf und sah erneut das Himmelsgewölbe ohne einen Baum, der mir die Sicht genommen hätte. Und dann kreisten über uns plötzlich dunkle flatternde Schatten, und die eindringlichen Schreie von Saatkrähen erfüllten die Luft. Angesichts ihres lauten Gekrächzes lief es mir eiskalt über den Rücken.

»Wir sind bei der Klosterruine!«, hauchte ich.

»Genauer gesagt, auf dem höchsten Turm der Klosterruine.« Ich hörte das Lächeln aus seiner Stimme heraus. »Gefällt es dir?«

»O ja«, flüsterte ich. »Sehr sogar!«

Nun lächelte Henry wirklich, stützte sich mit den Ellbogen auf die Mauer und sah aufs Meer hinaus. »Seitdem ich mit zehn den Geheimgang entdeckt habe, komme ich während meiner Besuche in Blackmoore fast jede Nacht her. Mit zwölf habe ich beschlossen, dass ich gern einen bequemen Platz hätte, von dem aus sich die Sterne beobachten ließen. Also schleppte ich jede Nacht eimerweise Erde her. Es dauerte einen ganzen Monat, bis der ganze Boden bedeckt war. Dann bettelte ich den Gärtner um Grassamen an und säte diese in der Nacht vor unserer Abreise aus. Ein ganzes Jahr wusste ich nicht, ob sie tatsächlich gekeimt waren.«

Ich bückte mich und fuhr mit der Hand über die weichen Grashalme. Was für ein seltsamer Gedanke, dass Henry etwas gepflanzt hatte, das ich so viele Jahre später sah und fühlte.

»Hast du schon mal jemanden mit hier heraufgenommen?« Ich dachte an Sylvia und bemühte mich, nicht an Miss St. Claire zu denken.

Henry holte tief Luft, lehnte sich an die Mauer und sah mich einen Augenblick schweigend an. »Nein.« Einen langen Augenblick verweilte das Wort in der Stille zwischen uns, erfüllte mich mit solch einem Glücksgefühl, dass ich mir ein Lächeln nicht verkneifen konnte. »Ich muss etwas gestehen, Kate.«

Ich horchte auf. Eine Beichte von Henry war etwas Rares und Kostbares.

»Was denn?«, hauchte ich und trat näher zu ihm.

»Als ich jung war, habe ich Blackmoore nicht geliebt. Jahrelang nicht.«

Ich sah ihn überrascht an. »Daran kann ich mich gar nicht erinnern.«

»Nein. Ich habe es auch niemandem erzählt. Ich sollte diesen Ort ja lieben, schließlich würde ich ihn eines Tages erben. Aber er kam mir so eigenartig vor und so weit weg von zu Hause. Daher empfand ich für Blackmoore nichts. Sobald ich den Geheimgang entdeckt hatte, floh ich jede Nacht hierher. Doch als du dich fasziniert von dem Gedanken an Blackmoore zeigtest, als ich sah, dass du herkommen wolltest und mich nach meiner Rückkehr mit Fragen überschüttetest, änderte sich meine Einstellung. Ich fing an, Blackmoore zu schätzen, weil du es tatest.« Er kam näher, und ich konnte das feine Lächeln in seinen Augen sehen. »Ich wusste immer, dass ich dich eines Tages mit hierhernehmen und dir das sagen würde. Um dir zu danken.«

Ich war so überrascht, dass ich nicht wusste, wie ich reagieren sollte. Also stand ich einfach nur da, während in mir etwas Zartes und Süßes heranwuchs. Jemandem lag an mir. Und nicht nur irgendjemandem – Henry! Ich lächelte und flüsterte: »Gern geschehen.«

»Ich dachte mir, das hier wäre ein guter Ort, um unsere Vereinbarung zu erfüllen«, fuhr er fort. »Für die drei Heiratsanträge. Und für das, was du mir dafür bezahlst.«

Mein Lächeln entglitt mir. Die Frage der Bezahlung hatte ich zeitweilig komplett verdrängt.

»Ja, die Bezahlung. Weißt du inzwischen, was du dir wünschst?«

»Ja.«

Er beugte sich herunter und lehnte sich mit einer Hand an

die Mauer hinter mir. Ich musste den Kopf zurücklegen, um ihn ansehen zu können. Mein Herz schlug höher.

»Dein Herzenswunsch ist es, uns alle zu verlassen und nach Indien zu reisen. Und mein Herzenswunsch ist es, dem Geheimnis um Kate Worthington auf die Spur zu kommen.«

Ich lachte nervös und versuchte, vor ihm zurückzuweichen, doch die Mauersteine an meinem Rücken verhinderten das. Dabei fühlte ich mich doch viel zu verletzlich, und Henry war mir so nahe in dieser dunklen Nacht, in der die juwelengleichen Sterne über unseren Köpfen und die dunklen Saatkrähen die einzigen Anstandsdamen waren.

»Mich umgibt kein Geheimnis, Henry. Dass du so übertreiben musst!«

Er beugte sich zu mir, sodass ich im Mondlicht seinen eindringlichen Blick sehen konnte. Und als er sprach, war seine Stimme tief und stark und unerschütterlich. »Vor zwei Jahren ist irgendetwas vorgefallen. Und die Kitty, die ich kannte, wurde zu Kate.« In seiner Stimme schwang keinerlei Belustigung mit. »Die Kate, die sich weigerte, mit mir zu tanzen. Die Kate, die der ganzen Welt erklärte, sie wolle niemals heiraten. Die Kate, die ihr Herz nur ihrer Katze schenkte und niemandem sonst.« Er hielt inne, und ich spürte die Last seiner Worte, als wären sie eine Beichte. »Damals habe ich etwas verloren. Und seit zwei Jahren möchte ich es zurück. Oder möchte zumindest verstehen, warum ich es verloren habe.«

Meine Gedanken überschlugen sich, und ich umklammerte die Mauer hinter mir, als würde die Welt kopfstehen und nur sie könnte mich davon abhalten, über den Rand zu fallen.

»So, Kate, das ist es, was ich mir als Gegenleistung erwarte. Drei Heiratsanträge für drei deiner Geheimnisse. Die Antworten auf das Geheimnis, zu dem du dich vor zwei Jahren entwickelt hast.«

Ich konnte nicht glauben, dass er all das gerade gesagt hatte. Konnte nicht glauben, dass er mich darum gebeten hatte. So lange hatte ich die Sache nun schon totschweigen können – so lange, dass ich zuversichtlich gewesen war, meine Geheimnisse würden für immer nur mir gehören. Ich versuchte, gleichmäßig weiterzuatmen, zu verarbeiten, was er sagte, vollends zu erfassen, dass Henry hier im Mondschein vor mir stand.

Aber er war zu nahe. Nichts davon war möglich, wenn er mir derart nahe war, sich zu mir lehnte und mich seine Wärme spüren ließ. Allzu leicht konnte ich mir ausmalen, wo ich ihn berühren würde, wie ich ihn an mich ziehen würde, ja, und ich konnte förmlich die Atemzüge zählen, die ich ihm stehlen würde, wenn ich ihn küssen könnte.

Ich atmete immer schneller, und die Spannung zwischen uns entwickelte sich zu etwas Fühlbarem, das bebte, sich streckte und meine Haut vor Verlangen brennen ließ. Schließlich hielt ich es nicht mehr aus. Ich wand mich aus der Ecke, in die er mich gedrängt hatte, duckte mich unter seinem Arm hindurch und glitt eilig weg.

Dann, etliche Schritte von ihm entfernt, drehte ich mich wieder zu ihm um und sagte: »Ich werde auf deine Bedingungen eingehen. Drei Geheimnisse im Austausch für drei Heiratsanträge. Sag dreimal: ›Willst du mich heiraten?‹, und ich werde dreimal verneinen, woraufhin du deine Fragen stellen kannst, und dann haben wir es auch schon hinter uns.«

Er schüttelte den Kopf. »Halt. So eilig haben wir es nun auch wieder nicht. Du bekommst von mir einen Heiratsantrag pro Nacht.«

Ich spürte, wie verletzlich mich das machte, und geriet in Panik. »Warum nicht einfach alle auf einmal?«

»Weil«, sagte er mit einer Stimme, die von Traurigkeit gefärbt war, »ich es nicht eilig habe, dir dabei zuzusehen, wie du dich in den Wind wirfst und davonfliegst.«

Auf diese Traurigkeit in seiner Stimme war ich nicht gefasst. Ich schluckte meine Überraschung hinunter und sagte mit schwacher Stimme: »Schön. Einverstanden.«

Henry trat nah zu mir und nahm eine meiner Hände sanft in seine. Mein Herz klopfte zum Zerspringen, und ich war drauf und dran, in Gelächter oder in Tränen auszubrechen. Ich hatte Sorge, meine Hand würde schwitzen, und ich biss mir auf die Lippe, während ich von einem Fuß auf den anderen trat. Meine Hand lag schlaff in seiner. Es gab so vieles, was an dieser Szene nicht stimmte.

»Katherine Worthington.«

Ich hob eine Augenbraue. »Katherine?«

»Pst. Lass mich ruhig etwas förmlich sein, das ist schließlich eine offizielle Angelegenheit.«

Er kniete sich vor mich hin.

»O nein«, murmelte ich. »Bitte nicht. Steh auf. Bitte!«

Er funkelte mich an. »Beschwerden sind nicht gestattet.« Er holte Luft und sah auf meine Hand in seiner. »Katherine, du hast mir mein Herz gestohlen.«

Ein sonderbarer Drang zu lachen erfasste mich.

»Ich kann den Gedanken nicht ertragen, ohne dich zu leben.«

Meine Hand schwitzte so sehr, und schon wieder spürte ich den Drang zu lachen. Doch das wäre unangemessen gewesen. Meine Lippen zuckten. Meine Schultern begannen zu beben. Ich schlug mir die freie Hand vor den Mund, um mein Grinsen zu verbergen.

»Und ich bitte dich …«

Ich unterdrückte ein Kichern.

Henry sah finster zu mir auf. »Lachst du etwa?«

Ich schüttelte den Kopf und verbiss mir ein weiteres Lachen.

»Doch, tust du.« Er stand auf und ließ die Hand fallen, die er gehalten hatte. »Lass mich deinen Mund sehen.«

Ich bedeckte den Mund mit beiden Händen und schüttelte den Kopf.

»Kate«, warnte er und trat näher. Er packte meine Arme und zog meine Hände von meinem Mund weg. Ich biss mir auf die Lippe, konnte mir das Kichern, das aus mir herausbrach, aber nicht verkneifen. Mit angewiderter Miene ließ Henry meine Handgelenke los und wich zurück.

»Das war ein Fehler. Du wirst nie erwachsen werden, nicht wahr, Kitty?«

Ich schnappte nach Luft. »Kitty? Wie kannst du …?«

»Du hast mich ausgelacht!«

»Du hast dich ja auch albern benommen!«

Er warf eine Hand hoch. »Ich habe *versucht*, ernst zu sein!«

»Nun, ich wünschte, du ließest das bleiben.«

»Und warum, bitte schön? Das war mein erster Heiratsantrag. Ich wollte, dass er gut wird.«

Als mir bewusst wurde, was er gesagt hatte, riss ich die Augen auf. »Dein erster Heiratsantrag?« Ich legte ihm eine Hand auf den Arm. »Oh, Henry. Bist du … fühlst du dich … kompromittiert?«

Er riss den Kopf zurück und stieß ein kurzes, freudloses Lachen aus. »Ja, ich fühle mich kompromittiert, Kitty.« Er verdrehte innerlich die Augen, das merkte ich ihm an. »Nein, ich fühle mich nicht kompromittiert! Wofür hältst du mich eigentlich? Für eine Art Weichling?«

Ich zog meine Hand weg. »Fahr mich nicht so an, Henry Delafield. Ich habe mich bemüht, feinfühlig zu sein!«

»Lass das lieber bleiben. Das passt überhaupt nicht zu dir.«

Ich reckte mein Kinn. »Bitte, dann lass ich es!«

»Gut.«

Wir sahen einander einen langen Moment an, und die Luft knisterte vor Verletzung, Wut und Missverständnissen. Schließlich wandte ich mich ab und ging zu der Steinmauer.

»Oje, was war das denn gerade?«, murmelte ich. »Solch einen Streit hatten wir schon seit Jahren nicht mehr!«

Nach geraumer Zeit merkte ich, wie Henry kam und sich hinter mich stellte. »Wohl wahr.« Er klang nun ruhiger.

»Und nun nennst du mich wieder Kitty.« Ein Seufzer entfuhr mir, und ich fühlte mich unsäglich verloren und niedergeschlagen und so hoffnungslos, dass ich am liebsten losgeheult hätte. Henry war meine letzte Hoffnung. Ohne seine Hilfe würde ich meinen Traum von Indien nicht verwirklichen können. Doch auf Kosten unserer Freundschaft würde ich von ihm keine Unterstützung annehmen. Wäre mir doch nur nicht nach Lachen zumute gewesen! Meine Nase stach, und ich rieb sie und dachte mir, wie typisch es war, dass mir jetzt zum Weinen zumute war anstatt zuvor, wo es mir womöglich etwas genützt hätte.

Henry seufzte. »Reib jetzt nicht deine Nase. Bitte! Ich habe so eine Schwäche dafür.«

»Ich kann nicht anders.« Wieder rieb ich sie mir und zwinkerte, um die Tränen aus den Augen zu verscheuchen.

Er seufzte erneut. »Es tut mir leid, *Kate*.« Nun, zumindest in der Hinsicht war alles wieder, wie es sein sollte. »Ich weiß, dass ich in letzter Zeit sehr … übellaunig bin.«

Ich schniefte, zwinkerte etwas heftiger und verfluchte meine unberechenbaren Gefühle. »Mir tut es auch leid. Ich weiß nicht, was über mich gekommen ist.«

»Sollen wir es noch einmal probieren?«, fragte er leise.

Ich rieb mir ein letztes Mal die Nase, wischte mir über die Augen und drehte mich wieder zu ihm. »Ach, Henry, wenn es wieder so läuft wie eben, dann ist es das nicht wert. Ich werde eine andere Möglichkeit finden, nach Indien zu kommen. Ich möchte nicht, dass wir miteinander zanken.«

»Gib mir noch eine weitere Chance«, meinte er lächelnd.

Ich nickte.

Diesmal ergriff er weder meine Hand, noch kniete er sich hin oder nannte mich Katherine. Er baute sich lediglich vor mir auf und sagte: »Kate, du bist dickköpfig, töricht und entsetzlich unromantisch, außer wenn du von fremden Ländern träumst. Aus diesen und vielen anderen Gründen würde ich dich gern heiraten.«

Glucksend wischte ich mir die Nase am Ärmel ab. »Das ist schon besser. Nein danke, Henry.«

Nachdem er mich lange angesehen hatte, holte er tief Luft. »Und nun zu meiner Bezahlung.«

Mein Herz pochte heftig.

»Erinnerst du dich an den Tag, an dem ich dir deinen Herzenswunsch erfüllt habe?«

Ich schüttelte den Kopf. »Du hast ihn mir nicht erfüllt.«

»Ich möchte übrigens immer noch, dass du mich so nennst.«

Ich lachte leise. »Niemals!«

»Vielleicht sollten wir die Bedingungen unserer Abmachung abändern. Du teilst drei Geheimnisse mit mir *und* du nennst mich Erfüller deines Herzenswunsches.«

Lächelnd schüttelte ich den Kopf. »Das wird niemals der Fall sein, Henry.«

Ich wusste, er lächelte auch. Er lehnte sich an die Steinmauer, stützte sich auf die Ellbogen und ließ den Blick über die Bäume schweifen. »Der Tag, an dem ich dir deine Katze schenkte, war der Tag, an dem du mich batest, dich nicht mehr Kitty zu nennen.«

Ich nickte feierlich.

»Was ist an jenem Tag geschehen?«

Ich atmete tief ein, lehnte mich neben ihn an die Mauer und machte mir klar, worum er mich da gebeten hatte. Woher wusste er, mit welchen Fragen er mich am meisten quälte? Wie hatte er erraten, was ich am allermeisten zu verbergen suchte? Wieder musste ich mich fragen, ob das den Preis wert war.

19. Kapitel

Drei Jahre zuvor

Eleanor stand neben mir und deutete auf die Haube im Schaufenster. »Die da, in der Mitte. Mit dem breiten Spitzenbesatz.«

Ich betrachtete die fragliche Haube aus jedem möglichen Winkel. »Die ist zu teuer. Du müsstest monatelang dein Nadelgeld sparen, um sie dir leisten zu können.«

»Mama wird sie mir kaufen«, erwiderte sie mit der ihr eigenen unerschütterlichen Zuversicht. Ich fragte mich, ob sie daher rührte, dass sie die Älteste war, oder aber, dass Eleanor eben Eleanor war.

»Wird sie nicht«, sagte ich, doch in meiner Stimme schwangen leise Zweifel mit. Was Eleanor und Mama anging, war ich schon mehr als einmal überrascht worden.

Eleanor lächelte, als wäre sie eine Katze mit einem Kanarienvogel zwischen den Krallen. Sie lehnte sich zu mir. »Das wird sie«, meinte sie mit gesenkter Stimme, »wenn ich ihr erzähle, dass Henry Delafield nicht imstande sein wird, den Blick von mir zu lösen, wenn ich diese Haube zu dem Picknick trage, das nächste Woche stattfindet.«

Bei Henrys Erwähnung verdüsterte sich meine Miene, und in

mir loderte ein leidenschaftlicher Beschützerdrang auf. »Lass ihn in Ruhe, Eleanor.«

Ihr Lächeln wurde breiter. »Denkst du etwa, du bist die Einzige hier, die Augen im Kopf hat?« Sie legte den Kopf schräg und musterte mich. »Oder hast du überhaupt Augen im Kopf, kleine Kitty? Ist dir aufgefallen, zu was für einem hübschen jungen Kerl er sich entwickelt hat?«

Mein Gesicht brannte. Ich kniff die Lippen zusammen und weigerte mich, ihre Frage zu beantworten, da diese keine Antwort verdiente. Genauso, wie Eleanor Henrys Aufmerksamkeit nicht verdiente.

Lachend kniff sie mir in die Wange. »Du bist zu ernst. Damit schadest du dir nur.«

Ich wich zurück und schlug ihre Hand weg. »Lass die Finger von Henry, Eleanor«, flüsterte ich grimmig. »Ich werde nicht gestatten, dass du ihn zu deinem Spielzeug machst.«

Ihr Lächeln erlosch, ihr Blick wurde hart und funkelte herausfordernd. »Du wirst es nicht gestatten?«

Ich hatte einen schrecklichen Fehler begangen, das merkte ich sofort. Ich versuchte, ihn wiedergutzumachen, indem ich mit den Achseln zuckte und mich um einen beiläufigen Ton bemühte. »Oder, bitte, spiel mit ihm. Tu, was immer du magst.«

Ihr Lächeln kehrte zurück. »Das habe ich auch vor.« Eleanor schien etwas hinter mir entdeckt zu haben. »Oh, sieh doch, jetzt ist Mama da. Ich frage sie, ob ich die Haube bekomme.« Sie winkte und rief: »Mama!«, doch ich sah nicht hin. Stattdessen starrte ich auf das Kopfsteinpflaster und kämpfte gegen die Verbitterung an, die mich zu verzehren drohte.

»Was ist denn, Eleanor?« Mama klang nicht übermäßig begeistert.

»Glaubst du, diese Haube wird …«, setzte Eleanor an, doch in diesem Moment ließ sich die Stimme eines Mannes vernehmen.

»Mrs Worthington!«

Ich sah auf und trat näher zu Eleanor, die sich von Mama entfernt hatte. Der Mann war hochgewachsen, jung und trug einen roten Offiziersrock. Und Mama sah ihn auf dieselbe Art an, wie sie die Gentlemen ansah, die zu uns zum Dinner kamen.

»Wer ist das?«, flüsterte ich Eleanor zu.

»Ihr neuester Flirt«, raunte sie achselzuckend zurück. »Seinen Namen hat sie mir nicht genannt.«

Der Mann sah weder zu mir noch zu Eleanor. Tatsächlich schien er nur Augen für Mama zu haben. Er lächelte sie an. »Unsere letzte Begegnung ist viel zu lange her. Wie ist es Ihnen ergangen?«

Rasch blickte ich mich um, ob jemand uns beobachtete. Eleanor gab Mama Deckung, sodass diese zwischen uns beiden, Eleanors Sonnenschirm und der Ladenwand von einem Passanten kaum zu sehen war. Ich bewegte heftig meinen Fächer und nickte mit einem breiten Lächeln, sodass es für Außenstehende aussehen musste, als würde der Mann uns alle ansprechen.

Mama lachte und murmelte etwas, allerdings so leise, dass ich es nicht verstehen konnte.

»Du bist viel zu scheu, mein Kätzchen«, erwiderte der Mann laut genug, um meine Wangen rot anlaufen zu lassen.

Ich fächelte mir nur umso heftiger Luft zu und grinste töricht, musste innerlich jedoch gegen den Drang ankämpfen, mich zu übergeben.

Eleanor beugte sich zu mir und murmelte: »Er muss halb so alt sein wie sie.«

Ich sah sie scharf an und hoffte, dass ich mir die Bewunderung in ihrer Stimme nur eingebildet hatte. Doch nein – die Bewunderung glitzerte auch in ihren Augen, und in diesem Augenblick wurde mir klar, dass Eleanor dieses Spektakel nicht etwa abstieß, sondern es als etwas Erstrebenswertes betrachtete.

Gott sei Dank machte der Mann Anstalten zu gehen. Er mur-

melte etwas Unverständliches und ging mit einem schelmischen Grinsen davon. Ich hörte mit dem Fächern und dem albernen Lächeln auf und entschwand ohne ein Wort zu Eleanor oder Mama in die entgegengesetzte Richtung. Sehr um eine ausdruckslose Miene bemüht, verließ ich das Dorf auf dem kürzest möglichen Wege und landete schließlich in der Nähe des Flusses. Gemessenen Schrittes folgte ich seinem Lauf, bis ich in den breiten Schatten eines Baumes trat.

Dort riss ich mir die Haube vom Kopf, kniete mich ans Ufer, tauchte meine Hände ins kalte Wasser und bespritzte mir damit die brennenden Wangen. Doch das Schamgefühl verließ mich nicht, und das Wasser konnte meine brennenden Wangen nicht kühlen. Auch die Erinnerung an das verruchte Grinsen jenes Mannes und seine an meine Mutter gerichteten Worte wollte es nicht wegspülen. Bei dem Gedanken daran drehte sich mir der Magen um.

Andeutungsweise hatte ich solche Szenen auch schon zu Hause erlebt, wenn Gentlemen zum Dinner kamen. Von der anderen Tischseite aus hatte ich beobachtet, wie meine Mutter meinen Vater immer mehr verachtete. Doch an diesem Tag hatte ich zum ersten Mal miterlebt, wie sie sich auch in der Öffentlichkeit indiskret benahm. In unserem eigenen Ort, wo jedermann sie hätte sehen können. Wenn sie so weitermachte, reichte das, um uns zu ruinieren – uns alle. Für Eleanor, mich, Maria und Lily wäre damit jegliche Chance auf eine respektable Ehe zerstört. Meinem Bruder konnte Mama damit nichts anhaben, wir Töchter jedoch wurden auf eine Art und Weise geschädigt, dass wir uns davon nie mehr erholen würden.

Ich lehnte mich zurück, zog meine tropfenden Hände aus dem Fluss und betrachtete die Reflexionen der Sonne auf der Wasseroberfläche. Verzweiflung und Beschämung drohten mich zu überwältigen. Ich schämte mich für meine Mutter, und schon bald würde ich mich auch für meine ältere Schwester schämen müssen. Denn täglich wurde offensichtlicher, dass Eleanor in Mamas Fußstapfen trat. Bei dem Gedanken, dass sie mit Henry flirtete – mit seinen Gefühlen spielte –, überkam mich die Scham erneut. Und dann, inmitten dieses neuen Ansturms, kam es mir: Ich bin nicht wie sie. Ich werde nie so sein wie sie. *Ich klammerte mich an diesen Worten fest wie an eine Rettungsleine. »Ich werde nie so sein wie sie«, wiederholte ich immer und immer wieder, zunächst aus Verzweiflung, dann mit wachsender Überzeugung.*

Lautes Geschrei riss mich aus meinen Gedanken. Flussaufwärts standen ein paar Jungen am Ufer, die brüllten, lachten und sich um irgendetwas stritten. Dann schwang einer von ihnen etwas Dunkles hin und her und ließ es schließlich unter großem Jubel und in hohem Bogen in den Fluss fallen. Noch während es in der Luft schwebte, sprang ich auf und rannte los. Und als das dunkle Bündel zu sinken begann, hechtete ich kopfüber in den Fluss.

Das kalte Wasser ließ mich nach Luft schnappen, und ich hustete, schluckte Wasser, kämpfte gegen die Strömung an, um den sinkenden dunklen Gegenstand zu erreichen. Mit offenen Augen tauchte ich unter und ruderte mit den Armen, bis ich mit den Fingern den Jutesack streifte. Ich packte ihn und strampelte im Wasser, um an die Oberfläche zu kommen, doch meine Schuhe und mein Kleid zogen mich nach unten. Noch schlimmer war allerdings der Sack, der mit jeder Sekunde schwerer wurde. Ich machte immer heftigere Bewegungen mit den Beinen, und meine Lungen bettelten um Luft. Doch die Oberfläche wich zurück, das Sonnenlicht schwand, meine Beine brannten, und der Sack war viel zu schwer. Ich musste unbedingt Luft holen!

Plötzlich schlang sich ein Arm um meine Taille, und ich wurde hochgezogen, aus dem Wasser hinaus. Ich schnappte nach Luft, hustete, passte aber auf, dass mir der Sack nicht entglitt.

»Beruhige dich. Ich habe dich.« Henry war es, der den Arm um mich geschlungen hatte, und es war Henrys Stimme in meinem Ohr,

und in dem Bewusstsein, dass ich in Sicherheit war, entspannte ich mich sofort. Er war drei Jahre älter als ich. Er war stark. Zuverlässig. Mir konnte nichts mehr passieren.

Es kam mir wie eine Ewigkeit vor, bis wir uns schließlich aus dem Strom gekämpft und das Flussufer erreicht hatten. Ich hievte den nassen Sack aus dem Wasser, fiel auf das Gras und hustete noch immer Wasser hoch, das ich geschluckt hatte. Atemlos setzte sich Henry neben mich und schob sich das nasse Haar aus dem Gesicht.

»Was hast du da draußen gemacht?«

Ich kniete mich hin und drehte hektisch den Sack hin und her, um die zugebundene Öffnung zu finden.

»Ich musste sie retten«, erklärte ich. Da war die Schnur, doch es gelang mir nicht, den Knoten zu lösen. Ich zitterte noch zu sehr von der Kälte, und aus meinen Haaren tropfte mir Wasser in die Augen und trübte meinen Blick. Henry war schneller als ich. Er hatte in Sekundenschnelle die Kordel weggezogen und den Jutesack geöffnet.

Sechs grauweiße Kätzchen lagen reglos in dem Sack. Ich nahm eins nach dem anderen heraus, rieb ihre nassen Leiber, hob sie an mein Gesicht und versuchte, ihren Atem oder ihre Herzschläge zu spüren. Henry tat dasselbe und rief schließlich: »Hier!«

Das grauweiße Kätzchen, das er in den Händen hielt, regte sich schwach und miaute kläglich. Er reichte es mir, und ich drückte es mit zitternden Händen sanft an meine Brust. Und plötzlich fing ich an zu weinen. Henry blieb ganz ruhig, während ich vor Kälte schlotternd dasaß und schluchzte.

»Meinst du, es wird überleben?«, fragte ich ihn unter Tränen.

»Drück es an dich, damit ihm warm wird«, riet er. »Und lass es uns abtrocknen, so schnell es geht.«

Ich wischte mir meine laufende Nase ab und sah zu ihm auf. »Danke«, sagte ich, während mir die Tränen weiterhin über die Wangen rollten. Er nickte. Seine Wangen waren rot vor Kälte, und die Haare klebten ihm am Kopf. Doch seine Augen waren so freundlich, so voller Mitleid, dass ich fand, er habe nie hübscher ausgesehen. Ich habe Augen im Kopf, Eleanor, *dachte ich. Und beim Gedanken daran, was meine Schwester mit Henry vorhatte, meldete sich wieder mein Beschützerinstinkt, den ich vorhin empfunden hatte, nur diesmal noch heftiger.*

»Bist du verletzt, Kitty?«, fragte er.

Ich schüttelte den Kopf. Den Grund, warum ich weinte und warum ich für das Leben dieses Kätzchens mein eigenes aufs Spiel gesetzt hatte, konnte ich ihm unmöglich nennen. Schließlich konnte ich ihm nicht von Mama und Eleanor erzählen. Stattdessen erklärte ich ihm mit bebender Stimme: »Ich möchte nicht mehr Kitty genannt werden.«

Seine Lippen verzogen sich allmählich zu einem Lächeln. »Nun gut. Und wie soll man dich stattdessen nennen?«

»Kate.«

Sein Lächeln wurde breiter. »Gut, dann also Kate.«

Das Kätzchen miaute, ein kleiner, schwacher Laut, und ich spürte, dass es vor Kälte zitterte. Henry erhob sich, umfasste meine Ellbogen und zog mich hoch. »Komm. Bringen wir euch zwei nach Hause.« Er führte mich zu seinem Pferd, das in der Nähe des Flussufers stand. Offenbar war er auf dem Weg in den Ort gewesen, als er mitbekommen hatte, wie ich in den Fluss sprang.

Er trat vor mich und legte die Hände auf meine Hüften, um mich auf das Pferd zu heben. Doch ich bremste ihn, indem ich ihm eine Hand auf die Schulter legte: »Henry, warte. Ich muss dir etwas sagen. Es ist wichtig!«

Er hielt inne. »Ja?«

»Du musst dich von Eleanor fernhalten!«

Einen Augenblick sah er mir forschend ins Gesicht, bevor er nickte und ebenso ernst erwiderte: »Das werde ich.« Es klang wie ein Versprechen, und ich atmete erleichtert auf.

Er half mir hoch, kletterte hinter mich und griff um mich herum nach den Zügeln. Sein Brustkorb war breit und warm, und ich lehnte mich an ihn. So brachte er mich heim.

20. Kapitel

Die Vögel flogen hoch, kreisten krächzend und holten mich aus meinen Träumereien zurück. Ich beobachtete sie, bis sie sich wieder zu ihrem Schlafplatz auf der Spitze des nächsten Turms zurückzogen, und überlegte, wie ich Henrys Frage beantworten sollte.

»Das sind Saatkrähen«, sagte ich schließlich und wies mit dem Kopf zur Turmspitze. »Saatkrähen beanspruchen einen Ort als den ihren und bleiben dort jahrhundertelang. Vermutlich haben schon vor vielen Generationen Saatkrähen diesen Turm heimgesucht. Die Nachkommen folgen ganz einfach den elterlichen Gewohnheiten.« Ich beobachtete, wie sich die Vögel niederließen, dann wieder losflogen und sich anschließend unter weiterem Geschrei erneut niederließen. »Vögel stellen nichts infrage.« Ich holte tief Luft. »Ich allerdings schon.«

Nun sah ich zu Henry hin und entdeckte, dass sein Blick auf mir ruhte. »An dem Tag, an dem du mich aus dem Fluss gerettet hast … an diesem Tag bin ich vor meiner Mutter weggerannt. Sie war in der Stadt, mit einem … Hauptmann … aus der Armee.« Errötend wandte ich den Blick ab. Selbst im Dunkeln konnte ich Henry nicht in die Augen sehen, während ich diese Geschichte erzählte. »Sie verhielt sich … indiskret. Ich sah sie und hörte, was sie zueinander sagten. Er bezeichnete sie als Kitten, als Kätzchen also.« Ich spuckte das Wort voller Abscheu aus. »*Sein* Kätzchen.«

Meine Hände zitterten, und ich verschränkte die Arme vor der Brust. »Es war das erste Mal, dass ich etwas Derartiges miterlebte. Vielleicht war ich zuvor blind oder zu naiv gewesen. Aber an diesem Tag bekam ich es mit.«

Henry stand reglos und schweigend neben mir.

»Ich bin nicht wie sie, Henry«, flüsterte ich und ballte die Hände zu Fäusten. »Das bin ich *nicht*!«

»Ich weiß«, erwiderte er mit leiser Stimme.

Bei seinen Worten kam plötzlich Ruhe über mich. Er wusste es. Er *wusste* es! Ich atmete wieder ruhiger und hörte zu zittern auf. Lange standen wir schweigend da, bis eine Windbö mich frösteln ließ.

»Ist das alles?«, fragte ich. »Ist dies das Geheimnis, das du heute Nacht erfahren wolltest?«

»Ja, das ist alles.« Er griff nach der Laterne, und ich folgte ihm zu der Luke. Doch bevor er den Abstieg begann, drehte er sich zu mir um und sagte leise: »Ich danke dir.«

21. Kapitel

»Oh! Ein Brief von meiner lieben Freundin Louisa Wyndham!« Miss St. Claires fröhliche Stimme holte mich aus meinen Gedanken zurück. Nach dem Frühstück hatte ich mich mit ihr und Sylvia ins Damenzimmer gesetzt. Die meisten von Mrs Delafields Gästen waren ältere, verheiratete Frauen, die ihr Frühstück im Bett einnahmen und erst Stunden später hinunterkamen. Folglich befanden nur wir drei uns im Raum, und ich hatte mich schon bald meinen eigenen Gedanken hingegeben, während Sylvia und Miss St. Claire miteinander plauderten.

Nachdem ich mich in der vergangenen Nacht in mein Zimmer zurückgeschlichen hatte, konnte ich lange keinen Schlaf finden. Ich lag da und ließ Revue passieren, wie Henry meine Hand ergriffen hatte, wie er sich vor mich hingekniet, wie er mir eine Liebeserklärung gemacht hatte.

Und nun machte es mich ganz krank, Miss St. Claire ansehen und sich vorstellen zu müssen, wie er mit ihr dasselbe tat – mit dem Unterschied, dass alles wahr werden könnte.

»Ich habe sie dir in London vorgestellt, Sylvia, du erinnerst dich sicher«, fuhr Miss St. Claire fort. »*Diese* Familie hat wirklich gute Beziehungen. Zu schade, dass sie keine weiteren unverheirateten Söhne haben. Um deinetwillen.«

Ich sah scharf zu Sylvia, die mir im Gegenzug einen warnenden Blick zuwarf. Hatte sie Miss St. Claire denn nicht von ihrer Zuneigung zu dem älteren Mr Brandon erzählt?

»Ja, das ist wirklich zu schade«, erwiderte Sylvia und bedachte mich mit einem weiteren bedeutsamen Blick.

Durch ein Lächeln ließ ich sie wissen, dass sie von meiner Seite nichts zu befürchten hatte. Und sie lächelte zurück, bebend und mit einem Anflug von Erleichterung.

»Ich werde dir ihren Brief vorlesen, Sylvia. Es wird höchst interessant für dich sein, zu erfahren, was sie über einige unserer Londoner Bekanntschaften schreibt.« Sie warf mir einen Blick zu. »Wenngleich ich nicht weiß, wie interessant diese Korrespondenz für jemanden ist, der noch nie in London war …« Sie faltete den Brief zusammen. »Wie unhöflich von mir, Miss Worthington, in Ihrer Gegenwart über Dinge zu reden, an denen Sie nicht teilhaben können. Es tut mir so leid. Wie sehr Sie sich nach einer Saison in London verzehren müssen! Und wenn ich es recht verstanden habe, steht nicht zu erwarten, dass Ihnen Ihre Mutter eine ermöglicht. Nun«, sie lächelte heiter, »macht ja nichts. Dann reden wir, während Sie hier sind, einfach von anderen Dingen.«

Ich erhob mich. »Sie sind zu freundlich, Miss St. Claire. Ja, Sie sind der Inbegriff der Rücksichtnahme. Ich denke jedoch, ich werde so lange etwas anderes tun und Ihnen beiden Ihren Plausch gönnen.«

»Wohin gehst du, Kitty?«, fragte Sylvia.

»Da es für das Heidemoor zu sehr regnet, werde ich wieder das Haus erkunden.«

Miss St. Claire blickte düster aus dem Fenster. »Dass es hier an zwei von drei Tagen regnet, ist überaus unbefriedigend. Aber wir werden uns zu unterhalten wissen. Vielleicht können wir ja später Scharaden spielen. Oder Whist. Oder wir könnten einen Ball organisieren! Oh, ja, einen Ball! Für die anderen Gäste wird das ein Heidenspaß. Wir sind verantwortlich für ihre Unterhaltung, wisst ihr, und es würde mir zutiefst missfallen, wenn irgendeiner unserer Gäste sich hier langweilen würde.«

In dem Wunsch, mir Miss St. Claires ermüdende Rücksichtnahme vom Hals zu schaffen, durchquerte ich den Raum.

»Wenn es heute Nachmittag aufklart, Miss Worthington«, rief sie mir noch hinterher, bevor ich die Tür hinter mir schloss, »sollten wir einen Fußmarsch nach Robin Hood's Bay unternehmen.«

Sie war so unfassbar gütig. Und machte es mir ungemein schwer, sie nicht zu mögen. »Sehr gerne!«

Doch anstatt das Haus unverzüglich zu erkunden, begab ich mich in das Vogelzimmer. Ich berührte das Ikarus-Gemälde und dachte wieder an den Turm und Henrys Geständnis in der vergangenen Nacht. Und ich dachte an das Geheimnis, das er mich zu lüften gebeten hatte. Die Erinnerungen, die er dabei wachgerufen hatte, waren mir seitdem nicht mehr aus dem Kopf gegangen. Und auf einmal fühlte ich mich in die Zeit vor drei Jahren zurückversetzt, zu den Tagen, kurz nachdem Henry mich aus dem Fluss gefischt hatte.

22. Kapitel

Drei Jahre zuvor

Inzwischen war das Wetter unberechenbar. Der graue Himmel bildete die Kulisse, vor der sich meine erdrückende Langeweile abspielte. Am vierten Regentag schließlich nahm ich mein Kätzchen, wickelte es in einen alten Schal und steckte das Bündel in meinen Mantel. Dann setzte ich mir meine Haube auf, griff nach einem Schirm und marschierte durch den Wald zu Sylvias Elternhaus. Ich entdeckte meine Freundin schon durch die Terrassenfenster und klopfte daran. Sylvia beeilte sich, mich ins Damenzimmer einzulassen. Zum Glück war ihre Mutter nirgends zu sehen.

»Ich habe es zu Hause nicht mehr ausgehalten«, verkündete ich, während sie mir half, mich meines tropfnassen Mantels zu entledigen. »Eleanor redet unaufhörlich von nichts anderem als ihrem neuesten Angebeteten, und ich ertrage es nicht, mir nur auch noch ein weiteres Wort über seine wunderbaren Eigenschaften anzuhören.« Ich hielt das Bündel hoch. »Also habe ich mein Kätzchen mitgenommen, damit wir mit ihm spielen können.« Sylvia zupfte gurrend an dem Schal, bis wir das grauweiße Köpfchen des schlafenden Tiers sehen konnten.

»Ich bin so froh, dass du gekommen bist!« Sylvia nahm mir das

Kätzchen ab und wiegte es wie ein Baby behutsam in ihren Armen. »Ich bin vor Langeweile nämlich fast gestorben. Henry auch. In den letzten Tagen war er ausgesprochen reizbar und ungeduldig. Er hat sich immerzu über den Regen beschwert und aus dem Fenster gesehen.«

Mein Herz schlug höher wie jedes Mal, wenn ich seit meiner Rettung aus dem Fluss an Henry dachte. Doch Sylvia gegenüber erwähnte ich nichts davon. Ich hatte ihr erzählt, dass ich das Kätzchen gefunden hatte, jedoch verschwiegen, dass Henry zu meiner Rettung in den Fluss gesprungen war. Es war das erste Geheimnis, das ich vor ihr hatte.

»Na, und wie willst du es denn nun nennen?«, wollte Sylvia wissen.

»Ich habe mich noch nicht entschieden. Ich hatte gehofft, du könntest mir bei der Namenssuche helfen.«

Sylvia betrachtete das Gesicht der Katze. »Ich finde, sie sieht nach einer Mimi aus.«

Ich zog die Nase kraus. »Mimi?«

»Ja. Oder vielleicht Dorothy, dann könntest du sie in der Kurzform Dot nennen.«

Ich schüttelte den Kopf.

»Warum nicht? Das sind doch gute Namen!«

»Lass uns noch mal nachdenken«, schlug ich vor. Sylvia rasselte weitere Namen herunter, die nach meinem Geschmack jedoch zu albern klangen. Allerdings hörte ich ihr auch nur mit halbem Ohr zu. Die Ungeduld, die mich die letzten vier Tage geplagt hatte, war stärker denn je. Und plötzlich ging mir der Grund auf, nämlich dass ich unbedingt Henry sehen wollte. Tatsächlich wurde ich immer ungeduldiger, je länger ich in seinem Elternhaus saß, ohne ihn zu sehen oder seine Stimme zu hören.

Schließlich stand ich auf. »Fragen wir doch Henry. Der hat immer gute Einfälle.«

Sylvia folgte mir mit dem Kätzchen und murmelte dabei, dass sie bestimmt bessere Ideen für einen Katzennamen hätte als ein Junge.

Ich wusste, wo ich Henry finden würde. Nachmittags war er an dem großen, runden Tisch in der Bibliothek anzutreffen, nachdem er den Morgen mit seinem Hauslehrer verbracht hatte. Er nahm seine Ausbildung äußerst ernst. Das Fenster stand für gewöhnlich offen, brachte eine frische Brise in den Raum und ließ Buch- und Notenseiten aufflattern. Heute jedoch war es des Regens wegen verschlossen, und überall standen Kerzen, die gegen die Düsterkeit des wolkenverhangenen Tages ankämpfen sollten.

»Henry, wir brauchen deine Hilfe«, verkündete Sylvia, sobald wir die Bibliothek betreten hatten.

Henry hob den Kopf und sah mir direkt in die Augen. Ich blieb wie angewurzelt stehen, denn mir war, als würde er mit diesem Blick ein Geheimnis preisgeben. Zugleich barg dieser Blick eine Frage und eine Feststellung. Dann schlug er die Augen nieder, legte seine Feder beiseite, schob seine Bücher und Papiere fort und wandte sich wieder uns zu. Der dunkle, geheimnisvolle Blick von zuvor war verschwunden. Zurück blieb nur Henry, der seine Mundwinkel ein wenig nach oben zog.

»Wobei braucht ihr meine Hilfe?«

Sylvia hielt das Kätzchen hoch. »Uns fällt kein passender Name ein!«

»Lasst mich mal sehen.« Henry erhob sich und kam zu uns. Sylvia reichte ihm die kleine Fellnase, und er ging mit ihr zu den Sesseln vor dem Kamin, wo es am hellsten war. Auf dem Boden lag ein Teppich, und um den wärmeren Bereich waren Sessel angeordnet. Sylvia und ich folgten ihm. Henry setzte sich auf den Teppich, lehnte sich an das Sofa, hielt das Kätzchen hoch und musterte es von allen Seiten.

»Was immer ihr tut«, meinte er, »gebt bitte nicht der weiblichen

Versuchung nach und tauft sie auf so einen albernen Namen wie etwa Mimi oder Dot.«

Sylvia stieß einen empörten Laut aus. Ich lächelte in mich hinein und setzte mich neben Henry.

»An Mimi oder Dot ist nichts Albernes!« Sylvia ließ sich neben mir nieder und griff nach dem Tier. Henry warf mir einen verstohlenen Blick zu, und während Sylvia abgelenkt war, lehnte er sich zu mir und flüsterte mir ins Ohr: »Geht's dir denn gut?«

Sein geflüsterter Atem jagte mir einen Schauer über den Rücken. Ich nickte. »Und dir?« Ein schneller Blick zu Sylvia. Sie hatte das Gesicht im Fell des Kätzchens vergraben und sagte: »Ich finde, Mimi ist ein schöner Name. Meinst du nicht auch?«

»Du hast dir keine Erkältung eingefangen, oder?«, wisperte ich. Warum das ein Geheimnis zwischen uns war, wusste ich nicht. Ich hatte keine Ahnung, warum ich Sylvia nicht erzählte, dass Henry in den Fluss gesprungen war, um mich zu retten. Ich wusste nur, dass dies unser gemeinsames Geheimnis sein sollte. Und mit einer Woge der Erleichterung wurde mir klar, dass Henry es genauso empfand. Bei diesem Gedanken ging mir das Herz über.

Er verzog den Mund zu einem spöttischen Lächeln und schüttelte den Kopf. »Ich bin schon in viel kälterem Wasser als diesem geschwommen.« Ich senkte den Blick und sah, wie seine Hand auf dem Teppich neben meiner ruhte. »Aber danke für deine Besorgnis, Kate«, raunte er.

Seine Worte zauberten ein Lächeln auf mein Gesicht. Ich sah ihn unauffällig von der Seite her an, um ihn wissen zu lassen, dass ich ihn gehört hatte – und da war er wieder, dieser neue Blick, in dem eine Frage, ein Geheimnis und eine Feststellung zu lesen waren. Doch was er feststellte, vermochte ich nicht zu sagen. Ich hatte keine Ahnung, wonach er fragte. Und das Geheimnis würde ich nie erfahren, befürchtete ich.

»Nun, wenn wir Mimi und Dot nicht nehmen können«, meinte

Sylvia, »dann musst du uns helfen, einen anderen Namen zu finden.

»Es ist Kates Kätzchen«, sagte Henry. »Vielleicht sollte sie sich selbst einen Namen ausdenken.«

»Kate?« Mit verwirrter Miene sah Sylvia von Henry zu mir. »Was soll das denn?«

Mit betont gleichgültiger Miene streckte ich die Hände aus und nahm Sylvia mein Kätzchen ab, stellte es auf den Boden und holte das Wollknäuel aus meiner Tasche, das ich zum Spielen mitgenommen hatte. Sobald es die Pfötchen danach ausstreckte, sah ich zu Sylvia und sagte nüchtern: »Ich habe beschlossen, dass ich künftig Kate genannt werden möchte.«

Sylvia wurde blass und schüttelte den Kopf. »So könnte ich dich nie nennen. Für mich bist du immer Kitty gewesen und wirst es auch immer bleiben.«

Damit schien die Sache für sie erledigt zu sein. Mir sank der Mut. Vielleicht würden auch andere so über meinen neuen Rufnamen denken. Wenn nicht einmal meine beste Freundin mir gestattete, mich zu ändern, welche Hoffnung bestand dann, dass sonst jemand mir diese Freiheit gewährte?

Ich beobachtete mein Kätzchen und spürte, wie sich mein Herz hob und senkte. Schon seit einer Weile hatte ich das Gefühl, mein Herz sei nirgendwo richtig aufgehoben. Es gab niemanden, dem ich es anvertrauen konnte. Unter den Worthington-Frauen wurden Herzen viel zu oft gekauft, verkauft, gestohlen oder ignoriert. Für meines wollte ich einen sicheren Ort. Möglicherweise könnte dieses Kätzchen mein Geheimnis sicher verwahren – dieses sanfte Wesen, das keinen Druck ausübte, schacherte oder irgendetwas von mir forderte.

»Wie lautet das lateinische Wort für Herz*?«, fragte ich Henry flüsternd.*

»Cor«, flüsterte er zurück und lehnte sich dabei zu mir. Ich begeg-

nete seinem Blick, und er sah mir in die Augen, als befände sich dort ein weiteres Geheimnis – eines, das nur er kannte.

»Du könntest sie Cora nennen.« Seine Mundwinkel hoben sich zu einem kleinen Lächeln. »Dann würde niemand darauf kommen, was du dir dabei gedacht hast.«

Ein Blick genügte, und er sah tief in mich hinein. Seine Worte zeigten mir, dass er mich verstanden hatte. Er schien zu begreifen, dass ich dieser Katze mein Herz schenken wollte, doch dass niemand etwas derart Persönliches über mich erfahren sollte. Niemand bis auf ihn. Aus irgendeinem Grund störte es mich nicht, dass er von diesem Geheimnis wusste. Ich lehnte mich ein klein wenig von ihm weg und räusperte mich.

»Cora. Ich werde sie Cora nennen.«

Sylvia runzelte die Stirn. »Cora? Als Name für eine Katze?«

Ich warf ihr einen finsteren Blick zu und runzelte die Stirn. Sie mochte sich weigern, mich bei dem Namen zu nennen, den ich mir wünschte, doch was den Namen meines Kätzchens anging, würde ich mir von ihr keine Vorschriften machen lassen. Sie schaute verdattert drein und sagte dann kleinlaut: »Der gefällt mir.«

Aus dem Augenwinkel sah ich, dass Henry mich mit nachdenklicher Miene beobachtete, als sei ich etwas Neues, das es zu ergründen galt. Ich mochte seine grauen, nachdenklichen Augen. Und als er sich aufrappelte und sich an den Tisch zu seinen Büchern zurückbegab, wurde mir zum ersten Mal bewusst, dass meine Freundschaft mit ihm für mich mehr zählte als die mit Sylvia.

Er schob ein Buch an den Rand des großen, runden Tisches und sagte: »Wenn einer von euch vielleicht Interesse hat: Hier wäre ein neues Buch aus einem Buchladen in London. Eines über Vögel.«

Sylvia tat, als hätte sie ihn gar nicht gehört. Sie lag auf dem Teppich vor dem Feuer und streichelte dem Kätzchen über den Rücken. Ich sah von ihr zu dem Tisch und wieder zurück, dann erhob ich mich und ging quer durch die Bibliothek zu Henry.

»Ich hätte Interesse!« Ich setzte mich auf einen leeren Stuhl und zog das große Buch zu mir. Es war eine alte, wunderschön illustrierte Sammlung von Vogelzeichnungen, unter denen die jeweiligen Bezeichnungen standen. Gerade als Henry auf sein Buch niederblickte, sah ich auf, doch das kleine Lächeln, das er zu verbergen suchte und das eine Kerbe in seine Wange zauberte, bekam ich noch mit. Einen Augenblick betrachtete ich diese Kerbe und spürte, wie sich etwas in mir regte. Dann begann ich mit meinem Studium der Vögel.

23. Kapitel

Als ich hörte, wie der Vogel in seinem Käfig herumflatterte, erwachte ich aus meinem Tagtraum. Gewiss hatte ich etwas Besseres zu tun, als in diesem stillen Raum zu sitzen und mich an Dinge zu erinnern, die Jahre zurücklagen. Ich tadelte mich für die Schwäche meines Herzens und nahm mir vor, etwas zu unternehmen.

Bei meinen Erkundungsgängen tags zuvor hatte ich das Gemälde finden wollen, das den Eingang zum Geheimgang verbarg. Heute wollte ich mir das Haus so ansehen, wie ich es schon als Kind immer hatte tun wollen – wie eine endlose Schatzkammer, einen Ort, an den Henry und Sylvia reisten und von dem sie glücklich zurückkehrten.

Dabei entdeckte ich einen Teil des Hauses, der mir am Vortag entgangen war. Man konnte ihn leicht übersehen, da das Haus über die Jahrhunderte so häufig erweitert worden war, dass man keine rechte Struktur oder Logik mehr erkennen konnte. Durch einen Torbogen war ich in diesen Flügel gelangt, der sich am rückwärtigen Teil des Gebäudes mit Blick aufs Moor befinden musste. Ich ging den Gang entlang, doch eine offene Tür, durch die ich Gemurmel vernahm, ließ mich innehalten. Leise bewegte ich mich darauf zu und passte auf, dass die alten Holzdielen dabei nicht knarzten.

Die Tür war weit geöffnet. Ich blieb davor stehen, ohne mich bewusst zu verstecken, doch ich machte mich auch nicht bemerkbar. Es war Henrys Stimme, die ich vernommen hatte, das wusste ich, selbst wenn ich sie nur aus der Ferne gehört hatte. Ich stützte mich mit einer Hand an den Türrahmen und beobachtete Henry mit angehaltenem Atem. Er saß vor einem großen Fenster mit Blick aufs Moor. Zwei Stühle mit hohen Rückenlehnen standen einander gegenüber. Henrys Aufmerksamkeit galt ganz dem alten Gentleman, der auf dem anderen Stuhl saß. Der alte Herr wiederum war in den Anblick der Landschaft versunken.

»Das Heidemoor ist so schön wie eh und je«, bemerkte Henry, »findest du nicht auch?« Er hielt inne, doch sein Großvater – es musste sein Großvater sein – schwieg. »Du hättest hören sollen, was Kate dazu gesagt hat. Sie hat es hässlich genannt.« Ich hörte das Lächeln in seiner Stimme. »Dazu hättest du schon was zu sagen, nicht? Du würdest sie davon überzeugen, dass es schön ist, selbst zu dieser Jahreszeit.« Wieder hielt er inne, doch noch blieb sein Gegenüber stumm. »Weißt du noch, dass du mir immer geraten hast herzukommen, bevor das Heidekraut in der Blüte steht? Du meintest, im Herbst, wenn das Heidekraut sich in seiner ganzen Pracht zeigt und das Moor in ein Farbenmeer verwandelt, könne jeder die Schönheit dieser Landschaft entdecken. Doch das restliche Jahr über würde es dafür eines Kennerblicks bedürfen. Du sagtest …« Henrys Stimme wurde weich. »Du sagtest, wenn ich Herr über Blackmoore werden wolle, müsse ich dieses Land genauso lieben wie du.«

Ich vernahm ein klickendes Geräusch und fragte mich, woher es rühren könne. Dann sah ich, dass der alte Mann Muscheln in seinen knorrigen Händen hielt. Nun bewegte er sie, und die Muscheln schlugen aneinander, doch noch immer schwieg er und wandte auch seinen Blick nicht vom Fenster ab.

»Ja, Kate ist hier«, sagte Henry, als hätte sein Großvater zu ihm gesprochen. »Endlich habe ich sie hergeholt. Du erinnerst dich natürlich an sie. Für sie habe ich damals das Modell gebaut. Das war einer der unterhaltsamsten Aufenthalte, die ich hier je hatte, Großvater. Die Stunden, die wir gemeinsam an der Arbeit daran verbrachten … die Splitter, die du mir aus den Fingern entfernen musstest …« In Henrys Stimme hatte sich ein wehmütiger Ton geschlichen.

Der alte Herr drehte sich zu seinem Enkel. Mein Herzschlag beschleunigte sich, und ich vergaß, dass ich zu dieser Unterhaltung nicht eingeladen worden war.

»Wer?«, fragte er mit einer Stimme, die schwach und rau klang.

»Kate. Kate ist hier. Endlich!« Ein Anflug von Stolz und Erleichterung färbte Henrys Stimme.

Der alte Mann schüttelte den Kopf. Die Muscheln klackerten in seinen ungeschickten Händen. »Wer bist du?«

»Ich bin Henry, Großvater«, erwiderte Henry nach einer kurzen Pause.

»Henry? Welcher Henry?«

»Dein Enkelsohn.« Seine Stimme war kaum mehr als ein Flüstern.

Die Muscheln klackerten heftiger, und etliche fielen klirrend zu Boden. Henry beugte sich hinunter, hob sie auf, legte sie behutsam in den Schoß seines Großvaters und bedeckte dessen alte Hände mit seinen.

»Ist ja auch egal!«, sagte er leise. »Genug des Palaverns. Soll ich dir stattdessen etwas vorlesen?«

Sein Großvater deutete mit zittrigem Finger auf den Bücherstapel auf dem niedrigen Tisch vor ihm. Henry ergriff das oberste Buch, besah es sich und legte es beiseite. Mit den nächsten beiden Büchern verfuhr er ebenso. Beim Anblick des vierten lächelte er. »Würde Shakespeare dir zusagen?«

Der alte Mann nickte kurz. Sein Blick wanderte wieder zum Fenster, und als Henry das Buch aufschlug, wurde das Muschelklackern leiser.

Henrys Stimme klang wie ein Wiegenlied zu mir herüber. Ich schloss die Augen und lauschte ihm, während er die Zeilen vorlas, die ich ihn schon vor Jahren einmal hatte lesen hören.

Nichts kann den Bund zwei treuer Herzen hindern,
Die wahrhaft gleichgestimmt. Lieb' ist nicht Liebe,
Die Trennung oder Wechsel könnte mindern,
Die nicht unwandelbar im Wandel bliebe.
O nein! Sie ist ein ewig festes Ziel,
Das unerschüttert bleibt in Sturm und Wogen,
Ein Stern für jeder irren Barke Kiel,
Kein Höhenmaß hat seinen Wert erwogen.
Lieb' ist kein Narr der Zeit, ob Rosenmunde
Und Wangen auch verblühn im Lauf der Zeit.

Henry brach die Stimme. Er räusperte sich, und eine Träne fiel mir auf die Wange. Von Trauer übermannt, lehnte ich mich an den Türrahmen und drückte die Hand auf mein bebendes Herz. Ich hörte, wie Henry hastig Luft holte, dann fuhr er fort:

Sie aber wechselt nicht mit Tag und Stunde,
Ihr Ziel ist endlos wie die Ewigkeit.
Wenn dies bei mir als Irrtum sich ergibt,
So schrieb ich nie, hat nie ein Mann geliebt.

Als er verstummte, hielt ich die Augen weiter geschlossen und fühlte das volle Ausmaß der Zuneigung dieses jungen Mannes für seinen Großvater, der ihn vergessen hatte.

»Noch einmal, bitte«, sagte sein Großvater.

Ich öffnete die Augen gerade zur rechten Zeit, um mitzuerleben, wie Henry die Hand ausstreckte und seinem Großvater eine weitere hinuntergefallene Muschel in die Hand legte. Er begann von Neuem zu lesen, und ich schlich mich leise davon, in dem Bewusstsein, schon viel zu lange geblieben zu sein.

Ich versuchte, mein Herz gegenüber dem gerade Erlebten zu verschließen, doch es protestierte dagegen, blieb weiter empfänglich und empfindlich und flüsterte mir zu: Nichts auf der Welt ist schöner als das, was du gerade miterlebt hast. Nichts ist bewegender als diese Zuneigung, diese beständige Liebe.

Ich befahl meinem Herzen zu schweigen. Von derlei Dingen wollte ich nichts hören, und empfinden wollte ich erst recht nichts. Ich wollte mich nicht von Schönheit bewegen und nicht von meinem Herzen besiegen lassen. Und ich würde meinen Lebensweg ändern, indem ich alles ablehnte, was eine Worthington-Frau für gewöhnlich tat.

24. Kapitel

Zweieinhalb Jahre zuvor

Ich verbrachte mehr und mehr Zeit in der Bibliothek von Delafield Manor. Inzwischen hatte ich auf dem Tisch einen eigenen Bücherstapel, und wenn ich nicht las, debattierte ich mit Henry. Vormittags erhielt er Unterricht von seinem Hauslehrer, und ich brauchte den Großteil meiner Nachmittage, um auch nur halbwegs das Gefühl zu haben, mit seinen Fortschritten mithalten zu können. Meine eigene Mutter kümmerte meine Bildung und Erziehung ebenso wenig wie die Tatsache, dass ich die meiste Zeit außer Hauses verbrachte.

Sylvia begnügte sich damit, vor dem Kamin zu liegen und einen Wollfaden vor der Nase des Kätzchens baumeln zu lassen, mit dem es spielen konnte. Wenn ich eine Pause von meinen anstrengenden Studien der Philosophie und Naturwissenschaft brauchte, wandte ich mich immer wieder dem illustrierten Vogelbuch zu. Meine größte Enttäuschung war allerdings, dass ich nicht imstande war, ihre Rufe zu erkennen. Bestimmt hatte ich sie gehört – jedermann hört Vogelgesang. Doch ich wollte sie auseinanderhalten können, imstande sein, sie zu identifizieren und jeden Vogel mit seinem eigenen Lied zu verbinden.

»Hast du je schon mal das Lied der Waldlerche gehört?«, fragte ich Henry.

Er sah von seinen Notizen auf, in denen er sich über die griechischen Mythen von Ikarus und Phaethon ausließ, ein Thema, über das wir tags zuvor ausführlich diskutiert hatten. »Nein, zumindest nicht bewusst«, entgegnete er und warf einen Blick auf mein aufgeschlagenes Buch.

Ich seufzte.

»Was ist?«

Ich zuckte die Achseln. »Ach, ich wünschte nur, einige dieser Rufe erkennen zu können.«

»Unser Wildhüter ist ein großartiger Vogelexperte. Ich könnte ihn einmal darauf ansprechen.«

»Würdest du das tun?« Ich sah auf und entdeckte, dass Henry seine Augen auf mich gerichtet hatte. Schweigend blickte er mich einen Moment an, und ich erinnerte mich, wie er mich gerettet hatte – wie stark er gewesen war, als er mich auf sein Pferd gehoben hatte, und wie er mich Kate genannt hatte, als ich ihn darum bat.

»Ja«, sagte er leise und zog den einen Mundwinkel nach oben. »Das würde ich für dich tun, Kate.«

Dann senkte er wieder den Blick und schien ein Schmunzeln zu unterdrücken. In der Nähe seines Mundes erschien auf der Wange die für ihn so bezeichnende Kerbe. Ich starrte sie hingerissen an und spürte, wie etwas in mir dahinschmolz.

—

Es war schon finster, als ein Kieselstein an mein Fenster schlug. Schlagartig war ich wach und verfluchte mich, dass ich verschlafen hatte. Ich war nicht einmal angezogen! Dennoch kletterte ich aus dem Bett, tappte zum Fenster und riss es auf.

Ich lehnte mich hinaus, sah hinunter und erspähte Henry nahe den Rosensträuchern unter meinem Fenster. »Ich muss mich noch anziehen«, rief ich im Flüsterton. »Nur einen Augenblick noch!«

»Mach schnell. Carson sagte, jetzt ist die perfekte Zeit!«

Ich hatte meine Kleidungsstücke schon unter das Kissen gestopft. Und nicht zum ersten Mal war ich dankbar, dass ich mir mit keiner meiner Schwestern ein Zimmer teilen musste. Blitzschnell zog ich mein Kleid, ein Paar meiner dicksten Strümpfe und meine Stiefeletten an. Mit den Schnürbändern tat ich mich im Dunkeln schwer, wollte aber keinesfalls riskieren, eine Kerze anzuzünden und ertappt zu werden. In Rekordzeit war ich fertig. Henry schritt unter dem Fenster ungeduldig auf und ab, und als ich auf halbem Wege unten war, rief er leise: »Spring einfach, ich fange dich auf.«

»Ich schaff das schon«, zischte ich und tastete mit den Füßen nach Halt im Spalier. Wie unbeholfen ich mich fühlte! Nachdem ich mich mühsam ein Stück hinunterbewegt hatte, spürte ich, wie Henry mein Fußgelenk umfasste.

»Ich habe dich«, sagte er, und mit dem Wissen, dass er mich notfalls auffangen konnte, kletterte ich eilig weiter hinunter, bis er mich an der Taille packte, mich von der Mauer wegzog und auf den Boden stellte. Ohne mir eine Verschnaufpause zu gönnen, packte er mich an der Hand und rannte mit mir in Richtung Wald davon.

Schnell warf ich einen Blick zum Haus zurück, ob dort nun irgendwo ein Licht brannte, weil man mich gehört hatte und ich nun gleich entdeckt würde. Doch die Fenster blieben dunkel, und der Vollmond erhellte unseren Weg. Grinsend drehte ich mich wieder zum Wald, zur Lichtung der Vögel.

Carson war ein alter Mann. So alt wie das Land, kam es mir vor. Er wartete auf der Lichtung auf uns, und als wir durch die letzten Bäume brachen, völlig außer Atem und lachend angesichts des aufregenden Abenteuers, brachte er uns wie unartige Kinder zum Schweigen.

Ich kannte ihn schon so lange, wie ich alle Dienstboten im Dela-

field Manor kannte. Für mich war es wie ein zweites Zuhause, und seine Bewohner waren mir wie eine zweite Familie. Carson, ein ausgesprochen wortkarger Mann, tippte sich immer an den Hut, wenn er mich sah, und hatte stets ein schüchternes Lächeln für mich übrig.

Ich trat an seine Seite. »Danke, dass Sie das für mich tun.«

Er quittierte meine Worte mit einem knappen Nicken.

»Hoffentlich setzt Ihnen heute Morgen Ihre Arthritis nicht so zu?«, fuhr ich fort.

»Nein, Miss Katherine«, versetzte er ruppig.

Henry gesellte sich zu uns, und als ich die von ihm ausgehende Wärme spürte, konnte mir die kühle Morgenluft nichts mehr anhaben. »Haben Sie schon welche gehört, Carson?«

»Wie soll man bitte was hören können, wenn ihr zwei die ganze Zeit herumplappert?«, murmelte er.

Ich hielt mir die Hand vor den Mund, um ein Lachen zu ersticken, und spürte auch, wie Henrys Schultern stumm bebten.

»Hier entlang.« Carson wies mit dem Kopf auf das Waldstück jenseits der Lichtung – die Delafield-Seite. Wir schlichen langsam zwischen den Bäumen hindurch, und als Carson schließlich stehen blieb, ging die Nacht schon allmählich in den Morgen über. Überall um uns herum wurde es lichter, und als wir uns in einer Buschgruppe niederließen, war der Boden ganz nass vom Tau. Ich saß dicht zwischen Henry und Carson und ließ sie mich wärmen, während die Nässe des Grases allmählich durch beide Lagen meiner Röcke drang. Carson hob einen Finger, warnte uns mit einem Blick, den Mund zu halten, und hielt sich die Hand dann trichterförmig ans Ohr.

Henry schenkte mir ein aufgeregtes Lächeln voller Vorfreude. Ich knetete heftig meine Hände und spitzte die Ohren. Wir befanden uns unweit vom Rand der Lichtung, von wo aus wir sowohl die Vögel im Wald als auch die auf der Lichtung sehen konnten. Carson zufolge hatten wir hier die größten Chancen, eine Waldlerche zu hören.

Leise erhoben sich erste Vogelgesänge, doch je heller es wurde und je mehr Vögel aus ihren Schlafstellen auftauchten, um nach Futter zu suchen, umso lauter erschallte es ringsum. Wann immer ein neues Lied erklang, flüsterte Carson »Amsel«, »Schwalbe« oder »Drossel«. Und noch immer warteten wir, bis der Himmel golden, pfirsichfarben und schließlich hellblau war, und ich hielt den Atem an und hoffte. Hoffte, mehr als alles andere, auf eine Waldlerche.

Und dann ein neuer Klang, und ich spürte, wie Carson neben mir aufhorchte. Mit großen Augen sah ich zu Henry, während sich die Luft mit einem hohen, tief bewegenden Lied erfüllte. Eine durchdringende, abfallende Tonspirale, die melancholisch ausklang, bevor sie wieder und wieder begann.

»Da ist sie«, raunte Carson. »Die Waldlerche.«

Ich schloss die Augen, atmete tief ein und ließ den Vogelgesang meine Seele mit Melancholie, Herzschmerz und Schönheit erfüllen. Und als er endete, drückte ich eine Hand an meine Brust und vergewisserte mich, dass mein Herz noch immer ganz war. Erst dann schlug ich die Augen wieder auf und musste Tränen wegblinzeln. Ich drehte mich zu Henry, um mich zu vergewissern, dass er es auch gehört hatte.

Er beobachtete mich, und sein Atem strich über meinen Nacken. Ich schauderte, als er mir ins Ohr flüsterte: »Was hältst du von dem Vogelgesang?«

Ich spürte, wie mir mein Herz überging. »Das war …« Ich schüttelte den Kopf. »Das war das Schönste und Betörendste, was ich je gehört habe.«

Sein Blick wanderte über mein Gesicht, seine Augen wirkten wie ein Spiegel meines Herzens, auch bei ihm schienen die Gefühle überzufließen. »Ja«, sagte er leise, nur für meine Ohren bestimmt. »Betörend schön.« Er hob die Hand und strich sanft die Strähne weg, die mir über die Augen gefallen war, und das mit einer Vertrautheit, die mich beinahe erschreckte. »Genau das dachte ich mir auch gerade.«

Mein Herz pochte viel zu schnell, und für einen kurzen Moment verschlug es mir den Atem. Die Sonne goss Gold in die Luft, Henrys Haar war noch vom Schlaf zerzaust, auf seinen Wangen zeigten sich noch immer einige Sommersprossen, und seine dunkelgrauen Augen sahen mich unerwartet intensiv an. Mein Blick wanderte weiter zu seinen Bartstoppeln, zum feinen Bogen seines Mundes und zu seinen breiten Schultern – und in diesem Moment begriff ich, dass dem Gesicht vor mir genauso viel bewegende Schönheit innewohnte wie dem gerade vernommenen Vogellied.

Von einem Augenblick zum nächsten veränderte sich alles. Ich verspürte mehr als nur dieses Dahinschmelzen, das ich zuvor schon in Henrys Nähe empfunden hatte. Da war eine jähe Flamme, die mich unverzüglich verzehrte. Mein Gesicht brannte, und ich wandte den Blick von ihm ab, allerdings bekam ich gerade noch mit, wie Henry die Lippen zu einem kleinen Lächeln verzog. Ich stellte fest, dass Carson mich abwartend ansah.

»Nun, Miss Katherine?«

Ich räusperte mich. »Es war wunderschön. Vielen Dank!« Ich rappelte mich auf. Meine Beine waren taub geworden, und ich taumelte ein wenig, bis Henry neben mich trat und mich am Ellbogen fasste. »Stampf mit den Füßen auf. Das hilft.«

Verlegen senkte ich den Blick, als müsste ich mich ganz und gar auf meine kribbelnden Füße konzentrieren.

»Ich sollte mich lieber auf den Heimweg machen«, sagte ich. »Bevor man mich vermisst.«

»Ich begleite dich«, erklärte Henry, doch ich wich ihm aus und schenkte ihm ein strahlendes Lächeln, das von meinem pochenden Herzen und meinen zitternden Beinen ablenken sollte.

»Nein!« Das Wort entfuhr mir schärfer als beabsichtigt. Ich hatte das Gefühl, als stünde ich etwas neben mir. Oder genau genommen,

als stünde ich völlig neben mir. Mein Herz stand in Flammen, und ich hatte schreckliche Angst, man könnte es mir ansehen. »Nein danke. Ich komme schon zurecht. Nochmals vielen Dank, Carson. Danke, Henry.«

Dann eilte ich fort, so schnell mich meine zitternden Beine trugen, doch nach Hause lief ich nicht. Ich versteckte mich hinter einem Baum unweit unseres Gartens, drückte eine Hand auf meine Brust und fragte mich, was mit meinem Herzen geschehen war.

25. Kapitel

Miss St. Claire hielt ihr Versprechen, und nachdem der Himmel an diesem Nachmittag aufgeklart war, suchte sie nach mir, um mir zu sagen, dass wir zu dritt eine Wanderung nach Robin Hood's Bay unternehmen würden. Als ich sie und Sylvia in der Eingangshalle traf, hatte Miss St. Claire einen Essenskorb dabei. »Für die Armen«, erklärte sie mir und deutete mit einer anmutigen Geste darauf. »Es ist die Pflicht einer jeden Lady, die mit einer Position wie der meinigen gesegnet ist, an die weniger vom Schicksal Begünstigten zu denken.«

»In der Tat«, murmelte ich.

Auf dem Weg hügelabwärts zum Ort fiel mir beim Anblick von Miss St. Claire, die mit einem sonnigen Lächeln im Gesicht ihren Korb trug, auf, wie perfekt sie für ihre Position im Leben geeignet war. Ich konnte verstehen, warum Mrs Delafield sie für Henry ausgesucht hatte. Als Herrin von Blackmoore konnte ich sie mir mühelos vorstellen. Ihr ganzes Leben hatte sie sich darauf vorbereitet, ihren rechtmäßigen Platz an Henrys Seite einzunehmen. Und sie würde ihn stolz machen, das stand außer Zweifel. Sie würde sittsam und bezaubernd und großzügig und in jedweder Hinsicht absolut vorhersehbar sein. Aus all diesen Gründen verabscheute ich sie von ganzem Herzen.

Die mit Kopfstein gepflasterte Straße, die in den Ort führte, war steil und folgte dem Verlauf einer Schlucht zum Meer hin. Die Cottages mit ihren roten Dächern purzelten mal in diesem, mal in jenem Winkel den Hang hinab und klammerten sich hartnäckig an Land, das ebenfalls darauf erpicht schien, ins Meer zu kullern. Zweifellos verdienten die Fischer mit ihren rissigen Händen und ihren verwitterten Gesichtern, die so aussahen, als hätte der Wind höchstpersönlich die Falten in sie hineingegraben, ihren Lebensunterhalt mit harter Arbeit. Ich bewunderte diese Familien, die, um zu überleben, den Kampf mit dem Meer aufnahmen, das sie samt ihren Häusern verschlingen wollte.

Miss St. Claire kam näher zu mir, sodass ihr Korb nun immer wieder gegen mich stieß.

»Ein solch malerischer Ort sollte allerdings nicht so stark nach Fisch riechen!« Sie drückte sich eine behandschuhte Hand an die Nase und sah zu Boden. Das Kopfsteinpflaster war nass und der Fischgeruch sehr ausgeprägt. Doch was hatte sie von einem Fischerdorf erwartet?

»Man könnte meinen, dass diese Fischerfrauen ihre Straßen ein wenig sauberer halten.« Sie ging an einer Frau vorbei, die gerade ihre Wäsche auf eine Leine hängte. Ich sah den finsteren Blick, den die Frau Miss St. Claire zuwarf, doch die Elfenkönigin schien ihn nicht zu bemerken. »Ich glaube, ich werde ihnen etwas Gutes tun. Vielleicht werde ich ihnen beibringen, wie sie ihre Straßen und Häuser sauber halten, damit es hier nicht mehr ganz so übel riecht.« Sie fächelte sich mit der Hand Luft zu. »Gott sei Dank riecht es in Blackmoore nicht so!«

Als würde sie sich plötzlich an ihren Korb erinnern, blieb sie stehen, zog ein Bündel Essen hervor und hielt es der Frau mit der Wäsche hin.

Diese wischte sich die nassen Hände an der Schürze ab und nahm Miss St. Claire das Essensbündel mit noch immer misstrauischer Miene ab.

»Hier ist etwas zu essen, freundlicherweise zur Verfügung gestellt von Mr Henry Delafield von Blackmoore.«

Die Frau knickste kurz, murmelte ein schroffes »Danke!« und gab das Essen einem Kind an ihrer Seite. Dann machte sie sich wieder ans Wäscheaufhängen, und Miss St. Claire wandte ihr sonniges Lächeln der Straße und den Menschen vor ihr zu.

»Haben Sie das gesehen, Miss Worthington?« Ihr Lächeln wurde breiter, und ihre Augen leuchteten vor Herzensgüte. »Haben Sie ihr Gesicht gesehen? Was für eine Freude, anderen zu helfen! Die Gesichter dieser Menschen sind mir Lohn genug. Es ist die Motivation für alles, was ich tue. Und Henry wird sich so darüber freuen, dass ich bereits jetzt meine Pflichten erfülle, Sylvia, nicht wahr?«

Sylvia murmelte eine Erwiderung. Ihrer erschöpften Miene nach zu urteilen, suchte sie nach dem anstrengenden Marsch nur nach einem Platz zum Ausruhen.

»Oh, ist das eine Bäckerei? Wie idyllisch! Ich erinnere mich gar nicht, hier schon mal eine gesehen zu haben. Kommt, lasst uns dort etwas kaufen. Vielleicht riecht es dort drinnen ja ein wenig besser.« Miss St. Claire suchte sich sorgfältig ihren Weg über das Kopfsteinpflaster zu dem kleinen schmalen Steingebäude mit dem Brot im Schaufenster, und Sylvia folgte ihr.

Die beiden hielten zweimal an, da Miss St. Claire einem vorbeikommenden Dorfbewohner ein Essensbündel überreichen wollte. Ich blieb zurück und versuchte mir einzureden, Miss St. Claire zu mögen. Sie war der Inbegriff der Großzügigkeit, und dennoch regte mich alles, was sie sagte oder tat, über die Maßen auf.

»Na komm! Mutter hat gesagt, wir sollen uns beeilen!« Die Kinderstimme lenkte meine Aufmerksamkeit auf zwei kleine Mädchen, die an mir vorbeigingen. Eines musste ungefähr sieben sein, also in Olivers Alter. Es hielt den Arm eines kleineren Mädchens fest, das sich weinend losreißen wollte. Das ältere Mädchen zog, und das jüngere rutschte auf dem nassen Kopfsteinpflaster aus, stürzte und schlug mit dem Kopf auf.

Rasch ging ich neben ihm in die Hocke. »Oje. Komm, ich helfe dir.« Ich griff nach dem kleinen Mädchen, das nicht älter als vier sein mochte. Ihre schmutzigen Wangen waren tränenüberströmt, und das lange, braune Haar fiel ihr in die Augen. Ihre Lippen bebten, und als ich sie aufhob und wieder auf die Füße stellte, sah sie mich mit großen braunen Augen an.

»Mary! Was hast du dir dabei gedacht, so hinzufallen?« Die ältere Schwester marschierte zu ihr, doch ein Blick von mir reichte, dass sie wieder einen Schritt zurücktrat. »Es tut mir leid, Miss!« Sie machte einen unbeholfenen kleinen Knicks. »Ich hoffe, meine Schwester hat Sie nicht belästigt.«

»Nein, kein bisschen.« Ich lächelte sie beruhigend an, bevor ich mich wieder Mary zuwandte. »Jetzt lass uns doch mal sehen, ob du dir wehgetan hast, ja?«

Sie nickte und hielt dann still, während ich mit der Hand behutsam über ihren Kopf fuhr und bei einer Beule am Hinterkopf innehielt.

»O ja. Du hast eine Beule. Aber bluten tut nichts. Ich glaube, bald ist alles wieder gut.«

In ihren Augen standen noch immer Tränen, und ihre Unterlippe zitterte überaus charmant. »Bitte, Miss, kann ich was Süßes haben?«

»Mary!« Das ältere Mädchen riss fest an den Haaren der Jüngeren.

»Oh, nein, tu das nicht!« Ich glättete Marys Haar. »Sie hat nichts Unrechtes getan, Ehrenwort. Ich habe gerade nichts Süßes dabei, aber ich werde etwas kaufen und es euch dann vorbeibringen. Na, wie klingt das?«

Mary schluchzte hicksend. »J-ja, bitte.«

Ich lächelte das ältere Mädchen an. »Und wie heißt du?«

»Katherine, Miss.«

Mein Lächeln wurde breiter. »Ach, genau wie ich! Nun, Katherine, du benimmst dich wie ein pflichtbewusstes kleines Mädchen, das sehe ich, und versuchst, deine Schwester dorthin zu lotsen, wo eure Mutter euch haben will. Daher werde ich dir auch etwas Süßes mitbringen.«

Sie lächelte und zeigte dabei dasselbe zahnlose Lächeln, das auch Oliver hatte. Plötzlich vermisste ich ihn schmerzlich. Ich musste an mich halten, damit ich diese beiden kleinen Mädchen nicht in die Arme nahm und drückte. Stattdessen richtete ich mich wieder auf. »Wie finde ich euch denn, um euch das Süßzeug zu geben?«

Katherine wandte sich um und wies hinter uns. »Das ist unser Haus – das blaue da!«

Ich versprach, in Kürze zurückzukehren, und als ich mich anschickte, Sylvia und Miss St. Claire in die Bäckerei zu folgen, sah ich, dass mehrere Dorfbewohner beobachteten, wie ich mich entfernte.

»Wo warst du?«, wollte Sylvia wissen, als ich in der Bäckerei zu ihr stieß. Miss St. Claire verspeiste gerade anmutig ein warmes Gebäckstück.

»Ach, ich war nicht weit weg.« Ich zog mein Retikül aus der Tasche und kaufte vier Penny-Buns, zwei Scones und eine Handvoll Malzbonbons.

Sylvia sah mich mit großen Augen an. »Hast du nichts gefrühstückt?«

»Nicht viel.«

Ich nahm meine Einkäufe und warf noch einen Blick auf die knabbernde Miss St. Claire. »Ich muss noch etwas erledigen. Wir sehen uns später in Blackmoore.«

»Was? Du kannst doch nicht allein …«

Ich drehte mich um und sah zu Sylvia, meiner ehedem besten Freundin. Wie groß würde die Kluft zwischen uns wohl noch werden? Traurig, wie weit wir uns auseinanderbewegt hatten.

»Sorgst du dich um meine Sicherheit oder um meinen Ruf?«

Sie trat zu mir und flüsterte mit verengten Augen: »Um deinen Ruf, natürlich!«

Ich seufzte. »Ach, Sylvia, der spielt doch keine Rolle. Bald breche ich ohnehin nach Indien auf. Mein Rückweg nach Blackmoore ganz ohne Begleitung ist gar nicht von Bedeutung.«

—

Das blaue Haus war leicht zu finden. Doch sobald ich an die Tür geklopft hatte, fragte ich mich, was ich eigentlich sagen sollte, falls die Mädchen nicht zu Hause waren. Ein junger Mann öffnete die Tür und sah mich mit großen Augen an.

»Guten Tag. Sind Mary und Katherine daheim?«

Er nickte nervös. »Was haben sie angestellt?«

»Oh, nichts! Ich habe ihnen … etwas gekauft.«

Die Mädchen kamen angelaufen. Sie lächelten erwartungsvoll, und ihre Gesichter strahlten. Ich reichte ihnen meinen Einkauf aus der Bäckerei. »Teilt schön mit euren anderen Geschwistern, ja?«

»Oh, ja. Vielen Dank, Miss!« Katherine bemühte sich, einen weiteren Knicks zu machen, während sie sich das Päckchen an die Brust drückte.

Mary, aus deren Gesicht die Tränen inzwischen weggewischt worden waren, richtete ihre braunen Augen auf mich. »Ja, vielen Dank!«

Ich verabschiedete mich und ging. Kurz ging mir durch den Sinn, ob es wirklich so eine gute Idee war, allein zurück nach Blackmoore zu marschieren. Doch just in diesem Augenblick hörte ich jemanden nach mir rufen. »Miss Worthington! Was tun Sie denn hier?«

Beim Anblick von Mrs Pettigrew, meiner Reisebegleiterin, musste ich lächeln. »Ich habe gerade nach jemandem Ausschau gehalten, der mich auf meinem Weg zurück nach Blackmoore begleitet. Sie wollen nicht zufällig in diese Richtung, Mrs Pettigrew?«

»Doch, das hatte ich in der Tat vor.«

Sie stapfte hügelaufwärts neben mir her, und ich dachte darüber nach, ob meine Entscheidung, Sylvia einfach so stehen zu lassen, richtig gewesen war. Wie viel von unserer Entfremdung mochte meinen Entscheidungen vor zwei Jahren geschuldet sein? Während ich den Hügel erklomm und das Heidemoor durchquerte, dachte ich an jenen Tag vor zwei Jahren zurück – an den Tag, an dem Mr Delafield gestorben war, und an die Entscheidung, die ich getroffen hatte. Und ich fragte mich, ob nicht alles, was momentan geschah, auf jenen Augenblick und jene Entscheidung zurückzuführen war.

26. Kapitel

Zwei Jahre zuvor

Ich rannte durch den Wald, der unsere Elternhäuser trennte. Regen fiel in dicken Tropfen auf meine Schultern. Ich hatte meine Haube und meinen Umhang vergessen. Blätter bedeckten den Boden sowie eine nasse, dicke Schicht aus herabgefallenem Laub, die das Geräusch meiner schnellen Schritte dämpften. Der Himmel war dunkel, die Blätter zeigten sich in verschiedenen Brauntönen, und vor mir stand ein großer, uralter Ahornbaum. Er befand sich auf halbem Wege zwischen meinem Elternhaus und dem der Delafields. Seine niedrigsten Äste begannen gleich über meinem Kopf, und er war so hochgewachsen und ausladend, dass er einen Baldachin schuf, der als Schutz vor dem Regen diente. Henry lehnte an seinem Stamm.

Atemlos blieb ich stehen und starrte ihn an. Er hielt den Kopf gesenkt, und seine Haare waren tropfnass. Die Arme hatte er fest vor der Brust verschränkt, als würde er versuchen, Dinge zusammenzuhalten, die in ihm zerbrochen waren. Bei genauerem Hinsehen merkte ich, dass seine Schultern bebten. Bestimmt war dieser Anblick nicht für meine Augen gedacht, und ich fühlte mich, als wäre ich eine Diebin, die etwas stahl, das eigentlich nicht mir gehörte.

Ich schloss die Augen, atmete tief durch und versuchte zu ver-

gessen, was ich gerade gesehen hatte, versuchte, den Mut zu fassen, das Richtige zu tun – zu verschwinden und Henry niemals wissen zu lassen, dass ich ihn so erlebt hatte. Doch ein Geräusch erreichte meine Ohren und übertönte den fallenden Regen und das Platschen der Tropfen auf das herabgefallene Laub. Ein leises, gedämpftes Schluchzen.

Natürlich wusste ich Bescheid. Seit frühmorgens schon, als unser Dienstbote uns über Mr Delafields Ableben in Kenntnis gesetzt hatte. Er hatte nur wenige Tage auf dem Siechbett verbracht, und so rüstig und voller Lebenskraft, wie er gewesen war, kam sein Tod gänzlich unerwartet. Meine Gedanken hatten jedoch nur um Sylvia und ihren Kummer gekreist. Henry kam mir erst in den Sinn, als ich ihn dort an diesem Baumstamm lehnen sah, als wäre er zu schwach, um sein eigenes Gewicht oder das seiner Trauer tragen zu können.

Ich traf eine Entscheidung. Ich schlug die Augen auf und ging auf ihn zu, auf trockenem Grund, wo die Blätter nicht feucht waren und meine Schritte deutlich zu hören waren. Er hob den Kopf und riss die Augen auf. Der Anblick dieser Augen würde mich, das wusste ich, mein Leben lang verfolgen. Eine solche Trauer, eine solche Leere, solch quälende Verzweiflung hatte ich in Henrys Augen noch nie zuvor gesehen. Als er mich ansah, verspürte ich einen Schlag gegen den Brustkorb – als hätte seine starke Trauer mir einen Stoß versetzt und ich könnte mich weder rühren noch bekäme ich Luft. In diesem Augenblick des Schmerzes und der Verletzlichkeit war Henry, dieser Junge, den ich schon seit meiner Kindheit kannte, so viel mehr als der Junge, den ich schon seit meiner Kindheit kannte.

Ich wusste, ich hätte nicht dort sein sollen, und einen Moment lang fürchtete ich, er würde mich dafür hassen, dass ich ihn so sah. Doch dann bewegte er sich mit schnellen Schritten auf mich zu, und ich ließ alle Bedenken fahren und ging ihm entgegen. Er streckte die Hände nach mir aus, zog mich in seine Arme und hielt mich ganz fest. Der Geruch nassen Laubs haftete ihm an. Sein Haar war nass, da, wo es meine Wange berührte. Er vergrub das Gesicht an meiner Schulter.

»Es tut mir leid«, flüsterte ich und schlang die Arme um ihn. Und dann bebten seine Schultern wieder.

Wie lange wir so verharrten? Ich weiß es nicht. Mein Gesicht war nass von meinen Tränen und seinen, desgleichen die Stelle an meiner Schulter, wo er beim Weinen sein Gesicht vergraben hatte. Als er den Griff um mich lockerte und sich von mir löste, war das Tageslicht der Abenddämmerung gewichen. Er atmete tief durch und schaute dabei auf den Laubteppich hinab. Und dann richtete er seine Augen auf mich. Sie waren gerötet, aber ruhig, und er schaute mich an, als wäre ich eine gänzlich neue Person. In diesem Augenblick war ich mir sicher, dass es stimmte. Ich war eine neue Person, denn ich kannte Henry schon seit fünfzehn Jahren, mein ganzes Leben lang also, und doch hatte ich ihn bis zu diesem Tag nie wirklich gekannt.

Ich fühlte mich in diesem Moment unerklärlich schüchtern, bis Henry den Kopf neigte und mir in die Augen blickte. Er lächelte. Es war kein großes Lächeln, aber zumindest ein friedvolles. Mir kam es wie ein Geschenk vor. Und dann legte er, zu meiner großen Überraschung, eine Hand auf meine Wange. Seine Hand war kalt und meine Wange feucht. Er senkte den Kopf und drückte seine Lippen auf meine Stirn. »Danke«, flüsterte er, und sein Atem streifte so leicht meine Haut, wie es seine Lippen getan hatten.

Ich fühlte mich so in der Erde verwurzelt wie der uralte Ahornbaum, unter dem wir standen. Und ich verspürte etwas tief in mir – entstanden in seinen Armen, hervorgerufen durch seinen Blick und dieses kleine, warme Lächeln, mit dem er mich wie mit einem Geschenk bedacht hatte.

»Gern geschehen«, flüsterte ich, von Ehrfurcht überwältigt.

Dann nahm er seine Hand von meiner Wange und streifte dabei mit seiner Daumenkuppe mein Kinn. Er trat einen Schritt zurück. »Ich begleite dich nach Hause. Es ist ja schon fast dunkel.«

Ich nickte, und wir legten den Weg in einvernehmlichem, vertrautem Schweigen zurück. Die Stille fühlte sich zu bedeutsam an, als dass man sie hätte brechen dürfen. Als ob alles, was man hätte sagen können, die Dinge trivialisiert hätte, die wortlos zwischen uns ausgetauscht worden waren.

Zu bald schon erspähte ich unser Haus, sah Kerzenschein durch seine Fenster schimmern. Am Rand der Rasenfläche blieb ich stehen, und Henry tat es ebenfalls. Mir ging auf, dass ich mein eigentliches Vorhaben – Sylvia zu besuchen – völlig vergessen hatte. Ich hatte sie trösten und ihr Kraft geben wollen, wenn es mir möglich war. Doch nachholen ließ sich das jetzt nicht mehr. Was ich hatte, das hatte ich Henry gegeben.

Ohne nachzudenken streckte ich die Hand nach ihm aus, und er ergriff sie wie selbstverständlich. »Richte Sylvia … richte Sylvia aus, dass ich sie morgen besuchen komme.«

»Das mache ich«, sagte er und hielt meine Hand fest, wie er mich zuvor in den Armen gehalten hatte – als würde er mich brauchen. Als würde er mich wollen.

Mit einem Mal war meine Kehle so trocken, dass ich nicht mehr sprechen konnte, folglich nickte ich nur und entzog ihm vorsichtig meine Hand. Ich wandte mich um, rannte schnell zum Haus und war mir gewiss, dass sein Blick mir dabei den ganzen Weg folgte.

27. Kapitel

Noch nie hatte sich ein Abend so lang hingezogen wie dieser, während ich darauf wartete, dass es wieder Mitternacht wurde und ich mit Henry einen weiteren Ausflug auf den Turm machen konnte.

»Wo warst du heute?«, erkundigte er sich, als wir uns endlich wieder oben befanden.

Diesen Ort liebte ich sogar noch mehr als das Vogelzimmer. Ich liebte es, so weit oben zu sein, die Baumwipfel zu sehen und das endlose Meer im Mondlicht, und ich liebte es, die eindringlichen Schreie der Saatkrähen im Turm nebenan zu hören.

»Ich bin mit Sylvia und Miss St. Claire nach Robin Hood's Bay spaziert.« Beim Aussprechen ihres Namens schlich sich eine unbeabsichtigte Bitterkeit in meine Stimme.

»Aber du bist nicht mit ihnen heimgekehrt«, sagte er und ließ den Satz wie eine Frage klingen.

»Nein, ich … hatte noch etwas zu tun. Aber wie du siehst, bin ich wohlbehalten zurückgekehrt.«

Er sah mich nur an, ohne einen Kommentar, doch ich spürte, dass es Dinge gab, die er mir sagen wollte.

»Wirst du mir jetzt eine Predigt über Schicklichkeit halten?« Ich zog eine Augenbraue nach oben.

Er schüttelte den Kopf. »Nein. Ich wollte gerade sagen, dass ich dich gern begleitet hätte. Schließlich will ich dir Robin Hood's Bay schon so lange zeigen.«

Das war mir überhaupt nicht in den Sinn gekommen. »Oh, das tut mir leid.«

Er zuckte die Achseln. »Nicht so wichtig.«

Heute Abend wirkte er reserviert, wütend irgendwie, tief im Innersten. Aber was auch immer ihn grämte, ich wusste nicht, wie ich es in Ordnung bringen sollte.

»Lass uns weitermachen, ja?«, sagte ich daher. »Wenn du magst, kannst du heute Abend zuerst nach einem Geheimnis fragen.«

Er verschränkte die Arme vor der Brust und baute sich vor mir auf wie vor einem Gegner. »Ich hätte gern gewusst, warum du so gegen die Ehe bist.«

Ich holte tief Luft. Diese Frage hatte er mir schon häufig gestellt, und ich hatte mich stets geweigert, sie zu beantworten. Doch nun war ich dazu verpflichtet, und es machte mir Angst, in diesem Punkt ehrlich sein zu müssen. Mein Kinn bebte. Ich wandte den Blick ab und forschte nach irgendetwas in mir, das mir Mut geben würde. Mir fiel Indien ein. Es ging um geöffnete Käfige und Freiheit. Es ging um ein weit entferntes Land, wo ich von Henrys und Miss St. Claires Ehe niemals etwas mitbekommen würde. Ich nahm all meinen Mut zusammen und verwandelte meine Nervosität in Wut und Härte. Ich dachte an meine Mutter und meinen Vater, ich dachte an Eleanor und ihren Gatten James. Und ich sagte: »Ehe bedeutet Knechtschaft und Kummer.«

»Knechtschaft und Kummer?« Überrascht schüttelte er den Kopf. »Ich sehe die Ehe ganz anders. Als eine Gemeinschaft verwandter Seelen. Als eine Beziehung, die bindet, ja, und genau darin liegt ihre Stärke. Ein Leben mit der liebsten Freundin und besten Kameradin. So kann das aussehen. Daran glaube ich.«

Aus einem unerklärlichen Grund machte mich seine Naivität wütend. »Ist das die Art von Ehe, die du mit Miss St. Claire erwartest?«

Als hätte ich ihm eine Ohrfeige versetzt, riss Henry den Kopf hoch. Zweimal atmete er tief durch, ehe er antwortete.

»Wir sprechen nicht von meiner Zukunft. Wir denken über deine nach.«

»Das ist eine durch und durch unbefriedigende Antwort, Henry Delafield!«

Er schmunzelte. »Immer wenn du dich aufregst, sprichst du mich mit meinem vollen Namen an. Wie meine Mutter!«

Ich bedachte ihn mit einem finsteren Blick. »Und wenn du nicht offen über etwas reden möchtest, wechselst du das Thema!« Ohne nachzudenken, packte ich ihn an seinem Hemd und zog ihn hinunter, sodass wir uns auf gleicher Augenhöhe befanden. In seinen Augen entdeckte ich nichts als Überraschung und Belustigung. »Warum sollte ich die Einzige sein, die sich verletzlich macht? Du hast dich nach meinen Geheimnissen erkundigt. Nun solltest du auch etwas preisgeben. Das ist nur fair.«

Henry legte seine Hände rechts und links von mir auf die niedrige Mauer, sodass ich gefangen war. Und obwohl ich sein Hemd rasch wieder losgelassen hatte (was hatte ich mir nur dabei gedacht?), lehnte er sich weiterhin zu mir herunter, war mir so nahe, dass mir auffiel, wie seine belustigte Miene einer innigen wich. »Was soll ich denn preisgeben?«

»Etwas Ehrliches. Etwas, das du noch nie jemand anderem weitererzählt hast. Ein Geheimnis.« Ich hielt inne und fügte dann hinzu: »Etwas über Miss St. Claire.«

Er schüttelte den Kopf. »Die bleibt außen vor. Hier geht es um dich und mich.«

Wie gemein! Nie sprach er über Miss St. Claire! Bis zu meinem Besuch hatte ich sämtliche Informationen über sie von Sylvia erhalten. All die Jahre hindurch war Henry durchweg zugeknöpft gewesen, was seine Auserkorene anging, und ich brannte vor Eifersucht. Ich fand es schrecklich, dass er ein Geheimnis besaß, das ich ihm nicht entlocken konnte. Und dass er jedes Jahr einen Monat hier mit ihr verbrachte, während mir nie gestattet worden war dazuzugehören. Und ich wusste aus Erfahrung, dass die Geheimnisse, über die man sich nie gegenüber jemandem ausließ, die bestgehüteten waren.

Ich widerstand dem Drang, ihn wegzustoßen, und verschränkte die Arme vor der Brust, um den Impuls im Zaum zu halten. »Nie sprichst du von ihr. Nach allem, was ich dir erzählt habe, finde ich es abscheulich von dir, dass du mir etwas vorenthältst!«

»Ich werde dir ja ein Geheimnis offenbaren. Nur wird es dabei nicht um Juliet gehen.«

Juliet. Er hatte sie beim Vornamen genannt, als gäbe es schon eine Vereinbarung zwischen ihnen. Als hätte er schon um ihre Hand angehalten. Als wären sie einander schon versprochen.

»Übrigens hasse ich diesen Namen«, murmelte ich.

Henry lächelte, als würde ihn mein Hass auf ihren Namen ausgesprochen amüsieren. »Ach ja? Wie kommt's?«

»Er klingt anmaßend.«

»Hm.« Henry nickte. »Anmaßend.«

»Ja! Als hätte sie etwas Klassisches an sich. Als könnte sie die Hauptrolle in einer Shakespeare-Tragödie spielen. Das ist ganz und gar anmaßend. Haben ihre Eltern denn gar nicht daran gedacht, dass sie damit schon Enttäuschung auslösen könnten? Denn genau die habe ich empfunden, als ich ihr zum ersten

Mal begegnet bin – Enttäuschung, dass sie so überaus nichtssagend ist.«

Ich erkannte, dass ich zu weit gegangen war, und hielt inne. Henrys Augen verengten sich. Ich sprach von seiner Zukünftigen. Seiner Verlobten vielleicht gar. Was ich gesagt hatte, hätte ich nicht sagen sollen.

»Nichtssagend? Oh, ich verstehe. Du hast etwas gegen sie, weil sie nicht dickköpfig, eigensinnig und geradeheraus ist wie du. Ist es das?«

Ich kniff meine Lippen zusammen und verfluchte mein loses Mundwerk. Einen Rückzieher machte ich jedoch nicht. »Ja, das wird es sein.«

»Manche Männer ziehen ruhige Frauen vor«, meinte er leichthin.

»Du allerdings nicht.« Ich reckte das Kinn. »Oder?« Mein Stolz trieb mich zu der Frage, ob er mich missbilligte. Nie zuvor hatte ich in Betracht gezogen – hatte nicht einmal erwogen, dass er etwas an mir nicht billigen könnte. Doch nun wollte ich es wissen.

Schweigend betrachtete er mich einen Moment, ein schwaches Lächeln verweilte auf seinen Lippen, dann sagte er leise: »Ich glaube, du machst dir von Miss St. Claire ein falsches Bild. Sie ist intelligent und gebildet.«

Nachdem er sie derart gelobt hatte, konnte ich sie gleich noch weniger leiden. »Nun, wenn es das ist, was du bei einer Frau suchst, dann wirst du sehr glücklich mit deiner intelligenten und gebildeten Miss St. Claire werden.« Ich kam nicht umhin, murmelnd hinzuzusetzen: »Auch wenn sie nicht mal den Unterschied zwischen Phaethon und Ikarus kannte.«

Seine Mundwinkel zuckten.

»Was? Worüber grinst du?«

»Du bist eifersüchtig!«, stellte er lachend fest.

»Von wegen!«, höhnte ich.

Er lächelte, als hätten ihm all meine Worte eine große Freude bereitet. »Möchtest du jetzt mein Geheimnis erfahren oder nicht?«, fragte er leise.

Ich holte tief Luft. Er stand viel zu nahe. »Ja.«

Er verlagerte sein Gewicht, bewegte sich sogar noch näher auf mich zu, sodass ich mich aus dem Gleichgewicht gebracht fühlte, als hätte sich die Welt geneigt und ich würde stürzen, wenn ich mich nicht irgendwo festhielte. Mein Herzschlag ging schneller, meine Atemzüge ebenso. Ich spürte seine Arme rechts und links von mir, die mich entweder stützten oder gefangen hielten – ich konnte mich nicht entscheiden, was davon.

Ein langer Moment dehnte sich zwischen uns aus, und die Stille war zum Zerreißen gespannt. Er sah mich an, als erwöge er, mir eine ganze Heerschar an Geheimnissen anzuvertrauen, und meine Neugierde vermischte sich mit Furcht.

»Deine Augenbrauen«, sagte er schließlich.

Überrascht riss ich die Augen auf. »Meine Augenbrauen? Was ist mit ihnen?«

»Ich liebe sie«, behauptete er, als sei das eine Tatsache. Eine Wahrheit.

Wieder lachte ich, inzwischen atemlos, und schüttelte den Kopf. »Sie sind zu dunkel. Und zu dicht.«

»Ach was! Sie geben deinem Gesicht Charakter. Und sie haben so etwas ungemein … Graziöses an sich.« Er senkte die Stimme fast zu einem Flüstern: »Vielleicht liegt es an ihrer Bogenform. Sie sehen aus wie die Flügel eines Vogels auf der Flucht.«

Ich war außerordentlich verlegen und freute mich, dass man in der Dunkelheit nicht mitbekam, wie ich rot anlief. Wieder verlagerte Henry sein Gewicht und hob die Hand an mein Gesicht. Ich war völlig überrumpelt und verharrte vollkommen reglos, während mir das Herz bis zum Hals schlug. Henry berührte mein Gesicht so sanft und behutsam, wie er den Vogel im Käfig berührt hatte. Hauchzart streifte er mit den Fingerspitzen meine linke Augenbraue, fuhr ihren Bogen nach und folgte dem Weg seiner Finger mit dem Blick. Ich erbebte, und mein Herz raste. Ganz zart strich er mit der Rückseite seiner Finger über meine Wange, und doch hinterließen sie eine brennende Spur, bevor er seine Hand senkte.

»Ich kann mir keinen Vogel ansehen, ohne an dich zu denken«, sagte er. »Ich frage mich, was du mit deinen Flügeln anfangen wirst, wenn du sie erst einmal gefunden hast. Ich frage mich, wie weit fort sie dich tragen. Und ich fürchte sie, um meiner selbst willen, während ich gleichzeitig auf sie hoffe – dir zuliebe.«

Ich holte mühsam Luft, brachte aber kein Wort heraus. Noch nie hatte er mich so berührt. Hatte mich noch nie so angesehen. Und noch nie so mit mir gesprochen. Ich schob die Hand auf meine Kehle und befühlte meine glühende Wange, denn ich war mir gewiss, dass dort, wo er sie berührt hatte, irgendeine grundlegende Veränderung stattgefunden haben musste.

»So«, sagte er mit tiefer und heiserer Stimme und sah mir in die Augen. »Sind wir jetzt quitt? Habe ich mich für deinen Geschmack verletzlich genug gemacht?«

Ich hätte mich zu ihm lehnen und ihn küssen können. So nah war er mir. Mein Herz pochte heftig, und ich ertappte mich dabei, dass ich auf seinen Mund starrte. Ich drückte mich an die Mauer hinter mir, ermahnte mich, bloß nicht nach ihm zu greifen, mit meinen Lippen nicht seine zu suchen, mich nicht an ihm festzuklammern und ihm zu sagen, dass ich gar nicht von ihm fortfliegen wollte.

Wir waren verletzlich, wir beide, gefangen in diesem angespannten Augenblick der Geheimnisse und Halbwahrheiten –

und einander gleichzeitig so nah. Ein falscher Schritt, ein falsches Wort, und alles wäre dahin. Also nickte ich und sagte kein Wort, aus Angst, ich könnte damit zerstören, was wir zwischen uns auszubalancieren suchten – diese zerbrechliche, tiefe und entflammbare Freundschaft.

»Gut«, flüsterte Henry, richtete sich auf und trat einen Schritt zurück. In der jähen Kälte ohne die Wärme seiner Nähe erschauerte ich.

»Möchtest du hineingehen?«, fragte er, da er mein Frösteln bemerkt hatte.

»Nein, lass uns das hier zu Ende bringen.« Vor Verlegenheit bekam ich die Zähne kaum auseinander. »Du möchtest wissen, warum ich die Ehe ablehne.«

»Ehrlich gesagt habe ich es mir anders überlegt. Was ich wirklich wissen möchte, ist, warum du Angst vor der Liebe hast.«

Ich atmete scharf ein und versuchte zu lachen, vermochte es aber nicht. Diese Frage hätte Henry mir nicht stellen dürfen. Es hätte ihm nicht einmal *einfallen* dürfen, mir diese Frage zu stellen! Er verschränkte die Arme und lehnte sich an die Mauer, als würde er zur Not die ganze Nacht ausharren, um meine Antwort zu erfahren.

Schutz suchend verschränkte ich ebenfalls die Arme und holte tief Luft. »Mein Lieben ist ein Fieber …«

»Du möchtest Shakespeare zitieren?« Er schüttelte den Kopf. »Das kannst du besser!«

Ich funkelte ihn an und ballte die Hände zu Fäusten. Wut war viel weniger kompliziert als Angst. Und Verteidigung war viel sicherer als Verletzlichkeit. »Es stimmt doch. Liebe *ist* wie eine Krankheit. Sie verwüstet. Sie verstümmelt. Sie hinterlässt eine Schneise der Zerstörung. Ich bin so weise, den Gedanken daran zu meiden, genauso weise also, wie wenn ich eine Pest meiden würde. Es ist eine Schwäche des menschlichen Herzens, sich vorzustellen, dass etwas durch Leidenschaft Ausgelöstes von Dauer sein kann. Leidenschaft ist ein Feuer, das brennt und in seinem Windschatten nichts hinterlässt. Sie ist unlogisch und unvernünftig. Für Männer ist Liebe der Untergang und für Frauen die Falle. Sie ist ein Käfig: einmal drin, kommst du nicht mehr raus! Ich habe es immer wieder erlebt. Bei meiner Mutter. Bei meinem Vater. Bei Eleanor. Und nun bei Maria. Die Liebe ist eine Geißel für alles Zarte und Gute. Sie ist treubrüchig. Sie respektiert Menschen nicht. Sie erschafft Knechtschaft, Liebeskummer, Verrat, Groll …«

Unerwartet ging mir die Luft aus, und ich musste erst mal wieder zu Atem kommen. Ich drückte die Hand auf meine Brust, denn mein Herz schmerzte so heftig, dass ich keine Luft bekam.

»Das ist es, was ich von der Liebe mitbekommen habe. Deshalb möchte ich einen Bogen um sie machen«, fuhr ich fort. »Ich werde schlauer sein als meine Eltern, Schwestern und jeder sonst, der von einem flüchtigen Gefühl verleitet wurde und dafür den Rest seines Lebens leiden musste.«

Henry trat auf mich zu, bis ich im Mondlicht sein Gesicht sehen konnte. Es war voller Schmerz, Mitleid und Verleugnung. »Wovon du da sprichst, das ist keine Liebe. Du hast den Verfall einer Imitation der Liebe miterlebt. Deine Eltern haben nie geliebt. Deine Schwestern haben nie wahrhaft geliebt. Ich frage mich, ob sie dazu überhaupt imstande sind. Aber du, liebe Kate …« Er schüttelte den Kopf. »Du bist nicht wie sie.«

Aber was, wenn doch? Ich grübelte über die Frage nach, bis die Zweifel mich innerlich zerrissen, und dann sah ich zum dunklen Himmel empor und seufzte.

»Ich habe dir meine Antwort gegeben, Henry. Nun bist du an der Reihe.«

Ich sah nach oben zu den Sternen und wünschte mir, die Zeit zurückdrehen und mein Lauschen bei diesem Ball rückgängig machen zu können. Ich wünschte mir, ich könnte unsere Schicksale umgestalten und die Familien ändern, in die wir hineingeboren worden waren.

Darauf, dass Henry meine Hand berührte, war ich nicht vorbereitet. Es durchfuhr mich, und mein Blick flog zu seinem Gesicht. Er betrachtete mich mit einer Innigkeit, die mein Herz zum Schlingern brachte. Und er nahm meine Hand nicht einfach nur in seine. Nein, er ließ die Finger einer Liebkosung gleich über meinen Handrücken gleiten, umfasste damit mein Armgelenk, fuhr dann meine Handfläche hinauf und glitt zwischen meine Finger. Mein Herz hämmerte, während er unsere vereinten Hände hob, den Kopf neigte und einen Kuss auf meinen Handrücken drückte.

Im Rhythmus meines rasenden Herzens pulsierte die Panik in mir – und noch etwas anderes. Ein tiefes, bedächtiges Dahinschmelzen, das mich vollkommen schwach werden ließ.

»Kate«, flüsterte er und trat ganz nahe an mich heran, »du bist nicht wie deine Mutter. Du bist von völlig anderer Natur als deine Schwestern. Die Tiefen deiner Seele sind unergründlich. Du bist tapfer, loyal und wahrhaftig. Du hast solch ein gutes Herz.« Er drückte meine Hand nahe an sein Herz und bedeckte sie mit seiner anderen. »Es fürchtet sich nur. Doch ich würde mich so gut darum kümmern, Liebste, wenn du es mir gäbest.« Er neigte den Kopf und drückte seine Lippen auf meine Finger.

Ich war erfüllt von Feuer und Furcht und noch mehr Furcht in meinem Innern. Das Herz drohte mir aus der Brust zu springen. Meine Knie gaben nach, denn ich schmolz dahin. Ich zitterte am ganzen Körper, und meine Gedanken überschlugen sich.

»Vielen Dank, aber nein«, sagte ich mit bebender Stimme.

Ich spürte, wie er zusammenzuckte. Doch als ich die Augen aufschlug, hatte er das Gesicht von mir abgewandt, trat weg und ließ meine Hand los. Ich verschränkte die Arme und fühlte mich verwundet und schwach. Inzwischen hatte er mir den Rücken zugewandt, und ich konnte sehen, dass er den Kopf zurückgelegt hatte und zu den Sternen emporsah. Oder vielleicht beobachtete er auch die Vögel, die auf dem Turm nebenan nisteten.

Wir schwiegen eine ganze Weile, dann griff er nach der Laterne auf der Mauer. »Nun wären wir bei zweien. Einer fehlt also noch.«

Ich nickte und schob die Schwäche beiseite, die meine Ruhe bedrohte. Genauso sollte es ablaufen. Auf diese Weise würde ich mir meinen Traum erfüllen können – meine Reise nach Indien. Ich tat das Richtige.

Schweigend begaben wir uns auf den Rückweg durch den Geheimgang, und »Gute Nacht!« waren die einzigen Worte, die Henry an mich richtete, als er mich im Westflügel zurückließ.

28. Kapitel

Mr Brandon stöberte mich im Heidemoor auf. In der Nacht hatte ich kaum ein Auge zugemacht und mich noch vor Sonnenaufgang aus dem Haus geschlichen. An diesem Morgen dachte ich ohne Unterlass daran, wie schnell sich meine Zeit hier dem Ende zuneigte.

Nur noch ein weiterer Heiratsantrag von Henry, und ich würde diesen Ort verlassen und ihn vermutlich nie wiedersehen. Und bei dieser Erkenntnis wurde alles schmerzlich schön. Das Farnkraut, der Torf, das Heidekraut, die dornigen gelben Blumen, die krumm gewachsenen Sträucher und die großen Felssteine. Alles wurde erlesen und teuer, und ich liebte es. Ich bückte mich und pflückte ein paar Blumen und Gräser, riss einen Heidekrautzweig ab und steckte alles in meine Tasche. Gerade richtete ich mich wieder auf, als ich Mr Brandon rufen hörte.

»Miss Worthington! In letzter Zeit kommt es mir vor, als würde ich kaum je mit Ihnen sprechen können. Gestern waren Sie den ganzen Tag nicht da.«

Während er auf mich zukam, ging hinter ihm die Sonne auf.

Er war ein netter Mann. Vermutlich würde er eine andere Frau glücklich machen. Mich allerdings nicht.

»Richtig. Ich habe eine Wanderung nach Robin Hood's Bay gemacht.«

Seine Augen wirkten grüner, als ich sie in Erinnerung hatte, und seine Haare goldener. Er hielt sich eine Hand ans Ohr. »Ich habe den Vögeln gelauscht, Miss Worthington. Doch ich fürchte, ich brauche jemanden, der mir hilft, sie zu identifizieren. Ich weiß einfach nicht genug über sie.«

Ich dachte daran, was Henry mir gesagt hatte – dass ein Mann keinerlei Ermutigung brauchte, um sein Herz zu verlieren. Natürlich glaubte ich nicht, Mr Brandon hätte sein Herz an mich verloren, doch seine Aufmerksamkeiten waren schon äußerst bemerkenswert. Und es war an der Zeit, dass ich ihm eine Freundlichkeit erwies.

»Das würde ich sehr gerne, Mr Brandon, ich befürchte nur, dass ich schon sehr bald abreisen werde.«

Seine Augenbrauen schnellten in die Höhe. »Oh? Wohin soll es denn gehen?«

»Nach Indien. Mit meiner Tante.«

Er zog ein langes Gesicht. »Ich stand unter dem Eindruck, der Plan sei eher langfristiger Natur. Miss Delafield zufolge bestand in dieser Hinsicht noch Unsicherheit.«

Ich drückte die goldenen Blumen an mich. »Die Reise ist schon recht sicher. Es geht bald los. Möglicherweise schon morgen.«

Mit entschlossener Miene trat er auf mich zu. »Dann freue ich mich über die Gelegenheit, mit Ihnen allein zu sprechen. Ich muss Ihnen sagen, Miss Worthington, was Ihnen ohnehin nicht verborgen geblieben sein kann. Sie sind faszinierend. Und schön. Und freundlich. Mir läuft nur selten eine junge Lady über den Weg, die mich fasziniert. In der Mehrzahl der Fälle langweilen sie mich.« Er ließ ein ansteckendes Lächeln aufblitzen. »Ich würde Sie zu gern besser kennenlernen. Eine Chance erhalten, Ihr Herz zu gewinnen. Deshalb möchte ich Sie bitten, Ihre Reise zu verschieben und mir diese Chance zu gewähren.«

Mir wurde das Herz schwer. Über seine tiefen Gefühle war ich mir völlig im Unklaren gewesen und war davon ausgegangen, dass er sich nur deshalb tagtäglich an meine Seite gesellte, weil ich eine geeignete Begleiterin war.

»Es tut mir so leid«, flüsterte ich. Dann räusperte ich mich. »Ich hätte schon eher etwas sagen sollen, nehme ich an. Ich … ich hege nicht die Absicht zu heiraten. Bitte verzeihen Sie mir, wenn ich Sie unwissentlich ermutigt haben sollte, etwas für mich zu empfinden, das ich nicht erwidern kann.«

Sein ansteckendes Lächeln war verschwunden, seine Augen verengten sich enttäuscht. »Keine Absicht zu heiraten? So weit müssen Sie gar nicht gehen, um mich abzuweisen. Sie könnten mir einfach nur sagen, dass Sie nicht daran interessiert sind, mich besser kennenzulernen.«

»Nein! Es stimmt!« Er wich von mir zurück, und ich streckte die Hand nach ihm aus. »Ich möchte Sie nicht vor den Kopf stoßen. Sie können Sylvia fragen. Oder Mrs Delafield. Oder Henry. Die wissen es. Ich erzähle es ihnen schon seit zwei Jahren.«

Er riss sich von mir los. »Nun, ich fürchte, keiner von ihnen hielt es für angebracht, mich zu warnen.« Er verbeugte sich. »Bitte entschuldigen Sie mich, Miss Worthington.«

Während ich ihm nachsah, durchfuhr meine Hand ein scharfer Schmerz. Ich senkte den Blick und öffnete meine Hand. Die welken dornigen Blumen, die ich in meinen Fingern hielt, vermischten sich mit meinem Blut.

—

Ich verweilte vor der offenen Tür und kaute unsicher auf meiner Unterlippe. Bis hierher hatte ich es immerhin schon geschafft. Meine Taschen waren mit Muscheln und Blumen aus dem Heidemoor gefüllt. Ich hatte die Arbeitsgänge der Dienstboten beobachtet und so lange gewartet, bis ich mir sicher sein konnte, dass das zuständige Dienstmädchen in einen tiefen Mittagsschlaf gefallen war. Ich konnte sehen, dass Henrys Großvater auf seinem Stuhl am Fenster saß.

Ich holte tief Luft, schob die Tür auf und ging auf Zehenspitzen hinein. Ich wollte ihn nicht erschrecken. Das Dienstmädchen schnarchte leise vor dem Feuer. Der Stuhl neben dem des Großvaters war frei. Ich wartete ein wenig, dann neigte ich den Kopf, um Henrys Großvater anzusehen. Er hatte den Blick zum Fenster gewandt, doch seine Augen waren leer. Seine Hände ruhten unter einer Decke, die ihm jemand auf den Schoß gelegt hatte.

»Guten Tag!«, sagte ich leise.

Er regte sich, bewegte die Schultern und die Beine, aber er sah nicht zu mir. Ich umrundete den Stuhl und ließ mich auf den gepolsterten Sitz gleiten. Dabei war ich darauf bedacht, nicht an den Stuhl des alten Mannes oder den niedrigen Tisch vor ihm zu stoßen.

»Stört es Sie, wenn ich hier sitze?« Ich beobachtete sein Gesicht sorgfältig. Die Augen bewegten sich, huschten hin und her, doch noch immer sah er aus dem Fenster.

Ich wartete einen Augenblick, aber er rührte sich nicht weiter, und so holte ich aus einer Tasche eine Handvoll Muscheln heraus. Behutsam legte ich sie auf den niedrigen Tisch, eine nach der anderen, und sah erst wieder auf, als ich meine Aufgabe beendet hatte.

Inzwischen war sein Blick vom Fenster zum Tisch gewandert.

»Ich weiß, dass Sie Muscheln mögen, deshalb habe ich die hier für Sie am Strand gesammelt und hergebracht.« Wieder griff ich in meine Tasche und holte die letzte Muschel heraus. »Diese hier ist anders als alle anderen.« Ich zeigte ihm die eigenartige kugelförmige, dunkle Muschel, die ich am Strand gefunden hatte. Sie sah überhaupt nicht wie eine Muschel aus. »Ich habe mich gefragt, ob Sie wissen, was das ist.«

Er zog eine Hand unter der Decke hervor und streckte sie zitternd in meine Richtung. Ich reichte ihm die Muschel, und er drehte sie zwischen seinen knotigen Fingern. »Das ist ein …« Seine Stimme war nicht mehr als ein heiseres Flüstern. Er räusperte sich. »Das ist ein Fossil. Ein sehr altes Fossil.«

Ich verbiss mir ein Lächeln, das meine sorgfältige Beherrschung zu sprengen drohte. Ich hatte ihn zum Reden gebracht!

Nun steckte ich die Hand in meine andere Tasche, zog die goldenen Blumen aus dem Heidemoor hervor und legte sie neben die Muscheln auf den Tisch. Auch einen dunklen, lilabraunen Heidekrautzweig hatte ich dabei sowie ein paar Halme des zähen lorbeergrünen Grases, das im Moorland wuchs. Auch diese legte ich auf die Tischplatte, setzte mich zurück und wartete.

Er griff nach den gelben Blumen, und ich wollte ihn gerade warnen und an die spitzen Dornen erinnern, doch da sah ich schon, wie er zusammenzuckte und dann überrascht auf den Blutstropfen auf seinem Daumen schaute. Zum ersten Mal richtete er seinen Blick auf mich. Seine Augen waren von einem vertrauten Grau. Die weißen Augenbrauen waren dicht und drahtig. Sein Gesicht war eingesunken. Doch die Augen waren klar, und ich begriff unvermittelt, warum sie mir so vertraut vorkamen. Es waren Henrys Augen. Oder besser gesagt: Henrys Augen waren die seines Großvaters.

»Wer sind Sie?«, fragte er genau so, wie er letztens Henry gefragt hatte.

»Ich bin Kate. Kate Worthington.«

Seine buschigen Augenbrauen hoben sich. »Henrys Kate?«

Mein Herz kam ins Stolpern, und ich spürte, wie meine Wangen erglühten. »Henrys Kate? Ich bin eine gute Freundin von ihm. Wir sind zusammen aufgewachsen.« Noch immer wartete er. »Ähm … Ich denke schon … ja, das bin ich.«

»Dann sind Sie also endlich hergekommen.« Seine Augen waren klar, sein Blick direkt. Er sah mich. Dachte klar. Henry hatte mir schon erzählt, dass es solche Momente gelegentlich gab. Erstaunlicherweise hatte ich gleich bei meinem ersten Versuch einen davon erwischt.

»Ja.« Ich strahlte wie ein Honigkuchenpferd. »Ja, endlich bin ich hergekommen.«

Sein Blick berührte mein Gesicht, und er lehnte sich zurück. Ein erfreutes Lächeln erhellte sein Gesicht. »Sie sind so bezaubernd. So überaus bezaubernd. Genau, wie er gesagt hat.«

Ich verkrampfte meine Hände in meinem Schoß und wagte kaum zu atmen. »Genau, wie er gesagt hat?«

Doch sein Blick war wieder zum Fenster gewandert, und die eben noch klaren Augen verschleierten sich. Seine Finger zuckten in seinem Schoß, ruhelos, als würden sie etwas vermissen. Ich lehnte mich zu ihm und legte behutsam eine Muschel in seine Hände. Mit seinen Fingern drehte er sie immer wieder herum, fuhr ihre Rillen und Rundungen nach.

Ich beobachtete ihn erwartungsvoll, doch mir war klar, dass er wieder weggeglitten war.

»Soll ich Ihnen etwas vorlesen?«, fragte ich, inspiriert von Henrys Besuch.

Er nickte, den Blick nach draußen gewandt, und als ich nach dem Bücherstapel griff, murmelte er leise etwas. So leise, dass ich ihn nicht verstehen konnte. Ich beugte mich zu ihm.

»Was haben Sie gesagt?«

»Die Waldlerche«, murmelte er und drehte die Muscheln immer wieder herum.

Ich schaute zu dem Fenster, zu dem er sah. Doch ich konnte draußen nirgends ein Zeichen eines Vogels sehen.

»Wie bitte?«

»Die Waldlerche. Henrys Waldlerche. Die Waldlerche.« Er deutete mit einem zitternden Finger auf den Tisch. Ich wählte das erste Buch auf dem Stapel vor mir und zeigte es ihm mit hochgezogenen Augenbrauen. Er deutete wieder darauf. »Die Waldlerche.« Ich hob ein weiteres Buch hoch und noch eines, und dann entdeckte ich zwischen zwei Büchern ein Blatt Papier. Ein Gedicht befand sich darauf, handgeschrieben. Und zuoberst auf der Seite stand: »An die Waldlerche von Robert Burns.«

Ich nahm es und zeigte es ihm. »Das hier? Hätten Sie gern, dass ich es Ihnen vorlese?«

Zufrieden lehnte er sich zurück und nickte.

Er hatte es Henrys Waldlerche genannt. Ich räusperte mich und las mit klopfendem Herzen:

Umschwebe hier am Felsenhang,
O Lerche, mich mit süßem Klang!
Denn Einen labet dein Gesang,
Dem Lieb' im Busen glühet.
Du weißt, was du mir singen mußt:
O Vöglein, sing es mir zur Lust!
Es rührt vielleicht die Marmorbrust
Der, die mich quält und fliehet.
Du singst von Kummer trüb und schwer,
Von banger Sorgen düsterm Heer,
Lieb Vöglein sing, o sing nicht mehr,
Sonst schwinden mir die Sinne!

»Das ist so schön«, murmelte ich, nachdem ich geendet hatte.

»Sein Herz ist gebrochen.« Großvater sah wieder zum Fenster hinaus. »Deshalb liebt er die Waldlerche so.«

Ich starrte ihn an. »Wer? Wessen Herz ist gebrochen?«, fragte ich im Flüsterton.

Er drehte sich zu mir, und ich sah ihm in die Augen. Er war vollkommen klar. Und wählte seine Worte bewusst. Gerade öffnete er den Mund, um zu sprechen, da erklang eine andere Stimme.

»Was tust du hier?«

Erschrocken wirbelte ich zur Tür herum. Mrs Delafield kam mit großen Schritten herein, bereit für die Schlacht.

Ich stand schnell auf und entfernte mich von dem Stuhl, auf dem ich gesessen hatte. Sie blickte von mir zu ihrem Vater. Dann bemerkte sie die Muscheln und die Blumen.

»Ich habe … ihm nur vorgelesen.« Das war keine hinreichende Entschuldigung. Ich wusste, ich hätte nicht hier sein dürfen. Davon zeugte die schlafende Wächterin.

Sie bedeutete mir, zu ihr zu kommen, was ich angstvoll und mit pochendem Herzen tat. Dann folgte ich ihr auf den Korridor hinaus. Sie schloss die Tür geräuschvoll, bevor sie sich zu mir drehte. Ich trat einen Schritt zurück.

»Worüber hast du mit meinem Vater gesprochen? Ging es um sein Testament?«

»Nein!«

»Es kann nicht abgeändert werden, Kitty. Es ist mir gleich, was er dir gesagt hat oder du ihm. Das Testament bleibt, wie es ist. Wenn das also Zweck deines Besuches war …«

»Nein!« Ich war entsetzt. »Ich habe kein Wort von einem Testament verloren!« Dann ging mir ein Licht auf, und ich sah sie mit großen Augen an. Ich dachte an den Abend von vor achtzehn Monaten zurück. Den Delafield-Ball. Ich dachte an den dunklen Raum zurück und an die Vorhänge, die mich vor Blicken verbargen, während ich ungewollt eine Unterhaltung belauscht hatte.

»Wie kommen Sie denn darauf?« Meine Stimme war leise. Ängstlich. Plötzlich vermeinte ich, so intensiv den Duft von Pfingstrosen wahrzunehmen, dass ich mich beinahe nach ihnen umgesehen hätte. »Warum verdächtigen Sie mich, mit ihm über sein Testament zu reden?«

Ihre Augen zeigten blaukalten Argwohn. »Meinem Vater geht es nicht gut. Was immer er zu dir gesagt hat, kann nicht ernst genommen werden. Und kein Eindringling wird hierherkommen und etwas an meinen Plänen für meinen Sohn ändern.«

»Mama!« Es war Sylvia. Es klang dringlich. Schneller, als ich es je erlebt hatte, kam sie mit angstvoller Miene um die Korridorecke gehastet. Als sie mich bei ihrer Mutter stehen sah, blieb sie plötzlich stehen.

»Was ist?« Mrs Delafield ging auf sie zu. »Was ist denn los?«

Sylvia sah zu mir. »Deine Mutter ist hier, Kitty. Sie hat Maria hergebracht.«

29. Kapitel

»Nein. Nein, nein, nein, nein, nein!«, murmelte ich zu mir selbst, während ich durch die Korridore eilte und die Treppen hinunterlief. Als ich die Eingangshalle erreichte, fand ich dort nur den Butler mit etlichen um ihn herum gestapelten Reisekoffern vor.

»Meine Mutter?«, fragte ich.

Er verbeugte sich. »Im Salon, Miss.«

Ich rannte zum Salon, schlitterte über den Marmorboden und betrat atemlos den Raum.

Ihr Lachen klang durch den Salon, heiser und sinnlich. Sie saß direkt neben dem jüngeren Mr Brandon auf dem Sofa. Dabei drückte sie ihr Bein gegen seines, und ihr Busen ruhte auf seinem Arm. Mein Blick huschte durch den Raum und fiel auf Miss St. Claire, die vor Erstaunen den Mund aufgesperrt hatte, auf Mr Pritchard mit seiner vorwurfsvollen Miene, auf Herrn und Frau Spohr, jenes ältere Paar, dessen Namen mir immer wieder entfiel, die Delafield-Cousinen und viele weitere. Mindestens die Hälfte der Gäste war anwesend. Mindestens die halbe Gesellschaft wurde Zeuge, wie meine Mutter förmlich auf Mr Brandons Schoß saß.

»Mama!« Ich eilte zu ihr. »Ich habe dich nicht erwartet. Überhaupt nicht!«

Sie sah zu mir auf, doch einen Schreckensmoment lang hatte ich das sonderbare Gefühl, dass sie mich nicht erkannte. Ihr Blick ging direkt durch mich hindurch.

»Kitty!«, sagte sie dann. »Mein allerliebstes Mädchen! Ich habe dich zu sehr vermisst, als dass ich hätte fernbleiben können.«

Sie schlang die Hand um Mr Brandons Arm und drückte ihn. Er sah mich nicht an.

Ich rang um Fassung. »Ach, hast du das? Wie töricht. Aber wo ist Maria?«

Sie winkte ab. »Oben, sie zieht sich um. Aber ich wollte keine Sekunde auf diese wunderbare Gesellschaft verzichten, und nun sehe ich, wie richtig ich damit lag!« Meine Mutter blickte zu Mr Brandon und lehnte sich so dicht zu ihm, dass sie dieselbe Luft einzuatmen schienen. Sie leckte sich die Lippen.

»Mama!« Aufgrund meiner Panik kam es lauter heraus als beabsichtigt. »Ich muss mit dir reden. Auf der Stelle.«

Sie richtete ihren Blick träge auf mich, und da war es wieder, dieses entschlossene Glitzern in ihren Augen, das ich schon unzählige Male gesehen hatte. »Sei nicht albern, Kitty.«

»Kate!« Ich ballte die Hände zu Fäusten.

Sie lachte auf. »Sei nicht albern, Kitty. Ich möchte hier bei Mr Brandon sitzen.« Sie wandte sich wieder ihm zu. »Sie haben mir gerade von Ihrem Anwesen erzählt. Fahren Sie doch bitte fort.«

Mr Brandon warf mir einen Blick zu. Er war so voller Mitleid, dass mir ganz flau im Magen wurde. Vermutlich dankte er gerade seinem Schicksal, dass er sich nicht an mich gebunden hatte.

Er rutschte ein Stückchen weg, bewegte seinen Arm von Mama weg und sagte höflich: »Das Anwesen meines Vaters liegt in Surrey, Mrs Worthington.«

»Surrey! Darüber muss ich alles hören!«

Er lächelte höflich, sah allerdings zu mir, als er sagte: »Ihrer Bitte komme ich gerne nach.«

Mama folgte seinem Blick und wirkte überrascht, mich immer noch zu sehen. Sie runzelte die Stirn. »Warum stehst du immer noch hier herum, Kitty? Geh und schau nach deiner Schwester!«

Enttäuschung, Angst und Hilflosigkeit erfüllten mich. Ich sah mich im Salon um und blickte dann wieder zu Mama. Schließlich wandte ich mich um und eilte aus dem Raum.

—

»Du und Mama, was tut ihr hier?«, brüllte ich, als ich in mein Zimmer kam, in dem man dem Butler zufolge auch Maria untergebracht hatte.

Ihre Stiefeletten, Strümpfe und Haube lagen auf meinem schönen Bett verstreut, und auch sie selbst hatte sich auf meinem hübschen pflaumenfarbenen Bettzeug ausgebreitet.

Sie bedachte mich mit einem finsteren Blick. »Warum sollten wir nicht hier sein? Schließlich stammt die Idee, ich solle auch herkommen, doch ursprünglich von dir!«

»Ja, aber dann bist du krank geworden! Und damit hatte sich das Thema erledigt!«

Sie stützte das Kinn in die Hand, und ihr Blick glitt mit vager Neugierde über mich hinweg. »Ich, krank? Wie kommst du darauf?«

Ich sah sie mit großen Augen an. »Am Morgen meiner Abreise meinte Mama, du lägest mit Fieber darnieder!«

Sie schnaubte. »Unsinn!«

»Warum hat Mama es dann behauptet?«

Sie winkte ab. »Keine Ahnung! Sie hat mir gesagt, wir seien hierher eingeladen, müssten aber ein paar Tage warten, ehe wir uns zu dir gesellen könnten.« Sie lachte. »Hat sie dir wirklich weisgemacht, ich wäre krank? Und das ist jetzt alles eine große Überraschung für dich? Oh, wie köstlich! Mama ist so schlau.«

»Maria!« Panik ergriff mich. Ich schnappte mir alles, was von ihr auf dem Bett lag, und warf es zu Boden. »Da gibt's nichts zu lachen! Mrs Delafield hat nicht einmal gewünscht, dass *ich* hier bin. Was meinst du also, was sie davon hält, dass nun *Mama* hier aufgetaucht ist?«

»Ich wette, sie wird vor Wut schäumen!«

»Genau!« Ich packte Maria am Arm und zog sie hoch.

»Autsch! Warum machst du das?«

»Du musst abreisen. Sofort. Zieh dir deine Schuhe wieder an.«

Maria stieß mich weg, und als ich sie nicht losließ, trat sie mit dem Fuß nach mir, sodass ich nach hinten flog. »Ich reise überhaupt nirgends hin, Kitty. Warum solltest nur du deinen Spaß haben?«

Ich ging zu ihr zurück, packte sie diesmal am Fuß und zog daran. »Das ist kein Spaß!«

Sie tastete nach etwas, woran sie sich hätte festhalten können, mit dem Erfolg, dass sie schließlich sämtliches Bettzeug mit sich vom Bett riss, als sie auf den Boden plumpste. Keuchend rannte ich um das Bett herum und hielt nach ihren Schuhen und Strümpfen Ausschau. Wo war der zweite Schuh abgeblieben? Ich begab mich auf alle viere und griff unter das Bett.

»Wir stecken euch einfach wieder in die Kutsche, mit der ihr hergekommen seid, und es wird so sein, als wäre das alles nie geschehen, und ich werde meine Reise nach Indien gewinnen, und …«

»Ich denke gar nicht daran! Du magst älter sein als ich, Kitty, aber du hast nicht das Sagen!«

Ich stand da, einen Schuh und ihre Strümpfe in den Händen. Verzweiflung machte sich in mir breit. Ich fuchtelte mit dem Schuh herum. »Kate!«, brüllte ich. »Ich wünsche, Kate genannt zu werden!«

Sie verschränkte die Arme und funkelte mich an. Und etwas in mir zerbrach. Ich warf alles auf den Boden, rauschte aus dem Raum und knallte die Tür hinter mir zu.

—

Ich rannte übers Heidemoor, bis ich die große Felsnase erreichte, und kletterte ungestüm hinauf. Und dann saß ich auf der Felsspitze, ließ den Blick übers Moor schweifen und saugte die Wildheit und Einsamkeit des Ortes in mich auf. Vogelgesang erreichte mich – die Schreie der Vögel von der Küste und vom Moorland –, und ich bedauerte, dass ich nie mit Henry hergekommen war. Er hätte einige der Vögel hier gekannt und hätte mir den Namen desjenigen Vogels nennen können, der wie Wind über dem Wasser klang.

Mit der unerwarteten Ankunft von Mama und Maria war meine Zeit hier um, das wusste ich. Sie würden alles ruinieren. Womöglich hatte Mama das sogar bereits geschafft. Gut möglich, dass ich bei meiner Rückkehr Mrs Delafield im Haus in heller Aufregung vorfinden würde, bereit, uns alle hinauszuwerfen, bevor es zu einem Skandal käme, der ihren wertvollen Familiennamen beflecken könnte.

Der Himmel war heute grau, der Wind kalt. Regen lag in der

Luft, und ab und an landete schon ein Tropfen auf meinem Arm. Ich atmete tief ein und bildete mir ein, den Ozean zu riechen. Es war ein verlockender Geruch – nach Freiheit, Abenteuer und Flucht.

Diese Reise nach Blackmoore hatte mit dem Traum, dem ich in den vergangenen zehn Jahren nachgehangen hatte, nichts gemein. Ich hatte mir idyllische Ferien mit meinen beiden besten Freunden vorgestellt, mit Henry und Sylvia. Doch alles hatte einen völlig anderen Verlauf genommen als gedacht. Nun fühlte ich mich zutiefst enttäuscht, sowohl von der Realität wie auch von mir. Ich hätte nie gedacht, dass ich etwas bedauern würde, wonach ich mich gesehnt hatte. Hätte mir nie vorstellen können, hier eine solch unendliche Leere zu verspüren. Und es machte mich todtraurig.

Angst machte es mir auch. Denn wenn mich Blackmoore derart enttäuschen konnte, welche Garantie hatte ich dann, dass mich Indien nicht auch enttäuschen würde? Ich kletterte von dem Felsen hinab und wanderte durchs Heidemoor, bis die Sorge darüber, was meine Mutter unterdessen tat, die Oberhand über meine Sehnsucht nach ungestörter Einsamkeit gewann. Und so wandte ich mich schließlich wieder dem Haus und den dort auf mich wartenden Schwierigkeiten zu.

Ich hatte gerade die Eingangshalle durchquert und näherte mich dem Salon, als ich Mrs Delafield hörte.

»Katherine!« Ich erstarrte. Mrs Delafield kam auf mich zugerauscht. »Kann ich bitte einen Augenblick mit dir sprechen?«

Mrs Delafields Lächeln strahlte kalten Zorn und beherrschte Wut aus. Ich warf einen Blick zu dem Butler, der in der Nähe stand, und verspürte ein schier überwältigendes Bedürfnis, mich vor seine Füße zu werfen und ihn anzubetteln, mich zu beschützen.

Ihre Hand schloss sich um meinen Arm. »In die Bibliothek, wenn ich bitten darf.«

Vor Furcht und Nervosität schlug mein Herz schneller. Doch angesichts dieser eisigen Höflichkeit und dieses schneidenden, bedrohlichen Lächelns blieb mir nichts anderes übrig, als auf ihr Ansinnen einzugehen.

Mit pochendem Herzen folgte ich ihr in die Bibliothek, wo sie die Tür hinter uns schloss. Sie trat von mir weg und holte zweimal ganz tief Luft, ehe sie sich zu mir drehte.

»Ich habe mir von meinen Kindern weismachen lassen, deine Gesellschaft hier könnte akzeptabel sein. Doch nun hast du diese Frau in das Haus meiner Kindheit gebracht und mich, meinen Vater und den Familiennamen Delafield damit einem Skandal ausgesetzt. Meine Gäste sehen sich allesamt schon nach einem anderen Ort um, an dem sie den Rest des Sommers verbringen können, da bin ich mir sicher.«

Mein Gesicht glühte, meine zu Fäusten geballten Hände zitterten. »Ich verspreche, dass ich für die Anwesenheit meiner Mutter hier nichts kann.«

Ungläubig verengte sie die Augen. »Sie hat mir gesagt, du hättest sie und deine Schwester hierher eingeladen.«

Ich schüttelte den Kopf. »Nein. Ich habe nur Maria eingeladen. Sie nicht.«

Mrs Delafield hob das Kinn und sah auf mich herab. »Und wer hat dir erlaubt, deine Schwester einzuladen?«, herrschte sie mich an.

»Henry.«

Es war ein Fehler, seinen Namen zu nennen. Das merkte ich sofort und wünschte mir, ich könnte den Schaden rückgängig machen. Auf den Wangen von Henrys Mutter erschienen rote Flecken. Ihr Kopf begann zu zittern, und ich sah, wie in ihren Augen blanker Zorn aufloderte.

»Ich werde mit meinem Sohn sprechen. Aber lass uns in diesem Punkt Klarheit schaffen: Du wirst nie die Herrin von Blackmoore werden. Wirst nie den Namen Delafield tragen. Du verdienst die Ehre nicht, mit der Familie Delafield verbunden zu sein – weder du noch irgendeine deiner Schwestern und insbesondere deine Mutter nicht.« Mit zitterndem Finger wies sie wieder auf mich. »Hast du verstanden?«

»Vollkommen«, flüsterte ich zutiefst beschämt.

»Nun.« Sie straffte die Schultern und glättete sich das Haar. »Sorge dafür, dass du diese Frau im Zaum hältst, bevor sie alles zerstört. Falls nicht, werdet ihr drei morgen bei Tagesanbruch abreisen.«

Sie stolzierte aus dem Raum. Ich sackte an die nächste Wand und ließ den Kopf in die Hände fallen. Es brachte nichts zu weinen, zumal ich tätig werden musste.

Gerade als ich den Salon erreicht hatte, packte mich jemand am Arm und zog mich beiseite. Es war Sylvia, und sie sah zum Fürchten aus.

»Das ist eine Katastrophe, Kitty!«, flüsterte sie. »Meine Mutter steht kurz davor, die deinige zu erwürgen. Deine Mutter schäkert mit jedem Mann hier, und *mein* Mr Brandon hat mir gerade eröffnet, dass sich seine Pläne geändert hätten und es gut möglich sei, dass sie morgen abreisen. Du musst etwas tun, bevor die Dinge vollkommen außer Kontrolle geraten!«

»Ich weiß. Ich bringe das wieder in Ordnung. Versprochen.« Ich versuchte zu lächeln und bemühte mich um eine zuversichtliche Miene, damit sie mir glaubte. Doch in Wirklichkeit hatte ich keine Ahnung, wie ich meine Mutter zur Räson bringen sollte.

Mama hatte denselben Fehler begangen wie ich und unterhielt sich gerade mit dem schrecklich unhöflichen Mr Pritchard, der sie mit unverhohlener Verachtung betrachtete. Während ich mich ihnen näherte, glühten meine Wangen vor Verlegenheit.

»Mama«, sagte ich leise. »Maria fühlt sich nicht wohl. Ich glaube, du solltest mal nach ihr sehen. Komm, ich bringe dich gleich zu ihr.«

Sie lachte. »Unsinn! Maria erfreut sich bester Gesundheit!«

Ich funkelte sie an und spürte dabei Mr Pritchards Blick auf mir. »Nein, ihr ist äußerst unwohl, Mama.«

Mama lehnte sich vor und sagte in lautem Flüsterton: »Versuch ja nicht, mir den Spaß zu verderben, Kitty!«

»Mrs Worthington.« Beim Klang von Henrys Stimme hinter mir wirbelte ich herum. Er kam mit einem breiten Lächeln auf uns zu.

»Henry!« Mama wandte sich von Mr Pritchard ab und streckte Henry die Hand entgegen. Er neigte den Kopf und gab ihr einen Handkuss. Sie kicherte. »Meine Güte! Du bist zu galant!«

Henry nahm ihre Hand, zog sie durch seine Armbeuge und hielt sie dort mit der anderen Hand fest. »Ich habe gehört, Sie seien hier, und bin unverzüglich hergekommen, weil ich Sie um die Ehre bitten möchte, Ihnen eine Führung durch Blackmoore geben zu dürfen.«

»Eine persönliche Führung! Wie sehr du mich doch verwöhnst!« Sie drückte seinen Arm. Noch immer lächelte er gewinnend. Er warf mir einen Blick zu. »Kate? Hättest du Lust, dich zu uns zu gesellen?««

»O nein!«, antwortete Mama, bevor ich eine Chance hatte, auf seine Frage zu antworten. »Sie muss sich um Maria kümmern, die auf der Kutschfahrt hierher sehr krank geworden ist. Genau genommen erstaunt es mich, dass sie sie schon so lange allein gelassen hat. Was denkst du dir eigentlich dabei, Kitty? Dass du deine kranke Schwester so im Stich lässt? Nun mach dich aber geschwind auf den Weg, ansonsten wird jeder denken, du bist vollkommen gefühllos!«

Am liebsten hätte ich sie angeschrien.

Henry berührte mich an der Schulter. »Du solltest gehen, Kate«, murmelte er, und ich begriff, dass er versuchte, mich vor mir selbst zu schützen.

Ich nickte, wandte mich um und marschierte stumm zur Tür hinaus und die Treppe hinauf zum Westflügel. Auf dem Korridor vor meinem Zimmer sank ich an die Wand. Ich konnte nicht die Kraft aufbringen, den Raum zu betreten.

30. Kapitel

Anderthalb Jahre zuvor

»Ich hatte gehofft, dich hier zu finden.« Henry tauchte aus dem Wald auf und kam über die Lichtung zu mir, wo ich mit meinem Skizzenbuch im Schatten eines Baumes saß. Er ließ sich neben mir im Gras nieder und streckte mit einem Seufzen die Beine aus. Ich sah lächelnd zu ihm.

»Stimmt etwas nicht?«

»Meine Tante Agnes ist eingetroffen.« Cora erhob sich unverzüglich von ihrem Ruheplätzchen im Gras, schlich sich zu Henry und rieb so lange den Kopf an seiner Brust, bis er sie hinter den Ohren kraulte.

Henrys Tante Agnes war die älteste Schwester seines Vaters. Seit Mr Delafields Ableben war es ihr ein Anliegen, einmal jährlich zu Besuch zu kommen und jedem im Delafield Manor das Leben mit ihrer Neugierde, ihren Schnüffeleien und der Verbreitung von Chaos zur Hölle zu machen. Lächelnd dachte ich daran, dass es gar nicht so schlecht war, wenn die Delafields einmal im Jahr etwas zu knabbern hatten. Da er das Anwesen seines Großvaters erben würde, wirklich gut aussah und noch dazu so schlau und so liebenswert war, ging es Henry ohnehin viel zu gut.

»Freut mich, dass sie hier ist«, versetzte ich. »Irgendwer muss dir ja schließlich ein bisschen Demut beibringen.«

Er grinste spitzbübisch. »Ich weiß nicht, wovon du redest. Demut ist meine beste Eigenschaft, Kate.«

Ich verdrehte die Augen und beobachtete angewidert, wie Cora sich schnurrend streckte und dann mit der Nase an seiner Hand schnüffelte. »Wann immer du in der Nähe bist, verhält sie sich eher wie ein Hund als wie eine richtige Katze.«

Henry schmunzelte. »Du klingst eifersüchtig!«

»Auf dich?«, entgegnete ich spöttisch. »Im Gegensatz zu dir ist mir bewusst, dass niemand eine Katze wirklich besitzen kann und dass Katzen ihre Zuneigung völlig ohne Logik vergeben. Mir ist nur nicht klar, warum sie sich dir gegenüber so benimmt.«

Er strahlte, und in seinen Augen glitzerte es schelmisch. »Ich meine, du bist eifersüchtig auf die Katze!«

Ich hob beide Augenbrauen. »Auf die Katze?«

Er nickte, wobei ihm der Schalk aus den Augen blitzte, während Cora sich an seinem Brustkorb rieb.

»Jetzt sei nicht lächerlich. Ich habe noch nie auch nur das geringste Verlangen danach verspürt, dass du mich hinter den Ohren kraulst.«

Henry lachte, es war ein herzhaftes Lachen aus voller Kehle.

»Was ist daran so lustig?«

Er schüttelte den Kopf.

Ich sah ihn finster an. »Jetzt sag schon!«

Er senkte den Blick. »Nicht lustig«, murmelte er. »Nur herzig. Die Art, wie du alles wörtlich nimmst.«

Ich machte ein finsteres Gesicht und musterte ihn mit einem unguten Gefühl, da ich weder seinen Worten noch seinem Lächeln traute, das weder um seinen Mund noch in seinen Augen erlosch.

»Und was Coras Benehmen in meiner Nähe angeht, so denke ich, dass du die Antwort genauso gut kennst wie ich«, fuhr er, jetzt mit

ruhigerer Stimme, fort. Er lehnte sich näher, als wolle er mir ein Geheimnis zuflüstern. Ich sah, dass sich selbst jetzt noch eine schwache Spur von Sommersprossen über den oberen Teil seiner gebräunten Wangen zog. Und ich stellte fest, dass seine Wimpern noch immer so schwarz wie Kohle waren. Zuverlässig wie immer, wenn er mir so nahe war, schlug mein Herz höher. Das tat es seit dem Tag, an dem er mich aus dem Fluss gerettet hatte. Mein Herz war da sehr durchschaubar.

»Wie das?«

»Weil Cora dein Herz ist, und dein Herz liebt mich.«

Ich lief rot an. Cora brachte mich weiter in Verlegenheit, indem sie auf Henrys Brustkorb kletterte und den Kopf an seinem Kinn rieb.

»Sieh dir das an, Kate. Sieh, wie dein Herz mich liebt. Dein Herz vergöttert mich. Es betet mich sogar an!«

»Du irrst dich, Henry Delafield.« Ich warf ihm eine Handvoll Blätter an den Kopf.

Er zog ihn ein und hob ihn dann grinsend wieder. »Dein Herz würde sich gern an meines kuscheln und sich nie mehr fortbewegen …«

»Das stimmt nicht! Stell dir vor, es hört dich jemand!« Ich bewarf ihn mit einer weiteren Handvoll von Blättern, und er duckte sich wieder und brüllte: »Kates Herz liebt …«

Ohne nachzudenken, stürzte ich mich auf ihn und hielt ihm den Mund zu. Lachend fiel er zurück, und ich schnappte mir weitere Blätter und bewarf ihn damit, und er gab allen möglichen Unsinn über mein Herz von sich, und die Blätter flogen in der Luft zwischen uns, und eines davon blieb an meinem Mund hängen, und ich lachte und warf es Henry an den Kopf, und plötzlich packte er mich an den Handgelenken, und ich verlor das Gleichgewicht und fiel nach hinten. »Gib's zu«, sagte er. »Gib zu, dass dein Herz mich anbetet.«

»Nie und nimmer!«, entgegnete ich, riss mich lachend von ihm los und entdeckte die Stelle unter seinen Armen, wo er als Junge kitzlig gewesen war. Als ich anfing, ihn zu kitzeln, lachte er überrascht auf und wand sich. Doch ich war erbarmungslos.

»Du beraubst mich meiner Würde, Kate!«, gluckste er, ergriff meine Hände und zog sie von seinen Rippen weg. Dann rollte er uns beide schwungvoll herum, sodass nun ich unter ihm lag.

Er drückte mir die Handgelenke auf den Boden und beugte sich über mich, die Augen voller Lachfältchen, das Grinsen so breit, wie ich es noch nie erlebt hatte. Auch meine Wangen schmerzten vom Lächeln. Ich spürte, wie sich sein Brustkorb an meinem hob und senkte, spürte das Gewicht seiner Beine auf meinen. Mein Herz schlug wie wild. Die Sonne warf ihren goldenen Schein auf die Lichtung, auf uns.

»Ich erinnere mich daran, dass du sagtest, inzwischen wärst du zu alt, um noch kitzlig zu sein«, sagte ich atemlos.

»Das dachte ich ja auch.« Seine Wangen waren rot, in seinen Haaren hatten sich Blätter verfangen, und seine dunkelgrauen Augen lächelten mich an. »Aber ich vermute, es gibt Dinge, denen ich nie entwachsen werde.« In seinen Augen lag so etwas wie Bedauern gepaart mit Zuneigung. »Wie dir zum Beispiel.« Inzwischen flüsterte er fast, heiser und durchwoben mit Resten seines Lachens. »Ich bezweifle, dass ich dir je entwachse, Kate.«

Und in diesem Moment wusste ich es. Ich wusste, dass er recht hatte – mein Herz betete ihn an. Ich betete ihn an. Ich liebte ihn. Mein Herz hämmerte wie verrückt, und mein Atem ging schneller. Irgendetwas geschah. Irgendetwas bewegte sich, veränderte sich. Wir näherten uns einer Grenze, und wenn wir sie überschritten, gab es kein Zurück mehr. Sein Blick wanderte von meinen Augen zu meinem Mund, und ich entdeckte mit einem Hüpfer meines Herzens einen Ausdruck des Verlangens in seinen Augen.

»Wirst du heute Abend mit mir tanzen?«, fragte er mit leiser

Stimme. Am Abend sollte im Delafield Manor ein Ball stattfinden. Ich schluckte schwer, und mein Herz galoppierte so heftig, dass er es gewiss spüren konnte. Ja, ich wollte mit ihm tanzen. Natürlich. Ich machte den Mund auf, um ihm zu antworten, doch da ertönte auf einmal eine erstaunte Stimme.

»Henry? Kate?«

Henry zuckte zusammen und ich ebenso. Er rollte sich weg, und ich setzte mich hastig auf. Was mussten wir für ein seltsames Bild abgegeben haben!

»Was … was geht …« Mit schockierter Miene hielt Sylvia inne, als wäre auch sie zu fassungslos, um ihre Frage formulieren zu können. »Was geht hier vor?«, fragte sie schließlich.

»Oh, das?« Seelenruhig stützte sich Henry auf seinen Ellbogen. »Kate ist gerade über mich hergefallen.«

Ich verschluckte mich beinahe. »Bin ich nicht!« Ich warf ihm einen zornigen Blick zu.

»Über meine Würde hergefallen, meine ich.« Sein Gesichtsausdruck war ganz Belustigung und Verschmitztheit. »Sie hat mich gekitzelt. Ein ziemlich würdeloser Augenblick für einen starken jungen Mann wie mich, von einem kleinen Mädchen solch eine Schlappe zugefügt zu bekommen!« Er richtete sich auf und streckte mir eine Hand hin. Ich schlug sie weg und rappelte mich allein auf.

»Ich bin kein kleines Mädchen!« Mit glutrotem Gesicht sah ich beschämt zu Sylvia. »Dein Bruder ist ein furchtbarer Witzbold, und ich habe schlicht versucht, mir nichts gefallen zu lassen. Was schier unmöglich ist.«

Sylvias Blick bewegte sich von mir zu Henry und wieder zurück. Sie wirkte nicht annähernd so belustigt wie Henry. Das merkte ich an ihrem verschlossenen, distanzierten Gesichtsausdruck.

»Ich bin nur gekommen, um nach Henry zu suchen. Mama braucht ihn für die Ballvorbereitungen, schätze ich.« Sie biss sich auf die Unterlippe.

»Ja!« Ich schob meine Haare zurück. »Sicherlich müsst ihr zurück. Ich werde … euch dann dort sehen. Bei dem Ball.«

Henry beobachtete mich verschmitzt. Doch auf seinem Gesicht lag auch noch etwas anderes, das mich erröten und mein Herz höherschlagen ließ. Ich fragte mich, ob er die Wahrheit kannte – ob er wusste, dass ich ihn wirklich liebte. Sylvia sah streng aus und so, als sei ihr unbehaglich. Ob sie die Wahrheit auch kannte? Und falls ja, was hielt sie wohl davon?

Betreten wich ich zurück und deutete über meine Schulter. »Ich sollte … gehen.«

Ich rannte nach Hause, und in meinem hämmernden Herzen rangen Angst und Hoffnung um die Vorherrschaft.

31. Kapitel

Ich hatte hin und her überlegt, ob ich wohl die Kraft fände, mit Mama und Maria ein Dinner in Blackmoore zu überstehen. Doch es stellte sich heraus, dass kaum noch genügend Selbstbeherrschung in mir steckte. Mrs Delafield hatte meine Mutter und meine Schwester so weit von sich fortgesetzt, wie es nur eben ging. Beide waren sie zu laut, und ich zuckte jedes Mal zusammen, wenn eine von ihnen sprach. Vor Beschämung mied ich es, zu Henry oder Sylvia zu schauen. Einmal fing ich einen Blick von Mr Brandon dem Jüngeren auf, und noch immer spiegelte sich in ihm das Mitleid wider, das ich zuvor auch schon darin entdeckt hatte. Danach hielt ich meine Augen stur auf meinen Teller gerichtet und dachte an den Ozean, an Indien und an eine lange Reise, weit fort von meiner peinlichen Familie.

Herr und Frau Spohr spielten der Gesellschaft wieder etwas vor, worüber ich im Stillen erleichtert war, da es Mama oder Maria weitgehend daran hinderte, unangenehm aufzufallen. Sobald das Vorspiel endete, ging Mrs Delafield auf Mama zu und erklärte ihr mit einem kalten Lächeln: »Sie haben eine lange Reise hinter sich und müssen sich gewiss früh zurückziehen. Kommen Sie, ich werde Ihnen Ihr Zimmer zeigen.«

Mama blickte sich um, als würde sie nach jemandem Ausschau halten, der ihr zu Hilfe eilte. »Aber ich bin doch noch gar nicht all Ihren Freunden vorgestellt worden!«

Mrs Delafield deutete zur Tür. »Dafür bleibt morgen noch genügend Zeit.« Die beiden Frauen starrten einander mit dem für sie so typischen grausamen, kalten Lächeln an. Ich hätte nicht zu sagen vermocht, wer gewinnen würde. Mrs Delafield hatte den Vorteil, sich im angestammten Heim zu befinden, während Mama den Vorzug hatte, dass es sie nicht im Geringsten scherte, wenn sie eine Szene machte.

Ich wartete gar nicht erst ab, was als Nächstes geschähe. Kurz entschlossen packte ich Maria am Arm und zog sie zu meiner Mutter. »Es ist für uns alle an der Zeit, uns zurückzuziehen. Komm, Mama. Ich zeige dir den Westflügel.« Ich berührte sie am Ellbogen und flehte sie mit meinem Blick an, anstandslos mitzukommen. Nach einem langen Blick zu Mrs Delafield holte sie tief Luft und reckte das Kinn. »Nichts würde ich lieber tun, Kitty.«

Ich atmete erleichtert auf und zog eine protestierende Maria und eine auf den Tod beleidigte Mama aus dem Salon hinaus und die Treppe nach oben. In der Tür zu meinem Zimmer blieb ich stehen und betrachtete die beiden zusätzlichen Reisekoffer. Offenbar bekamen Mama und Maria keine eigenen Zimmer zugeteilt. Ich sah das Bett an und seufzte wieder, der Verzweiflung nahe. Aber vielleicht würde ich ja einen anderen Ort zum Schlafen finden. Alles war besser als hier, mit diesen beiden.

Es war schon fast Mitternacht, als Mama und Maria endlich zu reden aufhörten. Sie hatten sich hauptsächlich darüber ausgelassen, wie unmöglich Mrs Delafield sie empfangen habe. Ich hatte ihnen das Bett überlassen und darauf beharrt, dass ich es in dem Sessel vor dem Kamin bequem hätte. Alice hatte ihnen beim Entkleiden geholfen, hatte uns mit großen Augen beobachtet und zugehört, aber selbst nichts dazu bemerkt.

Als sie endlich schliefen, schlich ich mich aus dem Raum und rannte dann förmlich zum Vogelzimmer – aus Angst, ich könnte zu spät sein und Henry sei schon wieder gegangen. Doch als ich in den Raum geplatzt kam, stand er da und wartete auf mich, mit einer Laterne und einem Lächeln nur für mich.

»Es ist alles so schrecklich!«, stieß ich hervor.

»Ich weiß.« Er kam zu mir und streckte seine Hand aus. »Komm. Fliehen wir gemeinsam.«

Ich steckte meine Hand in seine, und er schlang seine Finger darum. Mein Herz schlug mir bis zum Hals. Heute Nacht würde ich bei ihm bleiben. Er zog an meiner Hand, und ich folgte ihm in den dunklen Geheimgang.

—

Der Nachthimmel war wolkenverhangen, nur gelegentlich blitzten ein paar Sterne durch die Lücken und sorgten für etwas Licht. Henry stellte seine Laterne ins Gras des Turms und zog ihre Klappen hoch, um den Ort zu erhellen. Durch den dunklen Himmel und das Vogelkrächzen im Turm nebenan wirkte alles hier wie eine andere Welt. Zudem kam es mir so vor, als hätte ich eine Zeitreise hinter mir. Als hätten Henry und ich einen geheimen Weg gefunden, wieder so zu sein wie vor zwei Jahren, bevor der Ball im Delafield Manor alles verändert hatte.

Wir setzten uns ins Gras, und ich lehnte mich zurück und stützte mich auf meine Hände, zufrieden darüber, nun eine Weile hier oben bleiben, ja, notfalls sogar hier oben schlafen zu können. Hauptsache, ich konnte alles vergessen, was Mama,

Maria und Mrs Delafield betraf, die im Haus mit ihrer Wut auf mich warteten.

Henry lehnte sich näher und stupste mich mit der Schulter an. »Kate?«

»Hm?«

»Wovor hast du am meisten Angst?«

Ich sah zu ihm, doch er hatte den Kopf zurückgelegt und richtete den Blick auf den dunklen Nachthimmel.

»Gehört die Frage zu unserer Abmachung?«

Er bedachte mich mit einem mahnenden Blick. »Muss sich denn alles zwischen uns immer nur um diese Abmachung drehen?«

»Nein.« Ich lächelte über seine Antwort und freute mich, dass ich ihm noch etwas bedeutete.

Während ich über seine Frage nachsann, stand ich auf und ging auf dem Turm umher, lauschte den eindringlichen Schreien der Saatkrähen, spürte den Wind und roch das Meer. Was für ein wilder Ort! Binnen weniger Tage hatten sich all meine Zwänge in Luft aufgelöst. Ich fühlte mich von meinen Ketten befreit und so wild wie der Wind, der meine Haare zu einem dunklen Durcheinander verwirbelte. Dieser Abend markierte das Ende unserer Vereinbarung und den Anfang meiner Flucht, und in diesem Augenblick, wo sich alles auflöste, wollte ich mich Henry anvertrauen. Ich wollte ihm alles beichten.

»Ich habe Angst vor Indien«, gestand ich.

Mit verwirrter Miene kam Henry auf mich zu. »Ich dachte, Indien sei dein Traum. Dein Ideal.«

»Ja. Das dachte ich auch. Aber was, wenn es nicht so ist? Was, wenn ich mich dort nur genauso … ruhelos fühle und … und ebenso eingesperrt und unglücklich wie hier? Was, wenn sich dadurch nichts bessert? Was, wenn ich das alles auf mich nehme – für etwas Schreckliches?« Ich verschränkte die Arme vor der Brust und bemühte mich, das Zittern in den Griff zu bekommen, das mich erfasst hatte, während ich diese Erkenntnis laut aussprach.

»Wirklich, der Gedanke macht mir Angst, dass meine Träumereien in Enttäuschung enden. Und bei dem Gedanken, in Indien enttäuscht zu werden, fühle ich mich so hilflos! Als wäre ich nicht imstande, wahrhaft glücklich zu sein. Als wäre all mein Streben ein Fluch. Meine Träume werden sich in Verdammnis verkehren.«

Ich fuhr mir mit den Fingern durchs offene Haar. Und weitere Worte purzelten heraus, als könnte ich nun, da ich angefangen hatte, über meine Ängste zu reden, gar nicht mehr damit aufhören.

»Und was mache ich nach meiner Indienreise? Ich bin nicht einmal zwanzig, Henry! Wofür werde ich leben? Was, wenn das Leben für mich nichts Bedeutungsvolles bereithält und ich meine Tage damit verschwende, meine Ruhelosigkeit in den Griff zu bekommen, und das alles für … nichts?«

Er warf mir einen dunklen und bekümmerten Blick zu und dachte geraume Zeit über meine Worte nach. »Um ehrlich zu sein«, sagte er schließlich, »würde ich alles daransetzen, dich davon zu überzeugen, dass du die falsche Entscheidung getroffen hast, wenn ich könnte. Ich hasse den Gedanken an die Gefahren der Reise, die unbekannten Bedrohungen dieses Landes. Andererseits würde ich dich aber nicht deiner Träume berauben wollen.« Er zuckte die Achseln. »Wenn Indien also doch nicht dein Herzenswunsch ist, dann wirst du dies immerhin in Erfahrung bringen. Zumindest wirst du nie bedauern müssen, dich nie fragen müssen, was geschehen wäre, wenn du dich einfach getraut hättest …« Er hielt mich mit seinem Blick gefangen.

Getraut. Das Wort ließ mich aufmerken. Ich erinnerte mich

daran, welchen Grund Henry mir kürzlich genannt hatte, warum er im Ozean schwimmen gegangen war. Dass er etwas Wagemutiges habe tun wollen. Und auf einmal wollte auch ich unbedingt etwas Wagemutiges tun. Wollte mich etwas wahrhaft Beängstigendem aussetzen und es überleben.

Nebenan erhoben sich die dunklen Vögel von ihrem Turm. Ich legte den Kopf zurück und beobachtete sie dabei, wie sie sich in die Höhe schwangen. Und dann wusste ich, was ich tun wollte. Ich griff mit einer Hand nach der Mauer und streckte die andere nach Henry aus.

»Reich mir deine Hand!«

Er hob eine Augenbraue.

»Ich meine es ernst. Gib mir deine Hand!«

Er hielt sie mir hin, als wäre sie ein Geschenk. Ich ergriff sie und versuchte, auf die Steinmauer zu klettern, doch er zog mich zurück. »Halt! Was machst du denn da?«

»Etwas Wagemutiges. Wie du. Nur dass ich fliegen werde.«

Ich lächelte ihn an, und mein Herz schlug vor Nervosität ganz schnell. Es schien, als würde er mir seine Hilfe verweigern wollen.

»Das ist Wahnsinn!«, sagte er schließlich.

Er ließ mich los, kam näher und schlang die Hände um meine Taille. Ich hielt mich an seinem Gehrock fest. Sein Griff verfestigte sich, und auf einmal befand ich mich in der Luft, denn Henry hob mich hoch. Dann war wieder Stein unter meinen Füßen. Ich schwebte in der Luft, beugte mich vor und versuchte, mich dabei weiter an seinem Rock festzuhalten.

»Lass los, Kate«, sagte er, und in seiner Stimme schwangen ein Lachen und eine Warnung mit. »Du musst mich loslassen!«

Ich tat wie geheißen und stand aufrecht, und er schob seine Hände abwechselnd von meiner Taille zu meinem linken Arm hoch. Meinen rechten Arm streckte ich hoch. So stand ich auf der Turmmauer. Henry hatte seine Hand fest um mein Handgelenk geschlungen, während ich mich an seinem Handgelenk festhielt.

»Bist du bereit?«

Ich nickte. Im Turm nebenan riefen die Saatkrähen.

»Lass mich bloß nicht los«, warnte er.

»Keinesfalls!« Mein Herz pochte immer heftiger vor Angst.

»Pass auf deine Röcke auf und sieh stur geradeaus, nicht auf deine Füße.«

Ich umklammerte Henrys Handgelenk noch fester.

Er machte einen Schritt nach vorn.

Ich machte auch einen Schritt, und dann machte Henry noch einen und noch einen, bis ich auf der Mauer entlangging. Hoch über den Bäumen und dem Meer und direkt neben dem Sternenlicht.

Ein Lachen entfuhr mir. Ich war ganz benommen vor freudiger Erregung und Angst.

»Schneller?«, wollte Henry wissen.

»Ja!« Er ging schneller, ohne je seinen Griff zu lockern, und wir umrundeten den Turm, einmal, zweimal, immer rascher, bis er rannte und ich auch, und es war das Beängstigendste und Berauschendste, was ich je erlebt hatte – so zu rennen, immer im Kreis, mit dem Wind in meinen Haaren und den Vögeln überall um uns herum und Henry – dem starken, sicheren Henry –, der mich ganz fest hielt. »Und jetzt spring!«, brüllte er dann.

Und ich hielt nicht inne. Zögerte nicht. Nicht eine Sekunde. Ich sprang, mit geschlossenen Augen, und fühlte nichts als Wind und Freiheit und Henrys Hand, der meinen Arm hielt, und dann zog er mich fest zur Seite und fing mich mit dem Arm um die Taille auf, und ich streckte die Arme weit aus und flog. Ich flog durch die Nacht wie die Amseln, die Saatkrähen und die Waldlerchen. Ich drehte mich und drehte mich, und ich lachte, und die Vögel schrien.

Schließlich wurden wir langsamer, und ich senkte die Arme, schlug die Augen auf und sah in Henrys lächelndes Gesicht. Meine Arme fielen um seine Schultern, als er aufhörte, sich zu drehen und mich langsam hinabgleiten ließ, bis meine Zehen das Gras berührten.

Mir war schwindelig. Ich lehnte mich an ihn, schloss die Augen und vergrub mein Gesicht an seiner Brust, spürte seinen beschleunigten Atem und seine Arme um meine Taille, wie er mich hielt, nahe bei sich. Als ich schließlich das Gefühl hatte, die Welt würde sich langsam wieder ordnen, legte ich den Kopf zurück und lächelte zu ihm auf.

»Ich glaube«, sagte er, und seine Stimme war nur ein heiseres Flüstern, »dass du im Leben nichts zu befürchten hast, Kate. Die Welt muss sich vor dir vorsehen, glaube ich, nicht umgekehrt.«

Ich fühlte mich atemlos, beschwingt und innerlich zerrissen, als wäre durch meinen kurzen Flug alles in mir durchgerüttelt worden und ich könnte mich nun nicht erinnern, wie man auf der Erde unter mir stillstand. Ich wollte weiterfliegen, oder ich wollte eine Ausrede finden, um Henry für eine lange Zeit so nahe bleiben zu können. Beides waren gefährliche Wünsche.

Also trat ich von ihm weg und verkniff mir den Seufzer, der meine Enttäuschung verraten hätte, als er seine Hände sinken ließ und wir getrennt voneinander dastanden. Angesichts der plötzlichen Kühle fröstelte es mich, ich wandte mich um und sah zu den dunklen Schatten der Vögel im Turm hinüber. Jetzt, wo wir uns nicht mehr berührten, entstand eine betretene Stille. Ich musste etwas sagen.

»Nun bist du an der Reihe.« Ich zwang mich zu lächeln.

»Etwas Wagemutiges zu tun?«

»Nein. Du bist an der Reihe, ein Geheimnis zu lüften. Wovor fürchtest du dich am meisten, Henry Delafield?«

Er sah mich lange an, und ich ging schon davon aus, er würde meiner Bitte nicht nachkommen. Doch nachdem ich mehrere Herzschläge abgewartet hatte, sagte er: »Mein ganzes Leben habe ich schon gewusst, was meine Zukunft für mich bereithält. Ich wusste, wo ich leben würde und wie. Selbst mit wem mich meine Eltern gern verheiraten würden, weiß ich schon seit Jahren.«

Er holte Luft, und seine Stimme klang heiser, verletzlich und weich, als er fortfuhr: »Du warst die einzige Überraschung in meinem Leben, Kate. Und ich habe Angst, richtig große Angst, dass ich, wenn du erst mal fort bist, nie mehr wieder überrascht werde.«

Mit den Tränen, die in meinen Augen brannten, hatte ich nicht gerechnet. Es waren Abschiedsworte, die Henry da gerade ausgesprochen hatte. Mir war, als hätte man mir mein Herz entzweigeteilt. Ich zwinkerte meine Tränen weg, schlang die Arme um mich und versuchte, nicht zu zittern. Ich hatte keine Beichte erwartet, die derart an meinem Entschluss rütteln würde. Da ich Abstand und Klarheit brauchte, trat ich noch ein paar Schritte von ihm fort. Erst zwei, dann fünf, und schließlich drehte ich eine Runde auf der Plattform des Turms, bevor ich wieder zu ihm trat und mit brüsker Stimme sagte: »Sollen wir jetzt unsere Vereinbarung angehen?«

Er räusperte sich. »Wenn du möchtest?«

»Na, dann los. Frag mich nach dem letzten Geheimnis. Deiner Bezahlung.«

»Die Bezahlung wieder zuerst?«

Ich nickte. In diesem Moment hätte ich einen weiteren Heiratsantrag nicht durchgestanden, so offen, wie mein Herz gerade war. Ich ging zur Mauer und lehnte mich an, da ich Halt brauchte. Aber Henry folgte mir und blieb nur einen Schritt vor mir stehen, sodass mein Herz nicht zur Ruhe kam. Er stand zu nahe. Ich hätte ohne Weiteres nach ihm greifen können.

»Ich möchte wissen, was vor anderthalb Jahren auf dem Ball vorgefallen ist. Auf dem Ball bei uns zu Hause, den du frühzeitig verlassen hast, ohne mit mir zu tanzen. Ich möchte genau wissen, was an diesem Abend geschah, Kate. Was dich dazu brachte, schon so früh aufzubrechen. Was dich veranlasste, vor mir davonzurennen, als ich nach dir rief. Was hat dich dazu gebracht, Sylvia und mir tags darauf zu erklären, dass du nicht vorhättest, jemals zu heiraten?«

Nun standen wir also hier, am Abgrund. Ich hatte nicht gedacht, dass unsere Abmachung uns an diesen Punkt bringen würde. Das Herz wurde mir so schwer.

32. Kapitel

Anderthalb Jahre zuvor

Maria entdeckte mich in der Halle des Delafield Manor und machte ein schadenfrohes Gesicht. »Mama hat Mr Cooper am Arm und hält nach dir Ausschau.«

Mir lief es eiskalt über den Rücken. »Ich kann nicht mit ihm tanzen. Ich kann es nicht! Ich habe Angst, mich anzustecken, was für eine Krankheit er auch immer hat.«

Maria grinste. »Dann versteckst du dich mal besser.«

Der Klang von Mamas Stimme drang bis zu uns her. Maria riss die Augen auf und kicherte. Ich warf ihr einen finsteren Blick zu und eilte auf der Suche nach einer Fluchtmöglichkeit oder einem Versteck den Korridor entlang. Die Tür zum Damenzimmer stand einen Spalt offen. Ich schlüpfte in den halbdunklen Raum und wartete mit angehaltenem Atem, dass sie vorbeigingen. Doch schon bald wurde die Tür aufgeschoben, und ich musste mich hastig verstecken. Es boten sich zwei Möglichkeiten: hinter dem Sofa oder hinter den Vorhängen. Ich entschied mich für die Vorhänge und drückte mich hinter ihren dicken Falten an die Wand. Der süße Duft von Pfingstrosen wehte zu mir her. Dort, vor dem Fenster, hinter dessen Vorhängen ich mich versteckte, stand ein hoher Tisch mit einer Vase, die mit meinen Lieblingsblumen gefüllt war. An diesem Abend standen im ganzen Haus solche Vasen herum. Die Delafields mussten für die Balldekoration die Pfingstrosen der ganzen Grafschaft erworben haben.

Mucksmäuschenstill stand ich hinter den Vorhängen, denn ich hätte alles getan, um den kranken Mr Cooper nicht berühren und seinen stinkenden Atem nicht riechen zu müssen. Ich erwartete, Mamas Stimme zu hören, doch schloss sich die Tür wieder, und nur Schritte waren zu hören. Dann das Knarzen des Sofas.

»Oh, es tut gut zu sitzen.« Ich erstarrte. Mrs Delafield war hereingekommen!

»In der Tat! Meine Füße sind an das Tanzen nicht mehr so gewöhnt wie einst.« Auch diese Stimme kam mir vage vertraut vor. Ich lugte um die Kante des Vorhangs. Henrys Tante Agnes saß neben seiner Mutter auf dem Sofa. Dankbar für das trübe Licht, wich ich weiter in die Schatten zurück. Solange ich kein Geräusch machte, würden sie nie darauf kommen, dass ich hier war. Dagegen sähe es töricht aus, wenn ich jetzt noch hinter den Vorhängen hervorkommen würde. Also wartete ich lieber, bis sie wieder verschwanden, und machte mich dann zum Ballzimmer auf.

»Ich freue mich, dass wir die Möglichkeit haben, uns unter vier Augen zu unterhalten«, begann die Tante, »denn ich mache mir ein wenig Sorgen um dich, liebe Schwägerin, seitdem mein Bruder gestorben ist.«

»Oh? Sorgen um mich? Weshalb?« Mrs Delafield klang vorsichtig, abwehrend.

»Das ist ein ausgesprochen gewichtiges Thema, fürchte ich.«

Ich hätte nicht zuhören dürfen. Doch ein unbemerktes Verschwinden war unmöglich. Ich verfluchte mein Pech und hoffte, ihre Unterhaltung würde weder zu persönlich noch zu lang.

»Ich sorge mich, dass du nicht deiner Pflicht nachkommst, den Namen Delafield vor einem Skandal zu bewahren.«

Ich riss die Augen auf. Es erstaunte mich, dass sie sich so etwas zu sagen traute. Und dem beleidigten, frostigen Ton von Mrs Delafield nach zu urteilen, sah diese das genauso. »Wie meinst du das?«

»Ich habe die Worthingtons hier gesehen. Ich fasse es nicht, dass du sie nach dem Skandal in Brighton noch eingeladen hast …«

»Wie du vielleicht schon bemerkt hast, ist Eleanor nicht anwesend. Darüber hinaus ist der Skandal nicht bestätigt worden. Er hat diesen Teil des Landes ja nicht einmal erreicht. Es würde in der Umgebung viel mehr Gerede verursachen, wenn ich sie ausschlösse. Und du weißt, wie sehr ich Gerede verabscheue. Wenn dadurch unser Name nicht mit dem ihrigen in Verbindung gebracht wird, beiße ich doch gern in den sauren Apfel und ertrage ihre Gesellschaft.«

»Ja, aber dennoch. Der Name Delafield, Schwägerin!«

Mrs Delafields Stimme verhärtete sich. »Ich bin mir des Namens der Delafields und seines Wertes sehr wohl bewusst. Ich war mir dessen bewusst, als ich deinen Bruder geheiratet habe, und ich bin mir dessen nun sogar noch bewusster. Ich habe nichts getan, um Schande über ihn zu bringen. Vielmehr habe ich mit Georges Partie dazu beigetragen, den Ruf des Namens zu erhöhen.«

»Ja, George hat fürwahr eine gute Partie gemacht, dennoch fehlt immer noch ein Titel. Wir brauchen einen Adelstitel in der Familie.«

Ich verdrehte die Augen. All das war darauf zurückzuführen, dass ein entfernter Verwandter der Familie vom Kaiser des Heiligen Römischen Reichs einen Titel verliehen bekommen hatte. Nun, da sie ihrer Abstammungslinie einen vorweisen konnten, hielten sie ihre Familie für etwas ganz Besonderes und meinten, Ihnen stünde Wunder was zu.

»Ich weiß, dass wir einen Adelstitel in der Familie brauchen, und habe entsprechend geplant. Die St. Claires besitzen einen Titel. Und die Ehe zwischen Henry und Miss St. Claire ist beschlossene Sache.«

»Aber der Titel wird bedeutungslos sein, wenn sich Henry stattdessen in eines dieser Worthington-Mädchen verguckt!«

Mein Gesicht brannte.

»In dieser Hinsicht steht aber nichts zu befürchten«, versetzte Mrs Delafield bestimmt.

»Bist du dir da ganz sicher? Denn nach dem zu urteilen, was Sylvia mir erzählt hat …«

»Ganz sicher, ja.« Eine Pause entstand, und dann fragte Mrs Delafield mit einem Anflug von Neugierde nach: »Aber was hat dir Sylvia denn erzählt?«

»Sie erzählte mir, dass sie glaubt, Henry und ihre Freundin … du weißt schon, die mit den Augenbrauen …«

»Kitty.«

»Ja, Kitty. Sie ist ganz hübsch geworden, nicht wahr? Trotz dieser Augenbrauen?«

»O ja, durchaus. Äußerst bemerkenswert. Doch fahre fort. Was hat Sylvia gesagt?«

»Sie glaubt, dass sich zwischen den beiden etwas anbahnt.«

Dass Sylvia, ihre Tante und ihre Mutter sich über Henry und mich unterhielten! Ich musste daran denken, was Sylvia auf der Lichtung gesehen haben mochte, und wand mich innerlich vor Scham.

»Du machst dir unnötige Sorgen«, versetzte Mrs Delafield. »Sollte sich zwischen den beiden etwas angebahnt haben, so werde ich dem ein Ende setzen. Unverzüglich. Sollte es tatsächlich auch nur andeutungsweise so aussehen, als hätte Kitty ein Auge auf Henry geworfen, dann trenne ich alle drei. Bis ich dieses Mädchen so weit habe, dass sie den Tag bereut, an dem sie geglaubt hat, Henry zu lieben, werde ich Henry nach Blackmoore und Sylvia zu dir schicken. Ich habe an alles gedacht. Ich werde sie ohne Zögern und ohne Gewissensbisse auseinanderreißen.«

»Warum erlaubst du ihr überhaupt, mit deinen Kindern zu verkehren? Warum sie nicht gleich trennen?«

»Weil es dann Gerede gäbe! Mutmaßungen! Und dieses Risiko ist dieses Mädchen nicht wert. Zudem hat Kitty einen guten Einfluss

auf Sylvia. Ohne ihre Freundschaft würde Sylvia sogar noch träger werden, als sie es von Natur aus schon ist, und es würde schwierig, für sie eine gute Ehe zu arrangieren. Nein, es gibt nichts dagegen einzuwenden, dass Kitty und meine Kinder Freunde sind – solange sich aus dem Verhältnis zwischen ihr und Henry nichts anderes entspinnt.«

»Meinst du, du kannst so etwas kontrollieren?« Die ältere Frau klang zweifelnd.

»Natürlich kann ich das.« In Mrs Delafields Stimme schwang Spott mit. »Außerdem habe ich etwas, das sich Henry sehr wünscht – etwas, das er nur haben kann, wenn er sich nach meinen Wünschen richtet.«

»Und das wäre?«

»Blackmoore.«

»Hast du dazu rechtliche Schritte eingeleitet?«, fragte Henrys Tante nach einer langen Pause.

Wieder knarzte das Sofa. »Ich bin ja nicht auf den Kopf gefallen. Letzten Sommer habe ich den Notar herbestellt. Der Zustand meines Vaters hatte sich bereits verschlechtert, und der Notar stimmte mir zu, dass es zum Vorteil aller Beteiligten sei, zu diesem Zeitpunkt mögliche Änderungen des Testaments vorzunehmen, also bevor Vaters Gedächtniseinbußen größer wären. Mein Vater war unschwer dazu zu bewegen, den neuen Letzten Willen zu unterzeichnen. Und das Beste daran ist, dass er sich an nichts mehr erinnert!« Mrs Delafield lachte hell. Mir drehte sich der Magen um. »Nun ist es vollbracht, und wenn Henry versucht, eines von diesen Worthington-Mädchen zu heiraten oder eine andere Frau, die mir nicht passt, verliert er Blackmoore – das Haus, das Anwesen und die damit einhergehenden Einkünfte. Dann geht alles an George.«

Mir war übel. Den Duft der Pfingstrosen in meiner Nähe empfand ich mit einem Mal als so abstoßend, dass ich mich am liebsten erbrochen hätte. Ich lehnte mich, Halt suchend, an die Wand.

»Ich habe dich unterschätzt, das sehe ich«, sagte die Tante.

»Durchaus.« Mrs Delafield klang so selbstzufrieden, so selbstgefällig. Mir kam es vor, als müsste ich in den Falten dieser Vorhänge ersticken.

»Was ich dir erzählt habe, muss unter uns bleiben«, fuhr Mrs Delafield fort. »Noch weiß nicht einmal Henry davon. Falls es nicht nötig ist, möchte ich es ihm auch gar nicht erzählen.«

»Selbstredend! Es würde wohl keinem jungen Mann gefallen, an der kurzen Leine gehalten zu werden.«

»Wie wahr.« Sie hielt inne. »Ich verstehe mich darauf, den Feind vor den Toren zu erkennen, Schwägerin, und ich weiß, wie man sich davor hütet. Das hättest du nicht bezweifeln müssen.«

»Solange du die Dinge im Griff hast, ist ja alles gut.«

»Ich habe die Dinge immer im Griff, glaube mir.«

—

Später konnte ich mich nicht mehr erinnern, wie lange ich mich hinter diesen schweren Vorhängen versteckt und darauf gewartet hatte, dass die beiden Frauen endlich wieder gingen. Sie unterhielten sich über andere Dinge, während ich möglichst flach atmete, um nicht den übelkeitserregenden Duft der Blumen riechen zu müssen. Als die beiden Frauen schließlich den Raum verließen, tropfte mir der Schweiß von der Stirn. Ich wartete ein paar Augenblicke ab, bevor ich schließlich – zutiefst beschämt und bestürzt – aus dem Raum schlüpfte. Ein Stück weiter vorn entdeckte ich Henry im Gang, doch zwischen uns drängten sich zahlreiche Gäste, die der Hitze im Ballsaal durch die Terrassentüren entfliehen wollten. Er rief meinen Namen und versuchte, zu mir zu gelangen, doch ich wandte mich ab und floh durch die Menge.

Niemand bemerkte es, als ich mich ans Ende der Rasenfläche begab und einfach weiterging. Mit dem Mond als einziger Gesell-

schaft marschierte ich durch den Wald nach Hause und erschauerte ob der kühlen Luft. Niemand bemerkte es, als ich die Hintertür zu unserem Haus öffnete und in mein Zimmer hochging. Und dort, in meinem Zimmer, stand das Modell von Blackmoore. Ein Geschenk. Ein Traum. Eine Zukunft, die mir nie vergönnt sein würde, egal, wie sehr ich sie mir wünschte.

Ich setzte mich auf den Boden, schnürte bedächtig meine Schuhe auf und zog sie aus. Dann stand ich auf und betrachtete das Modell. Den ganzen Heimweg über hatte ich nicht geweint. Doch nun packte mich jäher Zorn. Ich zielte mit meinem Schuh auf das Modell, doch er segelte darüber hinweg. Ich schleuderte den zweiten, fester diesmal, und er krachte durch das Holzdach. Für zwei Sekunden fühlte ich mich besser.

Und dann kehrte meine Wut zurück, rasend und unerbittlich. Ich riss meine Zimmertür auf und stürmte den Gang entlang. Ohne zu klopfen, öffnete ich die Tür zu Eleanors Zimmer. Meine Schwester sah von dem Hocker vor ihrer Frisierkommode auf, wo sie sich gerade das Haar bürstete.

»Du lieber Himmel! Was ist denn nur los, Kitty?«

Sie war vor einer Woche heimgekehrt, und es hatte stundenlange Unterhaltungen in gedämpftem Ton mit Mama gegeben, die ich nicht hatte verfolgen können. Doch nun wollte ich die Wahrheit erfahren. Das verdiente ich.

»Ich möchte wissen, was in Brighton vorgefallen ist!«

Eleanor legte sorgfältig die Bürste beiseite, glättete sich das Haar und schob es über die Schultern zurück.

»Ich habe versucht, einen Heiratsantrag zu ergattern, und bin gescheitert. Das ist alles.«

Ich ging zu ihr, beugte mich hinunter und sah ihr in die Augen, damit ihr nicht entging, wie zornig ich war.

»Wie hast du es versucht? Wie bist du gescheitert? Inwiefern war das Ganze ein Skandal?«

Sie schürzte die Lippen und betrachtete mich eine Zeit lang, bis ich vor Ungeduld am liebsten losgeschrien hätte. »Ich erzähle es dir nur, weil du selbst eines Tages auf die Idee kommen könntest, es ausprobieren zu wollen«, sagte sie schließlich. »Ich habe mich eines Nachts in Lord Rules Schlafgemach gestohlen und dort auf ihn gewartet.«

Ich taumelte einen Schritt zurück. »Nein«, flüsterte ich.

»Es hat nicht geklappt, weil sein Diener mich entdeckte und Lady Covington über die Situation ins Bild setzte. Sie hat mich hinausgeworfen, bevor ich auch nur die Chance hatte, Lord Rule zu sehen.« Seufzend griff sie wieder nach ihrer Bürste. »Aber das spielt keine Rolle. Ich werde es einfach noch einmal versuchen mit jemand anderem.«

Ich umklammerte den Bettpfosten, weil ich dringend Halt brauchte.

»Du wolltest ihm eine Falle stellen? Damit er dich heiraten müsste?«

»Jetzt sieh mich nicht so an, Kitty! Was ist denn schon dabei? Außerdem war es ja nicht einmal meine Idee, sondern Mamas!«

Ich konnte sie nicht verstehen, und ich wollte es auch gar nicht. Doch ihre Geheimnisse, die wollte ich erfahren. »Apropos Mama, warum hat Mrs Delafield eigentlich seit ein paar Jahren solch einen Hass auf sie?«

Eleanor machte sich wieder ans Kämmen ihres dichten, dunklen Haars. »Ach, das weißt du gar nicht? Mrs Delafield hat Mama dabei ertappt, wie sie mit Mr Delafield flirtete, und das trägt sie ihr nach.«

Mein Magen revoltierte. »Sie ist … sie ist doch nicht weitergegangen, oder? Weiter als Flirten?«

»Nein. Er wollte davon nichts wissen.«

Ich betrachtete unser Spiegelbild. Wir sahen einander so ähnlich, und doch hatte ich den Eindruck, wenn ich Eleanor anschaute, als würde ich eine Fremde sehen. Also verließ ich sie mit einem betäubten Gefühl in mir und ging in mein Zimmer zurück. Sobald mein Blick auf das zerstörte Modell von Blackmoore fiel, ließ das Taubheitsgefühl nach, und ich spürte nur noch den dunklen, brennenden Schmerz des Verlusts. Ich saß am Fuße der Ruine, die ich verursacht hatte, und weinte bitterlich.

33. Kapitel

Henry wartete auf meine Antwort. Die Saatkrähen schwiegen. Die feuchte Nachtluft ließ Regen erahnen. Mir blutete das Herz. Ich konnte ihm nicht antworten. Konnte ihm die Geheimnisse jener Nacht nicht offenbaren, koste es, was es wolle. Ich schüttelte den Kopf. »Nein.«

»Nein?«

»Nein.«

Er beugte sich herunter, sah mir ins Gesicht, die grauen Augen von etwas beseelt, das ich nicht benennen konnte. »Ich muss es wissen!«

Ich biss mir auf die Unterlippe und versuchte, den Geruch von Pfingstrosen aus dem Kopf zu verdrängen. »Es tut mir leid«, flüsterte ich.

Er wich unvermittelt von mir weg und ging auf die andere Turmseite, wo er innehielt, bevor er sich umdrehte. »Selbst wenn das bedeutet, dass deine Indienreise damit auf der Kippe steht?«

Meine Weigerung, ihm zu antworten, konnte mich meine Indienreise kosten. Aber was noch wichtiger war – es konnte mich das kosten, was ich jetzt mit Henry hatte – diese Nähe, diese Offenheit, diese Kameradschaftlichkeit.

Ich schluckte schwer und nickte. »Im Zweifelsfalle ja. Selbst wenn das der Fall sein sollte, werde ich dir auf deine Frage nicht antworten.«

Er kam zurück zu mir, diesmal langsamer, und sagte: »Das ist das Einzige, was ich wissen möchte. Bitte!« Seine Stimme war rau. »Bitte fliege nicht in irgendein gottverlassenes Land und lass mich mein restliches Leben darüber nachgrübeln.«

Ich wandte den Blick ab und fühlte mich sehr, sehr klein. »Es tut mir so leid, Henry.«

Lange standen wir schweigend da, bis Henry schließlich seufzte. »Was sollen wir jetzt tun?«

»Wir könnten … neu verhandeln, nehme ich an.« Ich hegte keine Hoffnung – verdiente keine Nachsicht. Doch ich probierte es trotzdem. »Ich könnte dir für deinen letzten Heiratsantrag etwas geben. Etwas, das du dir genauso sehr wünschst wie dieses Geheimnis.«

Er sah mir in die Augen. Das Licht veränderte sich, sein Blick senkte sich, und er schaute plötzlich auf meinen Mund. »Einen Kuss«, sagte er leise.

Ein Schauer überrieselte mich. Am ganzen Körper. »Das ist nicht dein Ernst.«

»Nein?« In seiner Stimme schwang etwas Neckendes mit, aber auch noch etwas anderes. Eine heisere, verführerische Note, die weitere Schauer verursachte.

Der Wind blies stärker, und wieder fröstelte mich, und dann fiel jäh kalter Regen vom Himmel. Er kam völlig unvermittelt, prasselte wie eisige Nadeln hernieder und ließ mich vor Überraschung nach Luft schnappen.

Henry packte mich an der Hand, und wir liefen zusammen über die Turmplattform. Ich ergriff die Laterne, ließ sie in der

Eile jedoch fallen, und die Flamme erlosch. Der Turm wurde in Dunkelheit getaucht, und wir sahen plötzlich gar nichts mehr. Henry blieb stehen, und ich stieß gegen ihn. Er fing mich auf, zog mich an sich und sagte mir ins Ohr: »Bleib nah bei mir und lass mich vorangehen. Ich möchte nicht, dass du durch die Luke fällst.«

»Mach ich.«

»Warte eine Minute, während sich meine Augen auf die Dunkelheit einstellen«, murmelte er. Sein Arm lag fest um meine Taille, seine Hand drückte sich gegen mein Kreuz, und ich schmiegte mich an ihn, während uns der Regen durchnässte. Mein Herz hämmerte, und mein Verstand rief mir zu, doch etwas zu unternehmen – einen Weg zu finden, damit das, was zwischen uns zerbrochen war, wieder in Ordnung gebracht werden konnte und ich ihn nie verlassen müsste. Doch es ließ sich nicht in Ordnung bringen. Das wusste ich. Also schloss ich die Augen, atmete den dunklen Geruch des Heidekrauts ein und ließ zu, dass mein Herz noch ein wenig mehr brach.

Viel zu bald löste er sich von mir. Er fuhr mit der Hand an meinem Arm hinab und umschlang mein Handgelenk. Ich suchte nach seiner Hand und ließ mich von ihm vorwärtsziehen, bis wir an der Luke standen. Vom Regen waren die Stufen nun glitschig, und wir bewegten uns bedächtig die steile Wendeltreppe hinunter.

In dem Tunnel hielten wir einen Augenblick inne, holten wieder Luft, und ich schob die Strähnen meines tropfnassen Haars zurück.

»Wenn du dich nicht beeilst, holst du dir eine Erkältung. Komm«, meinte Henry. Er behielt meine Hand in seiner, und ich folgte ihm durch den dunklen Tunnel, der unter dem Moor entlangführte. Mir ging auf, dass ich ihm überallhin folgen würde, wenn es denn möglich wäre.

Die Kälte nahm zu, die nassen Kleidungsstücke klebten mir am Leib, und ich zitterte und klapperte mit den Zähnen. Nachdem sich Henry vergewissert hatte, dass sich niemand im Vogelzimmer oder auf dem Korridor befand, verließen wir vorsichtig den Geheimgang. Er ergriff die Kerze, die er hatte brennen lassen, und wir eilten die Treppen empor zum Westflügel. Dabei hinterließen wir eine Tropfspur vom kalten Regen. Und schließlich befanden wir uns in dem Gang, der zu meinem Zimmer führte. Vor meiner Tür machte Henry halt. Er stellte die Kerze auf der Fensterbank ab, an der wir uns an meinem ersten Abend in Blackmoore unterhalten hatten. Dann drehte er sich zu mir, und sein nasses Haar erinnerte mich an den Tag, an dem er mich aus dem Fluss gezogen hatte. Seine Augen waren so dunkel wie die Sturmwolken draußen, und ich konnte sehen, wie sich sein Brustkorb beim Atmen hob und senkte, denn sein nasses Hemd klebte an seinen Schultern, seinem Brustkorb und an seinen Armen.

Ich schluckte und trat von ihm weg. Nervöse Erregung erfasste mich und erfüllte meine Adern wie Feuer. Noch hatte ich meinen Teil der Abmachung nicht eingehalten. Henry dachte offenbar dasselbe, denn seine Mundwinkel hoben sich zu einer Art Lächeln. »Was diesen Kuss angeht …«

Ich wich zurück, bis ich an die Wand neben meiner Zimmertür stieß. »Das hast du nicht ernst gemeint«, sagte ich, auch wenn ich meinen Worten selbst kaum glaubte.

Doch Henry kam auf mich zu, bis er direkt vor mir stand. Er stützte seine Hand über meinem Kopf an der Wand ab. Ich leckte mir die Lippen, und mein Herz drohte zu zerspringen. Ich versuchte zu lachen, doch es kam nur ein leiser, kehliger Laut heraus.

Wir standen so dicht beieinander, dass das Wasser aus seinen Haaren auf meine Wange tropfte. Aber ich hatte eine Heidenangst. Diese Grenze hatten wir noch nie überschritten. Und dann legte er die Hand an meine Taille. Die Berührung brannte sich regelrecht durch den Stoff meines Gewands. Ich presste die Handflächen an die Wand hinter mir und bemühte mich, meine Atemzüge zu verlangsamen. Mein Atem ging unnatürlich schnell. Mein Puls raste ebenfalls. Und ich sorgte mich, Henry könnte es hören und begreifen, was für eine Wirkung er auf mich ausübte. Ich drückte die Hände fester an die Wand, damit ich sie nur ja nicht nach ihm ausstreckte.

»Ich habe es überaus ernst gemeint«, flüsterte er. Sein Griff um meine Taille wurde fester. Meine Hände lösten sich von der Wand und entdeckten das Revers seines Rocks. Eigentlich wollte ich ihn gar nicht berühren – nicht so! –, doch meine Hände führten ein Eigenleben. Sie drückten den Stoff seines Rocks zusammen und zogen ihn näher. Und dann blieb keine Zeit für weitere Gedanken. Schon viel zu lang waren wir an diesem Abgrund entlangbalanciert. Und nun würden wir hinabstürzen. Das wusste ich mit atemloser Gewissheit.

Er löste seine Hand von der Wand und umfasste damit meinen Nacken, und das so sanft, so selbstverständlich, als hätte er es sich schon Tausende Male vorgestellt, und …

Ein jähes Licht durchbrach die Dunkelheit des Ganges. Überrascht fuhren wir zusammen. Ich schob Henry beiseite und sah zu der Lichtquelle. Es kam jemand mit einer Kerze auf uns zu. Ich versuchte, die Gestalt zu erkennen. Der flackernde Lichtschein erhellte Marias Gesicht, und ich fluchte leise.

Schlagartig wurde mir meine Lage bewusst. Ich stand mitten in der Nacht mit einem Mann vor meinem Schlafgemach, beide waren wir pitschnass, und ich hatte ihn gerade um ein Haar geküsst. Die Tatsache, dass es sich um Henry handelte, machte es nur umso schlimmer. Das Ganze wirkte wie eine Wiederholung des Brightoner Skandals.

Ich langte nach dem Türgriff, und mir stockte das Herz. Meine Zimmertür stand weit offen. »Du solltest gehen«, flüsterte ich. »Bevor dich jemand sieht.«

Er zögerte, doch ich eilte bereits in mein Schlafgemach. Nach gerade mal zwei Schritten stieß ich mit jemandem zusammen. Ich hörte die Person nach Luft schnappen, dann stürzte ich auch schon der Länge nach zu Boden und landete auf etwas Weichem. Im nächsten Moment hörte ich Mamas Stimme, die mir zuflüsterte, ich solle doch bitte von ihr hinuntergehen.

Im selben Augenblick kam Maria herein.

»Was geht hier vor?«, fragte sie argwöhnisch und hielt ihre Kerze in unsere Richtung. »Warum bist du vollkommen nass, Kitty? Und warum liegst du auf Mama?«

Ich versuchte, mich aufzurappeln, doch dabei wickelte sich meine nasse Kleidung um meine Beine, sodass ich stolperte und wieder hinfiel. Mama schob mich beiseite, stand auf und nahm Maria die Kerze aus der Hand. Dann stieg sie über mich hinweg und zündete die anderen Kerzen im Raum an, und bis ich wieder auf den Füßen stand, war es hell genug, um deutlich Mamas triumphierende Miene zu sehen.

—

»Er muss dich heiraten. Er muss!« Sie lachte gackernd vor Entzücken und schritt vor mir auf und ab, während ich klatschnass und wie ein Häufchen Elend auf dem Bett saß.

»Nein, das muss er nicht. Zwischen uns ist nichts vorgefallen. Er hat mich nicht einmal geküsst.«

»Es dürfte kaum eine Rolle spielen, meine Liebe, ob sich eure Lippen berührt haben oder nicht. Ich habe euch beide gesehen.« Wieder lachte sie. Ich dagegen verging fast vor Scham. »Du wurdest dabei ertappt, wie du mit ihm herumgeschlichen bist, allein, bei Nacht, und ihr wurdet gesehen, wie ihr euch umarmt!« Abermals lachte sie und klatschte wie ein kleines Mädchen in die Hände. »Oh, seine Mutter wird einen Anfall bekommen! Aber, Kitty, das sind wunderbare Neuigkeiten! So wunderbar! Hach, du wirst eine bessere Partie machen als Eleanor, und ich kann Henrys Mutter unter die Nase reiben, dass du Herrin dieses Hauses sein wirst!«

Ich stöhnte auf. »Nein, Mama. Daraus wird nichts. Er wollte mich … er wollte mich einfach nur necken und sagte, ich wäre ihm für den Heiratsantrag einen Kuss schuldig, das war es aber auch schon!«

Sie blieb stehen und sah mich scharf an. »Welcher Heiratsantrag?«

Ich fiel auf mein Bett zurück und hielt mir mit beiden Händen die Augen zu. »Er ist es, der um meine Hand angehalten hat, Mama. Er hat mir diesen Gefallen erwiesen, damit ich nach Indien reisen kann. Es ist jedoch nichts Unziemliches zwischen uns vorgefallen. Ich schwöre es! Ansonsten hat er sich grundsätzlich als vollkommener Gentleman erwiesen.«

Sie sah mich mit zusammengekniffenen Augen an. »Willst du damit sagen, seit deiner Ankunft bist du mehr als einmal nachts allein mit ihm herumgestreunt?«

Ich schüttelte den Kopf. Wie hatte ich mich nur derart verplappern können? »Ja«, murmelte ich kläglich.

Grinsend klatschte sie in die Hände und lachte triumphierend. »Du bist gewitzter als Eleanor, Kitty! Wer hätte das gedacht? Henry wird gar nichts anderes übrig bleiben, als dich zu heiraten.«

Panisch setzte ich mich auf, während die Tränen an meinen Wangen hinunterliefen. »Nein, Mama. Das darf nicht geschehen. Ich kann Henry nicht zwingen, mich zu heiraten. Ich kann das nicht tun!«

Sie tat meine Worte mit einer unwirschen Handbewegung ab. »Ach was! Eine junge Lady muss sich jeden ihr zur Verfügung stehenden Vorteil zunutze machen, um sich eine gute Zukunft zu sichern!«

»Ich mache da nicht mit!«, brüllte ich und stand von dem Bett auf. Sie fuhr erschrocken zusammen. »Ich werde ihm keine Falle stellen, ich werde nicht zulassen, dass er mich mein restliches Leben hasst, ich möchte nicht, dass sein Respekt für mich dahin ist, und ich werde mich auch nicht nach anderen Männern umsehen! Ohne mich, Mama! Ich werde nicht so werden wie du, und ich werde auch nicht zuschauen, wie Henry so wird wie Papa! Den Gedanken ertrage ich nicht.« Ich schluchzte und brüllte dann: »Lieber würde ich den abscheulichen Mr Cooper heiraten, als gezwungen zu sein, Henry Delafield zu ehelichen!«

Meine Stimme hallte in der jähen Stille wider. Marias Augen waren tellerrund geworden. Sie starrte auf etwas hinter mir. Ich wandte mich um und stellte fest, dass Henry vor meiner offenen Zimmertür stand.

Geraume Zeit hielt er meinen Blick, bevor er sich umdrehte und entschwand.

»Oje«, sagte Maria. »Ich glaube, er hat dich gehört.«

Ich ließ mich auf das Bett fallen. Es war also so weit. Endlich war es so weit. Wir waren in den Abgrund gestürzt, und es gab kein Zurück mehr.

»Das spielt keine Rolle.« Mama schloss die Tür fest zu. »Wir werden ihn trotzdem zwingen, dich zu heiraten.«

Ich schüttelte den Kopf. »Das wird nicht funktionieren, Mama. Wenn er mich heiratet, verliert er Blackmoore. Das hat Mrs Delafield in das Testament ihres Vaters einfügen lassen. Henry säße ohne einen Penny da.«

Meine Verkündung ließ sie kalt. »Mumpitz. Testamente

können geändert werden, und der Großvater ist schließlich noch am Leben. Darum kümmern wir uns morgen. Du gehst zu seinem Großvater und überredest ihn, seinen Letzten Willen zu ändern.«

»Nein!«, wimmerte ich, doch mein Kampfgeist hatte mich verlassen, sobald ich Henrys Gesichtsausdruck gesehen hatte.

»Ach, ich kann es gar nicht erwarten, dich hier zu besuchen, wenn du erst mal Herrin über Blackmoore bist! Sicherlich wird sie vor Wut schäumen, wenn ich hierher ins Haus ihrer Kindheit komme und tun und lassen kann, was immer ich will! Aber sie wird nichts in der Hand haben, um mich davon abzuhalten! Haha! Ob sie mich noch so von oben herab behandeln kann, wenn du erst einmal verheiratet bist? Nein! Das wird keiner mehr wagen, wenn du erst mal Mrs Henry Delafield bist. Das ist der endgültige Sieg, Kitty! Unglaublich, dass du das zuwege gebracht hast!« Sie beugte sich zu mir, umfasste mein Gesicht und drückte mir einen Kuss aufs nasse Haar. »Wie falsch ich dich doch eingeschätzt habe!«

Ich schüttelte den Kopf, immer wieder. »Nein, Mama. Das mache ich nicht. Nie und nimmer.« Ich sagte es immer wieder, bis sie schließlich zu lachen aufhörte und mich scharf ansah.

Sie wischte sich mit dem Handrücken über den Mund, als würde sie den Kuss auslöschen wollen, den sie mir gegeben hatte. »Ach nein?«

Maria lehnte sich auf das Kissen. »Sei kein Dummkopf, Kitty. Das musst du jetzt durchstehen. Du bist zu weit gegangen, um noch einen Rückzieher zu machen!«

»Nein«, versetzte ich mit schwacher Stimme. »Ich kann das ungeschehen machen. Ich kann …«

Wieder packte Mama mein Gesicht, doch ihre Berührung hatte nichts Sanftes. Sie starrte mich an, und ihre Augen nahmen dabei die Farbe jener verrosteten Falle an, die ich im Wald gefunden und in deren Zähnen das verwundete Kaninchen gesteckt hatte. »Antworte mir, Kitty: Hast du deinen Teil unserer Abmachung erfüllt? Hast du drei Anträge erhalten?«

Mir ging auf, dass Henry mir in dieser Nacht keinen Antrag gemacht hatte. Der Regen hatte verhindert, dass wir unsere Vereinbarung zum Abschluss brachten.

»Nein«, flüsterte ich.

»Dann musst du gemäß unserer Abmachung tun, was immer ich möchte. Daran erinnerst du dich doch, Herzchen?«

Ich ließ mich aufs Bett zurückfallen und hielt mir die Hände vor die tränenfeuchten Augen. »Ich mache es nicht. Das mache ich nicht, Mama!«

»Wir haben eine Vereinbarung getroffen, Kitty. Und jetzt musst du mit den Konsequenzen leben. Erinnere dich, was wir ausgemacht haben. Erinnere dich daran, was du mir erklärt hast. Du hast gesagt, du würdest es dir keinesfalls anders überlegen.«

Ja, daran erinnerte ich mich. Zu jenem Zeitpunkt war ich davon auch überzeugt gewesen. Nun jedoch war ich überzeugt, dass ich mich in niemandem so geirrt hatte wie in mir selbst.

»Morgen wirst du mit Henrys Großvater sprechen.« Sie stemmte ihre Fäuste in die Hüften und funkelte mich an. Sie war mächtig und manipulativ, und ich saß in der Falle. »Was hältst du von *diesem* Plan, Kitty?«

»Kate«, flüsterte ich. »Ich heiße Kate.«

34. Kapitel

Anderthalb Jahre zuvor

Ich saß auf der Flüsterbank im Südgarten. Auf die Lichtung, wo man mich leicht hätte finden können, war ich nicht gegangen, und ich war auch nicht in meinem Zimmer geblieben, in dessen Teppich noch feine Holzsplitter hingen. Bei Sonnenaufgang hatte ich mich aus dem Haus gestohlen und war trotz morgendlichen Regens hiergeblieben. Cora leistete mir Gesellschaft, und ich lauschte dem Vogelgesang in den Bäumen ringsum. Das Lied der Waldlerche erklang immer und immer wieder – jene schmelzenden Töne des Herzschmerzes. Am liebsten hätte ich mir etwas in die Ohren gestopft, um sie nicht mehr hören zu müssen. Und zugleich konnte ich von dem Gesang gar nicht genug bekommen. Gefangen in diesem Kampf zwischen Herz und Verstand vernahm ich die Schritte auf dem Gras nicht. Und da ich mich hinunterbeugte, um Coras weiches Fell zu streicheln, bemerkte ich Henry erst, als sein Schatten über mich fiel.

»Ich habe nach dir Ausschau gehalten.« Er sagte es sanft, doch ein leichter Vorwurf schwang mit.

Mein Herz schlug schneller. Coras Fell war warm vom Sonnenschein. Ich konnte nicht zu ihm emporsehen, denn ich wusste nicht, wie ich reagieren und was ich sagen sollte.

»Kate?«

Ich hielt den Blick weiterhin gesenkt. »Hm?«

Henry ging in die Hocke, sodass wir auf Augenhöhe waren, doch ich hielt den Blick stur auf Cora gerichtet.

»Du hast den Ball gestern früh verlassen.« Seine Stimme war zu leise, zu intim. »Ich habe nach dir geschaut … Ich sah, wie du gingst, und rief deinen Namen, aber du hast dich nicht einmal umgedreht.«

Abrupt stand ich auf und ging ein Stück weg. »Ist Sylvia mitgekommen?«, fragte ich zu laut.

»Sylvia?« Henry klang verwirrt. Aus dem Augenwinkel erkannte ich, dass er auf mich zukam. »Was ist mit …«

»Oh, sieh doch! Da ist sie ja!« Noch nie in meinem Leben war ich so erleichtert über Sylvias Anblick gewesen. Sie kam vom Haus auf uns zu und trug etwas in den Armen. Noch immer hatte ich Henry nicht richtig angesehen. Es ging einfach nicht.

Doch dann stellte er sich vor mich hin und neigte den Kopf, sodass ich gar nicht anders konnte, als ihn anzusehen. Heute waren seine Augen von einem tiefdunklen Schiefergrau, und seine Haare sahen aus, als hätte er sie sich den ganzen Morgen gerauft.

»Stimmt etwas nicht, Kate? Was ist gestern Abend passiert? Warum bist du so früh gegangen?«

Wieder wich ich vor ihm zurück, und er machte ein überraschtes Gesicht. Nervös kaute ich auf meiner Unterlippe. Ich wusste, was ich zu tun hatte.

»Ich habe eine Entscheidung getroffen«, sagte ich mit klopfendem Herzen. »Die möchte ich euch mitteilen. Dir und Sylvia. Euch beiden.« Ich reckte den Hals, um zu sehen, ob sie nicht bald da wäre, und wünschte mir, sie ginge schneller. Ich spürte Henrys Blick auf meinem Gesicht.

»Sylvia!«, rief ich.

Sie warf mir einen finsteren Blick zu.

»Ich muss euch etwas sagen!«, fuhr ich fort.

Noch immer schaute sie finster drein, und als sie bei mir angekommen war, sah ich den Ärger in ihrem Blick.

»Worum geht es denn, Kitty?«

Ausnahmsweise machte ich mir nicht die Mühe, sie zu berichtigen. Ich fuhr mit einer zitternden Hand über meine Stirn, atmete tief ein und versetzte meinem Herzen einen Stoß.

»Ich finde, ihr solltet beide erfahren, dass … dass …« Ich hielt inne, betrachtete ihre ernsten Mienen, und mich hätte beinahe der Mut verlassen. Es war *lächerlich, es so zu formulieren, doch es musste sein, je eher, umso besser.*

Noch bevor ich die Worte über meine Lippen bringen konnte, meinte Sylvia: »Was ist mit dem Modell von Blackmoore geschehen?«

Henry riss den Kopf zu mir herum. Ich starrte Sylvia an, und mir wurde bang ums Herz.

»Auf der Suche nach dir bin ich in dein Zimmer gegangen. Was ist mit dem Modell passiert?«

Ich schluckte. »Eine Vase ist draufgefallen.« Ich warf Henry einen verstohlenen Blick zu. »Es ist nur ein kleines … ein ganz kleines … Loch.« Ich holte tief Luft und sah von ihm weg, da ich den Ausdruck in seinen Augen nicht ertrug. »Aber ich muss euch etwas verkünden, was ich kürzlich beschlossen habe. Ich beabsichtige, nie in meinem Leben zu heiraten. Ich habe nicht das Verlangen danach. Und werde es auch nie haben. Ich werde ungebunden bleiben wie meine Tante Charlotte und eine Abenteurerin sein, aber ich werde niemals heiraten.«

Mir wurde heiß, und ich knetete meine Hände.

»Nun, das sind ja Neuigkeiten!« Sylvia klang glücklich. Ich konnte Henry nicht ins Gesicht sehen. »Hier, ich habe dir diese Blumen vom Ball mitgebracht«, fuhr sie fort. »Pfingstrosen. Deine Lieblingsblumen, stimmt's?«

Der Duft der verblühenden Blumen stieg mir in die Nase, noch süßlicher und abstoßender als am Vorabend, als ich hinter den Vorhängen gestanden hatte. Sylvia hatte recht. Bis zum gestrigen Abend hatte ich sie geliebt. Doch nun drehte sich mir bei ihrem Geruch der Magen um. Sie rochen nach Demütigung. Nach Ablehnung. Nach Verletzungen und Schlägen und Krallenausfahren und Würgegriffen. Ich wandte das Gesicht ab und streckte die Hand nach ihnen aus, um ihre schlaffen Blüten, ihre verwelkten Blätter, ihre schrumpfenden Formen, ihre aufdringlichen Düfte von mir wegzuschieben.

»Bitte, nimm sie fort.«

»Was stimmt denn nicht?«

Bemüht, meinen Kopf freizubekommen, atmete ich einmal tief durch den Mund ein. Mit der Folge, dass ich den Blumengeruch jetzt schmecken konnte. Er lag schwer auf meiner Zunge. Ich schluckte und spürte, wie er meine Kehle hinunterglitt. Auf halbem Weg blieb er stecken, in der Mitte zwischen Mund und Magen, und setzte sich dort fest.

»Mir geht es nicht gut. Deshalb habe ich den Ball gestern Abend auch früher verlassen.« Meine Lippen bebten, und ich berührte sie mit den Fingerspitzen, um das Zittern in mir zu mildern. »Es tut mir leid. Bitte entschuldigt mich.«

Ich machte kehrt und sah verschwommen das Weiße von Henrys Hemd, die dunkle Länge seiner Beine, die verblühten und erschlafften Blumen zu seinen Füßen, den Saum von Sylvias lichtblauem Kleid und dann das Gras. Gras, Gras, Gras, verschwommenes Grün, dann Kies, ein mit Steinen gepflasterter Weg und eine, zwei, drei Stufen zur Hintertür. Sie klemmte. Wie jeden Sommer. Ich stieß fest mit der Schulter dagegen, bis sie nachgab. Burgunderrote Vorhänge, die mein Gesicht streiften, verschwommene Gemälde, ein aufragendes Geländer, gegen das ich mit den Rippen stieß, eine polierte Holztreppe. Vierzehn Stufen, dann drei Zimmer. Das letzte davon war meines. Die Tür stand offen. Das zerstörte Blackmoore-Modell stand – dunkel und deformiert – auf der Kommode am Ende meines Bettes. Das Loch im Dach sah aus wie ein wütender offener Mund.

—

Jahrelang hatte es zu unserer täglichen Routine gehört. Sylvia und ich verbrachten den Nachmittag mit Henry in der Bibliothek. Gewöhnlich tat sie, als würde sie irgendein Buch studieren, bis wir völlig in unsere Studien vertieft waren, woraufhin sie ihr »Nachmittagsnickerchen« einlegte, wie sie es gern nannte. Und niemand störte uns. Mrs Delafield behelligte uns nicht. George befand sich auf seiner Grand Tour. Und Sylvia war inzwischen zu alt für ihre Gouvernante. Dieser Gepflogenheit gingen wir schon so viele Jahre nach, dass ich nie einen Grund gehabt hatte, sie infrage zu stellen.

Doch heute – vier Tage nach dem Ball – verweilte ich auf der Schwelle zur Bibliothek und versuchte, mein hämmerndes Herz zu beruhigen. Henry saß schon am großen Tisch und hatte seine Bücher und Unterlagen um sich herum verteilt. Als sich Sylvia mit einem Seufzer auf das Sofa plumpsen ließ, sah er kurz auf.

»War der Tag für dich bereits so hart, Sylvia?«, fragte er. In seiner Stimme schwang eine Schärfe mit, die ich sonst selten hörte.

»Nein, ich bin nur einfach so glücklich, dich zu sehen, Bruder.« Sylvia schenkte ihm ein sonniges Lächeln, das er jedoch nicht erwiderte. Sein Blick schweifte zu mir, die ich immer noch in der Tür stand, und er hob eine Augenbraue. »Kommst du oder gehst du?«

Seine herausfordernd hochgezogene Augenbraue und sein kurz angebundener Ton halfen mir bei meiner Entscheidung. Ich trat in den Raum. »Ich komme.«

Er schob seine Bücher beiseite, sodass der Platz frei wurde, der gewöhnlich mir gehörte, und ich setzte mich auf meinen üblichen Stuhl. Angenehm war die Situation nicht, aber ich wollte trotzdem hier sein. Auf meinen Platz hier pochen. Tief im Inneren wusste ich, dass ich ihn, wenn ich ihn jetzt nicht beanspruchte, für immer verlieren würde. Unter Garantie würde Mrs Delafield wollen, dass ich ging und ihr niemals wieder Grund gab, sich Sorgen um die Zukunft ihres Sohnes zu machen. Doch Mrs Delafield befand sich nicht in diesem Raum, und sie mochte mich davon abhalten können, Henry zu heiraten, doch das hieß nicht, dass sie mich davon abhalten konnte, ihm eine Freundin zu sein.

»Was liest du da?«, fragte ich, während ich Platz nahm.

Er hielt ein ledergebundenes Buch in die Höhe. »Faust. *Von Goethe.«*

»Auf Deutsch?«

»Natürlich.« Sein knapper Ton setzte mir zu.

»Oh, natürlich!«, wiederholte ich in sarkastischem Tonfall.

Er senkte das Buch und sah mich an. »Was ist daran verkehrt?«

»Dir wird alles hinterhergeworfen, Henry. Dein Lehrer bringt dir Deutsch, Französisch und Latein bei, und du kannst Dinge studieren, wie ich es vielleicht nie können werde. Tu bitte nicht so, als ob das auch nur im Geringsten ›natürlich‹ wäre.«

Henry hielt meinem Blick stand, und seine grauen Augen spiegelten einen inneren Kampf wider. Ich war mir sicher, in seinen Augen ein Feuer auflodern zu sehen, das er gleich auf mich loslassen würde. Ein Feuer der Empörung, der aufgestauten Argumente, der leidenschaftlichen Gefühle. Die Atmosphäre im Raum war zum Zerreißen gespannt, und Henry kniff die Lippen zusammen, sodass sich in seiner Wange wieder diese faszinierende Kerbe bildete. Ich starrte sie an und sehnte mich unvermittelt danach, einfach die Hand ausstrecken und sein Gesicht berühren zu können.

Stattdessen senkte ich den Blick, holte tief Luft und unterdrückte dieses Gefühl mit aller Macht, bis ich das schmerzliche Verlangen nicht länger verspürte. Und dann sagte ich mit leiser Stimme: »Es tut mir leid. Nach all deinen Freundlichkeiten mir gegenüber sollte ich meinen Ärger besser im Zaum halten.«

Er streckte die Hand aus und packte mich am Handgelenk. Überrascht sah ich auf. »Jetzt mach keinen Samariter aus mir«, zischte er. »Nichts davon geschah aus Barmherzigkeit, Kate. Hast du verstanden?«

Ich sah ihn verdutzt an.

Er ließ mich los, lehnte sich zurück und fuhr sich mit der Hand durchs Haar. Dann schüttelte er den Kopf und murmelte: »Tut mir leid.«

Da war so viel zwischen uns. Und so vieles blieb ungesagt. Aber etwas konnte ich doch sagen. Also tat ich es. »Mir tut es auch leid.«

Und so war es. Mir tat alles leid. Mir tat es leid, eine so peinliche Mutter und eine so skandalöse Schwester zu haben, und es tat mir leid, mich in einen jungen Mann verliebt zu haben, der niemals mir gehören konnte.

Henry rieb sich mit einer Hand das Gesicht, erhob sich, ging ans Fenster und sah eine lange Zeit hinaus – so lange, dass ich schließlich nicht länger auf ihn wartete, sondern mir das oberste Buch von meinem Stapel nahm und es aufschlug. Doch ich hatte gerade mal zwei Seiten über das Leben Mozarts gelesen, als Henry an den Tisch zurückkehrte, sich setzte und sein Buch zur Hand nahm.

»Möchtest du, dass ich dir etwas über Faust erzähle?« Er bot mir ein Lächeln an. »Ich werde es dir übersetzen.«

Ich schloss mein Buch. »Ja. Das möchte ich sehr gern.«

35. Kapitel

»Guten Morgen.«

Ich räusperte mich und versuchte, mehr als das heisere Flüstern herauszubringen, das ich soeben von mir gegeben hatte.

»Guten Morgen, Sir.« Schon besser. Mama stieß mich nach vorn, und ich stolperte ins Zimmer von Henrys Großvater. Wütend funkelte ich sie über meine Schulter hinweg an. »Ich sagte dir doch, dass ich es machen werde. Also hör auf, mich zu stoßen!«

Sie gestikulierte mit den Händen. »Nun mach schon. Ich stehe unterdessen im Gang Wache. Der Butler wird gleich merken, dass er gar nicht in der Küche gebraucht wird, und in weniger als fünf Minuten zurück sein, außer Maria kann ihn ablenken.« Mit einem weiteren Schubs beförderte sie mich endgültig in den Raum, zog fest die Tür hinter mir zu und ließ mich in dem trüb beleuchteten Raum zurück.

Statt auf dem üblichen Stuhl am Fenster saß Henrys Großvater in seinem Bett und hatte ein Essenstablett neben sich. Als er hörte, wie die Tür geschlossen wurde, sah er auf, und seine grauen Augen ruhten einen Augenblick auf mir.

»Kate Worthington«, sagte er mit rauer Stimme leise in die Stille des Raums hinein.

Hämmernd verkündete mein Herz die Nachricht, dass ich mich ins Unrecht setzte – dass ich das nicht durchziehen konnte. Doch ich hatte eine Abmachung geschlossen, und Abmachungen mussten erfüllt werden.

Ich ging auf ihn zu. »Ja. Guten Morgen, Sir. Ich hoffe, Sie sind wohlauf?«

Während ich näher kam, wanderte sein Blick zur Tür. Er umklammerte die Decke auf seinem Schoß, nestelte daran herum, und sein Blick huschte zwischen mir und der Tür hin und her. Seine Beine zuckten, und als ich bei seinem Bett ankam, stand blanke Panik in seinem Blick.

»Könnten Sie …« Er leckte sich die Lippen und zupfte an den Fäden seiner Decke. »Könnten Sie hinausgehen, die Tür schließen und dann wieder hereinkommen?«

Ich blieb stehen und musterte ihn genau. »Natürlich, Sir.«

Das Gefühl, dass etwas nicht stimmte, ließ mein Herz heftiger schlagen. Ich ging zur Tür, machte sie auf und ging auf den Gang hinaus. Mama entdeckte mich und kam auf mich zu, doch ich schüttelte den Kopf und schloss die Tür, wartete einen Augenblick und öffnete sie dann erneut. Henrys Großvater wartete auf meine Rückkehr. Sein Blick war wachsam, argwöhnisch und besorgt zugleich.

»Nun … welche Kate sind Sie?«, fragte er, als ich wieder im Raum stand.

Mir wurde mulmig zumute. Ich sah mich um, als könnte ich hier im Raum eine angemessene Antwort finden. »Ich bin Kate, Sir. Kate Worthington.«

»*Wessen* Kate Worthington?«

Ich schluckte schwer. Henrys Kate war ich gewiss nicht.

Auch nicht die meiner Mutter oder meines Vaters. Eigentlich war ich …

»Niemandes. Ich bin niemandes Kate.«

Einen Moment durchbohrte er mich mit seinem Blick, dann schloss er die Augen und fing an, den Kopf vor und zurück zu bewegen, vor und zurück. »Niemandes Kate. Niemandes Kate«, murmelte er dazu.

Vor Angst schlug mein Herz noch schneller. Gütiger Himmel, ich hätte nicht herkommen sollen! Langsam wich ich zurück, langte nach dem Griff der schweren Tür und drückte ihn behutsam nach unten.

Direkt davor stand Mama, die offensichtlich gelauscht hatte. »Nun? Was hat er gesagt?«

Ich schüttelte den Kopf. »Komm, wir müssen weg von hier, Mama. Es geht ihm heute nicht gut. Wir müssen weg!« Meine Hände zitterten.

»Unfug!« Sie rauschte an mir vorbei. »Man kann jeden Mann überreden. Sogar einen verrückten.«

Ängstlich beobachtete ich, wie sie den Raum betrat. Bei ihrem Anblick riss Henrys Großvater die Augen auf, und auf seinem runzeligen Gesicht spiegelten sich Angst und Schrecken. Er tauchte unter seine Decke und hob sie dabei so ungestüm, dass das Essenstablett scheppernd auf den Boden fiel. Dann zog er sich die Decke über den Kopf. Mama griff nach der Decke, wohl, um sie ihm wegzuziehen, und es sah aus, als würde sie eine Schildkröte ihres Panzers berauben wollen.

»Nein!«, schrie ich, denn ich bekam Angst um ihn. Ich eilte hin und packte meine Mutter am Arm. Sie sah mich mit panisch aufgerissenen Augen an. »Das darfst du nicht! Lass ihn in Ruhe!« Ich zerrte an ihr, selbst als sie mich fortzustoßen versuchte, und ließ nicht locker, bis ich mit ihr die Türöffnung erreicht hatte.

»Was geht hier vor?« Der Butler erschien. »Was tun Sie beide hier drinnen?«

Mama riss sich von mir los, glättete sich mit einem finsteren Blick in meine Richtung eilig das Haar und wandte sich mit einem Lächeln zu dem Butler um.

»Meine törichte Tochter hat versucht, mir eine Hausführung zu geben und sich dabei vollends verirrt, fürchte ich. Vielleicht könnten Sie uns sagen, wie wir zurück zum Treppenhaus gelangen?«

Der Butler sah von uns zum Bett, wo sich Henrys Großvater unter der Decke verbarg, und von dort zu dem auf dem Teppich verstreuten Frühstück. Schamesröte stieg mir ins Gesicht, als er seinen vorwurfsvollen Blick auf mich richtete.

»Ich sollte meinen Master momentan nicht allein lassen«, sagte er knapp und mit fast schon feindseliger Miene. »Außerdem bin ich mir sicher, dass Sie Ihren Weg zurück sehr wohl allein finden werden.«

Mama reckte ihr Kinn und straffte die Schultern. Ihr Gesicht war gerötet, und bei unserem Kampf hatte sich ihr Haar aus seinen Klammern gelöst. Sie sah wild und grimmig aus. »Sei dem, wie es wolle«, erwiderte sie hochmütig. »Ihre Begleitung hätte ich selbst dann nicht gewünscht, wenn Sie sie mir angeboten hätten.«

»Komm, Mama«, murmelte ich. »Wir sollten gehen.«

Sie wirbelte auf ihrem Absatz herum und stürmte zum Ausgang. Dort jedoch hielt sie inne. »Gib Obacht, Kitty«, sagte sie mit lauter Stimme, »und erinnere dich an diese Lektion: Ein schlecht ausgebildeter Dienstbote ist das Merkmal eines schwachen und nachlässigen Herrn!«

Vor Scham wäre ich am liebsten im Erdboden versunken. Ich legte eine Hand auf ihren Rücken, schob sie zur Tür hinaus und schloss diese hinter uns. Sobald ich meine Hand fallen ließ, fuhr sie zu mir herum. Ihre Augen sprühten vor Wut und Empörung.

»Wie kannst du es wagen, mich aus dem Raum zu schieben!«, fauchte sie. »Wie kannst du es wagen, mich von meinem Vorhaben abzubringen?«

Vor Beschämung brachte ich keinen Ton heraus.

»Du hast heute einen schweren Fehler begangen, Kitty.« Sie deutete mit einem Finger auf mich. Ihre Stimme bebte. »O ja, einen sehr schweren Fehler!«

Ich dachte an eine Misteldrossel, die gegen einen Sturm ansingt, und malte mir aus, ich würde auf einem sturmumtosten Turm hocken und nie mehr aufhören zu singen. Dieser Gedanke gab mir die Kraft, mich umzudrehen und davonzumarschieren. Genau das hätte ich schon am vergangenen Abend oder an diesem Morgen machen sollen.

»Eigentlich«, rief sie mir nach, »glaube ich gar nicht mehr, dass du Henry überhaupt verdienst. Ich werde dafür sorgen, dass Maria ihn sich schnappt. Mr Cooper ist für dich gerade recht.«

Ich ging weiter.

»Was hältst du davon, Kitty? Was hältst du von diesem Ausgang unserer Abmachung? Aus deinem geliebten Indien wird nichts. Stattdessen bekommst du den alten Mr Cooper. Ich werde mich gleich daranmachen, ihm zu schreiben, dass du seinen Antrag angenommen hast.«

Ihr Gelächter übertönte das Geräusch meiner Schritte.

»Merkst du es, mein Kind? Merkst du es? Am Ende habe ich gewonnen. Und genau das war mir immer schon klar!«

36. Kapitel

Etwas in dem kleinen Musikzimmer hatte sich verändert. Das spürte ich, kaum dass ich es betreten hatte. Die Vorhänge waren zurückgezogen und ließen das schwache Licht des bewölkten Morgens herein. Das Pianoforte stand an seinem üblichen Platz. Das Ikarus-Gemälde hing an gewohnter Stelle und hütete den Eintritt zum Geheimgang.

Ich sah mich weiter um, schloss schließlich die Augen, stand mucksmäuschenstill da und lauschte. Plötzlich ging mir auf, was fehlte. Es rührte sich nichts! Ich riss die Augen auf und durchquerte eilig den Raum, denn ich befürchtete, Miss St. Claire habe bereits erste Schritte ergriffen und meinen dunklen Vogel fortschaffen lassen.

Der Käfig stand an Ort und Stelle. Beim Anblick seiner gebogenen Stäbe atmete ich erleichtert auf. Doch zwei Schritte davor stutzte ich, blieb stehen und starrte auf die leere Sitzstange. Auf dem Käfigboden lag mein Vogel reglos auf der Seite.

Den Tränen nahe, sank ich auf einen Stuhl. Für diese Tragödie war ich verantwortlich, ganz ohne Zweifel. Irgendwie war ich schuld am Tod des Vogels. Ich berührte die Stangen des vergoldeten Käfigs und fragte mich, wodurch der Vogel gestorben sein mochte. Hatte er sich verletzt, als er gegen die Stäbe geflattert war? Lag es an der Nacht der Freiheit, die er genossen hatte? Oder daran, dass man ihn nach dieser Freiheitserfahrung wieder in den Käfig gesperrt hatte?

Geraume Zeit saß ich stumm da. Beim Verlust dieses Vogels ohne Lied empfand ich nichts als Traurigkeit. Doch allmählich dämmerte mir die Erkenntnis, dass auch ich solch ein gebrochenes Wesen war, das niemals davon hätte träumen dürfen, Flügel zu besitzen. Mir würde niemand je den Käfig öffnen. Was für eine Närrin war ich gewesen zu glauben, ich könnte fliehen.

Ich schloss die Augen und sann darüber nach, welche Möglichkeiten meine Zukunft für mich bereithielt. Ich konnte Mamas Forderungen nachgeben und mit Henrys Großvater sprechen. Ich konnte ihn bitten, sein Testament abzuändern. Oder ich konnte weiter gegen sie ankämpfen und mit ihr heimkehren, wo sie alles daransetzen würde, mich zu einer Heirat mit Mr Cooper zu bringen. Oder ich konnte widerstandslos mit ihr nach Hause zurückkehren und … was dann? Wie auch immer ich mich entschied – ich würde stets vor einem anderen Käfig stehen. Ich konnte durch den Verrat meiner Gefühle in einen Käfig gesperrt werden oder durch eine ungewollte Heirat oder auch dadurch, dass ich nirgends hinreiste und keinen meiner Träume verwirklichte.

Wohin auch immer ich meinen inneren Blick wandte, hatte ich Käfige vor mir. Und in Anbetracht meiner Zukunft dachte ich mir: *Auch das ist Tod.*

»Miss Worthington?«

Ich hob den Kopf.

»Nach Ihnen habe ich Ausschau gehalten.«

Herr Spohr kam mit einem Papierbündel in der Hand auf mich zu, die Haare in noch wilderem Zustand als sonst. »Ich habe gehofft, Sie hier vorzufinden.« Er sah mich an und musterte mich dann genauer. »Stimmt etwas nicht, Fräulein? Ist Ihnen nicht wohl?«

Ich schüttelte den Kopf. »Ich war nur gerade in Gedanken, Herr Spohr.«

»Oh? Worum ging es?«

Ich konnte den Blick nicht von dem schlaffen Körper und den dunklen Federn abwenden, die über den Käfigboden verstreut lagen. »Ich habe nie erfahren, was für ein Vogel das eigentlich ist. Und ich habe nie sein Lied gehört«, murmelte ich.

»Fräulein?«

Ich riss meinen Blick von dem Vogelkäfig los. »Ich habe über Faust nachgesonnen.«

Er ließ sich auf dem Stuhl neben mir nieder und beugte sich zu mir. »Und worüber insbesondere?«

Ich deutete auf den Käfig. »Ich habe mich gefragt, ob Faust irgendeine Möglichkeit gehabt hätte, zur Zufriedenheit zu gelangen, bevor er den Pakt mit dem Teufel einging. Meinen Sie, es war seine Ruhelosigkeit, die ihm zum Verderben wurde? Hätte er seine Leidenschaften im Zaum halten können? Seine Unruhe bändigen? Hätte er in einem Käfig glücklich sein können?«

Herrn Spohrs Augen leuchteten interessiert auf. Er lehnte sich zurück, fuhr sich mit der Hand übers Haupt und zerzauste sein Haar noch weiter. »Hm. Eine interessante Frage, Miss Worthington.« Er spähte in den Vogelkäfig. »Eine äußerst interessante Frage. Führte Fausts Ruhelosigkeit zu seinem Scheitern? Möglicherweise. Sein Verlangen nach mehr? Definitiv. Hätte er sein Naturell von Grund auf ändern können, sodass es ihn nicht länger nach mehr verlangt hätte? Sodass er nicht länger von Grund auf ruhelos gewesen wäre?« Er hob eine Schulter. »Die Frage lässt sich nur schwer beantworten. Und im Falle von Faust ist sie auch sinnlos, denke ich. Besser wäre die Frage, wie er mit seiner ruhelosen Natur anders hätte umgehen können. Zum Beispiel hätte er keinen Pakt mit dem Teufel eingehen müssen. Er hätte in seinem Leben genauso erfolgreich sein können, wenn er sein eigenes Wissen, seinen eigenen Verstand und seine eigene Begabung eingesetzt hätte.«

Ich ließ mir seine Worte durch den Kopf gehen. Das war nicht die Antwort, nach der ich suchte. Meinen Pakt hatte ich schon geschlossen und musste mit den Konsequenzen leben. Ich konnte die Zeit nicht zurückdrehen und meine Entscheidung rückgängig machen.

»Nun, aber gehen wir einmal davon aus, er hat seinen Pakt schon geschlossen«, sagte ich. »Meinen Sie, das war es ihm wert?«

»Ist irgendetwas es wert, dafür in der Hölle zu schmoren?« Herr Spohr zuckte die Achseln. »Das bezweifle ich doch sehr.«

Ich rieb mir die Nase. Ich hatte mir von seiner Antwort mehr versprochen.

»Aber ich habe Ihnen etwas mitgebracht, Miss Worthington.« Herr Spohr reichte mir das Papierbündel, das er dabeihatte. »Ich glaube, das könnte sehr gut zu Ihnen passen. Zu Ihrem faustischen Kampf. Das war es, was ich Ihnen neulich beim Abendessen zu sagen versuchte. Dass mich Ihr Spiel ungemein an Fausts großes Ringen erinnert hat. Ich hörte diese Ruhelosigkeit in Ihrem Kampf mit der Musik heraus. Und das hier könnte nach meinem Dafürhalten für Sie besser geeignet sein.«

Ich betrachtete das Notenblatt, und mein Blick blieb auf dem Namen oberhalb der Komposition hängen. »Das ist ein Original? Ein Werk von Ihnen?«

»Ja.« Herr Spohr erhob sich. »Eines meiner romantischen

Stücke. Probieren Sie es aus. Schauen Sie, ob es zu Ihrem Dämon passt.«

»Aber ich weiß gar nicht, wie man romantische Musik spielt!«

Er winkte ab. »Lassen Sie Ihren Dämon entscheiden, wie man es spielt. Regeln gibt es da keine.«

Er wandte sich zum Gehen, blieb an der Tür aber noch einmal stehen und wandte sich zu mir um. »Was ich zu erwähnen vergaß: Von Fausts Geschichte gibt es mehr als eine Version. In meiner Oper ist er auf ewig dazu verdammt, für seine Fehler zu büßen. Er muss die Bedingungen seines Pakts erfüllen. Doch es gibt andere Versionen – auch Versionen, die ein gutes Ende nehmen. Er wird von der unschuldigen und liebreizenden Margarete – Gretchen – gerettet, die sich im Himmel für ihn einsetzt.« Er deutete auf den Vogelkäfig und lächelte gütig. »Sie sollten das immer im Gedächtnis behalten: Bei Dingen, die manchen als ausgemacht gelten, mag es mehr als nur eine Option geben. Und möglicherweise war es nicht seine Ruhelosigkeit, die den Vogel umgebracht hat, sondern der Käfig selbst.« Dann ging er davon.

Seine Worte setzten sich in meinem Kopf fest und schlugen unter den Kümmernissen Wurzeln. Nach einem langen Blick auf den Käfig setzte ich mich ans Pianoforte. Ich breitete die Noten aus, holte tief Luft, legte die Finger auf die Tasten und fing an, Herrn Spohrs *Mein kleiner Vogel* zu spielen.

Mit Mozart hatte diese Musik nichts gemein. Überhaupt nichts. Diese Noten waren keine gehorsamen kleinen Soldaten, die im Gleichschritt marschierten. Es waren wilde Wesen, die wie Saatkrähen über einen verfallenen Turm flogen. Mein innerer Dämon erkannte das Dunkle und Entfesselte in dieser Musik. Und nachdem ich eine Stunde gespielt hatte, tobte er vor Zorn. Mein Dämon flog in die tiefsten Winkel meiner

Seele und wirbelte den Kummer, die Enttäuschung und die Wut auf, die sich in den letzten Jahren dort angesammelt hatten. Er wirbelte alles auf und vereinte es zu einem reißenden Strom, und während meine Finger über die Tasten flogen, flossen mir die Tränen übers Gesicht.

Und mein innerer Dämon sagte mir, dass ich fliegen müsse. Er sagte mir, ich müsse mich nun entscheiden, sonst würde ich mich immer eingesperrt, hilflos, machtlos und klein fühlen. Ich lauschte meinem Dämon und meinem Herzen, bis sich der Zorn und der reißende Strom in eine große Woge des Muts verwandelt hatten. Dann hörte ich zu spielen auf, nahm die Notenblätter und rannte aus dem Raum.

37. Kapitel

Alice war überrascht, dass ich mitten am Tag nach ihr klingelte. Das sah ich ihr an, als sie in mein Zimmer geeilt kam. Mama und Maria befanden sich indessen bei den anderen Gästen und bemühten sich zweifellos, einen weiteren Skandal auszulösen. Ich schloss die Tür und sperrte sie hinter Alice ab, bevor ich mich zu ihr umdrehte. Ich schwankte zwischen Hoffnung und Verzweiflung.

»Ich benötige deine Hilfe, befürchte aber, du wirst mir nicht helfen wollen.«

Sie kräuselte die Stirn. »Um was geht es, Miss?«

»Ich muss heute Nacht aus Blackmoore fliehen und eine Möglichkeit finden, sicher nach London zu gelangen.«

Alice machte große Augen. »Sie laufen weg?«

Ich schluckte schwer. »Richtig.« Ich ging zu meinem Reisekoffer, öffnete ihn und entnahm ihm das Kästchen mit den Elfenbeinintarsien. »Ich bitte um viel, das weiß ich«, sagte ich. »Ich bin mir sicher, meine Tante wird bereit sein, dir deine Bemühungen zu vergelten. Aber ich möchte dir auch etwas dafür geben. Hier.« Ich hielt ihr das Kästchen entgegen. »Es ist sehr wertvoll, die Intarsien sind aus echtem Elfenbein. Entweder behältst du es, oder du verkaufst es in London.«

Sie schüttelte den Kopf. »Nein, Miss. Das nehme ich nicht an.«

Mir sank der Mut. »Ich kann dich nicht anders entlohnen. Ich habe bloß …«

»Nein. Tut mir leid. Sie haben mich missverstanden.« Ein Lächeln huschte über ihr Gesicht. »Ich werde Ihnen helfen. Aber nicht alle Gefälligkeiten sind käuflich, manche sollte man aus freien Stücken erweisen.«

»Aber es ist ein überaus großer Gefallen, den du mir erweisen würdest.« Ich dachte an all die anderen Gefallen, die ich mir von anderen erkauft hatte – alle Abmachungen, die ich eingegangen war, und die Fehler, für die ich hatte büßen müssen. Da würde mich dieser doch mit Sicherheit auch etwas kosten.

»Mag sein, aber meine Schwestern werden nichts davon hören wollen.« Auf ihrem reservierten Gesicht breitete sich ein breites Lächeln aus.

Ich sah sie fragend an.

»Mary und Katherine. Die beiden Mädchen, denen Sie etwas Süßes geschenkt haben. Sie haben mir erzählt, wie freundlich Sie zu ihnen waren – wie Sie zu uns nach Hause gekommen sind –, wie Sie sie auf der Straße getröstet haben, obgleich Sie sie gar nicht kannten. Deshalb mache ich für Sie, was ich für jede meiner Freundinnen machen würde.«

Ich schüttelte den Kopf und senkte verlegen den Blick. »Das war doch nichts weiter. Lediglich ein bisschen süßes Gebäck aus der Bäckerei.«

»Das hat Sie zu einer von uns gemacht.« Es klang wie eine Bekanntgabe, sie zählte mich zu den Ihren. Die Formulierung »niemandes Kate« kam mir in den Sinn, doch ich verdrängte sie. Möglicherweise stimmte sie ja nicht ganz. In meinen Augen brannten Tränen.

»Danke«, flüsterte ich.

—

»Werden Sie nach Indien zurückkehren, Mr Pritchard?« Mama lehnte sich näher zu dem unhöflichen Gentleman, in dessen Schnurrbart die Reste seines Dinners hingen.

Mr Pritchard linste aus dem Augenwinkel zu ihr, bevor er grunzend nickte.

Mama hatte noch immer nicht begriffen, was jedem anderen im Salon sonnenklar war: Der Mann, mit dem sie zu flirten gedachte, hatte keinerlei Interesse, darauf einzugehen.

»Oh, was für eine Schande!«, fuhr sie fort. »Sie sollten sich wirklich irgendwo in der Nähe niederlassen, damit wir uns besser kennenlernen können.«

Miss St. Claire lächelte über ihre Teetasse hinweg. »Aber Mr Pritchard, Sie wollen uns doch wohl nicht verlassen, wo unter Ihren Freunden doch schon in Bälde bedeutsame Anlässe anstehen könnten …?«

Um nicht in Versuchung zu kommen, zu Henry hinüberzuschauen, wandte ich den Blick ab. Seine Reaktion auf Miss St. Claires kaum verschleierte Andeutung über ihre bevorstehende Eheschließung wollte ich nicht mitbekommen. Wenngleich Henry und ich an diesem Abend schon mehr als drei Stunden im selben Raum verbracht hatten, hatte ich es bislang geschickt verstanden, ihn zu meiden. Ich hatte ihm kein einziges Mal ins Gesicht geblickt – weder während des langen Dinners noch danach im Salon. Doch wenn ich daran dachte, was er in der Nacht zuvor hatte mit anhören müssen – nämlich dass ich Mr Cooper ihm vorzog –, wunderte mich seine Reserviertheit gar nicht. Doch sich darüber zu wundern und keinen Schmerz und keine Schuldgefühle zu empfinden, waren zweierlei Dinge.

Als die Uhr schließlich zehn schlug, wäre ich beinahe von meinem Platz hochgefahren. Ich warf einen Blick zu Sylvia, die mit ihrem Mr Brandon am Kamin saß. Wenn sich die Dinge weiter so entwickelten, würde sie vermutlich am Ende des Jahres verlobt sein. Ich freute mich, sie glücklich zu sehen. Maria hatte sich an die Seite des jüngeren Mr Brandon geheftet. Mama zog von einem Mann zum nächsten wie eine Biene von Blüte zu Blüte. Mrs Delafield umklammerte ihre Teetasse so fest, dass ihre Fingerknöchel weiß waren, und hätte sie wohl am liebsten auf Mama geschleudert. Nachdem ich mir das alles angesehen hatte, erhob ich mich und wandte mich zur Tür.

»Gute Nacht, Mama«, sagte ich. »Ich bin müde und ziehe mich deshalb heute früh zurück.«

Sie warf mir einen Blick zu, der mich vorwarnte, dass sie später noch ein Wörtchen mit mir reden wolle. Damit hatte ich schon gerechnet.

»Dann gute Nacht, Kitty«, sagte sie.

Beim Erreichen der Tür konnte ich der Versuchung einfach nicht widerstehen, über meine Schulter hinweg einen Blick zurück in den Salon zu werfen. Ich entdeckte, dass Henry mich unverwandt beobachtete. Mein Herz machte einen Sprung und begann angesichts des Ausdrucks in seinen Augen, die so grau wie Granit waren, zu rasen. Ich tastete nach dem Türgriff, riss meinen Blick von seinem los und eilte aus dem Raum.

—

»Ist alles bereit, Miss?«, erkundigte sich Alice.

Ich kniete vor meinem Reisekoffer und betrachtete meine Gewänder, Hauben und Handschuhe. Das war alles ersetzbar. Ich nahm das Kästchen mit den Elfenbeinintarsien und hielt es ihr hin. »Hier – nimm es. Nicht als Bezahlung, sondern weil ich es dir gern schenken möchte.«

Nach kurzem Zögern nahm Alice das Kästchen widerstrebend an sich. »Ich werde es für Sie aufbewahren, Miss. Bei Ihrer Rückkehr können Sie es zurückhaben.«

Ich kniff die Lippen zusammen, da ich mein Geheimnis, dass es für mich keine Rückkehr gäbe, nicht preisgeben wollte. Alice stellte das Kästchen neben die Briefe, die ich gerade versiegelt hatte. Sie wusste, was damit zu tun war.

»Das andere Schlafzimmer steht bereit?«

Alice nickte. Es war ihre Idee gewesen, im Westflügel ein weiteres Schlafzimmer herzurichten, sodass Mama und Maria meine Abwesenheit erst am Morgen bemerken würden. »Ich werde ihnen erzählen, dass Sie überraschend erkrankt sind und nicht gestört werden wollen.«

»Gut.«

Der Brief meiner Tante und Herrn Spohrs Noten steckten mitsamt Olivers Muscheln, die ich in ein Taschentuch geknotet hatte, in der Tasche meines Reiseumhangs. Ich sah mich im Zimmer um. Es war ein so schöner Raum, er gefiel mir ebenso gut, wie es das Heidemoor inzwischen tat. Ich würde ihn vermissen. Es war jedoch schon fast halb elf, und wenn ich länger verweilte, ging ich das Risiko ein, Mama und Maria auf ihrem Weg ins Bett zu begegnen.

»Ja, ich bin bereit.« Ich reichte Alice meine Handschuhe, meine Haube und meinen Umhang. »Wir treffen uns unten.«

—

Um Punkt halb elf öffnete ich behutsam die Tür zum Vogelzimmer, schlüpfte hinein und schloss sie leise hinter mir. Die Vorhänge waren aufgezogen und gestatteten dem Licht des Vollmonds, den Raum in seinen Silberschimmer zu tauchen. Ich bewegte mich vorsichtig durch den Raum, bis ich den Vogelkäfig erreichte, vor dem ich mich hinkniete. Mit einem leisen metallischen Klicken öffnete ich die Käfigtür. Ich ging davon aus, dass der leblose Vogel von einem Dienstmädchen entdeckt und beseitigt werden würde. Doch ich würde die Käfigtür offen lassen, da ich das an des Vogels statt auch so hätte haben wollen.

Hinter mir hörte ich ein Geräusch, einen leisen Schritt. Und dann Henrys Stimme. »Du reist ab.«

Kurz stockte mir das Herz, dann wirbelte ich nervös herum.

Noch immer war die Tür geschlossen. Er musste in diesem Raum gewartet haben. Auf mich.

»Woher weißt du das?«

Er stand ein ganzes Stück von mir entfernt, vor dem Ikarus-Gemälde auf der anderen Seite des Raums. Der Mondschein erhellte nur seine Silhouette. »Es stand dir heute Abend im Gesicht geschrieben.« Ich hörte den Vorwurf in seiner Stimme.

Ich holte zittrig Luft. »Du hast recht. Ich reise ab.«

Er kam auf mich zu. »Weil du lieber diesen abscheulichen Mr Cooper zum Mann nehmen würdest, als gezwungen zu sein, mich zu heiraten?«

Der harte, verletzte, vorwurfsvolle Ton in seiner Stimme traf mich wie ein Schlag, und ich wich einen Schritt zurück. »Nein«, sagte ich mit bebender und leiser Stimme.

»Warum dann?« Beim letzten Wort brach seine Stimme, und in mir brach auch etwas. Etwas, das mich auf Kurs gehalten hatte, brach beim Klang seiner Frage. Ich sah auf den Vogelkäfig hinab, spürte mein rasendes Herz, das Zittern meiner Hände.

»Weil ich meinem Käfig nie entfliehen kann, wenn nicht jetzt.«

Nach langem Schweigen fuhr sich Henry seufzend durchs Haar, wandte sich von mir ab und betrachtete das Ikarus-Gemälde. Die Stille erinnerte mich an den Vogel, der sich nicht länger rührte. Und plötzlich musste ich Henry nahe sein. Musste mich vergewissern, dass er nicht auch leblos war. Leise bewegte ich mich auf ihn zu, bis das Mondlicht sein Gesicht halb in Licht und halb in Schatten tauchte.

Er hatte die Arme vor der Brust verschränkt und fixierte das Bild von Ikarus, der gerade seine Flügel geschenkt bekam.

»Dem Himmel so nahe zu sein und so tief abzustürzen …« Seine Stimme war leise, und einen Moment lang fragte ich mich, ob er überhaupt zu mir sprach. Er seufzte. »Kate, ich war ein Narr, auf diese Abmachung einzugehen. Ich hatte zuvor schon geglaubt, Qualen zu leiden – in jenen Jahren, da du eine Meile entfernt lebtest und ich dich oft sah, als ich dein Vertrauen besaß, jedoch nicht deine Liebe. Als ich ständig deine Erklärungen hörte, niemals heiraten zu wollen …«

Er rieb sich über das Gesicht. »Das war eine Qual. Aber das hier …« Er schüttelte den Kopf, und mir fiel auf, wie straff er sich hielt und wie er plötzlich erzitterte. »Das war Wahnsinn. Das war so wahnsinnig wie Ikarus' Flug so dicht an der Sonne. Dir so nahe zu sein, dich in den Armen zu halten, die Worte zu flüstern, die ich dir schon lange sagen wollte, und dann von dir abgewiesen zu werden, immer wieder.« Seine Stimme war leise und etwas rau, und der Blick, den er mir zuwarf, schickte Feuer durch mich hindurch und raubte mir den Atem. »Das ist die pure Hölle.«

Ich hatte Angst, Luft zu holen. Das Herz schlug mir bis zum Hals. Ich stand da, mit geballten Fäusten und mit versiegelten Lippen, damit ich bloß ja den Mund hielt.

»Was jetzt kommt, hat nichts mit unserer Abmachung zu tun«, sagte er. »Und es ist das letzte Mal, dass ich dir diese Frage stelle, Kate. Danach nie mehr. Ich muss es einfach wissen, ungeachtet dieser verfluchten Abmachung. Ich muss es wissen. Ich kann nicht mein restliches Leben damit verbringen, mich zu fragen …«

Mir liefen die Tränen hinunter.

Er drehte sich zu mir, nahm meine Hand in seine und fuhr mit der Daumenkuppe sanft über meine Fingerknöchel. Er sah mir in die Augen, und der Mondschein erhellte sein Gesicht. »Ich liebe dich«, flüsterte er heiser. »Ich möchte für immer mit dir zusammen sein. Heirate mich. Bitte!«

Ich musste schlucken und konnte es nicht, und als ich das Wort schließlich über die Lippen brachte, war es kaum mehr als ein Krächzen. »Nein.«

Er zuckte zusammen. Ich unterdrückte einen Schluchzer. Durch meine Tränen konnte ich ihn kaum sehen. Er ließ meine Hand fallen und wandte sich von mir ab, und ich ging ans Fenster und sah mit tränenüberströmtem Gesicht zum Mond. Die Tränen strömten so heftig, dass ich kaum atmen konnte.

Nachdem geraume Zeit verstrichen war, spürte ich, dass sich Henry hinter mich stellte. Seine Wärme in meinem Rücken war so verführerisch. »Ich habe eine letzte Frage, dann lasse ich dich gehen«, sagte er mit gebrochener Stimme.

Um der Schluchzer Herr zu werden, die mich schüttelten, schlang ich die Hand um meine Kehle. Ich nickte.

Er holte mühsam Luft. »Wenn du mich lieben würdest …«, sagte er mit heiserer, bebender Stimme.

Das tue ich.

Er war so still. Ich spürte, wie ein Ruck durch ihn ging. Und dann, nach einer langen Pause, hauchte er: »Was?«

Ich drehte mich zu ihm um und sah ihn mit weit aufgerissenen Augen und heftig pochendem Herzen an.

»Was hast du gerade gesagt?«, fragte er.

Mit glühendem Gesicht schüttelte ich den Kopf. Hatte ich diese Worte wirklich laut ausgesprochen? »Nichts. Ich habe nichts gesagt.« Ich wich vor ihm zurück, doch er packte mich an den Schultern, trat an mich heran und beugte sich hinunter.

»Du hast gesagt: *Das tue ich.*«

Er zog mich in seine Arme. Und ich hatte kaum Zeit nachzudenken, da küsste er mich auch schon. Eine Hand auf meiner Taille, die andere auf meinem Nacken, drückte er mich an sich und küsste mich fest, besonnen, flehend. Ich stellte das Denken ein. Mein Herz hatte so vielen Anfechtungen widerstanden, doch nun gab es den Kampf auf. Ich bestand nur noch aus Herz, und ich schmiegte mich an ihn und erwiderte seinen Kuss, was ihm ein Stöhnen entlockte. Ich löste mich von ihm und schnappte nach Luft, und er zog mich wieder an sich, als bräuchte er mich mehr als den Atem. Er drückte mich an sich und flüsterte meinen Namen, und mir ging plötzlich auf, dass ich dem Ganzen Einhalt gebieten musste. Ich beging einen Fehler, der nie hätte geschehen dürfen. Es war so grausam, es einmal zu tun, wenn ich es doch niemals mehr wiederholen könnte.

Bei dem Gedanken schluchzte ich auf und schob ihn von mir weg. »Nein, Henry.« Meine Stimme war ein gebrochener Schrei. Ich entdeckte den Schmerz in seinem Gesicht, bevor ich ihn packte, an mich heranzog und das Gesicht an seiner Brust vergrub. Ich hielt ihn fest um seinen Nacken, und er legte die Arme um meine Taille und drückte mich wieder an sich.

»Du hast gesagt, du liebst mich«, flüsterte er.

»Das tue ich«, schluchzte ich.

»Warum weist du mich dann ab?« Seine Stimme tat mir weh – der Schmerz darin. Der Kummer. Die Verzweiflung.

Ich wich ein wenig zurück. »Ich weiß, was dich meine Liebe zu mir kosten wird. Ich weiß es, Henry! Am Ende des Balles bei euch zu Hause habe ich eine Äußerung deiner Mutter dazu mitbekommen. Vor nicht ganz zwei Jahren.«

Verwirrt runzelte er die Stirn. »Wie meinst du das? Was hat sie denn gesagt?«

Ich schüttelte den Kopf. Das war das Geheimnis, das ich ihm nie hatte verraten wollen. Doch mit meiner Selbstkontrolle war es dahin, und ich merkte, dass ich nicht länger die Kraft besaß, dieses Geheimnis für mich zu behalten. Es erhob sich in mir, als führte es ein Eigenleben und wäre darauf aus, seinem eigenen Käfig zu entfliehen. Und da rutschte es mir mit einem weiteren Tränenstrom auch schon heraus.

»Ich habe zufällig gehört, wie sie zu deiner Tante Agnes sagte, dass du Blackmoore verlieren wirst, wenn du mit irgendjemandem aus meiner Familie eine Verbindung eingehst. Sie sagte, sie habe das Testament ändern lassen und dein Großvater habe es unterschrieben. In Anwesenheit eines Notars. Und dass sie uns trennen werde, wenn irgendein Anzeichen darauf schließen lasse, dass ich ein Auge auf dich geworfen hätte, wenn ich …«

»*Was?* Sie hat das Testament umschreiben lassen?«, fragte er schockiert und ungläubig.

Ich nickte stumm.

»Bist du dir sicher? Ich meine, bist du dir völlig sicher …?«

»Ja.« Was seine Mutter letztens zu mir gesagt hatte, nachdem sie mich dabei ertappt hatte, wie ich mit ihrem Vater sprach, hatte ihre Pläne nur bestätigt. »Ich bin mir völlig sicher.« Es kam als ein Flüstern heraus, doch fiel es mit einer Endgültigkeit zwischen uns, die sich wie ein Todesstoß anfühlte.

Henry fuhr sich mit beiden Händen durchs Haar, wandte sich von mir ab und entfernte sich vier Schritte.

»Nun verstehst du es.« Zusammen mit meinem Herzen brach mir die Stimme. »Verstehst du nun, warum ich dir und allen anderen gegenüber sagen musste, dass ich nicht die Absicht hätte zu heiraten? Sie hätte uns drei getrennt. Hätte dich fortgeschickt ...«

Er wandte sich um, kam mit langen Schritten zu mir zurück und ergriff meine Hände. »Es spielt keine Rolle, Kate. Ich kann Blackmoore aufgeben.«

Ich schüttelte den Kopf. Tränen strömten mein Gesicht hinunter und tropften von meinem Kinn.

»Hör auf. Hör auf, den Kopf zu schütteln, Kate. Ich kann es aufgeben. Und das werde ich auch tun. Für dich!«

»Nein. Das gestatte ich dir nicht.«

Seine Worte waren unbesonnen. Er hatte sich das Ganze noch nicht durch den Kopf gehen lassen können. Hatte nicht unzählige Nächte wach dagelegen und sich überlegt, was genau er für mich aufgeben würde. Ich hingegen schon. Und ich wusste es besser.

»Du kannst Blackmoore nicht für mich aufgeben, Henry. Siehst du denn nicht, was es dich kosten würde? Was das mit uns anstellen würde?«

»Es ist bloß ein Gebäude. Wie kannst du nur denken, dass sich ein Haufen Steine mit dir vergleichen ließe?«

»Es ist mehr als ein Haufen Steine! Das hier ist dein Heim. Das habe ich in deinen Augen gesehen. Es ist dein Ein und Alles. Deine Zukunft. Dein Lebensunterhalt. Das Leben, auf das du hingearbeitet hast. Ich habe doch gesehen, wie du hier aufblühst! Habe gesehen, wie glücklich du hier bist – wie erfüllt. Dass Blackmoore der Ort ist, wo du sein solltest.«

Er ergriff meine Hände und umschloss sie mit seinen. Hielt sie fest, als würde er versuchen, mich am Wegfliegen zu hindern. »Nein. Der Grund dafür bist *du*. Nicht Blackmoore.«

Ich schluchzte auf. »Es ist zu viel, als dass man es aufgeben könnte. Siehst du das denn nicht ein? Verstehst du nicht, dass du mich eines Tages dafür hassen würdest, wenn ich dich all dessen berauben würde, woran dir liegt und was du dir im Leben je gewünscht hast?«

»Dich könnte ich nie hassen.« Die Worte kamen leise und heiser heraus, eine geflüstertes Bekenntnis.

Ich entzog ihm meine Hände und verschränkte in dem Bemühen, mein brechendes Herz zusammenzuhalten, die Arme vor der Brust. »Doch, das weißt du nur nicht, im Gegensatz zu mir.« Meine Stimme bebte. »Ich weiß, was es heißt, verachtet zu werden, Henry. Ich weiß, was es heißt, unerwünscht und ungeliebt zu sein und …«

Er trat ganz nah an mich heran und umfasste behutsam mein Gesicht. Mir stockte der Atem, und alle weiteren Bemerkungen erstarben auf meinen Lippen. Seine Hände waren sanft, als wäre ich genauso wild und zerbrechlich wie unser dunkler Vogel. Er neigte den Kopf und sah mir in die Augen, und er war mir so nahe, dass ich sehen konnte, wie seine grauen Augen selbst in diesem dunklen Raum leuchteten. Dann holte er Luft, senkte den Kopf und küsste mich bedächtig und sanft. Er schob die Finger in meine Haare, und seine Lippen schmeckten nach Salz und Verlangen. Er küsste mich, bis meine Knie zitterten, mich Hitzewellen durchfluteten und ich mich durch und durch auf schmerzliche Weise erwünscht und ersehnt fühlte.

Als er schließlich seine Lippen von meinen löste, atmete er stoßweise. Er lehnte den Kopf an meinen und flüsterte: »Nun weißt du, was es heißt, geliebt zu werden.«

Es war zu süß. Es war eine zu große Versuchung. Mein Herz hämmerte vor Sehnsucht nach dem, was er mir anbot.

»Ich weiß, dass du diese Art der Liebe zuvor noch nicht kennengelernt hast.« Er schlang die Arme um mich, zog mich an sich, hielt mich, als wolle er mich immer in der Nähe seines Herzens behalten. »Aber ich verspreche dir, dass ich dich auf ewig lieben kann, egal, was uns in diesem Leben widerfährt. Ich kann und ich will.«

Mein Entschluss hatte sich in der Hitze seines Kusses aufgelöst. Ich wollte mich an ihn schmiegen und weiter in den Gefühlen schwelgen, die er mir vermittelte. Aber es war nicht recht, und ich wusste mit Bestimmtheit, dass es mich mein restliches Leben verfolgen würde, wenn ich dieser Versuchung nachgäbe.

Also ignorierte ich mein sehnsüchtiges Herz und löste mich aus seiner Umarmung. Augenblicklich war mir kalt, und ich zitterte am ganzen Körper, während ich dastand und versuchte, mich zusammenzunehmen. Doch ich konnte mich nicht mehr auf dieselbe Art zusammennehmen wie vor Henrys Kuss. In mir waren Käfige geöffnet worden, und was aus ihnen herausströmte, war gleichermaßen Wut und Angst. Als die Gefühle, die ich anderthalb Jahre in mir vergraben hatte, aus mir hervorbrachen, wich ich vor Henry zurück.

»Liebe ist nicht genug!«, rief ich. »Liebe wandelt sich. Liebe stirbt. Ich habe die andere Seite der Liebe gesehen! Ich habe den Abscheu, die Verachtung und die Feindseligkeit erlebt. Das möchte ich bei dir nicht erleben! Ich möchte nicht am eigenen Leibe erfahren, dass du mich eines Tages so ansiehst, wie mein Vater meine Mutter ansieht.«

»Wir sind nicht wie sie!«

»Woher weißt du das?« Ich holte mühsam Luft. »Woher weißt du, was die Zukunft für uns bereithält? Wie sie uns verändert? Woher weißt du, dass du nicht eines Tages aufwachst und mich dafür hasst, dass ich dich deines Geburtsrechts, deiner Zukunft und des Lebens beraubt habe, das du immer führen wolltest?«

»Ich weiß es einfach«, sagte er in leidenschaftlichem und unbeirrtem Ton. »Ich kenne mein Herz. Es hat immer dir gehört, Kate. *Immer.*«

Ihm brach die Stimme, und im Licht des Mondscheins entdeckte ich eine Träne auf seiner Wange. Bei dem Anblick schnürte es mir die Kehle zusammen.

»Ich wollte dir nie wehtun.« Ich erstickte an meinen Worten. »Ich wollte dir mit der Abmachung nie wehtun. Ich habe ja gar nicht gedacht, ich *könnte* dir damit überhaupt wehtun.«

Er rieb sich das Gesicht, holte tief Luft, dann noch einmal. Er wirkte so verloren und verzweifelt, dass ich wusste, diese Schlacht hatte ich so gut wie gewonnen. Also versetzte ich ihm einen weiteren Schlag.

»Wovon sollten wir leben, Henry?«, fragte ich, und meine Stimme war matt vor Hoffnungslosigkeit. »Gäbst du Blackmoore auf, würdest du deinen Lebensunterhalt aufgeben. Was würdest du tun?«

»Ich habe nichts gegen Arbeit einzuwenden! Sie liegt mir sehr, weißt du? Oder vielleicht weißt du es nicht, da ich ungern prahle, aber es ist so.« Ich hörte die Hoffnung in seiner Stimme und sah, wie auf seinem Gesicht ein Lächeln aufblitzte, und es fühlte sich alles viel zu grausam an. »Ich fürchte mich nicht vor harter Arbeit. Nur …«

Ich hielt eine Hand hoch, um ihn zu bremsen, und kämpfte gegen Schluchzer an. »Nein. Nein, Henry. Nein und nein und nein!«

Er sah mich lange an. Die Tränen strömten an meinen Wangen herab, aber ich wankte nicht. Schließlich schwand alle Hoffnung aus seinem Gesicht und machte finsterer Verzweiflung Platz. »Du wirst dich nicht umbesinnen.«

»Nein. Niemals.« Und wenngleich ich am ganzen Körper zitterte, klang ich fest entschlossen. »Ich habe diesen Entschluss vor anderthalb Jahren gefasst und heute Abend erneut. Und ich würde ebendiesen Entschluss immer und immer wieder fassen, solange die Umstände so bleiben. Ich werde mich nicht umbesinnen, Henry.«

Er wandte den Blick ab. Ich sah, wie er sich die Handballen an die Augen drückte. Ich ging ans Fenster und sah aufs mondbeschienene Meer hinaus. Nach einer ganzen Weile hörte ich, wie er sich hinter mir bewegte. Ich warf einen Blick nach links und sah, dass er vor dem offenen Vogelkäfig stand. Völlig reglos.

»Der Vogel ...« Er sah mich fragend an.

»Er ist tot.« Die Worte waren zu schonungslos, zu brutal. Henry zuckte zusammen und sah erneut zum Käfig. Als er den Blick wieder zu mir hob, stand darin blankes Entsetzen.

»Das hat nichts zu bedeuten, Henry«, versicherte ich. »Das ist keine Vorhersage bezüglich meiner Zukunft. Ich weiß, dass du das denkst. Doch es ist bloß ein Vogel. Mir passiert schon nichts. Ich werde zu meiner Tante nach London fahren, und von dort reisen wir beide nach Indien, wo ich wohlbehalten ankommen werde. Versprochen.«

»Miss Worthington?«

Es war Alice, die mit einer Laterne in der Hand an der Tür stand. Da wusste ich, dass es an der Zeit war. An der Zeit, dass wir aufhörten, uns derart zu quälen. »Ich muss gehen«, flüsterte ich.

»Warte.« Henry packte mich am Handgelenk und hielt den Mund an mein Ohr. »Eine Frage habe ich noch«, sagte er leise.

Mein Herz konnte keine weitere Frage ertragen. Es trommelte auf mich ein, beharrte darauf, dass ich den größten Fehler meines Lebens beging. Doch eine letzte Frage konnte ich ihm nicht verweigern. Also vergrub ich mein Gesicht an seinem warmen Hals und ließ ihn mich ein letztes Mal umarmen. »Nur zu. Stelle sie.«

»Wenn du mich lieben würdest …« Ihm versagte die Stimme, und er räusperte sich und versuchte es erneut. »Wenn wir zusammen sein könnten, wofür würdest du dich dann entscheiden – für mich oder für Indien?« Sein Atem berührte meinen Hals, seine Lippen streiften mein Ohr. Ich schmolz dahin. Mein Entschluss geriet ins Wanken.

»Für dich«, flüsterte ich. Seine Arme um mich verfestigten sich. Und wenngleich ich nicht das Recht hatte, eine solche Frage zu stellen, flüsterte ich: »Wenn wir zusammen sein könnten, für wen würdest du dich entscheiden – für mich oder Miss St. Claire?«

»Oh, Kate.« Er umfasste meine Wange und wich etwas zurück, damit er mir in die Augen sehen konnte. »Immer für dich.«

Ich schlang die Finger um sein Handgelenk, um ihn noch einen Augenblick länger für mich zu behalten, auch wenn mir bewusst war, wie töricht das von mir war – welche Schwäche, den gedankenlosen Forderungen meines Herzens nachzugeben.

Und dann, endlich, fand ich die Kraft, von ihm zu lassen. Ich trat zurück, und er ließ es zu. Seine Hände glitten von mir herab, und er versuchte nicht, mich wieder an sich zu ziehen. Er würde mich nicht davon abhalten, meinen Käfig zu verlassen, und dafür liebte ich ihn nur umso mehr.

Ich wischte mir die Tränen weg und ging auf die Tür des Vogelzimmers zu, durch die ich nach draußen entrinnen konnte. Ich mahnte mich, nicht zurückzublicken. Doch just in dem Moment, als ich über die Schwelle trat, verspürte ich ein heftiges Zupfen an meinem Herzen – als würde Henry es zu sich zurückrufen. Da konnte ich nicht anders. Ich musste zurückschauen. Ich warf einen Blick über meine Schulter, um ihn ein letztes Mal zu sehen, und wünschte mir noch im selben

Moment, ich hätte es nicht getan. Denn dort stand er, die Arme vor der Brust verschränkt, und sah genauso aus wie an dem Tag, an dem sein Vater gestorben war.

38. Kapitel

Alice schmuggelte mich aus Blackmoore hinaus ins Heidemoor, wo ihr Bruder schon mit einem Pony wartete. Er reichte mir ein weißes Laken und wies mich an, mich darin einzuhüllen. »Heute Nacht werden Sie Lingers' Ghost sein, Miss«, erklärte Alice. Ihr spitzbübisches Lächeln verriet, dass Lingers' Ghost offenbar als Mittel eingesetzt wurde, um die Leute des Nachts vom Moor fernzuhalten.

»Und du vergisst auch sicher die Briefe nicht?«, fragte ich. Meine Nerven waren zum Zerreißen gespannt, nun, da ich tatsächlich floh. »Ich meine vor allem den an Mrs Delafield.«

Ich konnte nicht abreisen, ohne Mrs Delafield vor den Plänen meiner Mutter zu warnen, Henry mithilfe von Maria in die Falle zu locken. Mama war zu allem imstande, und nie war sie so motiviert, wie wenn es darum ging, ihrer ehemaligen Freundin eins auszuwischen.

»Keine Bange, Miss. Ich übergebe ihn ihr gleich morgen in der Früh. Mit den Briefen an Ihre Mutter, Ihre Schwester und an Miss Delafield halte ich es ebenso. Ich kümmere mich um alles, genau wie besprochen.« Sie lächelte beruhigend, und ihr

Bruder half mir aufs Pony. Ich richtete den Blick gen Norden und auf die Straße nach Whitby.

Der Vollmond erhellte meinen Weg durchs Moor, und ich musste immer wieder zurückschauen, um noch einen Blick auf Blackmoore und die Meeresklippen zu erhaschen. Mein Herz zerrte an mir und flehte mich an, doch zurückzukehren, doch zum ersten Mal in meinem Leben war ich frei und so hoffnungsvoll wie nie zuvor. Als mich das Pony schließlich über eine Hügelkuppe trug und Blackmoore ein für alle Mal aus meinem Blickfeld verschwand, wurde mein Herz von Trauer erfasst und drohte, mich von meiner Reise abzuhalten. Doch in diesen Käfig konnte und wollte ich nicht zurückkehren. Folglich ließ ich mein Herz in Blackmoore und bei Henry zurück und reiste mit der Hoffnung als einziger Gesellschaft weiter.

Die Nachtvögel sangen vom Meer, fernen Ländern und einer nie gekannten Freiheit. Ich weinte und lächelte zugleich, und je weiter wir uns von meiner Mutter entfernten, umso leichter fühlte ich mich. Wie zum Fluge streckte ich die Arme aus und spürte, wie auch meine Seele ihre Flügel ausspannte. Endlich konnte ich mein Leben selbst in die Hand nehmen!

—

Es war schon spät am Abend, als ich tags darauf London erreichte und an die Tür meiner Tante klopfte. Sie saß im Salon und schrak in ihrem Sessel auf, sobald sie mich gesehen hatte, und hielt sich die Hand an die Brust.

»Katherine? Was in aller Welt tust du hier? Zu dieser Stunde? Wie bist du hergekommen?«

»Ich habe das Weite gesucht. Und von Blackmoore aus die Postkutsche genommen. Wenn du möchtest, reise ich mit dir nach Indien!«

Sie erhob sich und kam lächelnd und mit ausgebreiteten Armen auf mich zu. »Meine Liebe, ich bin so stolz auf dich!«

Schluchzend fiel ich ihr in die Arme.

Sie tätschelte meinen Rücken. »Mein liebes Kind, warum die Tränen? Du solltest glücklich sein. Ab jetzt verfügst du selbst über dein Leben.«

Ich nickte. Sie hatte ja recht. »Ich bin glücklich. Wirklich.« Aber ich konnte nicht aufhören zu weinen, und schließlich entfuhr mir das eine Wort, das ich nicht aus meinen Gedanken hatte verbannen können. »Henry!«

Sie schnalzte mit der Zunge. »O nein! Du willst mir doch nicht erzählen, dass du diese Tränen wegen eines Mannes vergießt?«

Ich nickte.

»Meine liebe Katherine, kein Mann ist so viele Tränen wert!«

Noch vor einem Monat hatte ich dasselbe behauptet. Genau das hatte ich zu Maria gesagt, in der festen Überzeugung, dass es stimmte. In diesem Fall jedoch stimmte es nicht. Denn wenn es je einen Mann auf der Welt gegeben hatte, der es wert war, dass man seinetwegen Tränen vergoss, dann war es Henry Delafield.

39. Kapitel

Ein Jahr später

Lieber Ollie,

ich hoffe, Dir gefallen die kleinen Dinge, die ich Dir geschickt habe. Ich weiß, es ist nichts Besonderes – Vogelfedern, Muscheln und Zeichnungen, die ich auf meiner Reise angefertigt habe. Aber dies alles sende ich Dir in der Hoffnung, dass Du die Schwester nicht vergisst, die Dich seit jeher liebt. Kümmert sich Cook um Deine furchtbaren Fingernägel? Passt Du noch immer gut auf Cora auf?

Katzen habe ich hier bisher kaum zu Gesicht bekommen, dagegen viele andere seltsame Tiere wie Affen, Tiger und Vögel in mannigfaltigen Farben. Um etwas Erleichterung vor der Sommerhitze zu finden, sind Tante Charlotte und ich mit vielen anderen Briten in einen Erholungsort gefahren, der in den Bergen gelegen ist. Eine solche Hitze hast Du noch nie erlebt, Ollie. Ich spüre sie in meinen Knochen, doch erstaunlicherweise stört sie mich gar nicht, wenngleich ich schon manchmal sehnsüchtig an die kühle Meeresbrise bei Blackmoore denke.

Hast Du eigentlich mal etwas Neues von Sylvia gehört? Oder von Henry?

Sei zu Hause immer schön artig. Ich schreibe Dir bald wieder. Vielleicht kann Dir ja jemand helfen, mir zurückzuschreiben. Ich sehne mich danach, von daheim zu hören. Ich vermisse Dich!

In Liebe
Kate

Es war mein fünfter Brief an Oliver. Bislang hatte ich noch keine Antwort bekommen, was aber nicht weiter verwunderlich war in Anbetracht der langen Zeit, die ein Brief mit dem Schiff nach England brauchte. Das hielt mich allerdings nicht davon ab, jedes Schiff bei der Ankunft im Hafen und die Zustellung der Post zu beobachten.

»Bereit zum Ausgehen, Katherine?« Tante Charlotte kam mit einem breiten Lächeln auf mich zu und ließ dabei ihre Haube am Band hin und her schwingen. Indien tat ihr gut. Ein sonniges Gemüt hatte sie schon immer gehabt, hier aber wirkte sie geradezu selig.

»Ja. Einen Augenblick noch.« Ich versiegelte den Brief, adressierte ihn, schnappte mir meine Haube und eilte zur Tür hinaus.

—

Tante Charlotte lehnte sich zu mir. »Da. Auf einem Zweig des dritten Baumes von rechts.«

Ich fixierte den von ihr genannten Baum. Inzwischen waren wir recht geschickt, was unseren kleinen Zeitvertreib anging. Tante Charlotte hatte scharfe Augen, ich hatte dafür das bessere Ohr für den Gesang.

»Ich kann keinen Vogel entdecken«, sagte ich, nachdem ich eine Weile Ausschau gehalten hatte. »Welche Farbe?«

»Schwarz. Glänzendes, schillerndes Schwarz, fast schon mit einem Stich ins Blaue. Ein gegabelter Schwanz. Oh, wie entzückend!«

Ich nahm eine Bewegung wahr – eine Regung im Baum –, und mein Herz setzte kurz aus. Mit klopfendem Herzen betrachtete ich den dunklen Vogel auf dem Ast.

»Ich kenne diesen Vogel«, flüsterte ich. »Ich habe ihn bei …«

Ein Ruf unterbrach meine Worte. Tief, hoch hoch, tief tief. Der Schwanz des Vogels zuckte, und er sang wieder. Tief und hoch und wieder tief, lieblich und klar. Ich schloss die Augen und überlegte, woran mich das Lied dieses Vogels erinnerte, doch konnte ich an nichts anderes denken als an das Musikzimmer in Blackmoore und an Henry, der vorsichtig seine Hand in den Käfig steckte und den Vogel dabei beobachtete, wie er sich so hoch schwang, wie er nur konnte.

Der Gesang ließ mich an Freiheit und Flucht denken, und gleichzeitig klang er nach Tod – nach verlorenen Federn und einem reglosen Körper auf dem Käfigboden. Das Lied des Vogels erinnerte mich an Blackmoore – tief und hoch und hoch und wieder tief. Der Vogel sang immer wieder, und jedes Mal, wenn die hohen Töne erklangen, wusste ich, dass das Lied mit einem tiefen Ton enden würde. Es würde immer traurig enden. Er würde immer sterben. Der Niedergang wäre unvermeidlich, egal wie schön die hohen Noten seines Liedes klangen.

Ich fuhr mir mit dem Handrücken über die Augen und räusperte mich. »Weißt du, gerade wird mir die Hitze ein wenig zu viel. Für heute mache ich Schluss mit dem Vogelbeobachten.«

Tante Charlotte fixierte mich. Ihren scharfen Augen entging nichts. Ich hatte Angst, sie würde mir eine unliebsame Frage stellen, doch nein, sie lächelte nur freundlich und sagte: »Es ist unerträglich heiß. Sehen wir zu, dass wir eine kühle Erfrischung bekommen, oder?«

Unsere eisgekühlte Limonade wurde uns auf der Terrasse im Schatten eines großen Sonnenschirms serviert, wo viele unserer neuen Freunde eine Nachmittagserfrischung genossen. Ich nippte an meiner Limonade und bemühte mich, nicht an meinen dunklen Vogel, an Blackmoore oder an Henry zu denken, doch je mehr ich es zu vermeiden suchte, umso mehr tat ich es. Im Verlauf dieses Jahres hatte ich damit am meisten zu kämpfen gehabt. Es war nicht schwierig gewesen, Erleichterung und Freude darüber zu empfinden, Mamas Einfluss entkommen zu sein. Es war nicht schwierig gewesen, die Gesellschaft meiner Tante zu genießen und sich an dem fremden Land zu erfreuen, das wir entdeckten. Doch es hatte sich als ungemein schwierig herausgestellt, den ständigen Verlustschmerz zu stillen.

An diesem Tag plagten mich die Gedanken an Blackmoore derart massiv, dass ich zunächst dachte, ich würde mir den schnauzbärtigen Gentleman, der auf mich zumarschierte, nur einbilden.

»Miss Worthington, dachte ich es mir doch, dass Sie es sind! Sie sind also doch nach Indien gereist!«

Völlig perplex starrte ich ihn an und fand meine Stimme erst wieder, als Tante Charlotte mich mit dem Ellbogen anstupste.

»Mr Pritchard! Was für eine Überraschung!«

»Fürwahr! Ich hätte nicht gedacht, dass Sie Ihren Plan wahrhaftig in die Tat umsetzen würden.« Er wirkte noch genauso griesgrämig wie bei unserer letzten Begegnung und zeigte herzlich wenig Begeisterung über meinen Anblick.

Ich erinnerte mich an meine guten Manieren und stellte ihn meiner Tante vor, was er mit einem kurzen Nicken quittierte, bevor er sagte: »Ich habe etwas für Sie. Es befindet sich in meiner Unterkunft. Ich hätte nie gedacht, dass ich Sie tatsächlich hier antreffen würde, aber ich habe ihm versprochen, dass ich es Ihnen aushändige, sofern das doch der Fall wäre. Ich werde es Ihnen durch einen Dienstboten bringen lassen. Guten Tag!« Mit diesen Worten entschwand er, bevor ich mich versah.

»Nun ja. Ihm hapert es ziemlich an gesellschaftlichen Umgangsformen!« Tante Charlotte nippte an ihrer Limonade und sah ihm hinterher.

Doch meine Gedanken kreisten nur noch darum, was er mir wohl geben wollte und von wem es stammte. Ich erhob mich, schritt auf der Veranda auf und ab und zitterte dabei am ganzen Körper vor Nervosität. Als schließlich ein Dienstbote mit einem Tablett auf mich zukam, wäre ich um ein Haar über meine eigenen Füße gestolpert, da ich es gar nicht erwarten konnte, den daraufliegenden Brief an mich zu nehmen.

Ich bedankte mich eilig, und mein Herz machte beim Anblick der vertrauten Handschrift einen Sprung. Tante Charlotte erhob sich mit nachsichtiger Miene. »Ich nehme an, du wirst deinen Brief in aller Ruhe lesen wollen. Komm. Ich begleite dich zurück zu unseren Zimmern.«

In mir rangen Schrecken, Hoffnung, Nervosität, Angst und schmerzvolle Erregung miteinander, sodass ich nur nicken konnte, dann eilte ich ihr voraus. Sobald ich mich in meinem Zimmer befand und die Tür hinter mir geschlossen hatte, setzte ich mich an meinen Schreibtisch und betrachtete den Brief. Mein Blick folgte dem eleganten Schwung der Buchstaben, die meinen Namen ergaben. Henry war der Einzige, der mich je mit dem Namen angesprochen hatte, den ich mir als Anrede wünschte. In diesem Augenblick, mit dem versiegelten Brief in der Hand, war alles möglich. Und nichts auf der ganzen Welt sah in meinen Augen schöner aus als dieses elegante K-a-t-e.

Mit zitternden Händen brach ich das Wachssiegel und entfaltete behutsam den Briefbogen. Enttäuscht sank mein Herz, als ich einen ersten Blick darauf warf. Der Brief war so kurz! Aber immerhin: *Mehr als nichts!* Ich schloss die Augen und versuchte, mein wild pochendes Herz zu beruhigen, bis ich die Anspannung schließlich nicht länger ertrug. Ich schlug die Augen auf und las:

Meine liebste Kate,

wie lange brauchte Ikarus, um in den Tod zu stürzen? Ich habe das Gefühl, als würde ich noch immer stürzen, und ich fürchte, das wird immer so bleiben. Nie werde ich das Ende dieses Kummers erreichen, dieses Verlangens nach Dir, dieses Leids. Andere mögen sich ändern, ich hingegen nie. Ich liebe Dich schon, solange ich mich erinnern kann, und ich werde Dich ewig weiterlieben, wollen und vermissen.

Henry

Mein Herz schlug einen Purzelbaum nach dem anderen. Durch die aufsteigenden Tränen konnte ich die Schrift kaum noch entziffern. Ich zwinkerte heftig und schaute verzweifelt nach einem Datum. 12. Oktober 1820. Das lag neun Monate zurück! Er musste diesen Brief also vier Monate nach meiner Abreise geschrieben haben. Er hatte mich vier Monate geliebt – mindestens! Hatte mich sogar noch geliebt, nachdem ich verschwunden war.

Ich las den Brief immer wieder und ließ meinen Tränen, die auf mein Kleid tropften, freien Lauf, ohne mir die Mühe zu machen, sie wegzuwischen. Vor neun Monaten hatte er mir diese Zeilen geschrieben und abgeschickt. Oh, wie gut es tat, zu wissen, was er in diesem Augenblick gedacht und gefühlt hatte!

Tante Charlotte stand in der Tür. »Sind es gute Nachrichten? Oder schlechte?«

Ich wischte mir über die Wangen. »Wenn ich das nur wüsste!«

—

Den Rest des Tages und des Abends verbrachte ich in völlig benebeltem Zustand. Unaufhörlich wiederholte ich Henrys Worte aus dem Brief. Ich konnte nicht länger als fünf Minuten still sitzen und mit Tante Charlotte keine vernünftige Unterhaltung führen. Und als der Abend kam, zündete ich zwei Kerzen an, stellte sie auf das Pianoforte und breitete die Noten von Herrn Spohr darauf aus. Ich spielte, bis die Dunkelheit den Raum einhüllte, Tante Charlotte mir eine gute Nacht wünschte und das Mondlicht durch die hohen Fenster hereinschien. Dann setzte ich mich in einen Sessel mit Blick zum Mond und dachte intensiv über Entscheidungen, Freiheiten und all das nach, was ich aufgegeben hatte, um herzukommen.

Dass ich mich auf und davon gemacht hatte, war die richtige Entscheidung gewesen. Dessen war ich mir inzwischen noch sicherer als vor einem Jahr. Aber ach, das Opfer! Es war eine Last, die ich immer mit mir herumtrug. Indien hatte mich nicht enttäuscht – zumindest nicht so, wie ich es befürchtet hatte. Ich hatte mir dadurch die Freiheit und das Unabhängigkeitsgefühl erkämpft, nach denen ich mich so inständig gesehnt hatte. Tante Charlotte hatte mir das ermöglicht. Doch das Leben in dieser Welt enttäuschte mich – das Leben, das es nötig machte, dass ich mein Herz meiner Seele zuliebe aufgab.

Schlaf fand ich die ganze Nacht über nicht, und beim Frühstück spähte Tante Charlotte über ihre Teetasse zu mir.

»Du siehst schrecklich aus, meine Liebe«, stellte sie fest.

Ich zog eine Grimasse. »Ich habe die ganze Nacht kein Auge zugemacht.«

Behutsam stellte sie ihre Tasse ab. »Hm.« Sie stützte das Kinn auf die Hand und fixierte mich mit einem Blick, der mir das Gefühl verlieh, äußerst durchschaubar zu sein. »Es könnte helfen, deine Aufmerksamkeit auf andere Männer zu richten. Lass einen anderen in dein Herz ein!«

Ich schüttelte den Kopf. Wenn ich Henry nicht haben konnte, dann wollte ich gar keinen. Außerdem hatte ich mein Herz bei ihm zurückgelassen. Es verhielt sich ja nicht so, dass mein Herz leer war und gefüllt werden musste – es war schlicht und ergreifend abwesend. Nein, jemand hatte unwiderruflich und ganz und gar darauf Anspruch erhoben.

»Nun, dann müssen wir uns etwas anderes einfallen lassen, um uns zu amüsieren«, fuhr sie fort. »Ich habe gehört, dass vor Kurzem ein Schiff eingetroffen ist. Ich frage mich, ob es Briefe von zu Hause an Bord hat. Vielleicht hat dir ja Oliver geschrieben? Oder wir finden unter den Passagieren womöglich neue Freunde? Unter Umständen ist heute ja sogar jemand eingetroffen!«

Ihr zuliebe rang ich mir ein Lächeln ab. »Ich bin nicht niedergeschlagen, Tante Charlotte. Nur einfach … nachdenklich.«

Ihr mitleidiges Lächeln sagte mir, dass sie mir das nicht abnahm, doch war sie freundlich genug, das Thema fallen zu lassen. Nach dem Frühstück kehrte ich ans Pianoforte zurück und nahm mir wieder Herrn Spohrs Stück vor. Jedes Mal, wenn ich es spielte, rührte sich der Dämon in mir. Und diesmal befahl er mir zu schreiben. Also hörte ich auf zu spielen und suchte nach Papier und Feder. Ich setzte mich an den Schreibtisch im Salon und schrieb selbst einen Brief.

Lieber Henry,

ich habe die ganze Nacht über Herrn Spohrs Musik gespielt. Mein Herz ist so schwach, wie es schon immer war, oder vielleicht ist es stärker denn je. Ich weiß es kaum zu sagen. Ich weiß nur, dass sich mein Wille durch meine Sehnsucht nach Dir geschwächt hat, mein Herz verlangt nach Dir, und wenn ich in diesem Augenblick wahrhaftig Flügel hätte, würde ich sie allein dafür einsetzen, dort hinzufliegen, wo auch immer Du Dich aufhältst. Ich weiß, ich zweifelte an der Beständigkeit der Liebe, aber nun zweifle ich allmählich an meiner eigenen Weisheit. Meine Liebe für Dich wird nie vergehen. Sie wird nicht zaudern. Sie wird mich nicht verlassen. Wenn überhaupt, dann wächst meine Sehnsucht nach Dir mit jedem Tag, der verstreicht. Meine Leere ohne Dich wächst. Und ich zweifle an den Erfahrungen, die ich mit der Liebe gemacht habe. Ich frage mich, ob meine Eltern je wussten, was Liebe ist, und ob ich mich täuschte, als ich befürchtete, möglicherweise wie sie zu werden. Und zum ersten Mal in meinem Leben …

Der Klang eines Amselpfeifens riss mich aus meinen Gedanken. Ich erstarrte und wartete darauf, es wieder zu hören. Das Lied von der Heimkehr. Hatte ich mir das gerade eingebildet? Ein leises Maunzen lenkte meine Aufmerksamkeit von dem Brief ab, und ich ließ die Feder fallen. Eine graue Katze huschte ins Zimmer und über den Fliesenboden, um ihren Kopf sodann an meinem Bein zu reiben.

Ich beugte mich hinunter, um sie am Kopf zu streicheln, und entdeckte einen weißen Fleck an ihrer Brust.

»Cora?«, fragte ich ungläubig.

Ein leises Pochen erklang an der Tür. Ich hob den Kopf und glaubte, meinen Augen nicht zu trauen. Es war Henry, der besser aussah denn je. Er war stärker von der Sonne gebräunt, und auch seine Schultern schienen seit unserem Abschied breiter geworden zu sein. Er rührte sich nicht – stand einfach nur da und starrte mich an, als wäre ich eine Wasserstelle in einer Wüste. Ich starrte zurück und konnte nicht fassen, dass er wirklich hier war. Es musste sich um ein Produkt meiner Einbildung handeln – ein Erzeugnis von zu viel romantischer Musik und zu wenig Schlaf.

»Ich dachte nicht, dass es möglich sei«, sagte er leise, als würde er ein Selbstgespräch führen. Seine Stimme – gütiger Gott, wie hatte ich es ein ganzes Jahr ohne seine Stimme ausgehalten? »Du bist noch schöner, als ich es in Erinnerung hatte.«

Mein Herz geriet ins Stolpern und fing dann zu heftig zu schlagen an. Ich musste träumen. Henry konnte nicht hier sein, so weit weg von England.

Dann betrat er den Raum. Er kam auf mich zu, bewegte sich bedächtig, behutsam, als wäre ich ein wildes Wesen und könnte davonfliegen, wenn man mich erschreckte. »Du sagtest in Blackmoore … Du sagtest, du würdest dieselbe Entscheidung immer wieder treffen, es sei denn, es würde sich etwas ändern. Nun, Kate, ich bin um die Welt gereist, um dir zu sagen, dass sich etwas geändert hat. Ich habe den Plan meiner Mutter für mein Leben verworfen.«

Nun konnte ich sein Gesicht genauer betrachten – seine klaren, grauen Augen, den schwachen Streifen von Sommersprossen quer über seine gebräunten Wangen. Er sah aus, als hätte er Monate an Bord eines Schiffes verbracht, in der Sonne. Ich nahm das Heben und Senken seines Brustkorbs wahr, das weiße Hemd gegen die goldene Bräunung seines Halses und seiner Hände, die Art, wie seine Hände sich zu Fäusten ballten. Er war wirklich da! Mir blieb die Luft weg.

»Ich habe Juliet gesagt, dass ich sie nicht heiraten werde. Wie denn auch? Sobald ich wusste, dass du mich liebst – sobald ich auf dich hoffen konnte, war mir das unmöglich. Mit ihr hätte ich nicht glücklich werden können.« Henry fuhr sich durchs Haar und ließ es wild zerzaust zurück. Wie viele Male hatte ich ihn bei dieser Geste beobachtet? »Sie hat Verständnis gezeigt, ja, sie war sogar großzügig. Sie hat vermutet, ich hätte dich schon die ganze Zeit über geliebt, was voll und ganz der Wahrheit entsprach.«

Er verzog den Mund zu einem schiefen Grinsen. Ich starrte gebannt auf seinen Mund und erinnerte mich daran, wie es sich angefühlt hatte, diese Lippen zu küssen, Henrys Gesicht in den Händen zu halten, die Finger in seinem Haar zu vergraben. Ich bemerkte, dass seine Haare viel heller waren. Sie hatten fast den Goldton seiner Jugend.

Er kniete sich vor mich hin. Ich errötete, meine Hände zitterten, und in mir erhob sich die Hoffnung wie eine Million Flügel.

»Ich habe Blackmoore in der Obhut meines Bruders George zurückgelassen und eine Stellung bei der East India Company angenommen. Ich bin um die halbe Welt gereist, um dich zu finden … und um dir zu zeigen, dass ich es dir niemals verübeln werde, dass du mich meines Hauses beraubst, weil ich es aus eigenen Stücken aufgegeben habe. Nun habe ich nichts mehr, was du mir wegnehmen könntest, außer mein Herz, und das hast du mir schon lange geraubt.«

In seinen Augen entdeckte ich Hoffnung, Furcht, Angst und Liebe, und das alles vermischt mit so viel Licht, dass mein Herz entzweibrach. Überwältigt schlug ich die Hände vors Gesicht.

»Kate«, sagte er mit heiserer Stimme. »Ich bin hier, um dich noch ein letztes Mal zu fragen, ob du dein Leben mit mir verbringen möchtest. Wir können gemeinsam Abenteuer bestehen. Ich bin dir so weit gefolgt, mein Herzblatt, und ich werde dir folgen, wohin auch immer es dich als Nächstes zieht. Ich werde dich lieben, was auch geschehen mag. Du kennst mich. Du weißt, dass ich genauso störrisch sein kann wie du. Ich habe mein Zuhause aufgegeben, um mit dir zusammen zu sein. Deshalb bitte ich dich, deine Ängste fahren zu lassen und mir zu glauben, mir zu vertrauen, mich ...« Seine Stimme versagte für einen kurzen Moment. »... mich zu lieben, so wie ich dich liebe.«

Meine Schultern bebten.

»Kate ... lachst du etwa? Hör mal zu, wenn du schon wieder lachst, dann schwöre ich ...«

Ich ließ die Hände fallen und zeigte ihm mein tränenüberströmtes Gesicht, streckte die Hände nach ihm aus und fiel ihm in die Arme. Es fühlte sich wie ein Zuhause an. Es fühlte sich wie der sicherste Hafen an, den ich je gekannt hatte oder je kennen würde. Wir klammerten uns aneinander, als wären wir Ertrinkende und wären die Einzigen, die einander retten könnten. Und dann küsste er mich überall auf mein tränennasses Gesicht, auf meine Lippen, mein Haar, und ich hoffte, er würde nie, nie damit aufhören. Und schließlich, als ich mich ein wenig von ihm löste, um wieder zu Atem zu kommen, erklärte ich: »Ich muss dir etwas sagen.« Kurz musste ich innehalten, um mir die Nase am Ärmel abzuwischen, bevor ich fortfuhr: »Du bist nicht der Erfüller meines Herzenswunsches, Henry Delafield.«

Er warf den Kopf zurück und lachte.

»Nein, hör zu.« Ich umfasste sein Gesicht. Seine sanften Augen leuchteten, und sein Blick wanderte mit einer solchen Anbetung über mein Gesicht, dass ich mich dadurch liebkost fühlte. Er neigte den Kopf zu mir und streifte mit den Lippen meine Wange.

»Ich höre zu«, murmelte er und drückte mich mit den Armen unmöglich nahe an sich.

»Du bist nicht der Erfüller meines Herzenswunsches.« Ich holte tief Luft und lächelte. »Nein, du *bist* mein Herzenswunsch!«

»Oh, Kate«, murmelte er und suchte meine Lippen. »Du bist ja doch eine Romantikerin!«

40. Kapitel

Fünf Jahre später

»Was siehst du da vor uns, Schätzchen?«

Olive legte den Kopf an die Schulter ihres Vaters. »Nur Wasser, Papa.«

»Schau noch mal hin, Schätzchen. Siehst du das Land? Wie einen Schatten in der Ferne?«

Ich lehnte mich so nah zu ihnen, dass ich die weichen Pausbäckchen meiner Tochter streifte, und deutete auf das Land, das sich aus dem Meer erhob. »Schau mal dorthin und warte ab. Bald sieht man es besser, und dann wirst du lauter Häuser mit roten Dächern erkennen, und auf einer Klippe wirst du ein großes Gebäude sehen. Erinnerst du dich, was das ist?«

Olive klimperte mit ihren dunklen Wimpern. Sie hatte die grauen Augen ihres Vaters und Großvaters und dazu meine dunklen Augenbrauen, die Henry so liebte.

»Was ist es?« Henry lächelte das kleine Mädchen an und drückte uns beide an sich.

»Unser Zuhause.«

Aus weiter Ferne, jenseits des grauen Wassers, meinte ich, das Lied einer Amsel zu hören.

Nachwort

Ich schreibe historische Romane, da ich ausgesprochen gern recherchiere und Geschichten erfinde. Wenn Sie ähnlich veranlagt sind und gern erfahren würden, wo in diesem historischen Roman die Grenze zwischen Fiktion und Fakten verläuft, lesen Sie weiter. Wenn nicht, überspringen Sie diese Zeilen und fahren Sie mit der Danksagung fort. Ich sehe Ihnen das nach, Ehrenwort.

Als ich anfing, von *Blackmoore* zu träumen, wusste ich, es müsste in Nordengland liegen, umgeben von Moorlandschaft und mit Blick aufs Meer. Allerdings wusste ich nicht, ob solch ein Ort überhaupt existierte. Also flog ich hin, mietete mir ein Auto und fuhr auf der Suche nach dem besten Schauplatz für meine Geschichte kreuz und quer durch den Norden Englands, von Manchester nach Whitby und zurück. In North Yorkshire entdeckte ich ihn dann, in Robin Hood's Bay.

Ja, dieser Ort existiert wirklich. Ich habe mich bemüht, ihn korrekt zu beschreiben, wenngleich Worte dem Charme, dem Charakter und der windumtosten Schönheit dieses Ortes nicht gerecht werden können. Hunderte von Jahren war es ein

Schmugglerhafen, und über die Jahrhunderte wurde jeder in dem Dorf in den Handel verwickelt. Es hieß, ein Seidenballen könne vom Strand bis zur Hügelspitze gelangen, ohne auch nur einmal das Tageslicht zu erblicken.

Wie das möglich war, fragen Sie? Sämtliche Häuser waren durch Geheimgänge und durch geheime Wandschränke miteinander verbunden. Ein Dorfbewohner erzählte mir, dass jemand bei Renovierungsarbeiten in der Küche kürzlich einen Wandschrank herausgebrochen und zu seiner Überraschung direkt ins Nachbarhaus geblickt habe.

Das Anwesen von Blackmoore liegt am selben Schauplatz wie das Anwesen Ravenscar, das früher einmal (und vielleicht sogar bis heute) Geheimgänge besaß und in den Schmuggelhandel verwickelt war. Es gibt auch noch ältere Dorfbewohner, die einem raten, nachts die Moorlandschaft zu meiden, wenn man nicht von Lingers' Ghost heimgesucht werden möchte.

Die Klosterruine ist Fountains Abbey nachempfunden, die in der Nähe von Harrogate in Yorkshire liegt. Man fühlt sich dort von äußerst freundlichen Gespenstern heimgesucht, und die Türme der ebenso schönen wie tragischen Ruine werden von unzähligen Krähen bewohnt. Das Innere von Blackmoore ist dem ebenfalls in North Yorkshire gelegenen Castle Howard nachempfunden.

Meine Figuren und ihr Leben sind pure Fiktion. Allerdings erhielt ich bei meinen Recherchen die ein oder andere Inspiration. So stolperte ich etwa über den Namen Delafield, als ich über einen Nachnamen für Henry nachdachte. Mir gefiel sein Klang, doch wollte ich mich vergewissern, dass dieser auch aus historischer Sicht eine gute Wahl für Henry wäre. Bei meinen Nachforschungen entdeckte ich, dass der Name Delafield ursprünglich von der alten Familie des Counts de la Feld herstammte, deren Stammsitz, das Château de la Feld, im Elsass lag. Hubertus de la Feld wanderte 1066 nach England aus, erhielt für seine Verdienste größeren Landbesitz, und die Familie gewann nach und nach an Einfluss. Was ihrem Ehrgeiz Vorschub leistete, war die Tatsache, dass ein gewisser John Delafield 1697 aufgrund seiner Tapferkeit in der Schlacht von Zenta zum Grafen des Heiligen Römischen Reichs ernannt wurde. Als ich das las, hatte ich eine Familie vor Augen, die nach einem weiteren Titel dürstete, diesmal einem englischen, womit die große Ambition der Familie Delafield geboren war, die das größte Hindernis für eine Beziehung zwischen Henry und Kate darstellt.

Louis Spohr ist die einzige Figur, die vollkommen auf Tatsachen beruht. Er war ein deutscher Musiker und Komponist, der eine wichtige Rolle beim Übergang von der Klassik zur Romantik Anfang des 19. Jahrhunderts spielte. Spohr schrieb tatsächlich eine Oper, die auf dem Faust-Stoff basiert, und reiste mit seiner Frau Dorette 1820 nach England, wo sie gemeinsam Konzerte gaben. Ich weiß allerdings nicht, ob sie auch außerhalb von London unterwegs waren, und der Name seines Klavierstückes ist eine Erfindung von mir.

Meine Recherchen über Vögel haben mir großen Spaß gemacht. Eine Website, die ich sehr hilfreich fand, war: www.rspb.org.uk/wildlife/birdidentifier. Dort kann man sich Fotos von Vögeln ansehen, sich über ihre Gewohnheiten schlaumachen und ihren Rufen lauschen. Auch wenn ich Kates dunklen Vogel in dem Roman nicht explizit benenne, hatte ich den in Indien beheimateten Königsdrongo vor Augen.

Einen Großteil meines Wissens über Robin Hood's Bay, die Schmuggelei und das Heidemoor, habe ich mir in einem Buch angelesen, das ich in einem winzigen Museum in Robin Hood's Bay erstand: *A History of Robin Hood's Bay: The Story of a Yorkshire Community* von Barrie Farnill.

Sollten Sie Fehler oder historische Ungenauigkeiten entdecken, können Sie sie meiner fehlbaren Natur als menschlichem Wesen anlasten. Oder aber dem Umstand, dass ich als Schriftstellerin Tatsachen einer guten Geschichte zuliebe gern ein wenig zurechtbiege.

Danksagung

Ohne die Hilfe so vieler Menschen hätte ich diese Geschichte nicht schreiben können. Hier mein mickriger Versuch, ihnen dafür zu danken, dass sie mich bei einer Aufgabe, die mir teilweise völlig über den Kopf wuchs, wahlweise antrieben, zurückpfiffen oder aber bei Laune hielten.

Ein Dankeschön an das gesamte Team von Shadow Mountain, das an mich und diese Geschichte glaubte, obwohl ich sie selbst für die schlechteste hielt, die je geschrieben wurde, und meinen Abgabetermin immer wieder hinauszögerte. Ein besonderer Dank gilt Heidi Taylor für ihren Ansporn und ihre großartigen Lunches, Chris Schiebinger für seine stets gute Laune und seinen Optimismus, Lisa Magnum dafür, dass sie mich um ein glücklicheres Ende anflehte (womit sie goldrichtig lag), Suzanne Brazy für ihre perfekte Redaktion und Heather Ward für das umwerfende Cover und das tolle Design.

Vielen Dank an meine Agentin Laurie McLean, die mir bei jedem Sturm ein Cheerleader, Coach und sicherer Hafen war. Ohne sie hätte ich den Eindruck gehabt, hilflos auf den Wellen zu treiben.

Ein großer Dank geht an die Writing Group of Joy and Awesomeness. Ihr habt mich ein ums andere Mal von meinen Dämonen gerettet. Ich danke euch allen, dass ihr so weise, mitfühlend, lustig und mutig seid: Erin Summerill, Jessie Humphries, Katie Dodge, Donna Nolan, Ruth Josse, Peggy Eddleman, Kim Krey, Sandy Ponton, Jeigh Meredith, Julie Maughon, Christine Tyler und Chantele Sedgwick.

Ein großes Dankeschön an meine liebe Freundin Marla Kucera, dass sie das Abenteuer eingegangen ist, mit mir nach England zu reisen. Mit dir hat alles so viel Spaß gemacht, du hast dich auch nicht übermäßig über meinen Fahrstil aufgeregt, und das Sahnehäubchen des Ganzen war die Katze, die dir auf dem Friedhof hinterherlief.

Ich bedanke mich bei meinen Betalesern, denen ich den Rohentwurf des Romans anvertrauen durfte: neben Jinjer Donaldson, Jaime Richardson, Stacey Ratcliff, Pam Anderton und Julie Dixon waren es meine Mutter und Mitglieder der Writing Group of Joy and Awesomeness.

Ich danke allen Leserinnen und Lesern, die *Edenbrooke* verschlungen und um mehr gebeten haben, und meinen Online-Fans, die mir beim Brainstorming geholfen und mich auf dieser Reise begleitet haben. Diese Story ist für euch!

Christine Walter danke ich für das schöne Kunstwerk, das mich zu meinem Roman inspiriert hat.

Dank an meine Lieben Fred, Adah, David, Sarah und Jacob, die es mit mir ausgehalten haben, obwohl es Stress wegen verpasster Abgabetermine, verpasster Familienurlaube, verpasster Fußballspiele und noch vieler anderer verpassten Dinge gab. Meine grenzenlose Liebe und Dankbarkeit ist euch sicher. Ich danke meinen Eltern, Frank und Ruth Clawson, die näher zu uns gezogen sind und mir immer wieder als Rettungsleine gedient haben. Ein Dankeschön an meine Schwestern Kristi,

Jenny und Audrey. Ich liebe euch über alles. Und ich bin dankbar für meine angeheirateten Verwandten: alle Donaldsons und Hofheins und Nick, die Hinmons und Clawsons.

Und wieder einmal muss ich darauf hinweisen, dass ich ohne Gottes Hilfe nicht schreiben könnte. Was Rettungsleinen und sichere Häfen angeht, übertrifft ihn keiner.